LE MYSTÈRE DE LA CHAMBRE 51

DU MÊME AUTEUR
CHEZ LE MÊME ÉDITEUR

L'Enigme de Rackmoor
Le Crime de Mayfair
Le Vilain Petit Canard
L'Auberge de Jérusalem
Le Fantôme de la lande
Les Cloches de Whitechapel
La Jetée sous la lune
Le Mystère de Tarn House
Les Mots qui tuent
La Nuit des chasseurs
L'Affaire de Salisbury
Meurtre sur la lande
Le Meurtre du lac
L'Enigme du parc
Une haine aveugle
L'Inconnue de la crique
Le Crime de Ben Queen
Le Jeu de la vérité
Disparition
Un monde impitoyable
Le Sang des innocents
Les Fantômes du palace
Le Paradoxe du menteur
La Maison du Maître
Ce que savait le chat

Martha Grimes

LE MYSTÈRE DE LA CHAMBRE 51

Roman

Traduit de l'anglais (Etats-Unis) par Nathalie Serval

PRESSES DE LA CITÉ

Titre original : *Fadeaway Girl*

ISBN 978-2-258-09138-2

En souvenir de deux de mes écrivains préférés,
Gary Devon et Stuart M. Kaminsky

A un de ces jours, Lew

« Cet adieu au bord de la nuit
Et du froid à un verger à l'écorce encore tendre
Me rappelle tous les maux qui menacent
Un verger éloigné aux confins de la ferme.
[...]
J'aimerais promettre, étendu dans le noir,
De songer à la détresse arboréale du verger
Quand lentement (et que nul ne vient, apportant la lumière)
Son cœur s'enfonce plus profond sous la terre.
Mais il importe de laisser à Dieu sa part. »

Robert FROST

LE ROUGE-GORGE

1

Nous parlions du bébé enlevé.

« Nous », c'est-à-dire moi, Emma Graham, douze ans, un plateau coincé sous le bras, en visite chez ma grand-tante, et celle-ci, Aurora Paradise, qui ne quitte jamais le quatrième étage ; j'imagine qu'elle ne le quitterait même pas si on criait « Au feu ».

Le quatrième étage de l'hôtel Paradise – le domaine d'Aurora – comprend seulement quatre pièces. L'une est sa chambre, mais je ne l'y ai encore jamais vue. Je ne suis même pas sûre qu'elle l'occupe vraiment. Si ça se trouve, elle dort dans son fauteuil, à moins qu'elle ne dorme jamais. La connaissant, ça ne m'étonnerait pas.

Aurora a remué avec sa paille le fond de son verre de Rumba – un des cocktails que j'ai créés pour elle, à base de rhum et de banane. Il était cinq heures de l'après-midi, l'heure où le prêtre célèbre l'eucharistie en offrant le vin et l'hostie, sauf qu'ici on préférait le rhum, le gin et le whisky, et que c'était moi qui officiais.

– Quel bébé ?

Aurora tapotait avec son ongle le bord de son verre presque vide, indiquant qu'elle ne parlerait qu'à condition que je la resserve, mais j'ai fait celle qui ne voyait rien.

– Vous savez très bien quel bébé : la petite Fay Slade, enlevée au Belle Ruine il y a vingt ans… Vous aviez, quoi, la cinquantaine ?

Un brin de flatterie ne fait jamais de mal. Ma grand-tante a au moins quatre-vingt-dix ans. Je vous laisse calculer l'âge qu'elle avait à l'époque.

Aurora a fermé les yeux comme si elle rassemblait ses souvenirs de l'enlèvement. Il est plus probable qu'elle se revoyait dans la salle de bal du Belle Ruine.

J'ai changé le petit plateau rond de bras. Aurora ne me propose jamais de m'asseoir. Pourtant, c'est moi qui la ravitaille en alcool. Le cocktail que je lui avais monté ce jour-là était composé d'un tiers de rhum Myers.

– Je ne vous ferai un autre Rumba que si vous me dites pourquoi Miss Isabel Barnett a menti en prétendant avoir vu le bébé.

Avec une moue boudeuse, Aurora a ajusté ses mitaines au crochet noires fermées par des boutons en perle. La plupart du temps, elle est habillée comme pour se rendre au bal, mais un bal d'il y a cinquante ans. La malle que j'apercevais derrière elle regorgeait de robes somptueuses – une malle immense, avec plein de tiroirs, comme les élégantes en emportaient en croisière sur l'océan.

Voyant que je ne céderais pas, Aurora a soupiré.

– Isabel Barnett est à peu près aussi fiable qu'un pétard mouillé. Elle dirait n'importe quoi pour se rendre intéressante. N'oublie pas qu'elle est klep-to-mane, a-t-elle chantonné avec un petit sourire satisfait.

En effet, Miss Isabel a l'habitude de subtiliser de petits articles au bazar McCrory, mais elle rembourse toujours ses larcins. Connaissant sa fortune, personne n'a jamais compris pourquoi elle vole des tubes de rouge à lèvres à vingt-cinq cents.

– Ça n'a rien à voir avec le bébé, ai-je protesté.

– Tout ce que je dis, c'est qu'Isabel Barnett est barjo. On ne peut accorder aucun crédit à ce qu'elle raconte. Il y a si longtemps qu'elle vit seule que je parierais qu'elle parle aux murs quand elle n'a pas d'autre public. Je sais qu'elle possède un perroquet. Je les imagine bien passant la nuit à jacasser tous les deux. Cette histoire date d'il y a vingt ans. Comment veux-tu qu'elle se rappelle à quoi ressemblait cette gamine, même si elle avait eu des dents en or massif ? Maintenant, a-t-elle ajouté en me tendant son verre, apporte-moi un autre Rumba, je te prie.

Je savais que je ne tirerais rien de plus d'elle – peut-être n'avait-elle rien de plus à dire, d'ailleurs.

– Pas un Rumba. La bouteille de rhum n'est plus que l'ombre d'elle-même.

– Qu'importe, pourvu que ça se laisse boire. Prépare-moi un Comte de Monte-Cristo à Miami Beach.

Comprenant que je n'obtiendrais rien de plus par le chantage, j'ai posé le verre vide sur mon plateau avant de sortir. Je ne pouvais m'enlever Isabel Barnett de la tête. Une des théories que j'avais échafaudées supposait que le bébé prétendument enlevé n'ait jamais séjourné au Belle Ruine. Personne ne l'y avait vu, pas même la baby-sitter, Gloria Spiker. Je m'étais imaginé que la petite Fay était morte de maladie et que ses parents, Imogene et Morris Slade, avaient voulu le cacher, sans doute pour des questions d'héritage. Mon autre hypothèse était qu'ils avaient eux-mêmes organisé l'enlèvement pour empocher la rançon, sauf qu'aucune demande n'avait été formulée.

Là-dessus, Miss Isabel avait prétendu avoir aperçu le bébé dans son landau alors que ses parents étaient allés chercher des médicaments à La Porte.

Et à présent, Aurora Paradise accusait Isabel de mensonge…

J'ai descendu l'escalier d'un pas lourd, portant le verre vide sur mon plateau et me répétant qu'il y avait toujours un prix à payer pour la vérité.

2

Derrière l'hôtel, on trouve plusieurs bâtiments : la petite maison qu'on habitait enfants, mon frère et moi, et où logent maintenant les clients épris de tranquillité, et deux garages, un grand et un petit. Le petit est rempli de vieux meubles, de pots de peinture vides et de bois de chauffage. Le grand abritait autrefois les voitures des clients – il pouvait en contenir une vingtaine. Depuis, il a été reconverti en théâtre et accueille les productions de Will et Mill.

Mill, c'est Brownmiller Conroy. Dans la famille Conroy, la tradition veut qu'on appelle le fils premier-né Brownmiller – quels parents seraient assez sadiques pour affubler intentionnellement un enfant d'un tel prénom ? – mais par commodité on l'a abrégé en Mill.

Comme d'habitude, il semblait régner une agitation intense à l'intérieur du grand garage. Et comme d'habitude, le silence est retombé à la seconde où j'ai frappé à la porte. Je n'ai jamais compris comment ils font : on dirait qu'on jette une couverture sur le vacarme pour l'étouffer. Will et Mill s'activent toujours dans le secret le plus complet. Rien ne doit transpirer de leur spectacle jusqu'au lever du rideau, afin que le public ait alors l'impression d'assister à la création du monde. Comme si aucun de nous n'avait réellement vécu avant, et que la lune et le soleil eux-mêmes avaient accompli leurs révolutions avec des œillères.

Inutile de frapper de nouveau. Avec un soupir résigné, j'ai attendu que la porte latérale s'ouvre à contrecœur. Will – ou plutôt la moitié de son visage – est apparu dans l'entrebâillement.

– Ouais ?

– La mère de Paul le cherche.

Je mentais, et Will devait s'en douter : la mère de Paul ne s'inquiétait jamais de lui avant la tombée de la nuit.

– Qu'est-ce que vous lui faites faire, encore ?

– Rien.

– Laisse-moi entrer.

– Pas question.

– Très bien. Dans ce cas, je dirai à tout le monde qu'il y a un avion dans votre pièce.

Les garçons travaillaient sur un nouveau spectacle depuis la dernière triomphale de *Médée, la comédie musicale*, une semaine plus tôt. Leur dernière production leur avait rapporté un tas d'argent, au point qu'ils l'avaient « prolongée » (mon frère affectionne le jargon de Broadway). Depuis, ils dépensaient tous leurs bénéfices en sodas, gâteaux et parties de flipper chez Greg.

Par chance, je les avais surpris un jour en train d'attacher Paul dans un cockpit d'avion.

– Ça, c'est du chantage, a constaté Will, écœuré. Tu devrais avoir honte…

Il a ouvert la porte en grand et s'est écarté. J'ai remarqué qu'il avait changé sa casquette de pilote pour un haut-de-forme.

Depuis que je l'avais aperçu, le décor avait pris tournure, et les garçons l'avaient installé sur scène. Il représentait l'intérieur d'un avion de ligne en coupe.

Mill, assis au piano, m'a saluée de la main. Il ne me manifestait jamais autant d'hostilité que Will, mais bien sûr ce n'était pas mon frère. Puis il a attaqué, de sa voix nasillarde, une chanson où il était question d'un rouge-gorge.

– Pourquoi est-ce que tu portes un haut-de-forme ? ai-je demandé à Will pendant que Mill s'égosillait en martelant les touches du piano.

– Pour mon numéro, a-t-il répondu.

Il s'est mis à faire des claquettes en joignant sa voix à celle de Mill :

Finies les larmes
Quand il entonne
Sa dooouce chanson !

Bling-blang ! faisait le piano. *Tap-tap !* faisaient les semelles de Will. « Ba, ba, biba ! » hurlait Mill.

J'ai crié :

– Quel rapport avec *Meurtre en plein ciel* ?

C'était le titre de leur futur spectacle.

Will a cessé de danser et déclaré, comme s'il répondait à ma question :

– C'est moi qui joue le pilote.

Ne tenant pas en place, il a recommencé à danser en levant son chapeau en rythme.

– Un pilote danseur de claquettes ?

– Pourquoi pas ? Hé, Paul ! a-t-il crié en direction du plafond. Amène-toi, ta mère te demande !

Cet ordre s'adressait au fils de la plongeuse, Paul, un gosse d'environ huit ans – personne ne connaissait son âge exact. Paul est descendu le long d'un poteau, comme un singe, et s'est approché de nous.

– Salut, m'dame ! m'a-t-il dit – les seuls mots que je l'aie jamais entendu prononcer.

– T'as terminé les nuages ? a demandé Will.

Paul a secoué la tête.

– Eh bien, termine-les avant de filer. Il n'en a pas pour longtemps, a-t-il ajouté à mon intention. Tu peux dire à sa mère qu'il arrive.

J'aurais bien voulu savoir ce que Will fabriquait avec des nuages, mais il n'aurait pas répondu à mes questions.

Entre-temps, Paul s'était assoupi sur une grosse pierre, un vestige du décor de *Médée*. Ça ne m'a pas étonnée : Will et Mill refusaient de le laisser s'endormir sur une poutre, de peur qu'il ne tombe.

Mill a plaqué un accord, braillant à tue-tête :

Debout ! Debout, flemmard !

Will l'a rejoint pour le refrain :

Lève-toi ! Lève-toi ! Il est tard !
Souris ! Souris ! Le soleil briiiille !

Bling-blang ! Tap-tap !

Will et Mill... Le duo que le monde attendait.

Le monde, peut-être, mais pas moi. J'ai préféré sortir.

Excédée, j'ai remonté l'allée de gravier, puis le chemin qui menait à l'arrière de la cuisine. Soudain j'ai aperçu un rouge-gorge, peut-être évadé du grand garage. Je l'ai regardé cueillir un ver de terre dans l'herbe humide. Sa gorge n'était pas exactement « rouge », plutôt orange vif. Et il ne faisait pas « Ba, ba, biba ».

Bref, la réalité n'était pas à la hauteur de la chanson. Mais j'imagine qu'elle l'est rarement.

3

Pour éviter de tomber sur Ree-Jane Davidow – la dernière fois que je l'avais vue, elle se trouvait dans le hall de l'hôtel –, j'ai emprunté l'escalier de derrière pour rejoindre le bureau et appeler les taxis Axel.

Il y avait une poétesse, Emily Dickinson, dont j'ai lu qu'on l'avait surnommée « la belle d'Amherst ». Ree-Jane, elle, se considère comme la belle de partout – Spirit Lake, La Porte, Lake Noir – dans un rayon de quarante kilomètres.

Ree-Jane va sur ses dix-sept ans. Son véritable prénom est Regina Jane, mais elle a décidé un jour d'adopter celui d'une célèbre comédienne française, Réjane. Moi, pour la mettre en colère, je fais exprès de le prononcer « Ree-Jane ». Depuis, beaucoup de gens ont pris l'habitude de l'appeler ainsi, pensant que c'est son vrai nom. Je me garde bien de les détromper.

Le bureau était vide, mais j'entendais Ree-Jane pérorer dans le hall. J'ai donc appelé les taxis Axel et demandé à la standardiste d'envoyer une voiture à l'hôtel Paradise.

– J'aimerais que ce soit Axel en personne qui me conduise, Wilma.

– Pas de problème, mon chou. Il ne va pas tarder à rentrer d'une course à Lake Noir.

J'ai précisé que j'attendrais au bas de la première allée – l'hôtel en possède trois – et non devant l'entrée.

Tout en parlant, je regardais l'étagère sur laquelle Mrs Davidow range les bouteilles d'alcool, à côté du bureau à cylindre où elle s'installe généralement vers cinq heures pour boire un verre. Celle de rhum Myers était vide. Je me suis demandé si Lola s'en apercevrait. Il y avait une bouteille d'une autre marque – Pyrat – à laquelle elle avait interdit à quiconque de toucher, parce qu'il était excellent et très cher. J'avais déjà songé à verser un peu de Pyrat dans la bouteille de Myers, mais c'était trop risqué : si ça se trouvait, elle vérifiait quotidiennement le niveau.

Après avoir raccroché, j'ai hésité un moment devant l'étagère. Qu'est-ce qui ressemblait le plus au rhum ? Si je versais du bourbon dans la bouteille de Myers, Mrs Davidow remarquerait la différence de goût. Le plus simple était encore de faire disparaître le cadavre.

Je suis ressortie par-derrière et ai suivi le chemin de pierres qui menait au jardin à cocktails, décidée à abandonner la bouteille sur la table. Mais non, ça n'aurait rendu que plus évident le fait qu'elle soit vide.

Will affirme que Mrs Davidow est une vraie alcoolique. Selon lui, on reconnaît ceux-ci au fait qu'ils planquent des bouteilles dans les endroits les plus incongrus. Comme Ray Milland dans *Le Poison*, un film dont on m'avait dit qu'il n'était pas de mon âge, et que je me suis empressée d'aller voir quand il est passé à l'Orion – le propriétaire, Mr McComas, aime les vieux films. Le personnage de Ray Milland y cache des bouteilles partout dans son appartement, jusque dans le lustre.

Me voici donc trimballant une bouteille de rhum vide en priant pour ne croiser personne, sauf un producteur de cinéma que ma situation aurait pu inspirer. Faute d'une meilleure idée, j'ai fini par me diriger vers le massif de rhododendrons qui borde le terrain de badminton et ai glissé la bouteille à l'intérieur, avec l'impression d'être Ray Milland.

Puis je suis allée attendre mon taxi au bas de l'allée, face à la route où une voiture a renversé et tué notre chien Rufus. Je me tenais exactement au même endroit quand c'est arrivé. Rufus a déboulé sur la route, aussi, je suppose que ce n'était pas la faute du conducteur, mais peu importe. Je n'ai aucun souvenir de la voiture ni du chauffeur. Tandis que je le regardais, l'endroit de l'accident a paru s'éloigner et rapetisser, comme dans un film : un cercle de lumière troue le noir de l'écran et devient de plus en plus petit. A l'intérieur du cercle, il y avait Rufus agonisant. Lui aussi est devenu de plus en plus petit, jusqu'à disparaître.

Mais j'avais un truc pour le faire réapparaître : il me suffisait de cligner des yeux. Hop ! Il était là. Hop ! Il n'y était plus.

Pour que la magie opère, je devais cligner d'une certaine façon. J'avais cinq ans au moment de l'accident, aussi, ma réaction n'avait rien d'étonnant. Une petite fille a le droit d'imaginer que son chien mort subsiste quelque part. C'est en grandissant qu'on apprend qu'il n'y a rien au-delà de la mort.

Pourtant, je continuais à cligner des yeux.

Le taxi s'est arrêté devant moi. Ce n'était pas Axel qui conduisait, mais Delbert. Je m'y attendais. Malgré les promesses de la standardiste, c'était toujours Delbert qui venait. J'aurais fini par croire qu'Axel n'existait pas si je ne l'avais pas aperçu à de nombreuses reprises au volant de son taxi.

Delbert a passé la tête à la portière :

– Tu comptes rester plantée là toute la journée ? Le compteur tourne !

Il se croyait drôle.

– Vous n'avez pas de compteur, lui ai-je rétorqué en me plaçant sur la banquette de manière à ce qu'il ne puisse pas me voir dans le rétroviseur.

– C'est vrai. Mais si j'en avais un, il tournerait.

Le rire de Delbert ressemblait au grognement d'un cochon.

– Où est-ce qu'on va ? Je sais pas pourquoi je pose la question, vu que je connais déjà la réponse !

De nouveau, le même rire exaspérant.

– Ah oui ? Alors, où va-t-on ?

– Soit au Rainbow, soit au palais de justice. Mais comme ils sont face à face, ça fait pas une grosse différence.

Pendant qu'il parlait, le taxi est passé devant l'épicerie Britten. Les frères Wood et Mr Root étaient assis sur le banc à l'extérieur. Plutôt, Enegébé et Mr Root étaient assis tandis qu'Enepébé restait debout, un livre à la main. J'ai baissé ma vitre et les ai appelés. Ils ont tourné la tête et m'ont saluée.

J'ai dit à Delbert de me déposer devant la banque.

– La banque ? Mais tu ne vas jamais là-bas !

– Il faut croire que vous n'êtes pas au courant de tout.

Dix minutes plus tard, la voiture s'arrêtait devant l'agence de la First National Bank. Je suis descendue et ai tendu le prix de la course à Delbert. J'avais envie de ne pas lui donner de pourboire, mais je lui ai quand même laissé quinze cents.

Après son départ, j'ai dû marcher jusqu'au Rainbow Café, trois cents mètres plus loin. Agaçant, même si le trajet m'amenait à passer devant des boutiques que j'aime bien. Chacune a son mystère, comme celle de la famille Sincell. Son nom même – Sport & Elégance – m'évoque des hommes et des femmes en vestes rouges, des chevaux et des renards.

A l'intérieur du magasin règnent une fraîcheur et une pénombre appropriées. Dans la pièce du fond, étroite et haute de plafond, sont entreposées des chaussures et – comme je me plais à l'imaginer – de belles bottes pour cavaliers en cuir brun. La pièce de devant est abondamment fournie en robes de soie de couleur sombre et costumes trois pièces. Parmi les chapeaux empilés dans des armoires vitrées, je parierais qu'on trouve des bombes d'équitation en velours noir, et des cravaches parmi les cannes.

Juste à côté de Sport & Elégance il y a le bazar McCrory, où Miss Isabel Barnett commet ses larcins. Derrière le coin de la rue, on trouve ensuite la pharmacie Souder, dont la vitrine exhibe toujours le même décor : un flacon d'eau de toilette *Soir de Paris*, une traînée de poudre échappée d'une boîte en argent, une paire de longs gants en satin bleu. Je pourrais concevoir une douzaine de scénarios autour de cette eau de toilette, de ces gants. C'est un réconfort de me savoir capable d'inventer des histoires et de les écrire. Comme si, où que j'aille, j'étais accompagnée par une autre moi-même, une amie pleine de ressources.

Pour se rendre au Rainbow, il faut ensuite dépasser le minuscule Oak Tree Gift Shoppe de Miss Flagler. Une étroite ruelle sépare celui-ci de la boutique de Miss Flyte, la plus mystérieuse de toutes : des bougies allumées tremblotent dans sa vitrine et forment une longue traîne scintillante qui se perd dans ses profondeurs.

Tous ces commerces possèdent leurs secrets, et tandis que je flânais, il m'est venu à l'esprit que notre journal aurait pu consacrer un article à chacun d'eux. Même si je n'arrivais pas à percer leur mystère, je pouvais toujours écrire ce qu'ils m'inspiraient.

Je suis la plus jeune journaliste de l'histoire du *Conservative*. A l'origine, ils m'avaient engagée pour raconter mon histoire après la tentative de meurtre dont j'ai été victime. Mais mes « Impressions de la pharmacie Souder », « Impressions de Sport & Elégance », et ainsi de suite, me permettraient peut-être de garder mon emploi et m'assureraient une certaine notoriété pour de nombreux mois encore.

Ree-Jane se plaisait à souligner au moins une fois par jour que je n'étais pas une « vraie journaliste », mais sachant le peu de cas que Ree-Jane faisait de la réalité, je ne voyais aucune raison d'accorder du crédit à son opinion.

Debout devant le présentoir à gâteaux du Rainbow, un beignet à la main, l'adjoint du shérif, Donny Mooma, bavardait avec Wanda Wayans, la nouvelle serveuse. Donny et moi, on ne s'aime pas beaucoup. Il est trop bête pour exercer correctement son métier, et je me suis toujours demandé pourquoi le shérif le garde. Je soupçonne Donny de devoir sa situation au « piston », comme on dit. L'histoire des Mooma est étroitement liée à celle de la police du comté depuis plusieurs générations. L'un d'eux était shérif au moment de l'enlèvement du bébé Slade, mais j'imaginais qu'il était mort depuis, à moins que les Mooma ne meurent jamais et soient condamnés à errer éternellement sur cette terre. Il est vrai que Donny a quelque chose d'un mort-vivant.

J'aurais dû écrire « supposé enlèvement », voire « supposé bébé ». Ma visite au Rainbow Café était en partie motivée par l'espoir d'y trouver Miss Isabel Barnett. Je voulais lui demander si elle était sûre d'avoir vu la petite Fay dans son landau. Evidemment, j'aurais tourné ma question de manière à ne pas la froisser. Je ne voulais pas qu'elle croie que je mettais sa parole en doute. On peut très bien être kleptomane et faire la différence entre un landau vide et un avec un bébé dedans.

J'ai dit bonjour à Wanda, qui m'a répondu. Donny s'est contenté d'un vague grognement. Il n'avait pas digéré la fois où je l'avais fait sortir de son bureau (afin de jeter un coup d'œil aux archives de la police) en prétendant qu'il avait gagné une boîte de beignets du Rainbow Café. C'était faux, bien sûr, mais il m'avait crue. Il n'avait pas fermé son bureau à clé en partant, me défendant simplement d'y entrer. Compte là-dessus !

Donny a recommencé à agiter son beignet parsemé de vermicelles de chocolat en jacassant à propos d'un « cinglé » qui se baladait en ville en criant après les gens.

– J'ai dit à Sam : « Faudrait le coffrer pour trouble à l'ordre public... »

J'ai demandé :

– Coffrer qui ?

Donny a repris comme s'il ne m'avait pas entendue :

– J'y ai dit : « Sam, ce type est un danger. Un D-A-N-J... »

– G-E-R, ai-je rectifié en me tournant vers le présentoir à gâteaux.

Donny m'a fusillée du regard en mordant dans son beignet pour se donner le temps de préparer une réplique cinglante.

– Tu crois tout savoir, hein ?

– Non. Mais je sais écrire « danger ».

J'ai opté pour un beignet avec des vermicelles multicolores. Je les aurais préférés au chocolat, mais pas question de manger la même chose que Donny.

A court d'inspiration, celui-ci a repris sa diatribe contre le « cinglé » :

– A cause de ce type, les gosses sont terrifiés, a-t-il affirmé en mastiquant la fin du beignet. J'ai dit à Sam…

– Pas moi, ai-je rétorqué, feignant, même s'il m'en coûtait, de me ranger parmi les « gosses ».

– Oh ! toi…

Furieux, Donny a pris sa tasse de café sur le comptoir. Il y avait des tabourets le long de celui-ci, mais l'adjoint du shérif voulait donner l'impression qu'il était trop débordé de travail pour s'asseoir.

– En plus, je ne crois pas qu'il soit fou, ai-je ajouté, me demandant qui je défendais avec tant de véhémence.

– Ah ouais ? Qu'est-ce que t'y connais, d'abord ? Tu sais même pas ce que veut dire sa pancarte. Et toc !

J'aurais pu réclamer des éclaircissements à Donny, mais il était beaucoup plus drôle de les lui soutirer à son insu. Il venait de m'apprendre que le « cinglé » portait une pancarte. J'ai indiqué à Wanda le beignet que je voulais. Pendant qu'elle me servait, j'ai dit :

– C'est évident, non ?

J'ai remercié Wanda et mordu dans mon beignet en regardant Donny.

– Evident ?

Il me dominait de toute sa taille, avec une lueur mauvaise dans le regard. Il avait passé un pouce dans sa ceinture et faisait de grands gestes avec sa tasse de café.

– Si c'est évident, alors explique-nous le sens de l'expression « la fin des temps ».

J'ai léché quelques vermicelles sur mon beignet d'un air pensif.

– D'abord, ce n'est pas une « expression ».

Un bon début, je trouve, qui laissait penser que je maîtrisais mon sujet – davantage, en tout cas, que si je m'étais lancée dans une tentative d'explication de « la fin des temps ». Et il est toujours plus facile de dire ce qu'une chose n'est pas plutôt que ce qu'elle est. « La fin des temps »... Si au moins j'avais eu des indices ! Peut-être que le bazar McCrory allait liquider son stock ? Ou alors, les autorités avaient l'intention d'autoriser la vente d'alcool, et un vieux ronchon abstinent se baladait en criant sur tous les toits que c'était le début de la fin. Cela dit, si on avait pu acheter de l'alcool à La Porte, ça aurait évité à Lola Davidow de s'approvisionner dans l'Etat voisin. Pour elle, ça n'aurait pas été la fin, mais le commencement des temps.

– Comment ça, c'est pas une expression ?

Si Donny avait regardé *Perry Mason* à la télé, il aurait su qu'on ne doit jamais poser à un témoin une question dont on ignore la réponse.

– Je veux dire que c'est à prendre à la lettre.

Avant qu'il ait pu pousser plus loin son interrogatoire, j'ai ajouté :

– Je ne vois pas ce qui vous permet de traiter cet homme de fou.

– Ah non ? Bien sûr, avec tes exploits récents, si la fin du monde arrivait, ça ne te dérangerait pas.

– Possible.

C'était donc ça : la fin du monde. Ayant envie d'un Coca, je me suis hissée sur un tabouret. La fin des temps attendrait. J'espérais juste que la nouvelle ne parviendrait pas aux oreilles de Will et Mill. *Meurtre en plein ciel* nous exposait déjà suffisamment au danger.

4

Je devais voir Mr Gumbrel au siège du *Conservative*, aussi ai-je refait à l'envers le chemin qui m'avait conduite au Rainbow. Le journal occupait un bâtiment étroit, juste à côté de Sport & Elégance

J'ai fait une nouvelle halte devant la pharmacie. Tandis que je regardais le flacon d'eau de toilette et les gants, j'ai remarqué une photo que je n'avais jamais vue jusque-là, dans un coin de la vitrine. Elle représentait un chien au regard triste et portait l'inscription : QUELQU'UN M'A-T-IL VU ? Il avait l'air tellement malheureux que je me suis demandé s'il avait eu le pressentiment de sa disparition le jour où on l'avait pris en photo.

Je me suis remise en route et ai ralenti le pas en passant devant le bazar McCrory. A travers la porte vitrée, j'ai aperçu Miss Isabel Barnett devant le présentoir à maquillage. J'ai été tentée d'entrer et d'engager la conversation, mais je n'ai pas voulu la surprendre en plein larcin. En plus, elle aurait eu du mal à se concentrer sur le bébé Slade tout en faisant son choix parmi les différentes teintes des rouges à lèvres Tangee.

J'ai monté deux à deux le vieil escalier en chêne du *Conservative.*

J'ai trouvé Mr Gumbrel debout près du bureau de Suzie Whitelaw, une liasse de feuilles à la main.

– Ah ! Emma.

– Bonjour, monsieur Gumbrel.

– J'espère que tu m'apportes la fin de ton feuilleton, a-t-il dit, remontant ses lunettes sur son front.

Il faisait allusion à « La Tragédie de Spirit Lake », l'histoire qui avait stimulé les ventes du journal ces derniers mois. Le dernier épisode devait relater la tentative de meurtre sur ma personne.

J'ai pris un air contrit pour lui répondre :

– Je suis sincèrement désolée. Je l'ai presque terminé...

En réalité, je n'avais même pas commencé à l'écrire.

– ... mais je bloque sur le moment des coups de feu. Et pendant que j'y réfléchissais, je me suis dit : Ce n'est pas l'exacte vérité.

– Comment ça ?

Je me suis assise sur le bureau, m'efforçant d'inventer une explication cohérente.

– Eh bien...

Soudain j'ai eu comme une illumination. Je tenais mon explication, et ce n'était pas un faux prétexte.

– Ce qui est arrivé cette nuit-là ne représentait qu'une partie d'un tout.

Mr Gumbrel a reposé les feuilles qu'il tenait à la main.

– Eclaire-moi.

Vous n'avez pas idée du nombre de fois où quelqu'un m'a demandé de l'éclairer.

– Eh bien, mon histoire n'est peut-être qu'un épisode d'une histoire plus vaste.

Quand on m'accorde de l'importance, je n'ai pas pour habitude de suggérer qu'il existe quelque chose de plus important que moi. C'est pourtant ce que j'ai fait.

– Pour commencer, il y a Ben Queen. Il ne faudrait pas l'oublier.

– Je ne l'ai pas oublié. Il intervient dans ton récit pour te sauver la vie.

– Mais l'histoire de Ben Queen est également liée au meurtre de Rose Queen, il y a une vingtaine d'années, à l'époque du Belle Rouen...

Je m'étais efforcée de prononcer le nom de l'hôtel à la française, mais on aurait dit Ree-Jane. J'ai préféré renoncer.

– ... Belle Ruine. Vous vous rappelez la disparition du bébé des Slade ?

– Bien sûr. J'avais même une théorie à ce sujet, si tu t'en souviens.

Je m'en souvenais, mais ma propre théorie m'intéressait davantage.

– J'ai l'intuition que tout est lié, ai-je achevé.

– Si je te suis bien, a repris Mr Gumbrel, l'air pensif, tout ça, c'est autre chose que la tragédie de Spirit Lake...

– Non, ai-je dit, secouant vigoureusement la tête. C'est toujours la tragédie de Spirit Lake, mais ça va au-delà. Une histoire qui se répète, comme chez les Grecs. Comme dans *Médée.*

Mr Gumbrel a éclaté de rire.

– *Médée !* Quel spectacle ! Ton frère est un génie !

– Oui, mais il n'intervient pas dans cette tragédie-ci.

Je ne voulais surtout pas que la conversation dévie sur mon prétendu « génie » de frère.

J'ai repris :

– Chez les Grecs, tout est affaire de vengeance. Ils n'ont que ça en tête !

Brusquement, l'image de Ree-Jane s'est imposée à mon esprit, et je me suis surprise à donner raison aux Grecs.

– La police a fini par admettre que Ben Queen n'a pas tué Rose...

J'aurais pu ajouter « Grâce à moi ».

– … Je suis presque certaine que c'est leur fille, Fern, qui l'a tuée.

– Tu as des preuves de ce que tu avances ?

J'ai soupiré.

– Je suis reporter, pas policier. Je n'ai aucune preuve, mais ça paraît logique. Maintenant, suivez mon raisonnement : quelqu'un a tué Fern pour venger le meurtre de sa mère, Rose…

Mon cerveau était en ébullition. J'avais l'impression d'être un des flippers sur lesquels Will et Mill s'acharnaient chez Greg. Les idées surgissaient l'une après l'autre, telles des billes d'acier, avant de se loger chacune dans son trou. *Clic ! Clac !*

– C'est ce que le *Conservative* a écrit. Seulement, on ignore qui est l'assassin.

J'aurais souhaité que Mr Gumbrel évite d'interrompre le ballet des billes d'acier.

– Et encore avant, n'oubliez pas la mort de Mary-Evelyn Devereau. Ses meurtrières l'ont noyée parce qu'elles croyaient qu'elle était la fille de leur sœur Iris. Une « bâtarde », comme l'appelait Isabel.

Mr Gumbrel s'est assis devant la vieille machine à écrire Royal de Suzie et a frappé quelques touches

– Tu prétends que les sœurs Devereau ont tué cette malheureuse enfant ?

– Je ne le prétends pas, je l'affirme.

Je n'aurais pas dû avoir besoin de lui rappeler qu'une des sœurs avait bien failli tuer une autre malheureuse enfant : moi.

– L'une d'elles a voulu me tuer, au cas où vous l'auriez oublié. D'accord, elle n'avait plus toute sa tête. Elle me prenait pour Mary-Evelyn. Pas étonnant qu'elle ait cherché à finir le travail.

D'une tape, Mr Gumbrel a ramené le chariot de la machine en début de ligne.

– Il faudrait se pencher sur les dates de tous ces événements…

La barbe ! Moi, ce que je voulais restituer, c'était l'atmosphère, les sensations…

– Il se pourrait que tu aies mis le doigt sur quelque chose, Emma.

Evidemment ! Ma tête était tellement remplie de billes d'acier que je pouvais à peine bouger.

– Justement, je suis venue faire des recherches dans les archives, ai-je dit.

Archives ! J'adorais ce mot, tellement chargé de sens… Aussi chargé que mon cerveau à cet instant.

– Vous avez dit vous-même que vous soupçonniez Morris et Imogene d'avoir enlevé leur bébé.

Mr Gumbrel a plissé les yeux pour les protéger de la fumée de sa cigarette, et son visage s'est assombri.

– Je n'ai jamais eu confiance en Morris Slade, a-t-il avoué. C'était un joueur invétéré, toujours fourré au « cercle de poker », comme on l'appelait. Je parierais qu'il était criblé de dettes.

– Pourtant, il n'y a pas eu de demande de rançon.

– Ou alors, on n'en a pas entendu parler. J'aurais dû consacrer plus de temps à cette affaire, mais à l'époque, nous manquions de personnel.

Que pouvait-il exister de plus important que l'enlèvement d'un bébé dans l'enceinte d'un palace ? Cette histoire aurait mérité qu'on lui consacre un livre ! Je me suis laissée glisser du bureau.

– J'aimerais jeter un coup d'œil aux archives et essayer de faire des recoupements.

– Tu n'es jamais à court d'idées, Emma.

Quand on n'a pas une tête bien faite, mieux vaut l'avoir bien pleine.

La pièce des archives du *Conservative* sentait toujours autant le renfermé. Sans doute cette sensation était-elle renforcée par le fait qu'elle contenait le passé. Comme j'en franchissais le seuil, les paroles réconfortantes de William Faulkner me sont revenues à l'esprit : « Le passé ne meurt jamais. Ce n'est même pas le passé. » J'avais recopié cette citation sur un morceau de papier que j'avais glissé dans le cadre de mon miroir. Dwayne, du garage Slaw, était un grand lecteur de Faulkner, qu'il appelait « Billy ». Un mécanicien, même aussi doué que Dwayne, qui lit Faulkner, ça mérite d'être signalé.

N'allez pas vous imaginer que j'ai lu Faulkner, à part le début de quelques nouvelles (pour impressionner Dwayne) et des citations piochées ici et là. Plutôt que de descendre dans la mine, je préfère passer son œuvre au tamis pour en extraire des pépites.

Faulkner était en grande partie responsable du retard que j'avais pris dans la rédaction du dernier épisode de la « tragédie ». Je m'efforçais d'adopter son point de vue, de forger des mots tels que « phalénage » ou « ensouché », ce qui me freinait considérablement, mais c'était plus fort que moi.

J'ai extrait d'une pile de vieux journaux celui où avait été publié le compte rendu de l'enlèvement du bébé Slade. Le papier en était si ancien que j'ai eu peur qu'il ne s'effrite entre mes mains – ou plutôt, qu'il ne « s'effrimiette ». Il fallait vraiment que je cesse d'inventer des concepts pour coller avec les mots que je forgeais.

J'avais déjà lu plusieurs fois tous les articles relatifs aux différentes affaires. En plus de ça, j'avais consulté les rapports de police. Toutefois, je les ai tous alignés devant moi : le compte rendu de la noyade de Mary-Evelyn Devereau, un « accident tragique » qui n'était pas un accident, mais un assassinat ; le meurtre de Rose Devereau Queen à Cold Flat Junction ; celui de Fern Queen près de White's Bridge ; la tentative d'homicide contre ma personne à Spirit Lake (celui-ci signé par votre humble servante) ; l'enlèvement du bébé Slade ; l'incendie du Belle Rouen. Une succession d'événements incroyablement violents pour d'aussi petites villes.

Le lien entre toutes ces affaires, c'était la mystérieuse Fille qui apparaissait et disparaissait comme par magie. Je l'avais vue à six reprises, dont deux fois à proximité de la maison des Devereau, une à la lisière de la forêt et une de l'autre côté du lac, étrangement immobile, semblable à une statue. Je l'avais aussi vue de près, sur le quai de la gare de Cold Flat Junction, montant à bord du train pour Hebrides. Ce qui m'avait frappée alors, en plus de son apparence physique, c'est qu'elle ne transportait qu'un minuscule sac à main. Elle n'avait ni valise ni manteau, comme si elle habitait pas très loin de la gare.

Ça me surprenait que mes amis du Windy Run Diner ne l'aient pas remarquée, car elle était le portrait craché de Rose Devereau Queen, la plus belle fille que Billy, Don Joe et Mervin, les habitués du restaurant, prétendaient avoir jamais vue.

Cette ressemblance m'avait amenée à conclure que la mystérieuse inconnue était la fille de Fern. Mais Fern n'était pas jolie. La beauté de Rose avait sauté une génération, aurait-on dit.

Chaque fois que je l'avais vue, elle paraissait se détacher de son environnement, comme si elle avait été entourée d'un trait de lumière. Et en même temps, ce décor dont elle était l'élément essentiel semblait sur le point de l'absorber.

Je me suis levée et dirigée vers la table près de la porte sur laquelle s'entassaient d'anciens numéros de magazines tels que *Life* et *The Saturday Evening Post.* Celui que je cherchais se trouvait sur le dessus de la pile, où je l'avais laissé. Sa couverture représentait une femme vêtue de rouge sur un fond rouge, devant une grille en fer forgé et une boîte aux lettres noires. La femme glissait dans la boîte une lettre ou plus probablement une carte de vœux, car il s'agissait d'une édition spéciale pour Noël. On distinguait de minuscules flocons blancs par endroits.

Mr Gumbrel m'avait dit que l'illustrateur, un certain Coles Phillips, avait réalisé de nombreuses couvertures du même genre pour des magazines, mais j'avais eu beau fouiller toute la collection, je n'en avais pas trouvé d'autre. Rouge sur fond rouge, le contour du manteau de la femme était invisible, de sorte qu'elle se confondait avec l'arrière-plan.

Bien sûr, il s'agissait d'une illusion d'optique. En me concentrant sur la femme, je parvenais à l'isoler du décor. Mais il était tellement plus reposant de la voir telle que l'avait souhaité l'auteur, et de laisser le manteau rouge se fondre dans l'image.

Phillips appelait ses créations « les filles évanescentes ».

5

Après toutes ces réflexions, je me sentais trop épuisée pour affronter de nouveau Delbert, mais je n'ai pas eu le choix : Axel avait été appelé « en urgence » pour aller chercher un client sur Red Bird Road.

A peine assise sur la banquette, je me suis abîmée dans un silence maussade, espérant décourager Delbert de parler, mais bien sûr, ça n'a pas suffi. A un moment, j'ai éprouvé la tentation de m'allonger sur le sol, pour lui faire croire que j'avais été éjectée de la voiture au moment où elle franchissait un dos-d'âne.

Apparemment très inspiré par ma visite à la First National Bank, Delbert alignait les inepties – « Tu te lances dans la finance ? Hé hé ! » ; « Peut-être que t'as braqué la banque ? Dans ce cas, on pourrait m'accuser de complicité, ah ah ! » –, consumant l'oxygène du taxi jusqu'à me donner la sensation d'étouffer.

– J'avais quelque chose à récupérer dans mon coffre.

– Hein ?

Dans le rétroviseur, je l'ai vu plisser les yeux d'un air soupçonneux.

– Un coffre ? T'as des objets de valeur, toi ? J'le crois pas ! a-t-il achevé avec un grognement dédaigneux.

Moi, pour passer le temps, je jouais à regarder le soleil à travers mes cheveux. La lumière donnait au châtain fadasse – selon l'expression de Ree-Jane – des reflets terre d'ombre brûlée. Je n'avais qu'une vague idée de ce que recouvrait ce terme, mais la sonorité me plaisait. En réalité, je me moquais de sa signification. J'imagine que c'est pour ça que les auteurs comme Faulkner inventent des mots.

– Alors ? a repris Delbert. Il y a quoi, dans ce coffre ?

– Delbert, si je loue un coffre, ce n'est pas pour dévoiler ce qu'il contient à n'importe qui.

Soudain j'ai remarqué qu'on approchait de l'épicerie Britten.

J'ai crié :

– Stop !

Delbert a freiné si brutalement qu'on a été projetés en avant l'un et l'autre.

– Bon Dieu ! a-t-il bredouillé, pâle comme un mort.

– Je souhaite descendre ici, ai-je dit en lui tendant soixante-quinze cents.

– T'aurais pu le dire plus tôt, a-t-il bougonné.

A contrecœur, il m'a remerciée pour le pourboire de vingt-cinq cents.

Mr Root était toujours sur le banc, Enepébé toujours debout, avec un livre qu'il tenait à hauteur de son regard. Je savais qu'il lisait de la poésie.

Mr Root l'entraînait à lire à voix haute afin de corriger son défaut de prononciation. Enegébé, le frère d'Enepébé, avait été dispensé de cet exercice, Mr Root le jugeant moins handicapé. Pourtant, si Enegébé était un peu plus compréhensible, il aurait eu bien besoin de travailler son élocution. A mon avis, Mr Root perdait son temps, mais sa détermination ne faiblissait pas. Je veux bien admettre qu'il avait une oreille plus exercée que la mienne : lui seul arrivait à comprendre les deux frères sans se creuser la tête. C'était impressionnant.

Enegébé et Enepébé se prénommaient en réalité Alonzo et, me semble-t-il, Robert. Ils devaient leurs sobriquets à Dodge Haines, Bubby Dubois et aux autres piliers de comptoir, aussi peu charitables, qui soutenaient celui du Rainbow Café à longueur de journée. Ces mauvais esprits s'étaient inspirés des plaques d'immatriculation – NPB et NGB – des vieux pick-up des deux « garçons », mais ceux-ci avaient trop bon caractère pour leur tenir rigueur de leur méchanceté.

Tandis que je traversais la route, Delbert est repassé en sens inverse et a actionné son klaxon, qui jouait les premières notes de la musique du *Pont de la rivière Kwaï*. Ça lui ressemblait bien.

Je ne l'ai pas salué. Pendant que j'escaladais le talus herbeux au sommet duquel était posé le banc, j'ai entendu Enepébé réciter :

Che hé un yeu ou hêhé hue

Je n'avais pas compris un mot de ce qu'il racontait, mais j'aimais bien sa gestuelle, un bras tendu vers le ciel, une main sur le cœur.

– Bravo ! a fait Mr Root d'un air approbateur.

Pourtant, je n'avais remarqué aucun progrès de la part d'Enepébé. On s'était tous concertés sur le choix de l'auteur qui convenait le mieux à cet exercice. Un des premiers cités avait été un Vachel quelque chose dont je n'avais jamais entendu parler. Enepébé avait trouvé un de ses poèmes, « Le Congo », dans un vieux livre. Mr Root aimait cette œuvre parce que son rythme lui permettait de marquer la cadence avec le pied.

Je m'étais rappelé que Will avait fabriqué des tambours en tendant de la toile – ou de la peau humaine ? – sur des fûts de bière vides. J'ignore à quel usage il les réservait, mais ils se trouvaient toujours au grand garage. J'avais alors suggéré de nous y rendre en délégation – seule, je n'avais aucune chance – afin de les emprunter. En entendant notre requête, Will avait souri et nous avait laissés entrer. J'en avais déduit (avec raison) que Mill et lui avaient l'intention de marquer eux-mêmes le rythme tandis qu'Enepébé lirait « Le Congo ». Ils y avaient mis tellement de vigueur et d'enthousiasme qu'Enepébé en avait oublié le poème pour exécuter une sorte de danse indienne.

Une fois « Le Congo » définitivement écarté, j'avais suggéré Shakespeare.

« Trop vieux », avait objecté Mr Root.

Robert Frost ?

« Trop facile. »

Mes connaissances en poésie étaient à peu près aussi conséquentes que ma fortune à la banque, toutefois je savais que Robert Frost était tout sauf « facile ».

J'avais objecté :

« Il est considéré comme le plus grand poète américain vivant. Donc, il ne peut pas être facile. »

Mr Root avait feuilleté son recueil de poèmes écorné et lu à voix haute les premiers vers de « S'arrêter dans un bois », puis il avait conclu sa démonstration en refermant le livre d'un coup sec.

« Monsieur Root, avais-je protesté, c'est un des poèmes de langue anglaise les plus célèbres…

– Célèbre ou pas, c'est du pipi de chat ! »

Mr Root s'accordait parfois des libertés de langage étonnantes pour un homme de son âge.

Il avait repris :

« Je parie que n'importe lequel d'entre nous ferait aussi bien. Pas vrai, les garçons ? »

Sachant à qui il s'adressait, à sa place, j'aurais évité de parier trop cher.

Il avait insisté :

« On n'aurait qu'à aller dans les bois, au bord du lac, là où se trouve la maison des Devereau, et écrire un poème...

– Et si on choisissait plutôt un autre auteur ? » avais-je dit.

Quoique vexé, il avait tourné quelques pages de son livre.

« Voici ce bon vieux Wordsworth qui s'extasie sur des jonquilles. Lis ça, Enepébé : "Une foule de jonquilles dorées."

– Hu houl euh honhi ohées, avait ânonné Enepébé.

– Tu vois ? avait triomphé Mr Root. Trop facile. La barre n'est pas assez élevée. »

Enepébé aurait trébuché rien qu'en lisant le dos d'un paquet de céréales.

C'est alors que Mr Root avait décidé de se rabattre sur Emily Dickinson, qu'il avait écartée dans un premier temps au motif qu'elle était « trop folle » : « Tu peux m'expliquer ce qu'est un "giron adamantin" ? Et des "liards amers" ? »

Il avait lu :

Je sais un lieu où l'été lutte
Contre un gel si expert...

Nous étions restés silencieux tandis qu'il réfléchissait, pianotait sur la couverture du livre, levait les yeux vers le ciel en marmonnant les mêmes vers.

« "Un gel si expert"... Nettement plus corsé. »

Il avait tendu le livre à Enepébé, qui avait déchiffré :

« "Hein el chi erpar"...

– Excellent ! La difficulté est parfaitement dosée. »

C'était donc ce dosage subtil qui avait permis à Emily Dickinson de remporter le marché. Si elle avait été encore en vie, je me serais fait un plaisir de l'inviter à une séance de lecture privée.

Enegébé est ressorti du magasin, portant des bouteilles de soda qu'il a fait passer à la ronde. Puis Mr Root a demandé à Enepébé de répéter les vers qu'il récitait quand je les avais rejoints.

Enepébé s'est éclairci la gorge d'un air grave :

Euh ou hé han a meuh han hé akeu lettes
Hè ote han lef hè du.

– Magnifique ! s'est exclamé Mr Root. Cette gamine s'y connaissait en poésie. Qu'est-ce que t'en dis ? a-t-il demandé à son élève, qui sirotait son soda.

Enepébé a hoché la tête avec enthousiasme.

Mr Root s'est ensuite tourné vers moi :

– T'as entendu comme il a progressé ?

Je n'avais entendu aucun progrès, mais j'ai prétendu que si, ajoutant que je devais retourner à l'hôtel pour les préparatifs du dîner.

6

Ma mère faisait cuire des soufflés, ce qui n'était pas bon signe. D'ordinaire, ça annonçait des réservations. Vera, la serveuse en chef, était également là, ce qui me confirmait qu'on attendait un nombre important de convives. Pour l'occasion, elle portait son uniforme noir à manches longues avec des poignets blancs. Moi, je n'avais droit qu'à une tenue à manches courtes bleue ou blanche qui, si j'avais montré davantage de compassion, m'aurait fait ressembler à une infirmière.

J'ai salué Walter, en position devant l'évier. Près de lui, l'énorme lave-vaisselle faisait autant de bruit qu'un engin de chantier. Sans lui, j'aurais été aux côtés de Walter, une éponge à la main. Ree-Jane elle-même avait dû faire la plonge à une ou deux reprises avant son arrivée. Elle n'avait pas arrêté de geindre et d'asticoter Walter. Mais celui-ci n'avait pas mordu à l'hameçon, se contentant de répondre : « C'est pas faux. »

Walter était-il l'antithèse d'Aurora Paradise, voire de chacun de nous ? Afin d'examiner cette question, j'ai cessé de tripoter une salade – une « laitue naine Bibb », selon Mrs Davidow, qui en parlait avec la même émotion mêlée de fierté que s'il s'était agi de ses propres enfants. A l'entendre, on aurait pu croire qu'elles faisaient seules le trajet du jardin à l'assiette, en secouant la terre de leurs feuilles. On en servait une par convive.

Ree-Jane traitait Walter de « débile », mais c'était un mensonge. Il avait juste l'esprit un peu lent. Je lui donnais entre trente et trente-cinq ans. Il portait des lunettes à monture noire et vivait seul dans la grande maison qui se dresse dans un virage, à l'endroit où Spirit Lake se fond insensiblement dans La Porte.

Lola Davidow était également là, un verre de martini à la main. En la voyant, j'ai pensé qu'Aurora attendait son cocktail, et que j'aurais dû profiter de ce que Mrs Davidow se trouvait à la cuisine pour le lui préparer. La mère de Ree-Jane avait revêtu une robe en lin rose et rehaussé la perfection de son teint avec un voile de poudre.

Elle s'est approchée et a inspecté les laitues, me disant d'y faire attention. Y faire attention ? C'étaient des salades ! Je me suis imaginée en lançant une à Walter, qui me la renvoyait telle une balle de tennis. Vera a interrompu ma rêverie au bout de quelques volées, me rappelant que je devais préparer le beurre.

Je lui ai rétorqué que je m'occupais déjà des salades, et elle s'est éloignée en poussant des cris rauques, comme un coq enroué. Je ne connais personne d'aussi perfectionniste que Vera. Ma mère l'est aussi, mais pas au point d'avoir en permanence une dizaine de fers au feu : le beurre, les verres rubis, le plan de table, les assiettes, les tasses à café, etc.

J'ai préparé douze laitues. Ce n'était pas drôle, parce qu'on m'avait interdit d'y ajouter une touche personnelle, par exemple en leur faisant des yeux avec des tranches d'œuf dur. J'ai voulu décorer les assiettes d'une rondelle d'olive noire, mais Vera s'en est aperçue et m'a ordonné de les enlever. J'ai obéi, mais dès qu'elle a eu le dos tourné, j'ai enfoui une rondelle d'olive dans le cœur pommé de chacune des laitues.

Ç'aurait été trop drôle si Miss Bertha, en découvrant la sienne, l'avait prise pour un insecte. J'ai cherché dans le bocal l'extrémité d'une olive – dépourvue de trou central, elle ressemblait davantage à une bestiole – que j'ai glissée dans la salade destinée à la vieille bique.

Dans la vie, comme dans les tartes meringuées et les roulés au jambon de ma mère, ce qui compte, ce sont les petites choses. Le père Freeman m'avait dit un jour : « Dieu est dans les détails. » A l'inverse, le shérif affirmait : « Le diable est dans les détails. » Dieu ou diable, tout ce qui importe, ce sont les détails.

Après un dernier coup d'œil à la laitue de Miss Bertha, j'ai apporté les beurriers dans la salle à manger.

En chemin, j'ai repensé au cocktail d'Aurora. Mrs Davidow s'était servi un deuxième martini. Elle avait donc l'intention de s'attarder à la cuisine. J'ai pris un verre rubis sur une table et jeté dedans une poignée des glaçons destinés à maintenir les beurriers au frais. Puis j'ai emprunté le long couloir qui menait au hall et au bureau, marchant d'un pas pressé.

J'ai surpris Ree-Jane en plein monologue, dans une pose étudiée, un bras appuyé sur la cheminée. Elle portait une robe chic, bleu irisé, avec une multitude de plis parfaitement nets.

J'ai survolé du regard la double rangée de bouteilles alignées sur l'étagère du bureau. Celle de Southern Comfort était à moitié pleine ; je pouvais donc puiser dedans sans risque.

Ça faisait longtemps que je n'avais pas préparé un Cold Comfort. Je n'étais même pas certaine de me rappeler la recette. D'un autre côté, personne n'attachait la moindre importance aux recettes des cocktails, et

Aurora moins que quiconque. J'ai versé dans le verre trois doigts de Southern Comfort, ajouté un peu de crème de menthe et un trait de cognac. Il m'aurait fallu du jus de fruits ou du soda pour compléter, mais pas question de retourner à la cuisine. Il m'est alors revenu que Will conservait des bouteilles de Crush à l'orange dans le second bureau.

Je me suis faufilée dans celui-ci à l'insu de Ree-Jane, et j'ai ouvert le tiroir de la table de la machine à écrire. Gagné ! J'ai débouché une bouteille de soda et rempli le verre jusqu'au bord avant de remettre la bouteille à sa place et de regagner le premier bureau. Là, j'ai parachevé mon œuvre avec une cerise au marasquin piquée sur un bâtonnet en plastique.

J'avais le verre à la main, ce qui était strictement interdit dans la salle à manger. Tout devait être servi sur un plateau. C'est sans doute ce qui m'avait permis de devenir une virtuose : Vera n'était pas la seule à savoir porter un plateau en équilibre sur la main.

Ree-Jane tournait le dos à l'escalier, tellement occupée à soliloquer qu'elle ne m'a pas entendue passer. Décidément, la chance était avec moi !

Je suis restée un moment à l'observer depuis l'escalier. A qui parlait-elle ? A elle-même, à un compagnon invisible ? A moins qu'elle n'ait répété un rôle – pas pour *Meurtre en plein ciel,* en tout cas, car Will et Mill ne l'auraient jamais laissée approcher à moins d'un kilomètre du grand garage. Mais il y avait d'autres possibilités : peut-être répétait-elle le discours qu'elle comptait prononcer à la tribune de l'ONU, ou la réponse qu'elle ferait au duc d'Oxford le jour où il la demanderait en mariage, ou encore le texte de son futur bout d'essai pour Cecil B. DeMille… Ou alors, elle s'entraînait à envoyer des baisers au public qui se presserait autour du podium pour la voir défiler lors du prochain Salon de la mode de Paris.

Le cocktail d'Aurora était en train de tiédir dans ma main, mais il fallait que je dise quelque chose.

– Il n'y a qu'un personnage féminin dans la pièce, il est mort, et c'est moi qui l'interprète.

Ree-Jane a exécuté un demi-tour digne d'une majorette – Tiens ! c'était peut-être pour ça qu'elle s'entraînait –, déployant sa jupe plissée autour d'elle.

– Qu'est-ce que tu fiches ici ?

– C'est ici que je vis, je te rappelle.

– Tu m'espionnais !

Avec un mouvement de tête piqué à Veronica Lake – il était question qu'elle partage bientôt l'affiche avec celle-ci – elle a ajouté :

– Oh ! Cette pièce-là... On m'a approchée pour le premier rôle féminin, mais j'ai refusé.

Quel sens de la repartie ! J'ai failli applaudir. Elle aussi, sans doute. Encore éblouie par l'étincelle d'intelligence que je venais de surprendre chez Ree-Jane, j'ai repris la montée des marches.

– Eh bien, pas trop tôt ! J'ai le gosier comme de l'étoupe !

Si l'expression n'était pas juste, le message n'en était pas moins clair.

– Je n'ai pas que ça à faire, ai-je répliqué. On a une réservation pour dix ce soir.

Aurora a agité son Cold Comfort avant de boire.

– C'est qui ?

Les potins l'intéressaient autant que n'importe qui.

– Les Baum.

Aurora a poussé un grognement désapprobateur.

– Ces arrivistes... Il faut toujours qu'ils étalent leur argent. Ils comptent là-dessus pour s'élever dans la société.

Elle a tourné son verre rouge vers la fenêtre. A la lumière du couchant, on aurait dit que sa mitaine gris argent était tachée de sang.

– Dans quel but ? ai-je demandé, sincèrement intriguée.

– Faire partie du grand monde, pardi !

Elle a bu une longue gorgée.

– Il n'existe ni petit ni grand monde à La Porte, ai-je objecté.

Aurora a reposé son verre et agité l'index en me regardant.

– Tu te trompes, jeune fille. Il existe bien une haute société, et à une époque, j'en étais le chef de file.

Si encore elle avait parlé d'un attelage de chiens de traîneau, j'aurais pu la croire.

J'ai demandé :

– Et aujourd'hui, qui en est le chef de file ?

– Oh ! Plus d'une a cru atteindre le sommet avant de se retrouver au bas de la pente, les fesses dans la poussière, si tu me passes l'expression. Qu'est-ce qu'il y a ? Tu en fais, une tête !

Elle a vidé son verre d'un trait avant de le reposer sur l'accoudoir de son fauteuil.

Je me suis expliquée :

– Nous habitons une petite ville du fin fond du Maryland, presque à la frontière de la Virginie-Occidentale...

– Où l'on peut s'approvisionner en alcools, si ma mémoire est bonne.

Elle a brandi son verre vide, pour le cas où je n'aurais pas saisi l'allusion, mais je l'ai ignorée.

– Ici, il y a des pauvres, des riches, mais pas de « haute société ».

Aurora m'a fusillée du regard.

– Ah oui, c'est ce que tu crois ? C'était bien la peine de me rebattre les oreilles avec les Devereau, les Woodruff et le Belle Ruine.

– Les sœurs Devereau appartenaient à la haute ? Première nouvelle !

Et moi qui les prenais pour de vulgaires meurtrières !

– Evidemment ! Regarde Iris, ou Elizabeth…

– Je ne peux pas les regarder, elles sont mortes.

Soudain l'angoisse s'est insinuée en moi. Beaucoup trop des gens qui m'intéressaient étaient morts. Pour les connaître, je ne pouvais m'appuyer que sur les témoignages d'Aurora Paradise, d'Isabel Barnett et de leurs contemporains. Cette pensée m'a ramenée à la raison principale de ma visite.

– Une minute, ai-je dit tandis qu'Aurora agitait de nouveau son verre vide devant mes yeux. Je voudrais revoir les photos des Slade et des Woodruff.

– Je les ai perdues. Redescends et prépare-moi un autre Cold Comfort.

– C'est faux. Elles se trouvent dans votre malle, dans une boîte recouverte de satin bleu.

Avec un soupir accablé, Aurora a approché son fauteuil pivotant de la malle, ouvert un des tiroirs et sorti la fameuse boîte. Avec un nouveau soupir, elle est revenue vers moi et a farfouillé dedans pour en extraire les clichés demandés.

– Il me manque une photo de Morris Slade, a-t-elle remarqué. La dernière fois que je l'ai sortie, c'était pour te la montrer. Où est-elle passée ?

– Je n'en ai pas la moindre idée.

En réalité, le portrait de Morris se trouvait dans mon tiroir, sous mes chaussettes.

– Ben voyons ! C'est ça que tu voulais ?

Elle m'a tendu plusieurs photos rangées en éventail. J'ai pris celle où Imogene Slade tenait son bébé enveloppé dans une couverture. On ne voyait pas le visage de la petite fille.

– Cette photo... Vous m'avez dit qu'elle avait été prise au Belle Ruine. Si c'est le cas, alors Miss Isabel ne ment pas quand elle prétend y avoir vu le bébé.

Aurora a levé les yeux au ciel.

– Cette pauvre fille ment comme elle respire, mais j'imagine que c'est plus fort qu'elle...

L'expression « pauvre fille » montrait en quelle estime Aurora tenait Isabel Barnett.

Je suis revenue à la charge :

– La seule personne encore en vie à avoir vu ce bébé est Miss Isabel...

– Et celle qui a pris cette photo, peut-être.

– Oui, mais on n'y voit qu'une couverture.

Aurora m'a adressé un regard peiné.

– Mon petit, tu as l'esprit plus entortillé qu'un politicien. Pourquoi ne pas accepter l'évidence ? Quand une mère tient une couverture comme si elle enveloppait son bébé, c'est que celui-ci est dedans.

– Ecoutez-moi, au moins. Il est naturel qu'en voyant le landau les gens aient supposé qu'il y avait un bébé à l'intérieur. Pareil pour la couverture. Mais rappelez-vous : la baby-sitter elle-même n'a jamais vu l'enfant.

– Oh, cette fille ! On ne peut pas se fier à sa...

Je ne l'ai pas laissée achever :

– Imogene Slade lui a dit de ne pas se soucier du bébé. Si cette photo a bien été prise le week-end où les Slade se trouvaient au Belle Ruine...

Un détail m'est subitement revenu à l'esprit.

– Vous m'avez dit que le bébé n'avait que quelques semaines au moment de l'enlèvement. Mais le rapport de police indique qu'il était âgé de quatre mois.

Aurora a plissé les yeux et pianoté sur l'accoudoir de son fauteuil.

– Bon sang, tu n'es jamais fatiguée de te triturer la cervelle ? Quatre semaines, quatre mois, qu'est-ce que ça change ? Tiens, tu me donnes soif...

Elle m'a tendu son verre d'un geste brusque. J'ai fait celle qui ne voyait rien.

– Si les Slade se donnaient autant de mal pour faire croire à la présence de leur bébé, c'est peut-être qu'il lui était arrivé quelque chose... Quelque chose qu'ils ne voulaient pas ébruiter. Regardez bien cette photo, et dites-moi si elle a été prise à l'occasion du bal du Belle Ruine.

Histoire de l'encourager, je lui ai pris le verre vide des mains. Ça a paru la requinquer.

– Nom de Dieu, passe-moi mes lunettes. Dans le tiroir du haut, a-t-elle précisé en montrant la malle.

J'ai ouvert le tiroir et fouillé dedans. Soudain mes doigts ont rencontré un objet en métal froid.

– Un pistolet ? Je rêve !

J'ai sorti l'arme du tiroir et l'ai tenue à bout de bras, comme s'il s'était agi d'un rat mort.

– Quoi, ça ? Ça fait une éternité que je l'ai. Une femme seule doit pouvoir se protéger. Oh, ne fais pas tant de manières ! Il est tout petit, et il n'est même pas chargé.

– Où est-ce que vous l'avez eu ?

– Cadeau d'un ami.

Elle a paru s'abîmer dans ses souvenirs. Voyant ça, je me suis dépêchée de ranger le pistolet et lui ai tendu ses lunettes.

— La photo.

— Passe-moi aussi la lorgnette.

J'ai supposé qu'elle parlait de la loupe posée sur une de ses malles. Ayant calé les branches de ses lunettes derrière ses petites oreilles, elle s'est mise à étudier les clichés à la loupe. J'aurais parié qu'elle n'en avait pas vraiment besoin.

— Non, a-t-elle dit au bout d'un moment. Ça ne pouvait pas être ce week-end-là.

J'ai approché mon visage de la photo qu'elle tapotait de l'ongle. Elle représentait Mr Woodruff.

— Regarde sa moustache. Il ne l'avait pas le week-end du bal. Je le sais, j'ai dansé avec lui toute la soirée.

Donc, il se pouvait que Miss Isabel se soit trompée. J'aurais dû être soulagée, mais dans le fond, ça n'avait pas d'importance. Que la photo ait été prise le week-end du bal, le précédent ou encore avant, elle n'exprimait qu'une possibilité – la possibilité que Miss Isabel ait réellement vu le bébé, ou que celui-ci se soit trouvé là. Mais elle ne prouvait rien.

A présent, j'avais hâte de quitter cette pièce. J'ai presque couru vers la porte.

— On peut savoir pourquoi ces vieilles histoires te passionnent tant ? a demandé Aurora derrière moi.

J'ai fait volte-face.

— Parce que le bébé a disparu. C'est ça qui m'intéresse : les disparitions.

J'aurais pu ajouter : « Et les filles évanescentes. »

7

Chaque fois que les choses devenaient trop compliquées, ou que les pensées qui agitaient mon esprit fourmillaient de détails d'inspiration diabolique, je me tournais vers Mrs Louderback.

Pour me rendre chez elle, je devais traverser la route qui passait devant l'hôtel. Cette partie de Spirit Lake est très agréable, avec ses rues bordées d'arbres, ses maisons blanches entourées de vastes galeries et de pelouses verdoyantes. On dirait que les habitants se sont concertés pour construire des maisons toutes identiques – c'est d'ailleurs probablement le cas.

A cet endroit du Maryland, le moindre pas de côté peut vous conduire en Virginie-Occidentale. Dans un sens, c'est une chance. Ma mère a l'habitude de dire que tout ce qu'on peut souhaiter dans cette vie se trouve en Virginie-Occidentale. Ce n'est pas Lola Davidow qui la contredirait : il y a un magasin qui vend de l'alcool juste au-delà de la frontière entre les deux Etats, à une trentaine de kilomètres de La Porte. On ne risque pas de se perdre, il suffit de suivre les ornières creusées par les pneus de la voiture de Mrs Davidow.

Ma mère est originaire de Virginie-Occidentale. Son père y possédait un hôtel. Il faut croire que les Dunn – le nom de jeune fille de ma mère – ont l'hôtellerie dans le sang. Pourtant, elle n'y retourne jamais. A sa place, j'y aurais été tout le temps fourrée. Mais certaines personnes ont du mal à revisiter les lieux de leur passé. L'expérience est trop douloureuse pour elles.

Moi, je frapperais à la porte de mon ancienne maison, et quand la nouvelle occupante – une vieille femme avec un tablier à fleurs – m'ouvrirait, je lui dirais : « Pardon de vous déranger, mais j'ai habité ici – enfin, ma famille, mais ils ont tous été tués dans un accident de train, et juste avant de mourir, ma mère m'a fait promettre de revenir. Elle m'a dit : "Emma, retourne là-bas et récupère les photos !" » Entre-temps, bien sûr, je serais entrée et montée à l'étage, au prétexte qu'un album de photos y était caché, peut-être sous une banquette de fenêtre... En réalité, je serais impatiente de revoir ma chambre.

Je me suis assise sur le trottoir devant la maison des Mooma. Lesquels ? Je l'ignorais, ils étaient tellement nombreux. Des pots de pétunias et de pensées assoiffées pendaient des avant-toits. Au bout d'un moment, je me suis relevée et remise en route, donnant des coups de pied dans les cailloux.

La maison de Mrs Louderback s'appelle « Le Repos du Voyageur », un nom bien choisi pour une voyante. Il semble dire au visiteur : Cesse de vouloir redresser ta vie et remets-t'en à des forces supérieures. Bien sûr, dans mon cas, ça ne marche pas, mais quand je suis d'humeur à philosopher, il me suffit de considérer mon existence pour comprendre pourquoi.

La femme qui m'a ouvert la porte vit là avec la propriétaire. Elle ne prononce jamais un mot et arbore toujours une expression renfrognée. Je me suis souvent demandé pourquoi Mrs Louderback lui confiait le soin d'accueillir sa clientèle. Peut-être considère-t-elle que le sort du visiteur qui se laisserait décourager par l'air revêche de son assistante est d'ores et déjà gravé dans la pierre, et que les cartes ne peuvent rien pour lui.

La fraîcheur et la pénombre régnaient à l'intérieur de la maison. La femme m'a guidée à travers un salon rempli de meubles sombres avec des pieds en forme de pattes de lion et m'a introduite dans une minuscule pièce attenante à la cuisine. Mrs Louderback pratique son art dans sa cuisine, et cette petite pièce lui sert en quelque sorte de salle d'attente.

Deux autres personnes y étaient déjà installées – une mère et sa fille, aurait-on dit. La fille avait à peu près mon âge, et son visage respirait la stupidité. On peut dire beaucoup de choses de moi, mais pas que j'ai l'air idiote. La tête appuyée contre l'épaule de sa mère, elle me regardait fixement, sans ciller. Je n'ai jamais été du genre à baisser les yeux la première. Je lui ai rendu son regard. Elle n'a pas bronché.

Sa mère feuilletait un numéro du *Ladies' Home Journal*, tournant les pages sans même y jeter un coup d'œil, comme si elle reprochait sa futilité au magazine. Je m'apprêtais à lui demander si elle avait remarqué que sa fille était morte quand la porte s'est ouverte, livrant passage à une femme d'âge mûr qui a traversé la pièce d'une démarche raide, sans tourner la tête, avant de sortir. Peut-être Mrs Louderback hypnotise-t-elle ses visiteurs. Dans ce cas, s'inquiète-t-elle seulement de savoir comment ils vont rentrer chez eux ?

– Bonjour, Emma.

C'était mon tour. Je me suis levée presque à regret, ignorant au juste ce que j'étais venue chercher.

La cuisine, très propre et parfaitement rangée, sentait bon le pain chaud. On n'apercevait aucune trace sur les meubles blancs, et la cuisinière émaillée semblait sortir du magasin.

Mrs Louderback a aligné plusieurs cartes sur la table. La première était le Pendu. Tiens donc !

– Ce n'est pas forcément un mauvais présage, a précisé Mrs Louderback.

A mon avis, quand on est pendu par les pieds, ça n'annonce rien de bon. Toutefois, j'ai acquiescé et attendu qu'elle retourne la carte suivante.

Les Orphelins dans la Tourmente.

– Encore eux ! me suis-je exclamée. Vous ne me ferez pas croire qu'ils apportent de bonnes nouvelles.

Elle a eu un rire bref.

– Tout dépend de ce que tu entends par « bonnes ».

– Moi, je n'aimerais pas beaucoup traîner sous la neige et la pluie vêtue de guenilles.

– Peut-être marchent-ils vers un avenir meilleur, a remarqué Mrs Louderback d'un ton songeur.

Craignant qu'elle n'amène Dieu sur le tapis, je me suis dépêchée de détourner la conversation :

– La dernière fois, on a parlé du bébé des Slade... Celui qui a été enlevé, vous vous en souvenez ?

– Oui.

– Vous savez ce que j'en pense ? Eh bien, si ça se trouve, le bébé n'a jamais été au Belle Ruine. Ses parents ont juste cherché à le faire croire.

L'expression de Mrs Louderback s'est teintée d'étonnement.

– Pourquoi auraient-ils fait une chose pareille ?

– Je n'en sais rien. Pour qu'on pense que la petite Fay était toujours en vie. Rappelez-vous, la nurse du bébé ne les avait pas accompagnés. Elle était malade, paraît-il. Les Slade ont également prétendu que le bébé était malade – pour dissuader les gens de chercher à le voir, peut-être. Maintenant, imaginez qu'ils aient dû expliquer son absence. Quelle meilleure justification à l'absence d'un enfant qu'un enlèvement ?

Mrs Louderback regardait les cartes, mais je ne crois pas qu'elle les voyait vraiment. Enfin, elle a pris la parole :

– Gloria Spiker, la baby-sitter… Elle a dit qu'elle avait quitté la chambre une vingtaine de minutes pour téléphoner. A son retour, le bébé avait disparu, et Morris Slade se trouvait dans la chambre.

Elle avait une excellente mémoire des détails, pour une personne de son âge.

Elle a poursuivi :

– Ça soulève une question, non ? Comment les ravisseurs pouvaient-ils savoir qu'elle allait quitter la chambre ? Et s'absenter assez longtemps pour leur permettre de monter à l'échelle et d'en redescendre ? A croire qu'ils s'étaient concertés…

Je me suis tassée sur ma chaise. A aucun moment je n'avais envisagé que le coup de téléphone ait pu être arrangé. Une conspiration ? C'était encore plus excitant !

– Ça voudrait dire que Gloria Spiker était dans le coup, ai-je remarqué. Et son amie aussi. Elles ont discuté pendant vingt minutes, l'opératrice l'a confirmé.

– Ou alors, les ravisseurs surveillaient la chambre – avec des jumelles, peut-être – et ils l'ont vue en sortir…

– Possible. Mais elle aurait pu revenir aussitôt.

Apparemment, j'allais devoir retourner à Cold Flat Junction et m'entretenir de nouveau avec Gloria Spiker Calhoun.

– Et si on parlait plutôt de toi, Emma ?

Comment, ce n'était pas ce qu'on avait fait jusque-là ?

– Cette carte, les Orphelins… C'est la troisième fois qu'elle apparaît dans ton jeu.

En réalité, c'était la quatrième, mais je n'allais pas m'appesantir.

– Il y a bien les dix orphelins que Miss Louise Landis... Vous la connaissez ? Elle vit à Cold Flat Junction.

Mrs Louderback a réfléchi. Elle n'était pas femme à se prononcer à la légère.

– Non, je ne crois pas, a-t-elle fini par répondre.

– Pour leur faire plaisir, elle a amené dix orphelins déjeuner à l'hôtel Paradise.

– Comme c'est gentil !

En fait, c'était moi qui lui en avais soufflé l'idée. Pas par gentillesse, mais pour gagner sa confiance. Pour faire bonne mesure, j'avais ajouté une représentation de *Médée, la comédie musicale.*

J'ai appuyé mon menton sur mes mains posées à plat sur la table afin de voir les cartes de près, sans raison particulière.

– Mais les orphelins de Miss Landis ne ressemblaient pas à ceux-ci, ai-je laissé tomber. En plus, ils se tenaient très mal à table.

– C'est regrettable. J'imagine que ta mère s'était donné beaucoup de mal pour les recevoir.

Ma mère ? C'était moi qui avais quasiment dû fouetter Will et Mill pour qu'ils acceptent de monter sur scène ce jour-là !

J'ai repris, désignant la carte :

– Ces Orphelins-ci ne sont pas réels, bien sûr. Ils représentent quelque chose.

– Quoi, à ton avis ?

Je me suis redressée et ai regardé le plafond, me demandant ce que je tentais de fuir. J'ai pensé à la maison des Devereau, qui dans la brume paraissait voguer sur le lac tel un grand vaisseau gris, et au bassin dans le parc du Belle Ruine, où venaient boire des cerfs semblables à des fantômes. J'ai pensé à la Fille. Puis j'ai dit :

– Parfois, je me pose la question : Comment fait-on pour distinguer ce qui est réel de ce qui ne l'est pas ?

Je n'espérais pas de Mrs Louderback une réponse définitive, de celles qui résolvent tous les problèmes, passés, présents et futurs. Mais je ne m'attendais certainement pas à ce qu'elle a dit alors :

– Qui sait ? C'est peut-être impossible.

8

J'ai oublié de laisser ma contribution de deux dollars avant de sortir. Ça explique probablement le regard extrasévère que m'a lancé la supposée bonne de Mrs Louderback, même si, à dire vrai, son expression n'était ni plus ni moins hostile que d'habitude.

Peut-être ma main avait-elle refusé de lâcher les billets parce que Mrs Louderback ne m'avait rien dit de nature à me rassurer ou me réconforter. Pour quelle autre raison paierait-on quelqu'un ?

Je poussais du pied une canette de soda vide le long de la route quand j'ai aperçu une voiture qui venait dans ma direction. Un cabriolet Chevrolet jaune bouton-d'or, plus grand et plus chic que celui de Ree-Jane. Scarlett Bittinger était au volant. J'appréciais Scarlett parce qu'elle faisait de l'ombre à Ree-Jane. Evidemment, celle-ci la détestait.

Scarlett a klaxonné et m'a fait un signe de la main en me dépassant. C'est agréable d'avoir l'impression d'exister aux yeux d'une personne de son âge. Une écharpe en mousseline de soie verte flottait à son cou. Tandis qu'elle s'éloignait, j'ai imaginé Scarlett conduisant son cabriolet sur une route obscure, par une nuit pluvieuse. Soudain le vent rabattait son écharpe sur son visage, l'aveuglant. La voiture dévalait une pente et enfonçait une barrière de sécurité blanche avant de disparaître dans un ravin.

Je ne souhaitais rien de tel à Scarlett, mais cette image m'avait donné une idée de cadeau de Noël pour Ree-Jane : une écharpe en mousseline. Je me ferais un plaisir de lui dire combien Scarlett avait fière allure avec la sienne, au volant de son cabriolet jaune bouton-d'or.

J'ai traversé la route et remonté l'allée derrière l'hôtel, me demandant ce qui se passait à l'intérieur du grand garage et si Paul s'y trouvait toujours. Sa mère, notre plongeuse à mi-temps, n'avait pas l'esprit très vif. Elle oubliait fréquemment son fils. On pouvait la comprendre.

J'ai coupé par le jardin à cocktails, qui semblait avoir reçu la visite des Baum et de leurs invités : des verres à moitié vides, des serviettes en papier roulées en boule, les reliefs d'un plateau de hors-d'œuvre abandonnés sur une table...

Apercevant de la lumière à travers les fentes des murs du grand garage, je me suis approchée. Mill tapait comme un sourd sur son piano, on entendait des éclats de rire, et des couinements suraigus qui devaient provenir de Paul. Ce vacarme a cessé à l'instant où j'ai frappé, comme si la nuit l'avait englouti. Pour une fois, j'ai décidé de ne pas attendre que Will ouvre et se livre à son numéro habituel.

J'ai emprunté le chemin de pierres qui conduit à la porte de derrière et à l'escalier menant à ma chambre, au troisième étage. J'ai croisé le chat de l'hôtel, qui vaquait d'un air affairé. Je lui ai tenu la porte ouverte, au cas où il aurait voulu entrer, mais il m'a à peine accordé un regard avant de s'éloigner. J'aurais bien voulu être occupée par des tâches aussi importantes, et que ça se voie à mon allure.

Des bribes de conversations et le rire de hyène d'Helen Baum parvenaient à mes oreilles. Le dîner terminé, les convives avaient dû se réunir sur la véranda pour y boire quelques verres. Mrs Davidow a coutume d'imposer sa présence aux invités dès lors qu'elle connaît au moins l'un d'eux. Quand quelqu'un réserve pour dix, mieux vaut donc prévoir un onzième couvert.

On entendait aussi de la musique. Sans doute avait-on descendu le tourne-disque de Ree-Jane. Je me suis assise sur la première marche de l'escalier, le menton sur les genoux.

La chanson était *Tangerine.* Je l'avais chantée dans un night-club de Tamiami Trail, et aussi au Roney Plaza Hotel. Plutôt, j'avais fait semblant, n'ayant pas été invitée à Miami Beach. Tout ça paraissait si lointain... Pourtant, ça faisait à peine une semaine que ma mère, Mrs Davidow et Ree-Jane étaient rentrées de Floride.

J'ai gravi les marches d'un pas lourd, comme si j'allais au-devant d'un danger mortel. *Cesse de dramatiser,* me suis-je dit. Toutefois, la sensation d'une catastrophe imminente a subsisté.

Il y a dans ma chambre un coffre à jouets que je n'ouvre plus que rarement, me considérant comme trop âgée pour m'amuser avec des peluches et des poupées.

Ce coffre a servi un jour de prétexte à une querelle acharnée. Celle-ci n'est d'ailleurs pas réglée, Ree-Jane n'ayant pas obtenu satisfaction. Lola Davidow voulait que je donne mon coffre à sa fille pour qu'elle y range ses affaires.

« Quelles affaires ? Il y a déjà les miennes dedans. »

Une objection parfaitement justifiée à mon sens, même si j'admets l'avoir formulée avec une pointe d'arrogance.

Mrs Davidow avait ouvert et refermé plusieurs fois la bouche en silence, comme toujours quand elle prépare une réplique cinglante. On aurait dit un des dessins animés qu'on projette avant le film à l'Orion.

J'avais ajouté que ce coffre m'appartenait depuis que j'étais toute petite. Elle avait enfin réussi à émettre un son pour me traiter d'égoïste.

Ree-Jane s'était immiscée dans la discussion, avec ses raisonnements boiteux. (J'aime bien me la représenter avec une jambe plus courte que l'autre, ou mieux, un pied bot.)

« Qu'est-ce que tu veux faire de ce coffre, d'abord ? lui avais-je demandé. Y planquer un cadavre ?

– Ne dis pas de bêtises !

– Je m'en sers toujours.

– Pour y ranger des cochonneries.

– Qu'est-ce que t'en sais ? T'as fouillé dans mes affaires ?

– Il est plein de trucs de gosse.

– Ça tombe bien, c'est ce que je suis. »

Ça faisait deux fois en peu de temps que je me rangeais parmi les « gosses ». Il n'aurait pas fallu en faire une habitude.

Je m'étais gratté la tête, faisant mine de réfléchir, avant d'ajouter :

« Si je te le donne, où est-ce que je vais loger mes souris ?

– Tes quoi ?

– Mes souris. J'en ai un couple et leurs bébés. Tu veux les voir ? »

Quand j'avais soulevé le couvercle, Ree-Jane avait déguerpi.

Si elle tenait tant à avoir un coffre comme le mien, avec sa peinture rose écaillée, sa mère avait les moyens de lui en offrir un. Elle a racheté la moitié de l'hôtel Paradise il y a quelques années. Ça expliquait peut-être son insistance : elle considérait que mon coffre lui appartenait pour moitié.

En plus, j'avais du mal à croire que Ree-Jane désire être associée à un vieux coffre à jouets, surtout le mien.

Quoi qu'il en soit, ma mère n'allait pas tarder à s'en mêler, une fois que Lola et sa fille se seraient plaintes à elle de mon « égoïsme ». Tout ce qu'elle souhaitait, c'était préserver la paix.

J'ai soulevé le couvercle du coffre, à présent convaincue de la valeur inestimable de son contenu. Je n'y aurais pas attaché davantage de prix s'il avait été rempli de diamants et de rubis. Mon regard est tombé sur une poupée de chiffon tout effilochée à laquelle il manquait une oreille. J'ai ressenti de la pitié pour elle, surtout parce que je ne me rappelais pas quand j'avais joué avec elle pour la dernière fois. Si je n'imaginais pas la reprendre à mes côtés, il n'aurait pas fallu me pousser beaucoup pour que j'aille chercher un pansement pour son oreille – ce genre de blessures saigne beaucoup.

Tandis que je sortais les jouets un à un, il m'est apparu que mon coffre ressemblait beaucoup à celui de Mary-Evelyn Devereau, que j'avais découvert dans la vieille maison de l'autre côté du lac.

Mary-Evelyn... Elle avait mon âge quand elle s'était noyée – ou plutôt quand sa meurtrière lui avait maintenu la tête sous l'eau jusqu'à ce qu'elle ne puisse plus retenir sa respiration. A sa place, combien de temps aurais-je tenu ?

Si Rose Devereau n'avait pas fui avec Ben Queen, Mary-Evelyn ne serait peut-être pas morte ainsi. Mais non, on ne pouvait leur faire grief de sa mort : ils projetaient de revenir la chercher. Malheureusement, ils avaient trop attendu.

Mary-Evelyn possédait une boîte de Mr Ree, comme moi. Dans ce jeu, chaque personnage est représenté par un tube avec une tête qu'on peut dévisser pour dissimuler des armes miniatures à l'intérieur. Deux de ces tubes étaient mystérieusement réapparus, le peintre George à Crystal Spring et la nièce Rhoda dans la maison des Devereau. J'avais supposé que la Fille les y avait déposés. Dans quel but ? Je l'ignorais. Peut-être pour signaler son passage. A moins que…

A moins que je ne les aie déposés moi-même.

Ce n'était pas là une hypothèse sur laquelle j'avais envie de m'attarder.

9

Je me suis pourtant attardée dessus.

Ce n'est pas facile de se dire qu'on devient folle, surtout à douze ans à peine.

Je n'avais pas eu l'occasion de croiser beaucoup de fous. Au Weeks's Nursing Home, où j'accompagnais parfois ma mère pour y livrer des gâteaux, j'avais vu des vieillards immobiles dans leurs fauteuils, la bouche ouverte. Ils ne paraissaient pas avoir toute leur raison, mais peut-être devient-on tous ainsi avec l'âge.

Assise près de mon coffre à jouets – qui risquait de ne plus m'appartenir très longtemps – j'inspectais le cylindre de la tante Cora. J'ai dévissé sa tête et introduit mon petit doigt à l'intérieur. C'était l'endroit idéal pour glisser un morceau de papier roulé, mais les deux cylindres que j'avais découverts, l'un près de la source et l'autre dans la maison des Devereau, étaient vides. Dans un sens, je préférais ça : si je m'étais écrit des messages à moi-même, j'aurais été mûre pour me présenter à l'accueil du Weeks's Nursing Home avec ma valise en lieu et place d'un gâteau. Je n'y avais jamais vu que des vieillards, mais j'imagine qu'il existe des endroits de ce genre pour les enfants.

Puis j'ai repensé à la boîte de Mary-Evelyn. Manquait-il deux tubes à l'intérieur ? Je me rappelais l'avoir sortie du coffre pour examiner son contenu, mais j'aurais très bien pu ne pas remarquer l'absence de ces deux personnages.

Peut-être aurais-je dû retourner là-bas pour vérifier ? Cette idée ne m'enchantait guère, après la tentative de meurtre dont j'avais été victime.

Mais la maison elle-même était inoffensive. Les lieux n'absorbent pas les mauvaises ondes émises par certaines personnes. L'appartement au quatrième étage de notre hôtel, ses murs, ses portes et ses meubles ne sont heureusement pas imprégnés de la folie d'Aurora Paradise. Et le lit, la commode de Ree-Jane ne se croient pas supérieurs aux autres lits et commodes sous prétexte qu'ils appartiennent à la fille de Lola.

Ree-Jane...

Elle avait fouiné dans ma chambre. Sinon, comment aurait-elle su ce que contenait mon coffre ? Elle aurait très bien pu y prendre la nièce Rhoda et George le peintre. Le souvenir d'un épisode qui avait commencé par une vision d'horreur pour s'achever sur une note de jubilation intense a brusquement surgi dans ma mémoire : Ree-Jane au Rainbow Café, assise dans *mon* box, celui que j'ai l'habitude de partager avec Maud et le shérif, et ce dernier me montrant ce qu'elle venait de lui remettre : le tube du peintre George, qu'elle prétendait avoir trouvé à Crystal Spring et m'accusait d'avoir utilisé pour communiquer avec Ben Queen. Le shérif lui avait alors rabattu son caquet, d'où ma jubilation. Plus tard, il m'avait donné le tube.

Ça ne prouvait pas qu'elle ait volé le peintre George dans ma boîte : j'avais trouvé celui-ci dans la niche près de la source, avant qu'elle ait mis les pieds là-bas. Mais même s'il provenait du jeu de Mary-Evelyn, Ree-Jane pouvait quand même avoir pris le mien.

Restait le personnage de Rhoda, que Dwayne avait découvert dans les bois autour de la maison des Devereau. Je voyais mal Ree-Jane traîner dans un endroit aussi désert, sinistre et dépourvu d'admirateurs potentiels. En plus, Fern Queen avait été tuée tout près de là, à Mirror Pond, et je n'imaginais pas Ree-Jane sur le théâtre d'un crime autrement qu'entre deux policiers, les menottes aux poignets.

10

Le lendemain matin, sitôt après avoir avalé mes crêpes aux airelles ensirupées – encore Faulkner – et saupoudrées de sucre glace, je me suis dirigée vers le garage Slaw.

S'il y avait une personne avec laquelle je pouvais m'entretenir de la folie, c'était assurément Dwayne, le spécialiste de William Faulkner – une qualité rare pour un mécanicien, mais le fait d'être le seul en ville à l'avoir lu suffisait à lui conférer le statut d'expert.

Le garage Slaw se trouve à un peu plus d'un kilomètre de l'hôtel, de l'autre côté de la grande route menant à la gare. Pour m'y rendre, j'ai emprunté le chemin de planches parallèle à la route qui longe des courts de tennis. Beaucoup de gens l'utilisent pour aller au bureau de poste, au bazar ou chez Jessie, l'équivalent local du Windy Run Diner.

En plus de Dwayne, Abel Slaw emploie deux ou trois mécaniciens de moindre talent qui ne travaillent jamais tous en même temps. L'un d'eux est Toi-mon-gars, qui doit son surnom à la manière dont sa mère l'interpellait quand il était petit : « Toi, mon gars ! Viens par ici. »

J'ai jeté un coup d'œil dans le bureau de Mr Slaw. Par bonheur, il n'y était pas. Il n'aime pas me voir traîner dans son garage.

Toi-mon-gars se trouvait sous un pont élévateur. Il a agité sa clé dans ma direction en guise de salut. Un « clang » m'est parvenu de sous une autre voiture, un modèle étranger haut de gamme. J'ai reconnu la voiture de Bubby Dubois, le concessionnaire Chevrolet de La Porte. J'aimerais mieux qu'on m'appelle Toi-mon-gars plutôt que Bubby. Franchement, à son âge…

D'autres bruits violents s'échappaient à présent de sous la voiture de Bubby. Je me suis demandé pourquoi Dwayne ne l'avait pas placée sur le second pont, mais sans doute avait-il ses raisons. Après tout, c'était lui l'expert en mécanique.

Je me suis hissée sur une pile de pneus neufs. Tandis que j'attendais que Dwayne daigne apparaître, je me suis fait la réflexion que j'adorais le fracas du métal contre le métal et l'odeur du caoutchouc. Au bout d'un moment, constatant que les photographes ne se bousculaient pas pour me tirer le portrait, j'ai cessé de prendre la pose et me suis laissée glisser au bas de la pile. J'ai dû m'aplatir sur le sol pour apercevoir Dwayne en train de serrer un boulon, étendu sur sa planche à roulettes. Une lampe grillagée était accrochée au-dessus de lui.

– Dwayne ?

Il m'a regardée et a secoué lentement la tête avant de remarquer :

– De tous les bars de toutes les villes du monde, il a fallu qu'elle entre dans le mien.

La joue plaquée contre le ciment, je l'ai vu ramasser sa clé afin de serrer un autre boulon. Le dessous d'une voiture n'a rien de fascinant à mes yeux, mais puisqu'il n'était pas décidé à en sortir, je suis restée couchée sur le sol taché d'huile de moteur, la tête appuyée sur une main.

– Dwayne, ai-je repris, crois-tu qu'un gosse puisse devenir fêlé, ou même carrément fou ?

C'était la quatrième fois que je me traitais de « gosse ».

Dwayne a cessé de faire du bruit et tourné de nouveau la tête vers moi. Même dans la pénombre, il était beau. Ree-Jane avait le béguin pour lui, mais heureusement, ce n'était pas réciproque. Plus d'une fois, je m'étais retenue de lui rappeler qu'il y avait plein d'hommes très séduisants dans ma vie, et qu'elle était loin de pouvoir en dire autant.

A mon grand étonnement, Dwayne s'est alors extirpé de sous la voiture.

– Tu veux parler du gamin de votre plongeuse ? a-t-il demandé.

Tout en disant cela, il s'était relevé et essuyé les mains avec le chiffon graisseux qu'il avait en permanence dans sa poche arrière. Tous les mécaniciens en ont un.

– Paul ? Non.

Paul, lui, était déjà fou.

– De qui, alors ?

– Eh bien... de moi, peut-être ?

– De toi ? Bon sang, t'es bien trop têtue pour ça !

Il m'a fait signe de le suivre.

– Têtue ? Qu'est-ce que ça a à voir ?

– Dans ton cas, ça a tout à voir. Quand il reviendra, dis à Abel que je suis chez Jessie, a-t-il lancé à Toi-mon-gars.

Celui-ci a souri et agité sa clé, s'en filant un coup sur le crâne.

Pauvre Toi-mon-gars... Cela dit, j'aurais été capable d'en faire autant.

– Attends-moi ! ai-je crié, courant presque pour rattraper Dwayne.

On a traversé la route, puis la voie ferrée. J'adore la vieille gare, que je trouve presque aussi fascinante que celle de Cold Flat Junction.

Dwayne m'a tenu la porte de chez Jessie, et je l'ai remercié. Je n'en revenais pas qu'il ait laissé son travail en plan pour venir là avec moi.

La salle du restaurant était presque aussi grande que celle du Windy Run Diner, avec un comptoir en fer à cheval. Les clients qui s'y trouvaient à notre entrée donnaient l'impression d'occuper les mêmes places jour après jour. Il était évident que certains d'entre eux se connaissaient. Ceux qui étaient assis autour du comptoir ont salué Dwayne de la tête. Il leur a rendu leur salut et a dit bonjour à Jessie.

Celle-ci s'est approchée avec une telle hâte que j'ai cru qu'elle allait sauter par-dessus le comptoir. Je me suis souvent demandé si elle avait également le béguin pour Dwayne. Jessie est une brune plutôt jolie, mais prématurément usée.

— Salut, beau gosse, a-t-elle dit.

A vomir. Si j'avais osé proférer un truc aussi stupide, Dwayne m'aurait remise à ma place en moins de deux. Mais bien sûr, je n'avais que douze ans, et Jessie au moins cent de plus.

Elle nous a servi à lui un café, à moi un Coca à la cerise. Après quelques gorgées, Dwayne a demandé :

— Tu vas me dire à quoi rimait ce baratin sur la folie ?

— Tu te rappelles le petit tube que tu as trouvé sur le chemin qui mène à la maison des Devereau, même que tu ne savais pas ce que c'était ?

— Ouais.

J'ai sorti la figurine de Mr Perrin de ma poche et l'ai posée sur le comptoir. Dwayne l'a prise et examinée. Il avait des mains magnifiques, avec de longs doigts

– des mains de pianiste, ou de maître mécanicien, je suppose.

— Celui que j'ai trouvé avait une tête de femme, a-t-il remarqué.

— La nièce Rhoda.

— Et lui, c'est... ?

— Mr Perrin.

— Continue.

J'ai ensuite sorti George le peintre de mon autre poche.

— J'ai trouvé ce tube-ci à Crystal Spring, ai-je expliqué. Dans la niche qui abrite un gobelet. Il manquait dans la boîte de Mr Ree de Mary-Evelyn Devereau.

Je me suis penchée vers lui afin que personne n'entende la suite :

— Il manquait aussi dans mon jeu, ainsi que la nièce Rhoda. Alors, je me pose une question : et si c'était le mien que tu avais trouvé ?

— Ça voudrait dire que quelqu'un l'aurait volé et abandonné dans l'allée.

J'ai acquiescé, le cœur battant.

— Maintenant, imagine que ce soit moi qui l'aie fait, et que je n'en aie aucun souvenir...

— Impossible, a affirmé Dwayne, faisant tourner Mr Perrin entre ses doigts. Tu n'oublies jamais rien... Malheureusement.

— Mais si j'étais *folle*...

J'avais prononcé le mot à voix basse, craignant de lui donner trop de réalité autrement.

— Dans ce cas, on n'aurait pas cette conversation, a rétorqué Dwayne après une gorgée de café. Tu ne te demanderais même pas si tu l'es.

— Pardon ?

— Et ton frère, l'hurluberlu ? Il était bien placé pour prendre ces tubes.

Will, un hurluberlu ?

– Il ne pouvait pas savoir que j'irais chez les Devereau, ai-je objecté.

– Tu m'as dit qu'il était allé à Mirror Pond, là où Fern Queen a été tuée.

– Will est trop occupé par sa pièce pour faire des farces.

Dwayne a éclaté de rire.

– Tel que je le connais, ton frère n'est jamais trop occupé pour faire des farces.

Je pensais qu'il avait probablement raison quand il a ajouté :

– A part toi, qui savait ce que contenait le coffre ?

– Le mien ?

– Le tien, et celui de la gamine noyée. Elle s'appelait comment, déjà ?

– Mary-Evelyn Devereau. Pour le sien, je ne peux pas répondre. Mais Ree-Jane a dit un truc qui m'a fait penser qu'elle avait fouillé dans le mien.

– Là, tu tiens une piste.

– Tu crois que c'est elle ?

– Possible. Elle est jalouse de toi, alors il ne serait pas étonnant qu'elle cherche à te faire tourner en bourrique.

– Jalouse de *moi* ?

Dwayne m'a lancé un regard étonné.

– Ne me dis pas que tu ne t'en étais pas aperçue ? Bon sang, tu es cent fois plus intelligente qu'elle, tu as une carrière de journaliste qui s'ouvre à toi, et tu es plus jolie. C'est normal qu'elle t'envie.

Je l'ai regardé sortir de la monnaie de sa poche, muette de stupeur.

– J'ai une Mercedes qui m'attend, a-t-il repris, laissant un pourboire sur le comptoir. Y en a qui bossent, ici.

J'ai sauté de mon tabouret, protestant :

– Moi aussi, je travaille !

– J'te crois !

On a poursuivi notre discussion sur la notion de « travail » jusqu'au-delà de la voie ferrée et de la route. Mais en réalité, tout ce que j'avais envie d'entendre de Dwayne, c'était qu'il me trouvait plus jolie que Ree-Jane.

11

– Ayeu, et heu meuh au hoi…

Assise sur le banc devant l'épicerie Britten, j'écoutais Enepébé faire ses exercices d'articulation.

– La première chose que remarquent les gens, c'est la façon dont tu prononces les mots. Ainsi, on dit « août », et non « a-hout ».

Il me semblait que le problème d'Enepébé se situait à des années-lumière de l'exemple cité par Mr Root.

J'étais venue là sitôt après avoir quitté Dwayne. Afin de ne pas perturber la leçon, je gardais le silence et m'efforçais de déchiffrer les paroles d'Enepébé avant que Mr Root ne les traduise. Le vieil homme s'enorgueillissait en effet d'être le seul à comprendre son élève. Les deux frères se comprenaient mutuellement, mais c'était le fruit de l'habitude de toute une vie. Sans être un orateur de la trempe de Cicéron, Enegébé était plus compréhensible qu'Enepébé.

Mr Root a déclamé :

– « Demeure au froid, jeune verger. Adieu, et demeure au froid. » Tu parles d'un conseil idiot ! a-t-il ajouté à mon intention.

Puis il s'est retourné vers Enepébé, les bras levés, comme s'il dirigeait un orchestre symphonique :

– La suite, je te prie.

— Yeu…

— Pas *yeu, jeu*… JEUNE verger…

— Fer… fer…

Mr Root a secoué la tête.

— Reprenons plus loin, d'accord ? « Crains la chaleur plus que le gel. » A toi : « Crains, craaaaains… »

— Trains. Traaaains a faleuh…

Je n'avais remarqué aucun progrès. Mr Root si, ou du moins le prétendait-il, car il a donné une tape dans le dos de son élève en le félicitant. Puis il a ramassé un carnet ouvert sur le banc et a inscrit quelque chose dedans avec un crayon. J'espérais en moi-même qu'il n'attribuait pas des notes à Enepébé.

J'ai demandé :

— C'est quoi, ce poème, monsieur Root ?

Il a pris le livre – une édition de poche, plutôt mince – des mains d'Enepébé et me l'a montré : un recueil de Robert Frost.

— Je croyais que vous n'aimiez pas Robert Frost, ai-je remarqué. Vous avez même qualifié « S'arrêter dans un bois » de « pipi de chat » !

— Celui-là, oui. Mais il a écrit quelques trucs valables. J'alterne ses textes avec ceux d'Emily, histoire de reposer Enepébé.

Il s'est éclairci la voix et a déclamé :

Cet adieu au bord de la nuit…

Mes yeux se sont fermés, comme si une main invisible était passée sur mes paupières.

— Oh ! ai-je murmuré.

— Quoi ?

— Rien.

Mr Root a poursuivi, me laissant seule au bord de la nuit.

J'aimerais promettre, étendu dans le noir,
De songer à la détresse ar-bo-ré-ale d'un verger
Quand lentement (et que nul ne vient, apportant la lumière)
Son cœur s'enfonce plus profond sous la terre...

Mes yeux se sont de nouveau fermés. Je n'avais encore jamais rien entendu d'aussi effroyablement triste. Je me suis mordu la lèvre pour ne pas pleurer. Je me représentais les arbres trop jeunes pour rester seuls, attendant la venue de quelque chose ou quelqu'un, et finissant par se résigner à leur solitude.

– Simple et net, a souligné Mr Root. Voilà un homme qui va droit au but. Rien à voir avec ces poèmes à l'eau de rose, pleins de vases grecs et d'autres fadaises.

Il a rendu le livre à Enepébé, qui n'a pas paru ravi de le recevoir.

– Je ne crois pas qu'il aille « droit au but », ai-je objecté. Ce texte dit beaucoup plus qu'il n'en a l'air.

Mr Root a repoussé sa casquette et s'est gratté le front tandis qu'Enepébé acquiesçait avec vigueur, trop heureux de la diversion.

– Comment ça ? a-t-il demandé, plissant les yeux comme s'il me soupçonnait de vouloir lui manquer de respect.

Je ne sais pas ce qui m'avait pris de la ramener, car je n'avais aucune envie de discuter.

– Eh bien, je crois qu'il dit davantage qu'il n'en a l'air.

Enepébé s'est accordé la liberté de venir s'asseoir à côté de moi sur le banc. Au même moment, son frère est sorti de l'épicerie Britten avec une bouteille de Crush au pamplemousse. Il m'en a proposé une gorgée, à sa façon. J'ai poliment refusé et demandé à Mr Root de me prêter une seconde son livre.

– Je pourrais avoir aussi un morceau de papier et votre crayon ?

Il m'a tendu ce que je réclamais.

– Pour quoi faire ?

– Je voudrais juste copier quelque chose.

J'ai noté les derniers vers du poème sur le papier avant de le plier et le glisser dans mon porte-monnaie.

12

Ma mère m'a dit que j'étais en retard, ce que je savais déjà, et que Miss Bertha et Mrs Fulbright attendaient leur déjeuner dans la salle à manger.

J'ai demandé ce qu'il y avait au menu. La réponse de ma mère – des roulés au jambon – a grandement allégé ma tristesse. Les roulés au jambon sont la seule chose qui puisse rivaliser avec Robert Frost.

Quelle journée grisante ! J'étais plus jolie que Ree-Jane, j'allais manger des roulés au jambon et m'apprêtais à en servir à Miss Bertha, qui les détestait. La dernière fois, elle avait gratté la sauce au fromage sur le sien et l'avait fait rouler sur le sol. Un pied de chaise avait fini par l'arrêter. Mrs Fulbright était morte de honte. Moi, j'avais passé un excellent moment, sinon que cette vieille pie avait gâché un délicieux roulé.

– Tu sais que Miss Bertha n'aime pas ça, me suis-je empressée de rappeler à ma mère.

– Si cette folle réclame autre chose, tu n'auras qu'à lui dire qu'il reste une part de tourte au poulet d'hier. Ça m'étonnerait qu'elle accepte de manger des restes.

Miss Bertha et Mrs Fulbright passaient déjà les étés à l'hôtel quand j'étais toute petite. On leur donnerait facilement cent ans, mais elles doivent en avoir un peu moins de quatre-vingt-dix. Mrs Fulbright a un teint de perle, clair et lumineux, et un caractère à l'avenant : jamais un reproche, toujours un compliment.

Miss Bertha, elle, a l'air de sortir d'un compacteur. Eté après été, sa tête paraît se rapprocher du parquet ciré de la salle à manger. Sa bosse tend à aggraver son déséquilibre, et bien sûr, elle a une canne avec laquelle elle martèle le sol comme si elle voulait l'y enfoncer. Elle ne s'est jamais mariée. Je me suis souvent demandé si elle avait seulement eu un petit ami, et si elle était née avec une minuscule bosse, pas plus grosse que l'articulation de mon pouce.

Les roulés étaient accompagnés d'un aspic de tomate chatoyant servi dans une feuille de laitue, avec une touche de mayonnaise et quelques volutes de radis sur le côté. La sauce au fromage, épaisse et dorée, était saupoudrée de paprika.

Le plat était tellement joli que je trouvais criminel de le servir à quelqu'un incapable de l'apprécier. Tenant mon plateau comme le père Freeman le calice contenant les hosties – auxquelles je n'avais jamais goûté, n'étant pas catholique – j'ai fait mon entrée dans la salle à manger.

– Tu sais que je ne mange pas ça, a fulminé Miss Bertha.

Elle a poussé le roulé du doigt, laissant une empreinte dans la sauce au fromage.

– Apporte-moi autre chose, a-t-elle ajouté, s'adossant à sa chaise autant que sa bosse le lui permettait.

Mrs Fulbright, elle, avait accueilli son assiette avec une expression étonnée et ravie.

– Il nous reste une part de tourte aux anguilles et aux poireaux, ai-je annoncé à Miss Bertha.

– De la tourte aux anguilles ? Tu mens ! Jen Graham n'a jamais cuisiné d'anguille de sa vie.

– Ça, tu l'ignores, Bertha, a gentiment observé Mrs Fulbright.

– Je sais ce que je dis !

Mrs Fulbright a pris une bouchée de son roulé et déclaré qu'il était délicieux.

– Tu aimes la sauce au fromage, a-t-elle rappelé à son amie.

Il aurait fallu être dépourvu de papilles gustatives pour ne pas l'aimer.

– Si vous voulez, on peut vous en servir sur des anguilles, ai-je proposé à Miss Bertha.

C'était la suggestion la plus répugnante qui m'était venue à l'esprit. La vieille pie a grimacé encore plus qu'au naturel.

J'ai considéré le paprika qui saupoudrait la sauce et souri.

– Des toasts au fromage, ai-je déclaré.

Miss Bertha m'a lancé un regard soupçonneux, mais mon visage ne reflétait que la prévenance, et j'avais travaillé mes intonations de manière à renforcer cette impression.

– Pain blanc ou complet, miss Bertha ? ai-je demandé, battant discrètement des cils.

– Blanc. Avec un œuf dur en tranches, et la sauce au fromage par-dessus.

– Ça marche !

– Celle-là, quelle plaie ! a soupiré ma mère.

Reposant brutalement son couteau, elle s'est dirigée vers le réfrigérateur d'où elle a sorti une pleine assiette d'œufs durs.

– Walter, épluche un de ces œufs sous le robinet. La coquille s'enlève plus facilement.

Tandis que Walter s'exécutait, je suis allée chercher le piment rouge moulu sur une des étagères à épices.

Le cachant derrière mon dos, j'ai ensuite regardé ma mère trancher l'œuf. Puis, faisant passer le piment devant moi, je me suis retournée vers la fenêtre. J'ai alors vu un homme sortir de l'autre aile de l'hôtel et marcher vers le jardin à cocktails. A cette distance, je n'aurais su dire s'il était jeune ou âgé.

– C'est qui ? ai-je demandé.

– Qui ?

– Si je le savais, je ne poserais pas la question.

Le toast a jailli du grille-pain telle une fusée. Ma mère l'a plaqué sur la table et a découpé la croûte en jetant un vague coup d'œil dans la direction que je lui indiquais.

– Je ne vois personne.

– Normal, il est parti. Un type blond, en bras de chemise, qui est sorti par la porte de derrière.

– Oh ! C'est Ralph.

Après avoir disposé les tranches d'œuf sur le pain, elle a tendu la main vers la casserole de sauce.

« Oh ! C'est Ralph »... Comme si le Ralph en question l'assistait en cuisine depuis des années, en plus d'assurer la comptabilité de l'hôtel et de préparer les martinis de Mrs Davidow.

– Qui est Ralph ? Je n'ai encore jamais vu aucun Ralph ici.

D'une main, je dissimulais le flacon de piment rouge sous le comptoir et de l'autre, je tenais celui de paprika bien en évidence au-dessus.

– Ralph Diggs. Il veut qu'on prononce son prénom « Rayf », à l'anglaise. Je t'avoue qu'il ne me plaît pas beaucoup, a-t-elle ajouté en versant la sauce.

Quoique dévorée par la curiosité, je n'ai pas oublié de secouer le flacon de piment au-dessus du toast pendant que ma mère me tournait le dos. Quand elle est revenue, le flacon de paprika trônait innocemment sur le comptoir.

– J'imagine qu'il ne me plairait pas beaucoup non plus si je savais qui il est.

– Mrs Davidow l'a embauché pour porter les bagages et donner un coup de main.

– Comme groom ? Mais c'est le travail de *Will* !

J'avais insisté sur le prénom de mon frère, au cas où elle aurait oublié l'existence de son fils et le rôle qu'il jouait à l'hôtel.

Elle a sorti une cigarette d'un paquet de Kool et l'a allumée avant de répondre :

– Will est très pris par sa carrière théâtrale. Apporte son déjeuner à Miss Bertha avant qu'il ne refroidisse.

– Sa *carrière* théâtrale ? Et ma carrière de journaliste, alors ? Pourquoi vous n'engagez pas quelqu'un pour me remplacer en salle ?

Ma mère m'a adressé un sourire hypocrite à travers la fumée.

– Toi, tu es indispensable.

Je lui ai rendu son sourire, tout aussi peu sincère.

– Pourquoi a-t-on besoin de quelqu'un pour porter les bagages, d'abord ? Les clients ne sont pas si nombreux, et la plupart le font eux-mêmes.

– Will n'est pas déchargé de toute responsabilité pour autant. Il reste le réceptionniste de l'hôtel. C'est lui qui renseignera les clients.

Will, réceptionniste ?

– Le seul renseignement qu'il soit capable de donner, c'est l'emplacement du grand garage, ai-je répliqué. Il sort d'où, ce Ralph ? Ça faisait des années qu'on n'avait pas embauché quelqu'un.

Pour toute réponse, ma mère a lancé un regard sombre à l'assiette toujours posée sur le comptoir.

Agacée, j'ai attrapé mon plateau, traversé la salle à manger au pas de charge et placé le toast saupoudré de piment devant Miss Bertha. Puis je me suis dirigée vers une fenêtre afin de ruminer à mon aise. Furieuse que Will ait été dispensé de ses obligations par ce fichu Ralph-Rayf, ce parfait inconnu, c'est à peine si j'ai entendu Miss Bertha hurler : « De l'eau ! De l'eau ! »

Qu'elle aille brûler en enfer.

13

Après m'être éclipsée de la salle à manger, je suis sortie par une porte de côté, décidée à suivre la piste de Ralph Diggs.

Ne le voyant nulle part derrière l'hôtel, j'ai supposé qu'il s'était rendu au grand garage afin de recueillir les conseils du réceptionniste du Paradise sur l'art de traiter la clientèle.

Malheureusement pour Ralph-Rayf, tout l'art de Will résidait dans son charme, un charme particulièrement efficace pour désamorcer les conflits.

On en avait eu une nouvelle preuve quelques semaines plus tôt, lorsque Will avait recruté une petite fille inconnue pour interpréter une fredonneuse dans *Médée, la comédie musicale.* La gamine errait sur le terrain de croquet de l'hôtel, un maillet à la main, ignorant où elle était et sans doute même qui elle était, quand mon frère l'avait découverte. Il l'avait aussitôt entraînée au grand garage, sans même envisager que ses parents puissent s'inquiéter de son absence – ou alors, il s'en moquait.

Plus tard, on avait appris que la gamine s'appelait Bessie, et qu'on la recherchait depuis plusieurs heures. Convoqué devant les parents livides, croyez-vous que Will s'était confondu en excuses ? Bien sûr que non ! Il s'était tiré d'affaire en leur vantant la « présence » de leur fille et en promettant à celle-ci un brillant avenir théâtral, enrobant le tout d'une tonne de sourires. Sachant qu'à quatre ans la petite Bessie manifestait à peu près autant de « présence » que Paul, je m'étais demandé comment ses parents avaient pu gober ces âneries.

La réponse est pourtant évidente : le charme...

Will en est abondamment pourvu et moi non, ce qui me rend folle. Je le mériterais pourtant : je travaille plus que lui, et j'avais failli me faire tuer.

Le gravier de l'allée crissait sous mes pas tandis que je me dirigeais vers le grand garage. J'ai remarqué un coupé Chevrolet noir garé sur le bas-côté. A ma connaissance, nous n'attendions pas de nouveaux clients, ce qui n'avait rien d'inhabituel. Alors, à qui pouvait appartenir cette voiture ?

A ma grande surprise, j'ai trouvé les portes du grand garage ouvertes. Oui, ouvertes ! C'était comme si saint Pierre avait laissé les portes du paradis sans surveillance, à la merci du premier cinglé venu. A l'intérieur, dans la pénombre, j'ai distingué les silhouettes de Will, Mill, et d'un autre type, probablement Ralph Diggs.

Ralph comptait quelques années de plus que mon frère et son ami, et j'imagine que certaines filles le trouvaient « mignon » avec ses cheveux blonds bouclés, son nez droit et ses yeux noisette. Il était également plus grand que Will.

Quand on nous a présentés l'un à l'autre – lui comme étant « Rayf » et moi « Emma », mon prénom se prêtant mal aux prononciations fantaisistes – je n'ai pu m'empêcher de dire :

– Ralph, c'est ça ?

Il a eu un sourire en coin, et quand son regard s'est posé sur moi, il m'a semblé que ses iris étaient formés de minuscules éclats verts, bleus et marron.

Apparemment, Ralph Diggs n'était pas très loquace, car il a laissé à Will le soin d'expliquer son futur rôle, ce qu'il a fait en prenant un certain nombre de libertés avec la vérité, selon son habitude :

– Rayf va me remplacer comme chargé d'accueil.

– Pourquoi, tu vas où ?

– Nulle part, idiote. Moi, j'aurai la responsabilité de renseigner et conseiller les clients.

– Pour ça, il faudra qu'ils viennent te trouver au grand garage.

Will a levé les yeux au ciel. Ralph ne s'était pas départi de son sourire – un sourire glacial, ai-je pensé.

Je me suis adressée à lui :

– A part porter une valise de temps en temps, on ne peut pas dire que Will faisait grand-chose à l'hôtel. Mrs Davidow t'a dit en quoi consistait ton travail… Ralph ?

Son sourire ne relevait qu'un seul coin de sa bouche, son regard paraissait vouloir me transpercer, toutefois il a daigné me répondre :

– Je vais donner un coup de main pour les bagages, à la cuisine, en salle… Et aussi pour les courses, puisque j'ai une voiture.

Sans doute la vieille Chevrolet noire que j'avais dépassée. En tout cas, il ne cherchait pas à nous en mettre plein la vue avec. Mais à mon âge, le simple fait d'avoir une voiture suffit à m'impressionner.

– Et toi, tu fais quoi ? m'a-t-il demandé.

– Je travaille. Comme serveuse, sept jours sur sept et trois fois par jour.

– Oh ! s'est-il exclamé avec une pointe de sarcasme, m'a-t-il semblé.

Visiblement, Ralph ne m'aimait pas. Sans doute avait-il senti que je ne l'aimais pas non plus et craignait-il que je ne lui cause des ennuis. Mais son hostilité paraissait davantage ciblée que la mienne.

Il a repris :

– Maintenant, si vous voulez bien m'excuser, je dois décharger mes affaires.

Depuis le seuil du garage, je l'ai vu s'approcher de la Chevrolet, ouvrir le coffre et en sortir deux valises bon marché et un carton à chapeau.

Un carton à chapeau ?

Oh ! ai-je pensé, sans la moindre trace de sarcasme.

Je l'ai regardé porter la plus petite des valises coincée sous un bras, la plus grande par la poignée, et le carton à chapeau de sa main libre. Son aisance dénotait une certaine habitude.

Le voyant se diriger vers l'aile la plus éloignée, je me suis demandé si Mrs Davidow lui avait attribué une chambre au troisième, l'étage où logeait le petit personnel – en d'autres termes, moi.

Je l'ai suivi, respectant une distance prudente entre nous. Il a franchi la porte, derrière laquelle se trouvait un vestibule donnant sur un escalier. J'ai attendu que le bruit de ses pas diminue pour monter. Il s'est arrêté au deuxième palier et a emprunté le couloir qui partait de celui-ci.

Dieu merci, il n'allait pas dormir au troisième ! Après m'être assurée qu'il avait tourné l'angle du couloir, je me suis avancée.

Will logeait à cet étage, de même que Mill. J'ai jeté un coup d'œil au coin du corridor et vu Ralph Diggs entrer dans la chambre 51.

Evidemment, j'aurais pu découvrir le numéro de sa chambre sans me donner tout ce mal. Mais il y avait chez Ralph Diggs quelque chose qui invitait à le filer.

Plus on s'élevait dans les étages, plus l'hôtel était silencieux, ce qui s'expliquait par le faible nombre des clients. C'est ainsi que j'ai pu déterminer que Ralph Diggs quittait sa chambre au bout de quelques minutes. S'il refaisait le même chemin à l'envers, il allait forcément me découvrir. Je m'apprêtais à me faufiler dans une chambre quand j'ai entendu ses pas s'éloigner. Sans doute allait-il emprunter le second escalier, celui qui débouchait à l'extérieur de la salle à manger.

J'ai attendu que le silence soit complet – on aurait dit qu'une nappe de brouillard avait tout recouvert, étouffant le moindre écho – pour m'avancer jusqu'à la chambre 51. A ma grande surprise, la porte était ouverte, ou du moins entrouverte. Je l'ai légèrement poussée. Les valises se trouvaient sur le lit, elles aussi ouvertes. A croire que Ralph Diggs n'avait rien à cacher.

Mais le carton à chapeau, lui, était invisible. Il avait dû le ranger dans l'armoire.

Je suis restée là un moment à me gratter les coudes, en proie à un dilemme. Je n'avais jamais fureté dans la chambre d'aucun client, ouvert les tiroirs, regardé sous le lit ou dans les penderies. Mais ma discrétion provenait en grande partie du fait que nos clients étaient prodigieusement ennuyeux et ne possédaient sans doute rien d'intéressant.

Tandis qu'un carton à chapeau... Ma curiosité était piquée au vif. Il me rappelait un film, *La Force des ténèbres*. Robert Montgomery y interprétait un chasseur d'hôtel qui trimballait partout un carton à chapeau. Il parvenait à charmer une vieille femme riche en fauteuil roulant qui l'invitait à venir vivre dans sa petite maison.

Très vite, son comportement éveillait les soupçons de la nièce de l'infirme, jouée par Rosalind Russell.

La maison était située dans une forêt où il semblait toujours faire nuit, et où la pluie gouttait en permanence des branches des arbres.

Une des clientes de l'hôtel où travaillait Robert Montgomery avait disparu dans des circonstances mystérieuses. On finissait par retrouver son corps dans la forêt, sans sa tête...

– Tu me cherchais ?

La voix, comme la main qui s'était posée sur mon bras, m'avait fait violemment sursauter.

Ralph Diggs se tenait derrière moi, une serviette de toilette sur l'épaule. Quelle idiote j'étais ! Il n'avait pas descendu l'escalier. Il s'était juste rendu à la salle de bains de l'étage, quelques portes plus loin. Très peu des chambres de l'hôtel possèdent des commodités privées.

– Non, ai-je répondu. Ou plutôt, je voulais savoir si tu allais donner un coup de main pour le service du dîner.

– On compte sur moi ? Lola ne m'en a rien dit.

Lola ? Il appelait Mrs Davidow par son prénom ?

– Si tu n'as rien de prévu, ai-je dit, levant les yeux comme si mon regard traversait le plafond, tu pourrais peut-être monter son cocktail à ma grand-tante, Aurora Paradise ? Ça m'aiderait beaucoup parce qu'on a des réservations ce soir. Je vais être très occupée.

Il n'a répondu ni oui ni non, affectant d'avoir le choix.

– Elle ne descend pas pour dîner ?

– Jamais. Elle loge au quatrième, ai-je précisé, le pouce pointé vers l'escalier au fond du couloir. On pourrait presque dire qu'elle vit en recluse.

Nous nous faisions toujours face sur le seuil de la chambre. Il a posé sa serviette avant de demander :

– Elle est pas un peu cinglée ?

Une belle preuve d'impertinence, à mon avis. Se montrerait-il aussi insolent devant Aurora Paradise ?

– Au fait, ai-je lâché, l'air de rien, qu'est-ce qui t'amène à Spirit Lake ?

Un haussement d'épaules à peine perceptible.

– Oh ! Rien. Je suis juste de passage.

Lui et moi savions qu'il mentait.

Il avait bien l'intention de rester.

14

J'ai filé ventre à terre jusqu'au grand garage et tambouriné à la porte. J'espérais soutirer à Will et Mill des renseignements au sujet du nouveau venu.

Il aurait été moins fatigant et plus satisfaisant de souffler dans un violon. Que savaient-ils de Ralph Diggs ? Rien. Qu'était-il venu faire à Spirit Lake ? Silence. D'où venait-il ?

Mill a cessé de faire glisser ses doigts sur les touches du piano – à le voir, on aurait pu croire qu'il laissait juste traîner sa main dans l'eau – le temps de répondre :

– Doylestown.

– Doylestown ? C'est où, ça ?

– En Pennsylvanie, non ?

Mill a aussitôt replongé la main dans une rivière de notes.

– On va lui trouver un rôle, a déclaré Will, jetant un coup d'œil au livre – un des registres de l'hôtel, m'a-t-il semblé – qui contenait ses « notes de production ».

– Un rôle ? Enfin, ce n'est plus un gosse ! Jamais il n'acceptera de jouer dans votre pièce.

Mon frère m'a regardée comme si j'étais devenue encore plus folle que d'habitude.

– Tu veux rire ?

Estimant que le sujet était clos, il a tourné une page de son livre.

Renonçant à me renseigner sur Ralph, j'ai lancé d'un ton accusateur :

– Qu'est-ce que tu fabriques avec ce livre ? Il est impossible à manipuler.

– Tous les producteurs en ont un.

– Ils ont aussi de l'argent, Broadway et des artistes professionnels.

Il a souri, imperturbable.

– Mais ils ne nous ont pas, Mill et moi.

Si David O. Selznick l'avait salué, il lui aurait rendu son salut avant de consulter son planning. Je n'ai jamais connu personne, même pas le shérif, doué d'une confiance aussi inaltérable. Je me suis toujours demandé de qui mon frère a hérité ce trait de caractère.

En arrière-fond de notre conversation, Mill faisait voler ses doigts sur le clavier. Sans doute répétait-il sa propre version d'une hymne entendue à l'église de la First Union Tabernacle. Réécrire les paroles des chants religieux est un des passe-temps favoris des deux garçons.

– D'accord, a brusquement déclaré Will, refermant son livre. Tu joueras Patty Flynn.

J'ai pris un air soupçonneux.

– Qui est Patty Flynn ?

– La femme qui se fait tuer.

– Quoi, c'est tout ce que j'aurai à jouer ?

J'avais parlé au hasard le jour où j'avais affirmé à Ree-Jane que j'allais interpréter la victime. Et pourtant...

Will a continué à mastiquer son chewing-gum, implacable.

– Pour le moment.

– Attends ! Ça veut dire que tu es encore en train d'écrire la pièce ?

– J'ai presque terminé. Le seul truc sur lequel je bloque, c'est l'identité de l'assassin et son mobile.

Il n'a même pas bronché sous mon regard.

– Dans *Perry Mason,* c'est le cœur de l'intrigue, ai-je remarqué.

Will a changé son chewing-gum de côté avant de rétorquer :

– *Perry Mason,* c'est la télé. Nous, on fait du théâtre.

– Dans un cas comme dans l'autre, ce sont des histoires policières. Le genre obéit à des règles...

Will a fait un bruit inconvenant avec sa bouche.

– Je me demande pourquoi je gaspille ma salive, ai-je soupiré.

Au lieu de répliquer, Will s'est tourné vers Mill, qui martelait un air que je ne connaissais pas, et lui a crié :

– La chanson est au point ?

Mill a levé le pouce.

– Parfait ! J'arrive dès qu'Emma aura cessé de me tenir la jambe.

– Une chanson ?

Will a fait mine de consulter sa montre bon marché et tape-à-l'œil.

– Ecoute, je n'ai pas le temps d'entrer dans les détails...

– Une seconde ! *Meurtre en plein ciel* comprend des passages chantés ?

– Et alors ?

– Une pièce policière *et* musicale ?

– Et alors ?

– Mais enfin, ça ne va pas ensemble !

Pour un peu, j'en aurais pleuré.

– Les passages chantés sont chouettes. Surtout le premier, juste après que tu tombes raide morte. Bon, tu veux jouer Patty Flynn, oui ou non ?

– Tout ce que je sais d'elle pour le moment, c'est qu'elle est morte.

– Pas au début de la pièce.

– Alors, elle... J'aurai des répliques ?

Will a réfléchi avant de répondre, ce qui signifiait qu'il était en train d'inventer. Il avait cessé de mastiquer, et seules ses lèvres remuaient en silence. Il se mettait dans la peau de Patty Flynn.

– OK, a-t-il fini par déclarer. Patty est vieille – elle a la cinquantaine...

– Heureusement que Mrs Davidow ne t'entend pas !

– ... et arrogante. Bourrée de fric, avec ça. Une partie de sa fortune est constituée de bijoux, surtout des diamants. Elle a embarqué avec eux...

– Avec ses bijoux ?

– Ouais.

– Elle les a sur elle ?

Je n'ai encore jamais porté de diamants. A douze ans, ça n'a rien d'étonnant.

– Euh... Oui, sans doute.

Son hésitation ne m'avait pas échappé. Visiblement, il ne s'était pas beaucoup soucié du personnage de Patty Flynn jusque-là.

– Qui d'autre joue dans le spectacle ?

Will a rouvert son livre et promené son index sur la page, comme s'il avait auditionné tellement de candidats qu'il ne se rappelait pas lesquels il avait engagés. En réalité, son choix était assez restreint.

– Chuck va interpréter un steward, et peut-être un autre personnage.

Ils avaient si peu d'acteurs que ceux-ci devaient cumuler les rôles.

Son doigt s'est arrêté sur un autre nom.

– Paul joue un passager clandestin, en plus de manipuler les nuages.

Ledit Paul se trouvait précisément dans les cintres. Il fallait espérer qu'ils aient pensé à l'attacher.

– Vous allez réutiliser les faux nuages de *Médée* ?

– Evidemment. Pour donner l'illusion que l'avion vole en plein ciel.

– Si Paul est là-haut, je refuse d'y monter.

– Qu'est-ce que ça peut te faire ? Tu seras morte.

La mort n'était pas une protection suffisante contre les extravagances de Will et Mill.

Mon frère a repris :

– Ensuite, il y a June – une passagère.

– June Sikes ? Pas encore elle !

– Elle était très bien en Médée.

– Elle a mauvaise réputation.

– Médée aussi, a ricané Will. Il se peut que les fredonneuses reprennent du service.

Alors là, c'était le bouquet !

– Quoi, ces pauvres gamines que tu as réquisitionnées pour former ton chœur grec ? Tu as même kidnappé l'une d'elles !

– Bessie ? Elle est partie.

Encore heureux. Dans le cas contraire, elle n'aurait peut-être jamais fêté son cinquième anniversaire.

– A quel moment comptes-tu les employer ? Tout ce qu'elles savent faire, c'est *huuuuummmm*...

Will n'a même pas pris la peine de me répondre.

– Et la sœur de June va jouer l'hôtesse.

– Reba Sikes ? Super. A part elle, c'est la même distribution que pour *Médée*.

– On ambitionne de former une compagnie permanente.

– Une quoi ?

– Une troupe. Bon, assez bavardé. J'ai du travail.

– Quand aura-t-on le texte ?

– Quand il sera prêt, tiens !

– Tu pourrais être plus précis ? J'ai hâte d'en savoir plus sur Patty Flynn.

Mill a attaqué un air au piano, et Will s'est mis à brailler :

Patty, oh Patty,
Où es-tu, je te le demande ?
Dans la cave de ta mamie
A boire du gin de contrebande ?

Sachant que je ne tirerais rien de plus de lui, j'ai préféré sortir.

15

Quand je suis descendue, plusieurs heures plus tard, j'ai trouvé Ralph sur la véranda, en train de fumer et de se balancer dans un fauteuil aux côtés de la duchesse de Devonshire. Il soufflait la fumée de sa cigarette devant lui comme si l'espace entier lui appartenait.

Ree-Jane riait, la tête rejetée en arrière, ses lèvres rubis à peine écartées. Sans doute venait-il de lâcher une plaisanterie.

Comme ils tournaient le dos à la porte, je suis restée un moment à les observer, tendant l'oreille pour le cas où ils auraient dit quelque chose d'intéressant.

– Combien de... rester ?

– ... quelques affaires...

– ... affaires ?

Les dossiers de leurs fauteuils étouffaient leurs voix, surtout celle de Ralph, naturellement plus sourde. Celle de Ree-Jane étant plus aiguë, presque stridente, je distinguais mieux ses paroles. J'ai déduit du peu que j'avais entendu que Ralph Diggs était là pour régler « quelques affaires ». Dans ce cas, pourquoi avait-il prétendu être seulement de passage ? En plus, Ree-Jane se comportait avec lui comme s'il était un client, non un employé.

Le même rire faux et perçant...

Ree-Jane était en train de succomber au charme de Ralph Diggs.

Comme dans *La Force des ténèbres.*

– Pourquoi tu ne l'aimes pas ? ai-je demandé à ma mère.

Juste avant de faire glisser un morceau de poulet sur l'assiette d'Aurora, elle avait remarqué que ce n'était peut-être pas une bonne idée d'avoir embauché Ralph.

– Qui ça ?

J'ai soupiré.

– Ralph, Rayf, appelle-le comme tu voudras.

– Je ne sais pas pourquoi, mais je lui trouve l'air louche. Passe-moi cette serviette.

– C'est du cordon-bleu, pas vrai ?

Je m'y connaissais en cuisine, du moins celle de ma mère. J'avais également quelques notions de français, surtout quand il s'agissait de cuisine.

Elle a acquiescé en essuyant une traînée de sauce sur le bord de l'assiette, décoré d'une cuillerée de petits pois qui semblaient provenir de la cité d'Emeraude du pays d'Oz.

J'ai remarqué :

– Je ne crois pas que tante Aurora aime cette façon de préparer le poulet.

– Et moi, je crois que je m'en moque.

Une montagne de purée arrosée de beurre fondu et coiffée d'un brin de persil complétait l'assiette.

J'ai ajouté :

– D'un autre côté, si elle aime le poulet, comment pourrait-elle ne pas aimer celui-ci ?

Je me suis une fois de plus émerveillée de la facilité avec laquelle ma mère et moi passions d'un groom à l'air louche à l'art d'accommoder le poulet.

Ce soir-là, comme tous les soirs, Mrs Davidow veillait sur les salades avec un soin jaloux, comme s'il s'était agi d'hosties consacrées. En la regardant, je me suis plu à imaginer le père Freeman plaçant une laitue naine sur la langue de chacun de ses fidèles, pour revenir ensuite avec un calice rempli de vinaigrette.

– Emma !

La voix de Vera m'a brusquement arrachée à ma vision eucharistique.

– Pas trop de sauce, sur les salades. Sers-toi d'une cuillère, pas de la louche.

J'aime beaucoup le grand pot qui contient la vinaigrette. Un demi-oignon marine au fond, tel un ermite dans une grotte. Un de mes plus grands plaisirs consiste à remuer la sauce et à regarder les ingrédients – huile, vinaigre, paprika, ail, sel, poivre et sucre – se mélanger.

– Compris, ai-je dit. Qui vient dîner ce soir ?

– Les Custis et leurs amis, a répondu Vera avec un reniflement plein de mépris.

Son nez fin et anguleux s'y prêtait admirablement. En la voyant se diriger vers la salle à manger d'un pas raide, avec son uniforme noir et ses poignets blancs amidonnés, aussi coupants que des lames de couteau, on aurait pu croire qu'elle s'apprêtait à trancher la gorge des Custis en leur passant le plateau de petits-fours. Je me suis attardée un instant sur cette image avant d'empoigner la louche.

Puis Lola Davidow s'est approchée à son tour, pour vérifier que je n'avais pas noyé ses chères laitues. Voyant qu'elles respiraient encore, elle a poussé un grognement sourd avant de s'éloigner.

J'ai compté les salades, en ai retranché deux pour Miss Bertha et son « amie », une autre pour Mr Muggs, notre voyageur de commerce.

Il restait huit salades, soit le nombre de convives à la table des Custis. Pour ma part, je ne peux pas souffrir ceux-ci. Ils habitent une grande maison blanche entourée d'un vaste terrain, au-delà de la grande route, et comme tous les vacanciers, ils ne manquent aucun événement festif. Ils participent chaque été au tournoi de tennis double mixte, avec une gueule de bois telle qu'ils voient à peine le filet. Ils mettent un point d'honneur à être de tous les cocktails, barbecues, bals et concours.

Ree-Jane est entrée d'une démarche aérienne – on aurait dit qu'elle ne touchait pas le sol – et s'est appuyée d'une main à la table des salades, les épaules en arrière, une hanche fléchie, dans ce qu'elle imaginait être une pose de mannequin. Elle voulait juste s'assurer que j'avais remarqué sa nouvelle robe en soie caramel qui dégageait ses épaules.

– Je ne crois pas que je prendrai de salade ce soir.

Les onze laitues naines ont poussé un soupir de soulagement.

Comme je ne faisais aucune allusion à sa robe, elle a lancé :

– On est allées à l'Europe, aujourd'hui.

C'est le nom de la boutique de vêtements chics où se fournissent les Davidow mère et fille.

– Tu me trouves comment ? a demandé Ree-Jane, pinçant sa jupe entre le pouce et l'index.

– Normale. Pardon, ai-je ajouté, approchant dangereusement ma louche.

– Rayf trouve ma robe magnifique...

Elle a écarquillé les yeux, comme si elle venait d'être frappée par une évidence.

– Mais tu n'as peut-être pas encore rencontré Rayf ?

– Qui ça, Ralph ? Le groom remplaçant ?

– Ça se prononce « Rayf »...

– A l'anglaise, je sais.

– Il préfère qu'on l'appelle Rayf.

Disait-elle la vérité, ou avait-elle juste saisi ce prétexte pour répéter « Rayf » ?

Elle m'a regardée préparer les salades durant une bonne minute avant de déclarer :

– Je crois que je vais prendre du homard au dîner.

Heureusement, les pauvres bêtes étaient déjà congelées, car la vue d'un homard vivant plongé dans l'eau bouillante pour le régal de Ree-Jane m'aurait fait sangloter. Moi, je n'ai droit ni au homard ni au filet mignon, trop chers. A l'inverse, Ree-Jane fait la fine bouche devant les roulés au jambon de ma mère. « Un plat de pauvre », prétend-elle. Mais je ne suis pas certaine de perdre au change. J'ai demandé leur avis aux laitues naines, qui ont vigoureusement approuvé.

– Qu'est-ce que tu as à fixer ces stupides salades ?

Ni la robe neuve, ni Ralph, ni le homard n'avaient réussi à m'impressionner, et ça la rendait folle. Elle a fait une dernière tentative.

– Après dîner, je vais aller au Double Down. Surtout, ne le dis à personne, a-t-elle ajouté avec un sourire satisfait.

Elle m'avait évité cette peine en le claironnant elle-même sur tous les toits.

Le Double Down est un club à l'entrée d'Hebrides. Le patron, Perry Vines, a au moins vingt ans de plus que Ree-Jane et a été marié un million de fois. A l'en croire, il est « dingue » d'elle.

– Si Perry t'aime tant, ai-je dit, pourquoi ne vient-il jamais te voir à l'hôtel ?

Une question gênante, qu'elle a brillamment esquivée :

– Le club lui donne beaucoup de travail.

– Au cas où tu l'aurais oublié, tu es encore mineure.

D'un mouvement de tête étudié, elle a chassé une longue mèche de cheveux de ses yeux – un truc piqué à Veronica Lake.

– Rayf est majeur, lui.

– Je ne savais pas que la personne qui t'accompagnait avait le pouvoir de modifier ton âge.

Soit elle ne souhaitait pas s'abaisser à me répondre, soit elle n'avait pas compris.

– J'espère que Perry n'est pas trop jaloux, a-t-elle repris.

– Ralph est à peine arrivé qu'il fait déjà des avances à l'héritière. On peut dire qu'il ne perd pas de temps !

Elle a remué plusieurs fois les lèvres en silence, se demandant comment elle devait le prendre.

J'ai interrompu ses réflexions en déclarant :

– A ta place, je ne m'inquiéterais pas trop pour Perry. Il ne connaîtra jamais la faim. Il aura toujours Scarlett Bittinger.

Il me semble que j'avais allègrement mélangé *Casablanca* et *Autant en emporte le vent.* Contente de moi, j'ai soulevé mon plateau de salades en fredonnant.

Ree-Jane a brusquement repris vie :

– Scarlett ?

– Je l'ai aperçue aujourd'hui dans Alder Street, filant au volant de sa voiture. Tu sais, la décapotable jaune bouton-d'or ?

Ree-Jane me suivait de si près qu'elle a failli prendre la porte battante de la cuisine en plein visage.

– Perry était avec elle ? Il y était ?

– Est-ce que j'ai dit ça ? ai-je demandé d'un ton qui suggérait que je l'avais réellement dit.

16

Je n'ai jamais appris les détails de l'expédition de Ree-Jane au Double Down. La dernière chose que je me rappelle, c'est de l'avoir vue monter dans la Chevrolet noire de Ralph Diggs juste avant que celle-ci ne s'éloigne le long de l'allée. Mais le lendemain matin, ne l'entendant pas se vanter de l'adoration indéfectible que lui vouait Perry – en réalité, elle était d'une humeur exécrable – j'en ai déduit qu'on leur avait refusé l'accès à la seconde salle, celle des tables de jeu, à supposer qu'on ne les ait pas refoulés à l'entrée de la première.

Après une double ration de crêpes arrosées de sirop d'érable, j'ai décidé de marcher jusqu'au Belle Ruine, désirant m'imprégner une fois de plus de sa splendeur défunte.

L'hôtel s'élève sur un vaste terrain boisé qu'on appelait autrefois Soldiers Park. J'ignore l'origine de ce nom. Sans doute a-t-il quelque chose à voir avec la Seconde Guerre mondiale, ou même avec la guerre de Sécession. Je ne sais pas très bien dans quel camp se situait notre Etat durant celle-ci. Peut-être son cœur balançait-il entre le Nord et le Sud. Pourquoi tout devrait-il être soit noir soit blanc ?

Songeant que Soldiers Park était peut-être un ancien cimetière militaire, je promenais mon regard autour de moi en cheminant, mais je n'ai vu ni croix ni pierres tombales. Bien sûr, elles auraient pu être arrachées ou ensevelies au moment de la construction du Belle Ruine, mais je doute que la loi autorise à profaner des sépultures pour bâtir un hôtel par-dessus. En plus, l'idée de marcher à mon insu sur la tombe d'un soldat me mettait mal à l'aise. Ce genre de pensées vous incite à méditer, sinon sur la guerre de Sécession – dont j'ignore à peu près tout –, du moins sur la mort.

Assise sur une souche presque entièrement pourrie, je contemplais l'immense salle de bal du Belle Ruine, la seule partie de l'hôtel encore debout. Les murs ont brûlé, mais pas le parquet, étrangement, ni l'estrade des musiciens. Il y avait un grand bal la nuit où le bébé des Slade avait été prétendument enlevé. En réalité, plus j'y réfléchissais et plus je penchais pour une mise en scène. Dans quel but ? Soutirer une rançon au richissime grand-père, Mr Woodruff. En tout cas, c'était le premier mobile qui venait à l'esprit... sauf qu'il n'y avait eu aucune demande de rançon. Du moins, on n'en avait pas eu connaissance à La Porte. Après le départ des Slade et de Mr Woodruff pour New York, plus rien n'avait transpiré de l'affaire. La presse avait souligné ses similitudes avec le kidnapping du bébé Lindbergh, comme l'échelle contre la façade de l'hôtel et, bien sûr, le fait que l'enfant ait été enlevé dans son berceau. L'échelle appartenait à Reuben Stuck, un des peintres qui travaillaient alors à l'hôtel. Je l'avais interviewé, et il m'avait raconté comment on l'avait un moment soupçonné.

Voilà donc une affaire qui ressemblait beaucoup à celle du bébé Lindbergh, à la différence que la presse l'avait rapidement enterrée, comme s'il ne s'était rien passé. Je commençais d'ailleurs à croire que c'était le cas, et que Mr Woodruff avait payé la police pour qu'elle referme le dossier après avoir découvert que sa fille Imogene et son gendre Morris Slade avaient tout manigancé.

Mais comment le coup de fil s'insérait-il dans ce scénario ? Gloria Spiker Calhoun, la baby-sitter, conversait au téléphone avec son amie Prunella Machinchose au moment de l'enlèvement supposé. Il fallait que je parle de nouveau à Gloria. Il n'y avait aucune chance qu'elle avoue sa complicité dans le kidnapping, mais j'arriverais peut-être à tirer d'elle quelque renseignement utile.

Je me suis levée et dirigée vers la salle de bal, où j'avais laissé mon phonographe. Je ne voulais pas risquer que la pluie l'abîme, et je pouvais toujours le rapporter si l'envie de danser me reprenait. Je n'avais apporté que trois disques. Celui que nous avions écouté, le shérif, Maud, Dwayne et moi, quelques jours plus tôt, était *Moonlight Serenade*. Pourtant, j'ai trouvé *I'll Be Seeing You* sur le plateau.

Comment était-ce possible ? J'ai promené mon regard autour de moi, m'attendant presque à voir une armée de fantômes – des soldats en uniforme de la Seconde Guerre mondiale et leurs cavalières, des volontaires du Stage Door Canteen en robes à fleurs – virevolter au-dessus du parquet sombre. La Fille aussi était là, parfaitement accordée à leur groupe avec ses cheveux blonds et sa robe bleu pâle.

J'ai rabattu le couvercle du phonographe et glissé les disques sous mon bras avant de quitter les lieux.

Sur le chemin du retour, j'ai songé aux serveuses. A l'origine, le phonographe – un vieux Victrola à manivelle – leur appartenait. Après leur départ, il était resté six ou sept ans dans une chambre qui servait de débarras, au deuxième étage. J'avais du mal à croire qu'elles étaient parties depuis si longtemps. Chaque fois que je vois une photo montrant des oiseaux exotiques, je pense aux serveuses, aussi libres et resplendissantes que des flamants roses.

J'ai demandé à Abel Slaw la permission de laisser le phonographe au garage, ce qui me permettrait de prendre le prochain train pour Cold Flat Junction. Le garage Slaw n'est séparé de la gare que par la route.

– A condition que tu reviennes le chercher. Compris ?

Il me parle toujours du même ton hargneux.

Je brûlais de lui répondre : « Désolée, mais je n'ai pas l'intention de revenir. Je quitte cette vallée de larmes pour un monde meilleur. » Seulement, je n'avais pas envie de l'entendre se plaindre une fois de plus de mon insolence.

Sans doute était-ce le souvenir des serveuses qui m'avait donné l'idée de m'envoler. Quel est ce monde qu'on dit meilleur ? Le ciel ? Le paradis ? Est-ce là qu'ont fui les serveuses ?

17

Comme j'avais de l'argent sur moi, j'ai décidé pour changer d'acheter un billet pour Cold Flat Junction. Ça ne coûte pas cher – les deux gares ne sont distantes que d'une vingtaine de kilomètres – et c'est plus confortable que de voyager en fraude.

Avec un sourire, j'ai tendu mon billet au contrôleur peu après le départ. J'ai presque toujours affaire au même à bord de ce train.

– Eh bien, quelle est la raison de ton voyage, aujourd'hui ? m'a-t-il demandé en me rendant mon billet poinçonné.

Je l'ai regardé en plissant les yeux, comme si j'avais besoin de lunettes mais étais trop pauvre pour m'en offrir.

– Je vais rendre visite à ma grand-mère. Elle est très malade.

Au même moment, un cahot l'a fait vaciller.

– Désolé. Elle habite Cold Flat Junction ? Je connais pas mal de monde là-bas.

Donc, elle ne pouvait pas habiter en ville. J'ai repensé aux Simple, que j'avais inventés un jour pour soutirer des renseignements aux habitués du Windy Run Diner. Avais-je mentionné une grand-mère ? En réalité, je ne me rappelais aucun membre de la famille, à part le fils attardé.

– Elle s'appelle Alberta Simple. Les Simple habitent une ferme à l'extérieur de la ville, alors ça m'étonnerait que vous les connaissiez. Ma grand-mère s'est cogné la tête en tombant.

– Désolé, a répété le contrôleur en regardant vers l'extrémité du wagon.

Visiblement, il était pressé de s'éloigner. Je n'allais pas le laisser partir aussi facilement.

– C'est affreux, hein ? Comme si la famille n'avait pas déjà eu assez de malheurs ! C'est grand-mère Alberta qui s'occupe de Miller Simple. Il est attardé, et dangereux avec ça...

– Vraiment ? Bon, je dois...

– Un jour, il a cassé net le pied d'une chaise et frappé son père avec. Depuis, il faut le surveiller en permanence.

Le contrôleur a incliné sa casquette comme pour me saluer, puis il a dit :

– Je dois poursuivre ma tournée.

– Au revoir ! lui ai-je lancé tandis qu'il s'éloignait d'un pas vif le long du couloir.

Après tout, il n'avait qu'à pas demander.

J'ai attendu sur le quai de la gare que le train reparte pour voir la rangée d'arbres au loin, de l'autre côté de la voie ferrée. J'imagine que personne ne leur a jamais accordé autant d'attention que moi. A cette distance, ils semblent parfois gris-vert, parfois bleu marine, et tracent une ligne parfaitement droite. On dirait des soldats au garde-à-vous. Cette image m'a fait penser à Soldiers Park. Sans doute masquent-ils un terrain vague semblable à celui qui les sépare des rails, pourtant je ne peux me défaire de l'impression qu'ils dissimulent un secret qui m'attire irrésistiblement.

J'étais venue dans l'intention de revoir Gloria Spiker Calhoun, puis je m'étais dit « Tu ferais mieux de rendre visite à son amie, Prunella Machinchose ». C'était elle que Gloria avait appelée. Le coup de téléphone avait duré une vingtaine de minutes, et le bébé avait été enlevé précisément durant ce laps de temps. La coïncidence paraissait un peu grosse.

Prunella... Si j'avais retenu son prénom, c'est parce que je ne l'ai jamais aimé. Je ne voudrais pas me prénommer ainsi. Ree-Jane m'appellerait « Pruneau » à longueur de journée.

Pour découvrir où vivait Prunella, j'allais devoir recourir une fois de plus aux habitués du Windy Run. Autant joindre l'utile à l'agréable en dégustant une part de tarte. Le chemin sableux qui partait de la gare m'a donc conduite au restaurant.

C'était un plaisir, et même un réconfort, de retrouver les mêmes visages familiers, trois autour du comptoir, un dans un box.

– Tiens, regardez un peu ce que le chat a rapporté ! s'est exclamé Don Joe avec un rire éraillé.

– Voyez-vous ça ! a ajouté Billy, ne voulant pas être en reste de politesse.

Evren, assis face à Don Joe, s'est contenté de sourire.

Louise Snell essuyait le comptoir à mon entrée.

– Salut, ma chérie, m'a-t-elle lancé. Comment ça va ?

– Bien, merci.

Je me suis hissée sur mon tabouret habituel, près de la vitrine derrière laquelle étaient exposés les gâteaux. J'ai remarqué une nouveauté parmi eux, une sorte de génoise garnie d'une crème rose pâle à l'aspect mousseux.

Louise Snell a surpris mon regard.

– Aujourd'hui, on a du fraisier, a-t-elle indiqué avec un sourire. Il est excellent.

– Il a l'air, en tout cas, ai-je dit, m'efforçant de prendre l'accent traînant de Cold Flat.

Mervin, qui occupait d'habitude une banquette en skaï bordeaux avec sa femme, m'a demandé des nouvelles de mon feuilleton pour le *Conservative.* Il est probablement le seul des clients du restaurant à ne pas se croire obligé de faire de l'humour aux dépens des autres pour se prouver à lui-même qu'il est vivant.

– C'est le meilleur truc que j'aie lu dans un journal depuis longtemps, a-t-il déclaré.

Mécontent d'avoir laissé Mervin le devancer, Billy m'a jeté au visage, comme s'il me tenait pour responsable de la situation :

– La police a pas encore trouvé l'assassin de Fern Queen ? Bon Dieu, ça fait combien de temps qu'elle est morte ? Au moins un mois et demi, non ?

– Trois semaines, ai-je répondu.

Don Joe est intervenu :

– Le shérif croit encore que c'est Ben Queen qui l'a tuée ?

Je ne pouvais pas leur dire ce que je savais du meurtre de Fern, parce que les informations en ma possession n'avaient rien d'officiel, et aussi parce qu'ils m'auraient posé des questions à n'en plus finir. Je n'avais pas que ça à faire, moi.

J'ai quand même répondu à Don Joe, parce que Louise Snell venait de déposer une part de gâteau devant moi. On distinguait de petits morceaux de fraise dans la crème.

– Ben Queen est toujours suspect, mais la police ne possède aucune preuve matérielle contre lui. En d'autres termes, rien n'indique qu'il se soit trouvé à White's Bridge cette nuit-là.

Il ne s'y trouvait pas. Je le savais parce que la personne qui avait assassiné Fern était la même qui avait failli me tuer : Isabel Devereau. Elle m'avait avoué son crime, pensant que je ne risquerais pas de la dénoncer une fois morte. Raté ! Mais le shérif avait qualifié mon témoignage de « ouï-dire ». Vous imaginez ? Je bouillais de rage chaque fois que j'y repensais.

Je me réjouissais de l'absence de la femme de Mervin, car celui-ci parle plus librement quand elle n'est pas là. Cette mégère n'arrête pas de le houspiller et de lui ordonner de se taire.

– Et la folle qui t'a attaquée ? a-t-il dit. M'est avis qu'elle fait un meilleur suspect que Ben Queen. C'était pas une parente de Rose ?

Je lui ai lancé un regard étonné. On aurait dit qu'il avait lu dans mes pensées. Mais la vérité, c'est que Mervin réfléchit. Il me semble parfois qu'il est le seul de toute la bande à le faire. A part Louise Snell, bien sûr. Louise est futée, et contrairement à ses clients, elle ne parle pas pour le seul plaisir d'entendre le son de sa voix.

– En effet, ai-je acquiescé. Rose était une Devereau, comme vous le savez.

– Dans ce cas, il pourrait s'agir d'une vengeance, non ? a ajouté Mervin.

Billy, qui lui tourne généralement le dos, a pivoté vers lui.

– Tu causes sans savoir, lui a-t-il rétorqué. Tu connaissais même pas Rose Queen, et sa famille non plus.

Billy jalouse Mervin à un point qui dépasse l'entendement. J'ai pris un air concentré, comme si je songeais au destin de Rose Queen. En réalité, je savourais mon gâteau. Il serait toujours temps de réfléchir une fois la dernière bouchée avalée.

Mervin a riposté :

– Depuis le temps que je vis ici, Billy, j'en ai entendu, des choses. Par exemple, je sais qu'une année Fern et sa mère sont restées plusieurs mois absentes. Pardi, ça tombe sous le sens !

– Qu'est-ce qui tombe sous le sens ?

– Une fille qui disparaît pendant plusieurs mois... Faut vous faire un dessin ?

Billy désapprouvait cette théorie, et Don Joe aussi. Leur attitude hostile, les bras croisés sur la poitrine, était parfaitement éloquente.

– Tout ce que je sais, a glissé Louise Snell, c'est que Fern était une gosse difficile...

– « Difficile » ? a ricané Don Joe. Ça, tu peux le dire ! Elle a poignardé sa mère à vingt reprises.

– On n'a jamais pu le prouver, a objecté Louise. Ben avait un alibi, mais il en a pas parlé, sans doute pour protéger sa fille.

C'est moi qui avais révélé l'existence de cet alibi : au moment où sa femme se faisait assassiner, Ben Queen achetait de la pâtée pour ses poules à Hebrides.

Louise essuyait toujours le comptoir. Elle semblait y prendre plaisir.

– Le plus terrible, a-t-elle repris, c'est qu'ils ne pouvaient pas avoir d'autre enfant.

– Qui ça, Rose et Ben Queen ? ai-je demandé. Pour quelle raison ?

J'ai surpris des regards entendus autour du comptoir – le genre de regard qu'échangent les adultes quand il est question de sexe.

J'ai insisté :

– Rose avait dû se faire enlever le... « truc », là ? ai-je achevé, incapable de me rappeler le terme médical.

Don Joe a de nouveau ricané :

– Ça la ramène sur l'Alaska et Ha-wa-i, mais quand il s'agit du « truc », y a plus personne...

Louise s'est interposée :

– La ferme, Don Joe. Non, chérie. Le problème était du côté de son mari. Quand un couple peut pas avoir d'enfants, des fois ça vient de la femme, d'autres fois ça vient de l'homme.

– Oh !

Plutôt que d'avouer mon ignorance, j'ai préféré en venir au motif de ma visite :

– Est-ce que l'un de vous connaît une certaine Prunella ?

En ma qualité de reporter au *Conservative*, je n'avais pas besoin de prétextes pour me renseigner sur les gens que je souhaitais interviewer. Ce n'est pas pour autant que j'avais renoncé à en inventer, mais je ne le faisais plus que pour le plaisir.

Evren, assis à côté de Don Joe, a été le premier à réagir :

– Moi, je connais une Prunella Rice. Il me semble qu'elle habite le vallon Flyback. Hein, Billy ?

Evren s'en remet presque toujours à l'avis de Billy. Pourtant, celui-ci a tort neuf fois sur dix.

– Je vais y réfléchir pendant que Louise me ressert du café.

Billy a ri comme s'il venait d'en sortir une bien bonne. Sitôt sa tasse remplie, il a ouvert la bouche pour dire quelque chose, mais Mervin a été plus rapide :

— Red Coon Rock. C'est là qu'elle habite.

Ça a mis Billy hors de lui.

— Bon sang, y a même pas dix ans que tu...

— Quinze, a rectifié Mervin en buvant une gorgée de café.

— Et moi, ça en fait quarante-cinq que je vis ici. T'entends, Mervin ? Alors, comment tu te débrouilles pour tout savoir sur cette fichue ville ?

— Je sais pas tout, a répliqué Mervin d'un ton égal. Juste que Prunella Rice habite Red Coon Rock.

Je n'ai pu m'empêcher de sourire. Si Mervin devait témoigner dans une affaire de meurtre, que ce soit pour la défense ou pour l'accusation, la partie adverse n'aurait aucune chance de l'amener à se rétracter ou se contredire. Mervin est aussi solide qu'un roc. Perry Mason lui-même n'aurait pu l'ébranler. Mieux encore, il ignore les digressions.

J'ai demandé :

— Vous savez dans quelle maison elle vit, monsieur Mervin ?

Naturellement, ma question a déclenché une polémique.

— Celle à côté de chez Cary Grant Calhoun, a répondu Mervin. Je crois qu'elle est peinte en marron, mais j'en jurerais pas. Ce dont je suis sûr, c'est qu'il y a un puits dans le jardin. Les gens y jettent des pièces en faisant un voeu.

Billy a frappé le comptoir du poing, faisant tinter les tasses et sursauter ses deux voisins, puis il a de nouveau pivoté sur son tabouret :

— Tu te trompes, Mervin ! Cette maison-là appartient à Earl Midge. C'est sa femme qui a fait creuser le puits.

— On parle pas de la même. Earl Midge, lui, habite au bout de Sweetwater Road.

– Pas du tout ! a affirmé Billy.

– La barbe, vous deux ! a maugréé Louise Snell en posant l'annuaire d'Hebrides et des environs sur le comptoir.

Elle l'a rapidement feuilleté et a parcouru une colonne de noms avec l'index avant de déclarer :

– Il y a six Rice dans le bottin, dont deux à Cold Flat. Le seul « P. Rice » de la liste habite bien Red Coon Rock. Mervin a raison.

« Une fois de plus », ai-je pensé.

– Il date, ton bottin, a prétendu Billy, allumant une cigarette.

Louise Snell a levé les yeux au ciel.

– Dis pas de bêtises ! Quand as-tu vu quelque chose changer dans cette ville ? A l'époque des dinosaures, il y avait déjà un « P. Rice » à Red Coon Rock.

Elle a placé l'annuaire ouvert sous les yeux de Billy avant de le refermer d'un coup sec.

Billy tirait sur sa cigarette, cherchant quoi répondre, quand Evren a remarqué :

– En tout cas, on a toujours des dinosaures. Vous avez vu les sœurs Wicker dernièrement ? A elles deux, elles pèsent au moins trois cents kilos !

Tous ont ri, même Mervin. Quant à moi, j'ai préféré m'éclipser avant que les sœurs Wicker ne rappliquent.

18

Dubois Road, où habitent les Queen, conduit à Flyback Hollow – « le vallon Flyback », comme l'appellent les habitués du Windy Run. C'est aussi là que vit Jude Stemple. Selon celui-ci, Fern Queen n'avait jamais été mère. S'il avait raison, la Fille ne pouvait pas être son enfant. Mais les clients du Windy Run semblaient d'un autre avis.

La première fois que j'étais passée à cet endroit, j'avais vu une fille un peu plus jeune que moi assise derrière une table pliante et une pancarte proposant de la limonade – en réalité, de la poudre en sachet diluée dans de l'eau – pour cinq cents le verre. Si la fille avait disparu, sa buvette de fortune était toujours là, de même que son pichet et la boîte d'allumettes longues dans laquelle elle rangeait son argent. Celui-là était rempli d'un liquide vert tandis que celle-ci était vide.

J'ai jugé que le pichet contenait une boisson aromatisée au citron vert. Pas mon parfum préféré, et encore moins quand il s'agit de limonade artificielle, que je déteste de toute manière. Je ne trouve pas très honnête de vendre une boisson reconstituée en laissant croire à une authentique limonade. En même temps, la pancarte ne précisait pas si celle-ci était « maison ».

J'ai cueilli le gobelet en plastique au sommet de la pile, versé deux doigts de pseudo-limonade dedans et laissé une pièce de cinq cents dans la boîte. Puis j'ai vidé mon gobelet sur le sol et écrasé légèrement le rebord pour donner l'impression que quelqu'un avait bu. Cette pauvre fille méritait des encouragements, car je n'avais jamais croisé personne sur cette route. On ne pouvait imaginer pire endroit pour installer une buvette.

Le gobelet déformé que j'avais reposé sur la table m'a fait penser à celui, en métal cabossé, dans la niche près de Spirit Lake. Puis j'ai regardé la petite flaque verdâtre à mes pieds, et le remords m'a envahie. Alors j'ai remis une pièce dans la boîte et versé un fond de prétendue limonade dans un autre gobelet, que j'ai vidé d'un trait. Infect.

A son retour, la fille trouverait deux gobelets usagés et dix cents dans sa boîte. Sans doute n'en espérait-elle pas autant.

Je me suis remise en route, l'esprit en paix.

Tandis que je me dirigeais vers Red Coon Rock, j'ai caressé l'idée d'installer à l'entrée de l'allée de l'hôtel Paradise une buvette proposant de la vodka, du gin et du whisky. J'aurais poussé le raffinement jusqu'à y servir les cocktails préférés d'Aurora : Cold Comfort, Appledew, Rumba, Bombay Blues, Comte de Monte-Cristo à Miami Beach… J'aurais également gardé des bouteilles de bière au frais dans un bac en fer galvanisé rempli de glace, car la plupart des gens du coin, tel Dwayne, préfèrent la bière.

Ce projet me plaisait bien, mais le whisky et le gin coûtant plus cher que la fausse limonade, j'ai préféré y renoncer.

A l'approche de Red Coon Rock, la route se rétrécit peu à peu et finit par se réduire à un simple sentier.

La terre est tellement tassée qu'on pourrait croire qu'on l'a aplanie avec un balai.

La maison des Calhoun, entièrement bleue, se dressait à ma gauche. Un vieux pick-up était garé devant. J'ai ralenti, espérant apercevoir le mari de Gloria, Cary Grant Calhoun. Mes amis du Windy Run prétendent qu'il ne ressemble en rien à l'acteur, mais je tenais à le constater de mes yeux. Peut-être aurais-je dû interroger de nouveau Gloria, au cas où des détails sur le kidnapping du bébé Slade lui seraient revenus à l'esprit.

Le kidnapping *présumé*, me suis-je rappelé. La petite Fay avait-elle seulement mis les pieds au Belle Ruine, ou était-elle déjà morte au moment de son supposé enlèvement ? Mon sang s'est glacé à cette idée.

A en croire Gloria, les Slade lui avaient dit que le bébé était malade et qu'elle devait le laisser dormir. Mais n'importe quelle baby-sitter aurait au moins jeté un coup d'œil à l'enfant confié à ses soins, non ? J'en avais déduit que le bébé ne se trouvait déjà plus avec les Slade à ce moment-là. Puis Miss Isabel Barnett avait fichu ma théorie en l'air en prétendant avoir vu la petite Fay, et que la pauvre enfant souffrait d'une anomalie, la trisomie.

Là-dessus – bienvenue dans ma vie ! – Aurora Paradise avait affirmé qu'en plus d'être kleptomane Isabel Barnett était la plus grande menteuse de tout le comté et au-delà, et qu'il ne fallait prêter aucune attention à ce qu'elle racontait.

J'avais donc ressorti ma théorie du tiroir où je l'avais rangée.

Perdue dans mes réflexions, j'ai dépassé le puits sans y prendre garde. Heureusement, une partie de mon esprit avait enregistré sa présence, et je suis revenue aussitôt sur mes pas. La maison en bois était peinte en marron, comme l'avait dit Mervin, avec des moulures et une barrière blanche. Le portail a grincé quand je l'ai poussé. Le petit seau accroché à l'extérieur du puits se balançait dans la brise fraîche. Le ciel s'était subitement assombri. J'y ai vu un signe m'invitant à reconsidérer ma décision. Parfois, ça vaut la peine d'ignorer les signes.

La porte moustiquaire a fait entendre le même grincement que le portail quand je l'ai tirée à moi avant de frapper. Moins d'une minute plus tard, une femme a ouvert.

– Oui ? Oh ! bonjour.

A l'évidence, elle s'attendait à un visiteur adulte. La plupart des gens ont la même réaction étonnée en découvrant une gamine de douze ans sur le pas de leur porte.

– Miss Rice ? Prunella ?

Elle a acquiescé. Sa robe du même marron que sa maison accentuait la banalité de ses traits. Le liseré blanc de son col évoquait les moulures de la façade. Ses cheveux, d'une nuance de brun proche de celle de la robe, étaient coiffés en chignon. Elle avait ce que ma mère appelle « un visage bien dessiné » mais auquel il manquait l'essentiel pour être qualifié de « beau ».

– Tu désires quelque chose ?

En ma qualité toute neuve de reporter – ou plus précisément de « rédactrice », selon les propres termes de Mr Gumbrel – je me sentais autorisée à interroger qui bon me semblait. Toutefois, il y a des questions qu'on ne peut pas poser de but en blanc. Par exemple : « Est-ce que Gloria Spiker et vous avez dit la vérité à propos de votre conversation téléphonique ? » Il y avait peu de chances qu'elle me réponde : « Non, on a menti. » J'allais donc devoir inventer quelque chose, ce qui me convenait parfaitement.

– Je m'appelle Emma Graham, ai-je dit, regrettant de ne pas avoir apporté un exemplaire du journal pour prouver ma bonne foi. Je ne sais pas si vous lisez le *Conservative*, mais j'y ai écrit un article sur les événements de Spirit Lake...

Le visage de Prunella Rice s'est quelque peu éclairé.

– J'en ai entendu parler, en effet. Ma pauvre chérie, c'est toi qui as failli te faire tuer ?

– Pourrais-je entrer une minute ? ai-je demandé avec l'expression douloureuse qui sied à une presque victime de meurtre.

Elle a ouvert un peu plus la porte. J'ai pénétré dans un salon parfaitement en ordre – on aurait pu croire que personne n'habitait là – et pour tout dire, pas très accueillant.

D'un geste, Prunella Rice m'a invitée à m'asseoir dans un fauteuil lourd et sombre. Je me suis posée au bord tandis qu'elle prenait place en face de moi.

– Comme je vous l'ai dit, ai-je repris, j'ai écrit un article sur les événements de Spirit Lake, mais j'enquête maintenant sur une autre affaire, survenue au Belle Ruine il y a une vingtaine d'années.

Trouvant que la réalité manquait cruellement de relief, je me suis permis de l'enjoliver un peu.

– Quand j'ai interviewé Gloria Calhoun, elle m'a dit qu'elle et vous étiez les meilleures amies du monde...

Cette précision n'a pas paru alléger l'inquiétude de Prunella Rice.

– ... et combien elle était heureuse de vous avoir pour voisine.

Prunella a machinalement arrangé son chignon.

– En fait, a-t-elle dit, on ne se voit presque jamais, bien qu'on vive tout près l'une de l'autre. On a été à l'école ensemble, à La Porte...

Sa voix s'est éteinte.

J'ai enchaîné :

– Mon futur article concerne l'hôtel qui a brûlé...

Elle a acquiescé si discrètement qu'on aurait plutôt dit un désaveu.

– ... et le kidnapping, bien sûr. J'aimerais vérifier quelques détails avec vous.

Elle a pincé les lèvres comme si j'avais tenté de lui faire avaler une potion amère. J'ai regretté de ne pas avoir emporté au moins un carnet et un stylo, pour me donner l'air de quelqu'un qui écrit un article. C'était pourtant ce que je faisais, même si je trouvais plus facile d'inventer que de restituer la vérité toute nue.

– J'ai cru comprendre que Mrs Calhoun – Gloria Spiker, à l'époque – avait dû laisser le bébé quelques minutes afin de vous téléphoner.

« Avait dû », comme si elle avait agi non par ennui, mais par obligation. On ne pouvait pas se montrer plus indulgent.

Toutefois, Prunella Rice n'a pas desserré les lèvres.

– C'est exact, a-t-elle admis à contrecœur. On avait prévu d'aller voir un film avec Veronica Lake le lendemain, au vieux cinéma Limerick à Hebrides. Il a fermé depuis. Gloria avait apporté un numéro de *Photoplay*, et il y avait justement un article sur Veronica Lake dedans. C'est ce qui lui a donné l'idée de m'appeler.

Elle s'est carrée dans son fauteuil avec un air satisfait.

Quelque chose dans son récit me tracassait. M'étant aperçue que je fronçais les sourcils, j'ai porté la main à ma tempe.

– Je vous demande pardon, ai-je dit. C'est encore cette migraine…

– Tu n'es pas un peu jeune pour souffrir de migraines ?

– C'est héréditaire. Celles de ma grand-tante, Aurora Paradise, sont tellement atroces qu'elle ne supporte de voir personne. Elle ne quitte jamais le dernier étage de l'hôtel, ai-je enchaîné, me penchant vers elle comme pour appuyer la gravité de la situation. C'est moi qui lui monte ses repas.

Quand on invente, l'astuce consiste à coller suffisamment à la vérité au cas où votre interlocuteur aurait l'idée de vérifier vos propos. Tout était véridique dans mon histoire, à part les migraines.

Prunella a fait semblant de compatir, par pure politesse.

– Quelle tristesse, a-t-elle soupiré. Elle ne s'ennuie jamais ?

– Oh non ! Elle a plein d'occupations. Elle fait des réussites…

« Et elle picole », brûlais-je d'ajouter.

Prunella a lissé sa robe et joint les mains sur ses cuisses. Apparemment, elle se croyait tirée d'affaire.

Elle avait tort.

– Donc, Gloria Spiker et vous avez conversé un moment…

– Vingt minutes. Tu sais ce que c'est, deux filles au téléphone, a précisé Prunella avec un sourire affecté.

– Quand elle a regagné la chambre, le bébé avait disparu et le père, Morris Slade, l'attendait, fou de rage.

Je me suis mordu la lèvre comme si je réfléchissais. En réalité, je savais parfaitement ce que j'allais dire ensuite :

– C'est Gloria qui vous a appelée, et non le contraire ?

Ses yeux se sont légèrement agrandis, comme sous l'effet d'une révélation, ou de l'incompréhension.

– Evidemment ! Comment aurais-je pu l'appeler ? Le téléphone se trouvait à l'extérieur de la chambre, au bout du couloir.

– Vous saviez qu'elle allait vous téléphoner ?

Elle s'est raidie et n'a pas répondu tout de suite.

Une araignée avait tissé sa toile dans un angle du plafond. De quoi contrarier une femme qui devait passer chaque minute de ses journées à faire le ménage.

– Que veux-tu dire ?

La question était pourtant simple, non ?

– Oh ! Je repensais au film que vous projetiez d'aller voir...

J'avançais sur la pointe des pieds, dans le but d'endormir sa méfiance.

– Apparemment, vous aimiez toutes les deux beaucoup Veronica Lake, aussi, j'imagine que vous attendiez cette sortie avec impatience.

Elle a vaguement acquiescé.

– Maintenant que j'y pense, il me semble qu'on avait plus ou moins prévu de se téléphoner pour en reparler.

Je me suis enfoncée dans mon fauteuil avec une expression qui se voulait rêveuse.

– C'est bizarre, non ? On aurait pu s'attendre à une demande de rançon, mais il n'y en a pas eu.

– Pas à ma connaissance, non.

– Depuis, vous n'avez rien appris de plus sur cette affaire ?

Elle a secoué sèchement la tête.

– Les Slade vivaient à New York. Ils y sont retournés après.

Comme si New York était l'endroit idéal pour disparaître...

Comprenant que je ne tirerais rien de plus de Prunella Rice, j'ai dit :

– C'est très gentil à vous de m'accorder ainsi votre temps, miss Rice.

Elle a presque souri.

– Prunella. Avec deux *l*.

Toujours pareil : Ecrivez tout ce que vous voulez sur moi, mais veillez à bien orthographier mon nom.

J'ai souri.

– Je m'en souviendrai.

Elle m'a raccompagnée jusqu'à la porte avec l'air soulagé de quelqu'un qui s'apprête à se défaire d'un problème.

Il était un peu plus de quinze heures, ce qui me laissait amplement le temps de regagner la gare pour prendre le train de quinze heures trente-deux.

J'ai rebroussé chemin, ralentissant au niveau de la maison bleue. Le pick-up était toujours devant, mais Cary Grant Calhoun restait invisible.

En dépassant la buvette sur Dubois Road, j'ai remarqué que le contenu du pichet était orange, et non plus vert. Egalement, l'argent avait disparu. Peut-être la fille avait-elle décidé de faire confiance à ses clients potentiels, pour s'épargner de longues heures d'attente solitaire.

En me dirigeant vers la gare, je repensais à ma conversation avec Prunella Rice. Quelque chose m'avait troublée quand elle avait évoqué son projet d'aller au cinéma avec son amie Gloria. Puis le visage de Ree-Jane, à moitié caché par ses cheveux, s'est superposé à celui de Veronica Lake dans mon esprit. J'ai attendu le train sur le quai, tentant de me rappeler les paroles exactes de Prunella et songeant à la petite Fay, sans beaucoup progresser dans mes réflexions.

J'ai réglé le prix du billet au contrôleur. Heureusement, ce n'était pas le même qu'à l'aller. Celui-ci ne risquait pas de m'assaillir de questions embarrassantes sur ma prétendue grand-mère malade.

Peut-être la bibliothèque conservait-elle de vieux numéros de *Photoplay*. Si je parvenais à dénicher l'article qu'avait lu Gloria…

La cause de mon trouble m'est apparue dans un éclair. Quand je l'avais interrogée sur les circonstances de l'enlèvement, Gloria m'avait dit : « J'avais apporté un numéro de *Photoplay* et je me suis assise tranquillement pour lire… Il y avait un article sur Veronica Lake. » Puis elle avait ajouté que Prunella et elle avaient prévu d'aller le lendemain « au vieux cinéma Limerick, à Hebrides », précisant qu'il avait « fermé depuis ».

Prunella avait dit la même chose, au mot près. Pas « au Limerick » ni « au cinéma d'Hebrides », mais « au vieux cinéma Limerick, à Hebrides ». Vingt années s'étaient écoulées sans modifier en rien leur récit des événements.

Je savais ce que Perry Mason en aurait conclu.

Le coup de téléphone avait été arrangé d'avance, de manière à fournir à Gloria un prétexte pour quitter la chambre. J'aurais parié qu'elle avait été payée pour appeler Prunella, et celle-ci pour confirmer son histoire. Comme elles l'avaient toutes deux souligné, le téléphone ne se trouvait pas dans la chambre, mais dans le couloir. Ainsi, Gloria « avait dû » sortir pour appeler. J'avais employé cette tournure pour mettre Prunella en confiance, mais peut-être avais-je visé juste sans le vouloir.

Le contrôleur remontait le couloir central. Je lui ai tendu distraitement mon billet.

– Tu as l'air bien soucieuse, jeune fille, a-t-il remarqué en me le rendant.

Il est resté là à me sourire et à vaciller sur ses jambes, comme son collègue à l'aller.

– Mon chien est mort, ai-je dit, craignant qu'il ne me lâche pas si je ne lui fournissais pas une explication.

– Oh ! Désolé, a-t-il marmonné avant de s'éloigner.

Rien de tel que la mort pour faire fuir les gêneurs.

19

– Je voudrais voir le shérif.

J'avais trouvé Donny Mooma en pleine conversation avec Maureen Kneff, la secrétaire. Je croyais me rappeler que le nom de jeune fille de Maureen était Stuck. Les Stuck sont presque aussi nombreux dans la région que les Mooma et les Calhoun.

Donny m'a à peine regardée.

– Attends ton tour, mon petit. Tu vois tous ces gens assis ? T'es pas le nombril du monde, figure-toi.

Donny adorait les expressions toutes faites.

– Où est-il ? ai-je demandé d'un ton que j'espérais pas trop pressant.

Donny a ouvert la bouche pour répondre, mais Maureen l'a devancé :

– A Cold Flat Junction, mon chou.

Donny a levé les yeux comme pour prendre Dieu à témoin.

– Bon sang, Maureen ! Sam est allé enquêter. Cette gosse a pas besoin de savoir le comment et le pourquoi du travail de la police.

Maureen a balayé ses objections de la main.

– Qui te parle du « comment » et du « pourquoi » ? Pour l'amour du ciel, j'ai seulement dit qu'il était à Cold Flat Junction !

J'aime bien Maureen. Elle n'essaie pas de se hausser du col, contrairement à Donny, qui se comporte comme s'il était le premier personnage du comté – juste après le shérif, bien sûr.

Je me suis tournée vers elle :

– Vous êtes parente avec Reuben Stuck ?

– Si je vous dérange, faut le dire, a ironisé Donny.

– Reuben est mon cousin. Tu le connais ?

Donny a levé les bras au ciel.

– C'est bon ! Excusez-moi de vouloir faire mon boulot.

Reuben Stuck était le propriétaire de l'échelle qu'on avait retrouvée contre un mur du Belle Ruine, juste sous la fenêtre des Slade, ce qui lui avait valu bien des ennuis. L'hôtel l'avait engagé avec d'autres peintres pour rafraîchir sa façade.

– Oui, ai-je répondu à Maureen. Je l'ai interviewé au sujet du bébé enlevé. Vous savez, au Belle Ruine ?

Elle a acquiescé d'un air grave.

– Une histoire ancienne, mais si triste, a-t-elle soupiré en fermant les yeux.

Donny s'est laissé tomber dans son fauteuil et a mis les pieds sur son bureau.

– Continuez à papoter comme si j'étais pas là, les filles. Sam apprécierait de voir que certaines travaillent dur en son absence.

– Quand sera-t-il de retour ?

– C'est pas à moi qu'il faut poser cette question, mais à ta copine, là.

Donny a pointé le pouce vers Maureen, puis il s'est relevé et a remonté sa large ceinture en cuir brun avant d'annoncer :

– Je vais me chercher un café en face.

– Rapporte-moi des beignets, tu veux ? lui a lancé Maureen d'un ton enjoué. Un glacé à la vanille et un avec des vermicelles. Prends-en aussi pour Emma, a-t-elle ajouté avec un clin d'œil à mon intention.

J'ai cru que Donny allait s'étouffer.

– Et puis quoi, encore ? Si cette maudite gosse veut des beignets, qu'elle aille les chercher elle-même !

– D'accord, je vous accompagne !

Moi aussi, je peux paraître enjouée quand je veux.

De toute manière, le Rainbow Café était la prochaine étape sur ma liste. Mais la dernière chose que désirait Donny était de m'avoir dans les pattes. Il est sorti si rapidement qu'on aurait pu jouer aux cartes sur les basques de sa veste. C'est là une expression de ma mère qui m'a toujours beaucoup amusée. Imaginez, quelqu'un qui court si vite que sa veste flotte à l'horizontale derrière lui...

J'ai rattrapé Donny comme il s'apprêtait à arrêter la circulation pour pouvoir traverser. Il a tendu le bras, et une vieille Ford mal en point a freiné pour lui céder le passage, à moins que son moteur n'ait simplement calé. Je lui ai emboîté le pas.

– Fiche le camp, tu m'entends ? a-t-il maugréé avant de s'engouffrer à l'intérieur du Rainbow Café.

J'ai fait un petit salut de la main au conducteur de la Ford, qui m'a retourné un sourire édenté.

J'ai retrouvé Donny devant la vitrine des beignets, en train d'aboyer sa commande à Wanda Wayans.

Je me suis dirigée vers l'extrémité du comptoir, où Maud préparait un milk-shake.

– Tu en veux un peu ? m'a-t-elle demandé, désignant la machine trépidante dont elle retenait le couvercle d'une main. Miss Isabel ne finit jamais le sien.

En me retournant, j'ai aperçu Miss Isabel Barnett dans un box, un miroir de poche à la main, en train de retoucher son rouge à lèvres.

– Je voulais justement lui parler, ai-je dit à Maud. Merci pour le milk-shake !

Miss Isabel a paru sincèrement heureuse de me voir.

– Emma Graham ? Quelle surprise ! Je t'en prie, assieds-toi et dis-moi ce que tu deviens.

Je me suis glissée dans le box tandis qu'elle rangeait son tube de rouge. Il avait l'air tout neuf, mais j'ai jugé que ça ne me regardait pas.

– Pas grand-chose, ai-je dit. Mais j'avais une question à vous poser. La semaine dernière, si vous vous rappelez, on a parlé du bébé de Morris et Imogene Slade, la petite Fay…

Devant son expression interloquée, j'ai cru utile de préciser :

– Les Slade sont venus à La Porte un jour, il y a une vingtaine d'années. Vous disiez avoir vu le bébé dans son landau.

Miss Isabel a fermé les yeux, comme si elle se projetait vingt ans en arrière.

– En effet ! La pauvre mignonne n'avait guère plus de quelques semaines…

Ma mâchoire a failli se décrocher.

– Quelques semaines ? Miss Isabel, au moment dont je vous parle, le bébé était âgé de quatre mois !

Elle a secoué catégoriquement la tête.

– Impossible. Le bébé pesait tellement peu à sa naissance que l'hôpital l'a gardé trois semaines en couveuse. Il en sortait tout juste quand je l'ai vu.

– Vous avez dit aussi qu'il était… trisomique, je crois ?

– La petite Fay Slade ? Non, pas à ma connaissance.

D'où tenait-elle tous ces renseignements, dont la moitié contredisait ce qu'elle avait pu me dire précédemment ?

– Miss Isabel, ai-je fini par demander, vous êtes sûre qu'on parle bien du même bébé ?

Elle a bu une gorgée de milk-shake, perdue dans ses pensées.

Comment avais-je pu croire qu'elle se rappellerait des événements vieux de plus de vingt ans ? Moi-même, j'oublie ce qui est arrivé vingt jours plus tôt. Je suis pourtant plus jeune que Miss Isabel, et ma mémoire est moins encombrée de souvenirs que la sienne.

En réalité, elle n'avait jamais vu la petite Fay Slade.

– Je vous remercie, miss Isabel. Il faut que je retourne à l'hôtel, à présent.

Je suis sortie si précipitamment qu'on aurait pu jouer aux cartes sur les basques de ma veste.

En plus, j'ignorais où je courais si vite. Je me suis arrêtée pour reprendre ma respiration. Personne n'avait vu le bébé des Slade. Donc, ma théorie se tenait. L'enlèvement était une simple mise en scène. Gloria Spiker avait été payée, et Prunella Rice sans doute aussi – il fallait qu'elles soient complices pour que leurs récits concordent à ce point. Je les imaginais répétant ensemble ce qu'elles diraient à la police quand celle-ci les interrogerait... Quant au shérif Mooma, l'oncle de Donny, il avait probablement touché de l'argent du père d'Imogene Woodruff pour clore l'enquête.

Bien sûr, il ne s'agissait que d'une hypothèse. Mais si j'avais raison, si la petite Fay n'avait jamais été au Belle Ruine, qu'avait-il pu lui arriver ? Ses parents l'avaient-ils perdue ? Abandonnée ?

Etait-ce elle, la mystérieuse Fille que j'avais aperçue à plusieurs reprises ?

Soudain mes pieds m'ont entraînée vers les bureaux du *Conservative*. Sans doute comptaient-ils sur le sens de l'investigation de Mr Gumbrel pour m'aider à élucider ces questions. En montant le vieil escalier en chêne, j'ai remarqué pour la première fois que chaque marche présentait un creux au centre et que le bois était plus clair à cet endroit. Imaginez le nombre de pieds qui avaient gravi cet escalier pour l'user à ce point !

– Ah ! Emma. Tu as fini ton article pour l'édition de la semaine prochaine ?

Pas davantage que la dernière fois où tu m'as posé cette question, ai-je pensé.

– Pas tout à fait. Mais je voulais vous parler du supposé enlèvement…

J'avais appuyé sur le mot « supposé ». Je lui ai ensuite rapporté ma conversation avec Prunella Rice et la conclusion à laquelle j'étais parvenue.

Mr Gumbrel m'a écoutée avec attention, calé dans son fauteuil pivotant, ses lunettes relevées sur le front.

– Nom d'un petit bonhomme ! s'est-il exclamé. Tu penses que cette fille, Gloria Spiker, et son amie faisaient partie d'une machination ?

– Oui, mais elles n'y jouaient qu'un rôle secondaire. Les principaux instigateurs, c'était la famille. Si Mr Woodruff a payé le shérif Mooma…

– Carl Mooma, a murmuré Mr Gumbrel, secouant lentement la tête. Un brave homme. Je me souviens de lui…

Apparemment, il était le seul.

– Et si le bébé n'était déjà plus là au moment de son prétendu enlèvement, ses parents pouvaient difficilement l'ignorer !

– Tu veux dire que Morris et Imogene s'affichaient en ville avec un landau vide ?

– Oui. Ne me demandez pas pourquoi. Mais rappelez-vous, la nurse ne les avait pas accompagnés à l'hôtel. Peut-être lui avaient-ils confié l'enfant, disant qu'ils s'absentaient pour le week-end, et n'avait-elle rien soupçonné.

– Mais elle aurait bien fini par entendre parler de l'affaire.

– Pas si Mr Woodruff avait acheté le silence de la presse.

Mr Gumbrel a eu un rire bref.

– Il est plus facile de corrompre des policiers que des journalistes, du moins dans cette région. S'il avait approché mon père, je peux t'assurer que celui-ci l'aurait envoyé paître.

Il s'est gratté le menton. Sa barbe produisait un son rêche.

J'ai repris :

– Admettons qu'il n'ait pas acheté la presse. Quel retentissement aurait eu cette affaire ?

– Je dirais, un retentissement national. Mais pour quelle raison Lucien Woodruff aurait-il voulu étouffer l'enquête sur l'enlèvement de sa propre petite-fille ?

Je commençais à perdre patience.

– Je me tue à vous l'expliquer ! Parce qu'il n'y a jamais eu d'enlèvement ! J'ignore ce que les parents du bébé en avaient fait, mais Mr Woodruff devait craindre que leur famille ne soit déshonorée, ou que sa fille n'aille en prison...

Mr Gumbrel a soupiré.

– Peut-être. L'ennui, c'est qu'un journal tel que le nôtre ne peut se permettre de publier ce genre de suppositions sans preuves, au risque de s'attirer un procès.

– J'ai quand même le droit de m'interroger sur ce qui s'est passé cette nuit-là !

– Oui, en restant prudente. Supposer qu'il n'y a pas eu d'enlèvement, c'est jeter le soupçon sur la famille.

– A moins qu'il ne soit arrivé autre chose, et que les Slade n'aient cru que leur bébé avait été enlevé.

Oui, mais quoi ? Je n'en avais pas la moindre idée.

Si seulement le shérif avait pu revenir…

J'ai levé les yeux vers la grande pendule murale. Elle indiquait cinq heures passées. Je me suis levée d'un bond.

– Je dois retourner à l'hôtel préparer les tables pour le dîner. Merci, monsieur Gumbrel.

Sa voix m'a suivie jusque dans l'escalier :

– Surtout, n'oublie pas de m'apporter ton article ! Tu as entendu ?

J'avais entendu.

20

Il était cinq heures et demie quand j'ai claqué la portière sur le bavardage de Delbert et monté les marches de l'hôtel deux à deux. Le taxi a redémarré, et il m'a semblé que Delbert parlait toujours.

Avachie dans un rocking-chair vert, les pieds posés sur la table ronde, Ree-Jane feuilletait un des magazines de mode pour lesquels elle poserait d'ici quelques années. J'y ai jeté un coup d'œil par-dessus son épaule.

– T'es en retard, a-t-elle remarqué. Miss Jen est dans tous ses états.

Elle avait délivré cette dernière information sans lever les yeux de la page où des jeunes femmes élancées à la moue boudeuse et aux coudes pointus présentaient des robes d'été.

J'ai regretté de ne pouvoir m'attarder, car j'adore écouter Ree-Jane évoquer sa future célébrité. Celle-ci prend des visages différents suivant son humeur. Un jour, elle se voit épouser le duc de Devonshire ou quelque autre personnage aristocratique ; le lendemain, elle est une star de cinéma mariée à un acteur un peu moins connu qu'elle, puis une photographe de guerre réputée, une championne de tennis triomphant sur le court central de Wimbledon...

Je lui ai suggéré de tenter sa chance au tournoi de tennis local. La plupart des joueurs descendent dans notre hôtel. Personne n'a grand-chose à faire durant le tournoi, hormis Mrs Davidow, qui prépare saladier sur saladier de *mint julep*. En cercle autour de la table, les convives siphonnent à la paille le bourbon parfumé à la menthe. Pour plaisanter, j'ai proposé un jour à Aurora de tendre un tuyau d'arrosage entre le saladier et sa fenêtre, au quatrième étage.

A la cuisine, ma mère mesurait une quantité infinitésimale d'assaisonnement destinée à une préparation dont la couleur tirait légèrement sur le rose – sa sauce aux crevettes, sans doute. Après l'avoir levée à hauteur de ses yeux, telle une laborantine, elle donnait une légère tape sur sa minuscule cuillère et observait la surface de la sauce. Si le Dr Jekyll avait apporté autant de soin à la confection de sa potion, jamais il ne serait devenu Mr Hyde.

Walter m'a lancé un « Bonjour ». Ma mère a continué à scruter sa sauce.

J'ai jeté des feuilles de laitue dans les bols – il y en avait six, ce qui signifiait que nous attendions une tablée de quatre personnes, en plus de Miss Bertha et Mrs Fulbright – et ajouté des rondelles d'oignon et de poivron vert.

Tout en travaillant, je songeais à Emily Dickinson et me demandais si elle participait aux tâches ménagères. Si elle ne sortait jamais de chez elle, comme l'affirmait Mr Root, je ne vois pas comment elle y aurait échappé. Toujours selon Mr Root, elle ne parlait aux gens qu'à travers un écran. Comme j'aimerais pouvoir en faire autant ! Je me déplacerais partout avec un écran ultraléger, et quand je devrais adresser la parole à une personne que je n'aurais pas envie de voir, je le placerais entre nous. Imaginez : je déposerais sa salade devant Miss Bertha, puis je me glisserais derrière mon écran avant de lui demander si elle désirait autre chose.

Je n'avais pas remarqué que ma mère s'était approchée jusqu'à ce qu'elle me dise de m'activer. Que croyait-elle que je faisais ?

– Pas très intéressantes, ces salades, a-t-elle laissé tomber. Tu ne pourrais pas leur donner un peu de personnalité ?

Vous comprenez d'où mon frère tient son sens du drame ?

– Un peu de paprika devrait faire l'affaire, a-t-elle repris. Ainsi que quelques olives noires ou vertes hachées.

Je me suis dirigée vers l'étagère à épices sur laquelle j'ai pris le paprika ainsi que son cousin, mon vieil ami le piment rouge. J'ai saupoudré cinq des salades de paprika et la sixième de piment. J'ai mis cette dernière de côté tandis que je réfléchissais. Qu'est-ce qui ressemble à une olive verte hachée ? Les rouages de mon cerveau tournaient à plein régime, projetant devant mes yeux l'image tremblante d'une farandole de piments jalapeños.

Vite, je suis allée chercher dans le réfrigérateur un bocal de piments extraforts dont ma mère s'était servie pour préparer un plat espagnol. J'ai haché quelques olives vertes que j'ai éparpillées sur les cinq premières salades. Puis j'ai sorti du bocal un petit piment que j'ai coupé en menus morceaux. J'en ai goûté un du bout de la langue. Au feu ! J'ai parsemé la dernière salade de piment et d'olive verte, de manière à ce qu'elle paraisse identique aux autres. Une louche de vinaigrette par-dessus, et le tour était joué.

Vera est entrée au pas de charge. C'était elle qui allait s'occuper de la table de quatre.

Ayant servi Miss Bertha et Mrs Fulbright, je confectionnais un cocktail pour Aurora quand les premiers cris nous sont parvenus.

Ma mère s'est immédiatement tournée vers moi.

– C'est Miss Bertha ?

J'ai jeté un coup d'œil par-dessus mon épaule, un verre plein de Southern Comfort, cognac et divers jus de fruits à la main.

– Je prépare son cocktail à tante Aurora, ai-je dit.

Je ne l'appelle « tante » qu'en présence de ma mère.

Walter a posé sur un petit plateau le verre d'eau glacée que je lui avais demandé de remplir.

D'autres cris ont retenti.

– Emma !

– Ça vient ! ai-je lancé en direction de la salle à manger.

J'ai posé le cocktail sur mon plateau sans prendre la peine de le décorer d'une ombrelle en papier.

Miss Bertha se tenait la gorge quand Walter et moi sommes entrés, apportant nos antidotes fatals.

Aurora a beaucoup apprécié le sien. Après avoir trempé les lèvres dans le verre, elle a bu une longue gorgée bruyante et fait claquer sa langue. Je n'avais pas dosé précisément les ingrédients, mais tant que le goût du cognac l'emporte sur celui du jus de fruits, tout va bien.

– Excellent ! a-t-elle déclaré avant d'en reprendre une gorgée. Mais je ne vois pas la demi-tranche d'ananas ?

– Il n'y a pas d'ananas dans le Cold Comfort. Vous confondez avec le Bombay Blues.

Une autre de mes créations, un mélange de jus d'ananas, de curaçao et de gin Bombay.

– Exact. Ma fille, je me tue à te le répéter, tu devrais te faire embaucher au Double Down.

– J'ai douze ans, je vous signale.

Aurora a-t-elle fréquenté le Double Down ? Si oui, c'était avant que Perry Vines n'en devienne le propriétaire.

Je me suis adossée au mur, mon plateau coincé sous le bras, comme toujours.

– Revenons-en au bébé Slade... Et ne me dites pas « Quel bébé ? », ai-je ajouté devant son expression faussement étonnée.

– Tout ce que j'ai à dire, c'est que tu t'es surpassée avec ce cocktail.

Aurora m'a adressé un sourire charmeur qui dévoilait largement son dentier.

– J'ai parlé à Miss Isabel Barnett aujourd'hui. Elle assurait avoir vu la petite Fay en ville quelques heures avant son enlèvement, vous vous rappelez ? Eh bien, elle n'est plus du tout certaine qu'il s'agissait d'elle. Il semblerait qu'elle ait confondu les bébés.

– Je t'avais dit qu'elle ment comme elle respire, a gloussé Aurora, tripotant son poignet en dentelle.

– Elle n'a pas menti, elle s'est juste trompée. Et de toutes les personnes que j'ai interrogées, elle était la seule à affirmer avoir vu le bébé ce week-end-là.

– Je sais ce que tu penses : le bébé n'a jamais été à l'hôtel. Ça aussi, je te l'ai dit.

Non, c'est moi *qui te l'ai dit.*

Ses ongles pianotaient sur le verre vide. C'était le signe qu'elle attendait que je la resserve.

– Vous ne toucherez pas à votre dîner si vous buvez un second Cold Comfort, ai-je protesté.

– Quelle rabat-joie ! « Vous ne toucherez pas à votre dîner »...

Elle m'imitait à la perfection. C'était exaspérant.

– Tu te prends pour qui, d'abord ?

– Pour la barmaid. Concentrez-vous sur l'affaire Slade. Admettons que les parents aient voulu faire croire que le bébé était avec eux. Pourquoi ?

– Peut-être tenaient-ils à montrer qu'il était en vie à ce moment précis. Mettons que quelqu'un ait légué sa fortune à une personne qui ne pouvait en hériter que si le bébé mourait avant elle. Maintenant, imagine que le bébé soit mort le vendredi, et le second légataire, le jeudi. Pour éviter que la famille de cette personne ne capte l'héritage, les parents ont prétendu que l'enfant avait été enlevé.

– Je n'y crois pas.

– Ce n'était qu'un exemple, bécasse !

Elle m'a tendu son verre, levant vers moi un regard plein d'espoir.

– Donnez-moi une explication plus convaincante et je vous apporterai un autre cocktail.

Aurora regardait fixement son verre. On aurait dit qu'elle tentait de l'hypnotiser pour qu'il retourne à la cuisine par ses propres moyens.

Quand elle a levé les yeux vers moi, ils étincelaient comme un alliage d'acier et de mica.

– Peut-être qu'ils avaient perdu la gosse.

J'ai failli en laisser tomber mon plateau.

– Comment peut-on perdre un bébé ?

– De la même manière qu'on peut perdre un million de dollars, les pédales, son chemin... ou un pari, a-t-elle achevé avec un rire rusé.

C'est à peine si j'avais écouté. Il me semblait entendre la voix rugueuse de Mr Root lire le poème de Robert

Frost, à propos de la détresse du verger abandonné dans la nuit, sans lumière.

Devant tant de tristesse, les chances de sauver quoi que ce soit semblaient bien minces, et l'issue du pari dont parlait Aurora, pour le moins incertaine.

21

Dans ma tristesse, j'ai négligé de me montrer discrète en allant remplir le verre d'Aurora dans le bureau et suis passée devant Ree-Jane sans même chercher à la faire enrager. J'étais si triste que j'ai failli verser des larmes dans le jus d'orange. Si triste que j'ai oublié mon dessert. (Je n'ai pas oublié ce que c'était – une tarte aux poires et aux noix de pécan, servie avec une crème glacée au nougat – mais j'ai oublié de le manger.)

Walter a monté son Cold Comfort à Aurora pendant que je dînais. Laissant ensuite mon assiette vide dans l'évier, je me suis dirigée vers l'Eléphant rose. Les hautes herbes devant l'entrée sont toujours mouillées. La porte grince, et je dois me baisser pour la franchir.

La petite pièce située sous la salle à manger n'abrite plus que mes trésors, des souris et des toiles d'araignée. Le chat de l'hôtel la visite de temps en temps, pour y faire la sieste ou prendre des nouvelles des souris.

On l'utilisait autrefois pour des cocktails, d'où son surnom. Ses murs en stuc étaient roses, bien entendu. A l'origine, on y avait peint un éléphant coiffé d'un chapeau en papier qui brandissait une bouteille de champagne, mais il s'est effacé avec le temps.

La pièce est meublée d'une table de pique-nique et de bancs en bois sombre. J'ai disposé tout autour des bougies plantées dans des bouteilles. La plupart sont presque entièrement consumées, mais il y a aussi une lanterne assez puissante pour me permettre de lire et qui projette des ombres intéressantes sur les murs. L'Elephant rose évoque un peu une caverne, en plus confortable.

Une vieille boîte de chocolats Whitman est rangée sur une étagère. Elle contient quelques objets auxquels je tiens tout particulièrement, comme une photo ancienne des sœurs Devereau et de Mary-Evelyn, ainsi que le foulard que m'a donné Ben Queen à Crystal Spring.

J'ai sorti de la boîte un médaillon en or que j'ai trouvé dans la pièce où ma mère entrepose ses affaires. Elle m'a dit que je pouvais le garder. Il ne lui appartient pas, et elle ne sait même pas d'où il provient. A l'intérieur, il y a une photo jaunie d'un homme et d'une femme. Ma mère ignore qui ils sont.

La vue du couple inconnu a ravivé ma tristesse. Un chapeau de paille est posé en équilibre sur les vagues sombres de la chevelure de la femme. Lui, la mine compassée, a de petites lunettes rondes, les cheveux partagés par une raie et plaqués par une lotion ou par la pluie.

Y a-t-il encore quelque part des parents, des amis qui se souviennent d'eux ? La photo date de plusieurs dizaines d'années ; ça se voit au chapeau, à la coiffure de la femme, au col montant de sa robe, et aussi à leur expression sérieuse. A l'époque, les gens ne souriaient pas quand on les photographiait. A présent, face à l'objectif, tout le monde croit devoir afficher le même sourire artificiel.

Qui donc étaient ces gens ? Je me sens presque honteuse de détenir ce médaillon, sachant que quelqu'un s'est donné le mal de glisser cette photo à l'intérieur.

En plus, ça me met en colère de l'imaginer jeté en vrac dans une valise avec d'autres bijoux, des lettres, des gants et des écharpes, comme si rien de tout ça n'avait la moindre importance.

D'un autre côté, comment en vouloir à ma mère ? Elle a la charge d'un hôtel, cumulant les emplois de cuisinière, couturière, restauratrice de meubles… Quand on a autant à faire, je suppose qu'il vous reste peu de temps pour pleurer sur le sort de deux inconnus sur une photo jaunie, à l'intérieur d'un médaillon.

Toutefois, ça me rend folle de penser que si je ne l'avais pas trouvé, ce médaillon aurait été à jamais perdu. J'éprouve une grande compassion pour tout ce qui dépend de moi pour sa préservation.

J'aurais voulu chasser de mon esprit l'hypothèse d'Aurora, mais je n'y parvenais pas. J'ai tenté d'imaginer dans quelles circonstances le bébé avait pu se perdre. Un instant de distraction ? (« Mais enfin, qu'est-ce que j'ai bien pu faire de ce landau ? J'aurais juré qu'il était ici. ») Une forme d'amnésie ? (« Un landau ? Quel landau ? ») Mais si les parents avaient laissé le landau à l'entrée d'une boutique, comme ça arrive souvent, et que quelqu'un avait pris l'enfant dedans, il s'agissait bel et bien d'un enlèvement.

La voix insistante d'Aurora résonnait dans ma tête, égrenant une liste de pertes : Un million de dollars, les pédales, son chemin… ou un pari.

Un pari perdu.

J'ai frissonné. Impossible. On ne peut rien concevoir de plus atroce. Puis la voix de Mr Gumbrel s'est substituée à celle d'Aurora : « Morris Slade était un joueur invétéré, toujours fourré au “cercle de poker”, comme on l'appelait. Je parierais qu'il était criblé de dettes… »

Dans les westerns que j'ai pu voir le samedi après-midi, les hommes jouent aux cartes au saloon et quand ils n'ont plus d'argent, ils misent leur cheval, leur maison, leur ranch... Mais je n'en ai vu aucun miser une vie.

Je suis restée un long moment à penser à ce bébé plus insaisissable qu'un feu follet, aussitôt apparu, aussitôt disparu, tel un cerf surgi de la brume entourant le Belle Ruine. Une existence suspendue entre deux états, l'un aussi concret que Miss Bertha, l'autre aussi volatile que Will remuant les lèvres pour faire croire qu'il prononçait des mots. Un son en attente du souffle qui lui donnera vie.

Aurora avait avancé un jour que la petite Fay était un enfant trouvé, ou échangé. J'imagine qu'il est plus facile d'échanger des bébés que des adultes sans que les gens se doutent de quelque chose. Mais à supposer qu'elle ait eu raison... Imaginons que l'échange ait eu lieu à l'hôpital, que les vrais parents de Fay s'en soient aperçus et l'aient ensuite réclamée. Pour éviter que Mr Woodruff ne découvre l'identité de l'enfant, Morris et Imogene auraient alors organisé son enlèvement.

Sauf que Mr Woodruff avait étouffé l'enquête. Il aurait réagi autrement si ma nouvelle théorie avait été exacte. A moins qu'il n'ait pas voulu que l'affaire s'ébruite. Par crainte du ridicule, du scandale ? « Le vieil imbécile ! Pensez donc, il couvrait la gamine de cadeaux et d'argent, croyant que c'était sa petite-fille... » Minute : Fay n'avait que quatre mois au moment de sa disparition.

J'ai récapitulé les différents points de mon scénario. Hôpital : deux bébés échangés par erreur...

Non. Une simple substitution ne justifiait pas une telle mise en scène.

Hôpital : Imogene accouche d'un bébé mort-né, ou l'enfant meurt peu après sa naissance et sa mère vole celui d'une autre femme.

Voler un bébé est un crime particulièrement grave, susceptible de conduire à des développements violents, tel un enlèvement. Comment Imogene avait-elle agi ? Il serait toujours temps d'éclaircir ce point plus tard.

Ou alors, Imogene avait adopté le nouveau-né d'une femme qui souhaitait l'abandonner. Mais cette situation n'aurait rien eu d'humiliant pour Mr Woodruff.

Hôpital : Imogene accouche d'un enfant mort-né, mais ses proches le lui cachent par crainte d'une réaction hystérique. Mr Woodruff paie alors une infirmière pour qu'elle sorte un bébé, n'importe lequel, de la pièce où ceux-ci semblent exposés dans leurs berceaux alignés, à l'intention des pères qui tapent contre la vitre de l'extérieur, et le montre à sa fille. L'infirmière dit à Imogene qu'elle n'a le droit de tenir le bébé que quelques minutes, parce qu'il est trop faible, ou trop chétif, qu'importe, pourvu que ça laisse à Mr Woodruff le temps de trouver un bébé à vendre, ou un orphelin – même si j'avais du mal à concevoir qu'un nouveau-né puisse être orphelin si tôt.

Mr Woodruff et Morris font croire à Imogene que la petite Fay est son enfant, mais quatre mois plus tard, un événement tragique les oblige à trouver une solution. C'est là qu'ils ont l'idée de feindre un enlèvement...

Mais quel pouvait être cet événement ?

Il ne pouvait pas s'agir de la mort de Fay. Sinon, comment expliquer la présence à Spirit Lake d'une mystérieuse Fille qui était le portrait craché à la fois de Rose Devereau Queen et de Morris Slade ?

J'ai pêché dans ma boîte en fer-blanc les photos de Rose et de Morris et les ai posées côte à côte sur la table. Ils se ressemblaient comme deux gouttes d'eau. J'avais appris récemment qu'ils étaient demi-frère et sœur, la mère de Rose ayant été mariée à un Slade avant d'épouser le vieux Mr Devereau.

Rose avait été tuée par sa fille, Fern, puis celle-ci avait été assassinée par Isabel Devereau. Quelle famille ! Presque aussi épouvantable que la nôtre, même si on ne déplore aucun meurtre chez nous – pas encore, du moins.

Le chat de l'hôtel a choisi ce moment pour se faufiler par la porte entrebâillée – pour la fermer correctement, il faut la pousser et la tirer tour à tour. Il a une fourrure grise si épaisse qu'on ne saurait dire s'il est gros ou maigre.

Il a sauté sur un banc sans effort apparent. On aurait presque dit qu'il lévitait. Les chats partagent avec les magiciens la faculté de rester en suspens dans les airs, sans le moindre bruit.

Il s'est assis et a entrepris de faire sa toilette, comme si le bond qu'il venait de faire avait dérangé sa fourrure. Il est resté là un moment à se lécher la patte et à la frotter sur son museau, puis il s'est brusquement interrompu, m'a regardée droit dans les yeux et a cligné plusieurs fois des paupières. Peut-être m'avait-il perdue et tentait-il de me faire réapparaître.

De la même manière que je m'efforçais de faire surgir la petite Fay du néant.

22

Le lendemain matin, à peine réveillée, j'ai été prise de regret et ai plaqué un oreiller sur ma tête.

Il fallait que je parle à quelqu'un qui avait le pouvoir d'agir, comme le shérif. Ou quelqu'un doué de bon sens, comme Dwayne.

A moins de consulter quelqu'un qui avait un pied dans chaque monde – le réel et l'autre, quel qu'il soit – comme Mrs Louderback.

Ce dont j'étais sûre, en revanche, c'est que je n'avais aucune envie d'apporter leur petit déjeuner aux garçons au grand garage.

– Ils ne peuvent pas prendre leurs repas à la cuisine, comme tout le monde ?

Ma mère, qui s'appliquait à façonner des feuilletés, m'a rétorqué :

– Tu les connais, ils n'accepteront jamais de se déplacer.

– Dans ce cas, qu'ils meurent de faim.

– Ils en seraient capables.

Je bouillonnais de rage.

– Où est Ralph Diggs ? Ça fait partie de son travail. Il doit pouvoir porter un plateau, non ?

– Il a emmené Mrs Davidow à Alta Vista.

– Il n'est pas encore neuf heures. Le magasin de vins et alcools n'ouvre pas si tôt. Je suppose que c'est là qu'ils vont ?

– Le temps qu'ils arrivent là-bas, il sera ouvert.

Un nouveau minicroissant feuilleté a atterri sur la plaque de cuisson avec un bruit mat. Deux douzaines de sourires miniatures s'étalaient à présent sur celle-ci. J'adore les feuilletés de ma mère. J'ai laissé divaguer mon esprit, les imaginant gonflés et dorés au sortir du four…

– Emma !

– Oui ?

Ma mère m'a désigné un îlot coiffé de porcelaine blanche au centre de la pièce : la table sur laquelle je préparais les salades.

– Le plateau est là. Il n'y a plus qu'à ajouter les œufs brouillés.

Elle fait toujours les œufs brouillés au bain-marie, et non dans une poêle, afin de les « aérer », comme elle dit. Et en effet, ils sont aussi gonflés et moelleux que ses feuilletés. J'ai passé en revue le contenu du plateau : jus d'orange et crêpes au lait fermenté. L'assiette de crêpes était recouverte d'une cloche pour les maintenir au chaud. Et puis quoi encore ! Il y avait aussi un pichet de sirop d'érable tellement pur qu'on aurait cru que Walter venait à peine de l'extraire de l'arbre. Je me suis imprégnée du parfum des crêpes.

– Remets vite la cloche en place, ou elles vont refroidir, a dit ma mère en me tendant un plat d'œufs brouillés.

– Quoi, tu as parsemé les œufs de persil ?

– Comme toujours.

– Je te rappelle qu'ils sont destinés à Will et Mill.

– Justement, ça rime avec « persil ».

Soudain j'ai entendu du bruit dans la salle à manger. Il était presque neuf heures.

– J'espère que ce n'est pas Miss Bertha qui furète à côté.

– Je vais m'occuper d'elle si tu veux bien arrêter de geindre et porter ce plateau au grand garage.

Je l'aurais porté jusqu'en enfer pour m'éviter d'avoir à servir Miss Bertha. J'ai filé par la porte arrière avant que ma mère ne change d'avis.

J'ai remonté le sentier dont le gravier crissait sous mes pas et dépassé le jardin à cocktails. Ayant les mains prises, j'ai donné un coup de pied dans la porte du garage pour signaler ma présence. Comme toujours, la moitié du visage de Will s'est matérialisée dans l'entrebâillement de la porte.

– Ouais ?

– Tu sais parfaitement ce qui m'amène, ai-je dit, levant le plateau.

– Oh !

Il a ouvert la porte en grand et s'est éloigné sans me proposer de me débarrasser.

– Le ravitaillement, vieux frère ! a-t-il lancé à Mill.

« Vieux frère » ? En plus, il l'avait dit avec un faux accent anglais. J'ai posé le plateau sur une colonne brisée éclaboussée de rouge, vestige du décor de *Médée*. Le spectacle avait nécessité une grande quantité de peinture en bombe, surtout rouge. Will et Mill en pulvérisaient partout. Un jour, en entrant dans le garage, j'avais aperçu Paul au centre d'un brouillard rougeâtre. Mais si ça se trouve, c'était du vrai sang. Avec eux, on peut s'attendre à tout.

Mill a soufflé dans sa trompette. Il jouait de tous les instruments – cor, piano, clarinette, percussions... Je n'ai jamais rencontré quelqu'un d'aussi doué, et je n'en rencontrerai sans doute jamais. Puis il a jeté la trompette comme s'il en possédait des caisses entières avant de rejoindre Will, occupé à noyer ses crêpes sous des litres de sirop d'érable.

– Où est Paul ? ai-je demandé.

Will a pointé sa fourchette vers le plafond sans cesser de mastiquer.

– Là-haut. Il fixe les nuages.

J'ai crié en direction des cintres :

– Paul !

– Salut, m'dame !

La tête blonde de Paul est brièvement apparue.

– Petit déjeuner ! Descends !

Pas question de laisser ces deux goinfres tout engloutir.

– Salut, m'dame !

– Vous l'avez attaché ?

Will a secoué la tête avant d'enfourner une bouchée d'œufs brouillés.

– Sinon, il ne pourrait pas faire descendre les nuages, a-t-il expliqué. Mais on a enroulé une corde autour de lui.

Autour de son cou, peut-être ? Ça ne m'aurait pas étonnée d'eux.

Mill a replié une crêpe avant d'annoncer :

– Faut que j'y retourne.

Où ça ? Pour faire quoi ? Un nuage en carton est descendu du plafond et s'est immobilisé à quelques centimètres du cockpit de l'avion. Un second a bientôt suivi le même chemin.

Au même moment, on a frappé, et Will s'est dirigé vers la porte. J'ai remarqué qu'il l'ouvrait en grand et réservait un accueil normal au(x) visiteur(s).

Deux gamines dans les huit, dix ans sont entrées. Sans doute étaient-elles parentes, car elles arboraient le même air stupide. A force de se côtoyer, certains frères et sœurs finissent par avoir les mêmes expressions.

Will me les a présentées comme « les sœurs Evans », à croire qu'elles arrivaient directement de Broadway. Puis il leur a demandé de le suivre. Une fois sur scène, elles sont restées plantées là à le regarder d'un air doublement stupide.

– C'est bon, a-t-il dit, désignant à la fois les deux sœurs et Mill au piano. Musique !

Les mains de Mill ont fondu sur le clavier et égrené une cascade de notes.

– A vous, les filles !

Will s'est mis à frapper dans ses mains, puis à taper du pied en agitant sa crêpe telle une baguette de chef d'orchestre. Les deux gamines semblaient complètement perdues.

– Rappelez-vous la répétition. Et hop ! on lève une jambe. Hop ! l'autre jambe. Hop ! Hop !

Les gamines faisaient de leur mieux, mais elles manquaient de coordination, et l'une était nettement plus grande que l'autre.

Will a fait signe à Mill de le rejoindre, et tous deux se sont livrés à une démonstration à l'intention des sœurs Evans.

– Gauche, droite, gauche, droite. Hop ! Hop ! Hop !

Il faut dire qu'ils avaient de l'entraînement.

La leçon n'avait servi à rien, car une nouvelle tentative des deux sœurs a donné lieu à une suite de mouvements désordonnés. Elles paraissaient n'avoir aucun sens du rythme.

– C'est bon, on fait un break !

Un « break » ?

Les filles se sont laissées tomber dans deux vieux fauteuils provenant de l'Orion.

Will s'est tourné vers moi, les bras levés au ciel.

– Cette histoire va finir dans les larmes.

– D'où sors-tu cette expression ?

– Tu sais bien… C'est ce qu'on dit en Angleterre.

– Non, je n'en sais rien, et toi non plus. D'abord, qu'est-ce qui te prend de vouloir parler comme les Anglais ?

Will a fait mine de consulter ses « notes de production » avant de répondre :

– L'action de la pièce se situe en Grande-Bretagne.

– Et ça, c'est pas un avion ? ai-je demandé, désignant le décor. La pièce s'intitule *Meurtre en plein ciel,* je te signale.

Cet appel à la raison a laissé Will de marbre, et Mill aussi.

Entre-temps, les sœurs Evans s'étaient glissées dans le cockpit, à la place des pilote et copilote, et faisaient semblant de diriger l'avion.

Je suis revenue à la charge :

– Est-ce qu'il vous arrive de penser à tous les événements survenus dans la région ? Meurtres, tentative de meurtre… De quoi vous fournir de la matière pour le restant de votre vie !

Comme ils me regardaient d'un œil rond, j'ai cru bon de préciser :

– Mary-Evelyn Devereau, Rose Devereau Queen, Fern Queen… et moi. Enfin, presque.

Quand on y réfléchit, cet enchaînement de drames a quelque chose d'extraordinaire.

– Et alors ? a fait Will, perplexe.

– Alors, la voilà, votre prochaine pièce ! Vous n'aurez qu'à l'appeler *Le Meurtre de Cold Flat Junction,* ou *de Mirror Pond,* ou *de Spirit Lake.* Vous pourriez même écrire une… trinité. Un ensemble de trois pièces. De quoi tenir l'affiche tout l'été.

Les deux garçons ont glissé chacun une tablette de chewing-gum dans leur bouche avec des gestes parfaitement synchrones, comme lorsqu'ils levaient la jambe sur scène.

– Pour commencer, a dit Will, qui s'intéresserait à des trucs qui sont vraiment arrivés ?

– Ensuite, a enchaîné Mill, qui voudrait jouer ton rôle ?

23

Le déjeuner n'a pas été très intéressant. J'ai juste réussi à glisser une gousse d'ail dans une des fraises de Miss Bertha. Elle a fait son cinéma habituel, affirmant qu'on essayait de l'empoisonner, mais comme elle avait avalé la preuve du crime, ses accusations n'ont suscité que des hochements de tête affligés.

Mrs Louderback avait dit qu'elle me recevrait avec plaisir. Elle n'avait qu'un seul rendez-vous, à deux heures, et me proposait de passer ensuite.

Son étrange amie m'a fait entrer dans la salle d'attente déjà occupée par une « fixeuse ». Une fixeuse ne vous quitte pas des yeux avant de vous avoir clouée au mur de son regard horrible. Il ne sert à rien de vouloir lui rendre la pareille ; j'en ai encore fait l'expérience avec celle-ci. A un moment, j'ai été tentée de passer ma main sur le pont immatériel qu'elle avait tendu entre nous, mais je n'ai pas osé.

C'était vraiment déroutant. Je m'apprêtais à en faire la remarque à voix haute quand la porte de la cuisine s'est ouverte, livrant passage à une petite femme aussi mince qu'une feuille de papier. Mrs Louderback lui a dit au revoir avant de me saluer, puis elle s'est tournée vers la fixeuse :

– Entrez, je vous prie, miss Jo.

J'ai alors aperçu la canne. Miss Jo s'est levée avec difficulté, le regard dans le vague, et la gêne m'a envahie. La pauvre femme était aveugle.

Je m'attendais à passer juste après la consultante de deux heures. J'en ai déduit que la visite de Miss Jo n'était pas prévue, et qu'il s'agissait d'une urgence. Qu'avait-il pu lui arriver ? Etait-elle devenue subitement aveugle ? Ça aurait mérité une interview ! A la réflexion, ça aurait même justifié une série d'articles sur des personnes frappées par un handicap soudain : surdité, paralysie, défaut d'élocution – cette idée m'avait été inspirée par les frères Wood, même si, dans leur cas, le handicap n'avait rien de soudain –, amputation... J'ai vu un jour un film dont le héros subissait la haine d'un vieux médecin qui se vengeait de lui en l'amputant des deux jambes. Une histoire horrible. Sa petite amie l'exhortait à reprendre courage. Comment ? Elle voulait qu'il apprenne à marcher sur les mains ? En tout cas, c'était un bon film. Ronald Reagan jouait dedans.

Miss Bertha était-elle subitement devenue bossue – après avoir été frappée par la foudre, par exemple ? Non, une telle posture exigeait des années d'entraînement. J'ai tenté de voûter les épaules comme elle, sans y parvenir. Puis j'ai réfléchi à ce que j'allais demander à Mrs Louderback ou à ses cartes. J'espérais ne pas tirer de nouveau les Orphelins dans la tourmente, qui n'annonçaient rien de bon. Le Pendu – une autre carte qui semblait me coller à la peau – était, lui, censé apporter de bonnes nouvelles. Difficile à croire, de la part d'un type suspendu par un pied à une branche, son autre jambe repliée sur la première. Le personnage incarné par Ronald Reagan y aurait sans doute vu un heureux présage, mais il aurait bien été le seul. Quand un pendu vous paraît de bon augure, c'est que ça va vraiment mal.

Soudain j'ai pris conscience de l'absurdité de ces réflexions et de l'absence de charité qu'elles trahissaient. J'aurais dû montrer davantage de compassion aux malheureux que la vie avait moins gâtés que moi, notamment tous ceux qui n'avaient jamais goûté la tourte au poulet de ma mère. Rien à voir avec les tourtes surgelées ; ma mère, elle, met de gros morceaux de blanc dans la sienne.

J'avais découvert un élastique entre le coussin et l'accoudoir de mon fauteuil et m'apprêtais à le faire voler à travers la pièce quand l'aveugle, Miss Jo, est sortie de la cuisine. Un torrent d'adrénaline s'est répandu en moi.

– Emma ! s'est exclamée Mrs Louderback.

Elle semblait surprise, alors qu'elle m'avait vue un quart d'heure plus tôt. Moi, je regardais Miss Jo contourner un tabouret qui lui barrait le passage. J'aurais pu me lever et le déplacer, mais je suppose qu'il vaut mieux laisser les handicapés se débrouiller seuls. C'est plus distrayant, en tout cas.

Je suis entrée dans la cuisine sans savoir comment j'allais aborder le sujet de l'enlèvement (ou plutôt, du non-enlèvement) du bébé Slade. Mrs Louderback avait connu les Woodruff à l'époque où ils passaient leurs étés à Spirit Lake. Leur propriété était d'ailleurs la plus vaste de la ville.

Mon regard s'est posé sur le paquet de cartes qui gardait ses secrets au centre de la table.

Mrs Louderback s'est assise en face de moi et a demandé, remettant en place une mèche de cheveux :

– Qu'est-ce qui t'arrive, Emma ? Tu avais l'air désemparée au téléphone.

Elle a battu les cartes et coupé le paquet avec la dextérité d'un croupier de casino.

– Tout va bien, je vous assure...

Elle a retourné une première carte : le Deux de Coupe. Aucun intérêt. Les coupes me rappelaient simplement que j'allais encore devoir servir le dîner à l'hôtel.

La carte suivante était... les Orphelins dans la tourmente. Je l'aurais parié !

– On dirait que ces deux-là te suivent, a remarqué Mrs Louderback. Tu dois avoir un problème très ancien.

– Ce n'est pas une carte qui va m'aider à le résoudre.

– Sans doute, mais la solution à nos difficultés réside souvent en nous-mêmes.

Dans ce cas, je n'étais pas tirée d'affaire.

– Ils feraient bien de s'occuper d'abord de leur propre problème, ai-je dit, désignant la carte.

– Tu sais, ce ne sont pas de vrais orphelins, ni une vraie tempête.

– Alors pourquoi la neige leur fouette-t-elle le visage ?

– Tu crois tout ce que tu vois ?

– Plus facilement que ce que je ne vois pas.

J'espérais qu'elle n'allait pas ramener Dieu, les anges et tout le tremblement sur le tapis. J'y avais déjà eu droit avec le père Freeman.

– Je voulais dire, comment interprètes-tu ce que tu vois ?

Peut-être n'avais-je pas frappé à la bonne porte, en définitive.

– Quand je vois un chat passer devant une porte, je me dis : « Tiens, un chat qui passe devant une porte. »

Elle s'est penchée vers le placard bleu derrière elle et en a sorti un livre. Après l'avoir feuilleté, elle l'a tourné vers moi afin de me montrer la page à laquelle

elle l'avait ouvert. J'avais déjà vu cette illusion d'optique en plusieurs occasions : un vase ou deux visages de profil, suivant l'humeur de votre œil. Le mien ne parvenait pas à faire un choix.

– C'est soit un vase soit deux visages, ai-je annoncé avant qu'elle ne me pose la question rituelle.

– Exact. Toi, que vois-tu ?

– Les deux.

– Pas en même temps. Je ne pense pas que l'œil puisse saisir les deux simultanément.

Soudain j'ai pensé aux filles évanescentes, à la manière dont leurs vêtements se confondent avec le décor et dont le cerveau recrée les lignes manquantes.

– Si, c'est possible.

Sans doute est-il malpoli de contredire un adulte à mon âge, mais je n'avais pas envie de perdre du temps avec ça.

– Vous avez déjà vu des dessins de Coles Phillips ? ai-je demandé.

Comme Mrs Louderback secouait la tête, j'ai expliqué :

– On voit tout à la fois, la fille et le décor. C'est parce que celle-là fait partie de celui-ci. Vous comprenez ?

J'avais fermé à demi les yeux en parlant, comme si, en me concentrant, j'allais imprimer les images que je lui décrivais dans son esprit.

Mais elle a de nouveau secoué la tête.

C'était à mon cerveau de dire à mon œil ce qu'il devait voir. Ou était-ce l'inverse ? Trop compliqué, tout ça.

– Il y a cette Fille que je vois partout...

Je n'avais jamais eu l'intention de parler de ça. C'était sorti tout seul.

— Vous vous rappelez ? Je vous ai parlé d'elle. Vraiment ?

— Une fille, dis-tu ? Non, je n'en ai aucun souvenir.

— Elle apparaît partout où je vais, ici comme à Cold Flat Junction.

— Tu ne sais pas qui elle est ?

— Non.

En réalité, je croyais le savoir. La Fille était Fay Slade, mais je n'en avais aucune preuve.

— Ça pourrait être le bébé Slade. Vous savez, la petite fille disparue il y a vingt ans, prétendument kidnappée ?

— Après l'enlèvement, on n'en a plus jamais entendu parler. Qu'est-ce qui te fait penser que c'est elle ?

— Sa ressemblance avec Morris Slade, ou plutôt avec les photos de lui que j'ai vues. Elle est aussi le portrait craché de Rose Devereau Queen. Morris et elle se ressemblaient comme deux jumeaux, sauf que Rose était beaucoup plus âgée.

Mrs Louderback ne paraissait pas convaincue.

— Si cette jeune femme était bien le bébé Slade, tu ne crois pas qu'elle s'efforcerait de découvrir ce qui est arrivé ?

C'était même probable.

— Alors, qui est-elle ? Et pourquoi suis-je la seule à la voir ?

— Il arrive que nos yeux nous abusent.

J'ai soupiré.

— C'est ce qu'on dit quand on est incapable d'expliquer quelque chose.

Mrs Louderback a esquissé un sourire.

— Très juste, a-t-elle acquiescé en retournant trois nouvelles cartes.

Je me suis demandé pourquoi elle insistait, les trois premières n'ayant rien donné.

D'abord la lune, ou plutôt un croissant de lune flottant au-dessus de deux tours et d'une paire de loups, m'a-t-il semblé. Puis le Pendu – tiens donc ! – et enfin le Trois de Coupe, aussi peu intéressant que le Deux.

– Encore le Pendu, ai-je remarqué.

Mrs Louderback a rapidement battu les cartes avant d'expliquer :

– C'est une longue histoire, très compliquée. On identifie parfois le Fou au Pendu. Or, la Lune contrôle le Fou. Le chemin qu'il suit se transforme en rivière. Il a alors le choix entre rester avec les loups et chasser avec eux, ou monter à bord d'une barque, et sa survie dépend alors de sa capacité à manœuvrer celle-ci.

Nous nous sommes regardées.

– Donc, le Fou, c'est moi ? ai-je demandé.

Elle a de nouveau battu les cartes et souri.

– A ton avis ?

24

Miss Flagler disposait des articles dans sa vitrine en arc de cercle. Tout ce qu'elle vend, à l'image du pilulier qu'elle venait de déposer entre une gourmette de bébé et un cadre miniature, est minuscule. La boutique elle-même est si exiguë qu'elle ne peut accueillir plus de deux personnes. Sa propriétaire, aussi mince que le bord du cadre en argent, offre un parfait exemple d'adaptation à son environnement.

La sonnette au-dessus de la porte a retenti à mon entrée.

– Emma ! Tu arrives juste à temps. Miss Flyte est en chemin pour venir prendre le thé.

« En chemin », comme si elle devait traverser la moitié de la ville... En réalité, la boutique de Miss Flyte, le Candlewick, n'est séparée de celle de son amie que par une étroite ruelle sur laquelle donnent leurs deux portes de service. Miss Flyte et Miss Flagler empruntent celles-ci chaque matin, au moment de la pause-café, et chaque après-midi, à l'heure du thé.

La perspective d'une tasse de thé m'a aussitôt réjouie. En effet, j'avais préféré revenir de Spirit Lake à pied plutôt que d'affronter les bavardages de Delbert, car je désirais réfléchir. Malheureusement, mes réflexions n'avaient débouché sur rien d'utile.

J'ai franchi derrière Miss Flagler le rideau de perles qui cachait la cuisine. Le thé infusait dans la grande théière marron recouverte d'une sorte de bonnet brodé. Une odeur délicieuse s'échappait du four.

La chatte, Albertine, a sauté sur la table et de là sur l'étagère derrière la chaise que j'occupe à chacune de mes visites. Miss Flagler a pris une manique sur un crochet pour sortir du four une pleine plaque de minicakes nappés de caramel.

Au même moment, Miss Flyte est entrée par la porte de service. Elle nous a saluées toutes deux, apparemment heureuse de me voir. J'ignore pourquoi, mais son amie et elle semblent vraiment apprécier ma compagnie.

Assise sur ma chaise, j'ai senti Albertine passer une patte dans mes cheveux pour attraper une mèche et la mâchouiller. Elle raffole de mes cheveux.

Tandis que je m'efforçais de repérer les cakes les mieux dotés en noix et en caramel, Miss Flyte m'a demandé quand le *Conservative* allait publier mon nouvel article. Le dernier datait déjà de deux semaines.

– Je n'arrive pas à le terminer, ai-je avoué, coupant mon cake en deux.

– Oh ? Pourquoi ?

– Eh bien, je m'efforce de traduire mon état d'esprit quand Isabel Devereau m'a obligée à monter dans la barque. Si vous vous rappelez, elle avait un revolver...

Comment auraient-elles pu oublier ce détail ?

Miss Flagler a plaqué ses mains sur ses joues. Celles-là paraissaient fraîches et celles-ci, brûlantes.

– Mon Dieu ! s'est-elle exclamée. Tu devais être terrifiée.

Pas autant qu'on pourrait le croire, sans compter que cette mésaventure m'avait valu de devenir célèbre. Mais l'attention des deux vieilles demoiselles s'est alors déplacée vers la prochaine production de Will et Mill, ce qui m'a passablement agacée.

– S'agit-il aussi d'une comédie musicale ?

– Ça se pourrait. Beaucoup de points restent flous.

Ça ne me gêne pas que Will soit célèbre. Tout ce que je désire, c'est qu'il ne le soit pas plus que moi, et pas en même temps.

– Ça ne durera pas, j'en suis certaine. Ton frère est incroyable. Il sait tout faire !

Sauf se traîner jusqu'à la cuisine pour prendre son petit déjeuner.

– A mon avis, c'est délibéré, ai-je déclaré.

Deux regards interloqués se sont fixés sur moi.

– Qu'est-ce qui est délibéré ? a demandé Miss Flagler.

– Les points flous.

J'ai laissé un silence, ignorant moi-même ce que j'avais voulu dire, avant d'expliquer :

– Parfois, il me semble que Will n'a pas vraiment envie de résoudre les problèmes.

Bien sûr, c'était de moi que je parlais.

Miss Flyte est remarquablement intelligente. Je m'attendais à ce qu'elle formule une remarque éclairante, mais Miss Flagler l'a devancée avec une nouvelle question :

– Enfin, pourquoi saboterait-il son propre projet ?

– Eh bien, je vois au moins deux raisons, a dit Miss Flyte, remuant son thé.

Bien ! ai-je pensé. J'écoute...

Albertine a attrapé une autre mèche de mes cheveux afin de la mastiquer.

– La première chose qui pourrait le bloquer serait la peur que son nouveau spectacle ne remporte pas le même succès que le précédent.

Peu probable. J'imagine mal Will et Mill trembler devant quoi que ce soit, sauf peut-être devant un grizzly qui se serait introduit dans le grand garage, apportant le plateau du dîner.

– Ou alors, a poursuivi Miss Flyte, il craint de faire mieux que la dernière fois et d'être ensuite condamné à surprendre toujours davantage son public.

Non plus. Will se soucie moins que moi de l'impression qu'il produit sur les gens. En bon cabotin, il aime les applaudissements, mais il se moque que sa gloire dure ou non.

– A moins qu'il ne veuille simplement pas que ça s'arrête, a ajouté Miss Flyte.

Cette fois, ma curiosité était piquée au vif.

– J'avais une amie, Zelda Bittner, qui lisait plusieurs livres à la fois mais n'en terminait jamais aucun. Quand elle voyait approcher le dénouement, elle refermait le livre, même s'il lui avait plu. Il y en avait deux, en particulier, qu'elle avait dévorés sans pouvoir les lâcher. Pourtant, elle les a abandonnés à une vingtaine de pages de la fin, comme les autres. Le plus étonnant, c'est qu'il y avait beaucoup de romans policiers dans le nombre, mais elle ne savait jamais qui était le coupable.

J'ai demandé :

– Est-ce qu'elle a quand même fini par les lire jusqu'au bout ?

– Non. Elle est morte avant.

Miss Flyte a porté sa tasse à ses lèvres sans paraître se soucier de l'effet des paroles qu'elle venait de prononcer.

Miss Flagler s'est inclinée en arrière comme si on l'avait poussée.

– Oh ! Donc, elle n'a jamais eu le fin mot d'aucune énigme.

– Non, aucune.

– De quoi est-elle morte ?

Je faisais simplement preuve de pragmatisme : si l'amie de Miss Flyte avait succombé à une « longue maladie », comme on dit, elle aurait eu amplement le temps de terminer les livres qu'elle avait laissés en plan. Elle l'aurait eu même si le médecin lui avait dit, mettons : « Je suis désolé, mais il vous reste deux ou trois semaines à vivre, Zelda. » (J'adore ce nom. Pendant quelques secondes, j'ai envisagé de prétendre que c'était mon deuxième prénom et que, dorénavant, je souhaitais qu'on m'appelle ainsi.)

Evidemment, à l'approche de la fin, la priorité de Zelda aurait été d'annoncer la nouvelle à sa famille et ses connaissances, et peut-être de rédiger son testament si elle ne l'avait pas déjà fait. Mais ensuite, rien ne l'empêchait de rassembler toute sa bibliothèque et de s'y replonger.

– Elle a fait une attaque, a répondu Miss Flyte.

– Une attaque foudroyante ?

– Elle est restée quelque temps dans le coma avant de mourir.

– Et elle n'en est pas sortie, même un instant ?

– Non. Un coma, tu sais ce que c'est…

Parfois, quand je regarde Ree-Jane, j'ai l'impression de le savoir, en effet.

– Même pas…

J'ai calculé le temps nécessaire pour lire une vingtaine de pages.

– … un quart d'heure ?

Ça supposait un bon rythme de lecture, mais Zelda avait de l'entraînement.

Miss Flyte a secoué la tête avec un sourire qui m'a paru teinté de condescendance, comme si elle venait de prendre conscience de mes limites intellectuelles. J'ai haussé les épaules, feignant de me désintéresser de tous ces livres inachevés. Toutefois, je n'ai pu m'empêcher de revenir à la charge :

– Ces livres, vous les avez vus ? Vous pourriez nous en citer au moins un ?

Disant cela, je m'étais efforcée d'imiter le sourire de Miss Flyte, mais je pense que j'avais moins l'air condescendant que stupide.

– Voyons... Il y en avait plusieurs d'Agatha Christie. Elle appréciait tout particulièrement Miss Marple.

Je ne pouvais lui demander de préciser les titres sans trahir mon intérêt pour le sujet.

– Il y a eu une cérémonie religieuse en son honneur ? Je parle de Zelda... Les gens ont fait des discours ?

– Oui. L'église était pleine. Et en effet, les membres de sa famille ont tous prononcé quelques mots. Pourquoi ?

– Pour rien.

Je pensais que ç'aurait été l'occasion rêvée de lire la fin d'un livre, pendant la messe ou au cimetière, devant sa tombe. Mais bien sûr, je n'ai rien dit.

– J'ai toujours trouvé Agatha Christie extrêmement intéressante, est intervenue Miss Flagler. Vous saviez qu'elle avait disparu ?

Mon regard a pivoté vers elle.

– Disparu ?

– Oui. Elle a fini par réapparaître dans un hôtel à Harrogate – c'est dans le Yorkshire, me semble-t-il. Aujourd'hui encore, nul ne sait ce qui lui est arrivé au juste.

Je me suis imprégnée de cette histoire tandis qu'Albertine mâchouillait mes cheveux, puis je me suis levée. Ça n'a pas plu à la chatte.

J'avais besoin d'un milk-shake au chocolat, sans délai.

25

Perchée sur son tabouret derrière la caisse, Shirl fumait. Elle sortait de chez le coiffeur, ça se voyait aux mèches sculptées sur le sommet de sa tête. C'est la signature de la patronne du salon Prime Cut, mais au bout de quelques heures, les mèches retombent et se fondent dans la masse des frisottis.

Shirl a marmonné un vague « bonjour » à mon entrée. Je lui ai rendu son salut, me débrouillant pour ignorer Helene Baum, la femme du médecin, occupée à choisir un gâteau dans la vitrine des pâtisseries. Elle m'a lancé un regard noir tandis que je la dépassais.

Maud était en train de remplir de café les tasses alignées sur le comptoir comme les assiettes du dîner dans la cuisine de ma mère, chacune attendant une cuillerée de quelque chose. Cette vision m'évoquait toujours la communion à l'église Saint Michael. Décidément, j'étais d'humeur mystique. Etait-ce le signe que j'allais être bientôt sauvée ? J'espérais que non.

J'ai attendu qu'elle ait terminé, plantée entre Dodge Haines et Bubby Dubois. Ce dernier a sauté sur l'occasion pour faire de l'humour :

– On t'a encore menée en bateau ?

Il a tapé sur le comptoir et éclaté d'un rire tonitruant, communiquant celui-ci au maire, assis à ses côtés.

Comme si le fait de monter à bord d'une barque sous la menace d'un revolver était la chose la plus drôle au monde. J'ai regardé Bubby Dubois, ses cils blond-roux, ses cheveux blancs et lisses comme de la meringue, sans répondre. J'ai regretté que Maud s'approche à ce moment-là, car j'aurais voulu continuer à le regarder en silence.

– Bonjour, Emma, m'a-t-elle lancé. Je te sers un Coca ?

– Un milk-shake au chocolat, s'il te plaît.

J'ai déposé un dollar bien en vue sur le comptoir, sachant que Maud ne l'encaisserait pas. Mais Shirl nous observait en tirant sur sa cigarette depuis son tabouret et elle ne fait jamais de cadeaux aux clients, sauf quand elle est en veine de générosité, ce qui arrive rarement.

Maud a attendu que cessent les trépidations du robot mixeur pour verser son contenu dans un verre cannelé et plonger une paille dedans. La texture onctueuse du milk-shake indiquait qu'elle n'avait pas lésiné sur la crème glacée. J'ai emporté le verre jusqu'au box du fond, celui qui est réservé au personnel. J'aime le bois sombre des box, et leurs dossiers si hauts qu'on ne voit pas approcher les gens, à moins de se pencher légèrement vers l'allée.

J'avais bu la moitié de mon milk-shake quand Maud s'est glissée sur la banquette en face de moi. Je lui ai aussitôt soumis le problème qui me préoccupait :

– Imagine trois filles, des amies – appelons-les A, B et C. Tu es C. B te fait au sujet de A une révélation que tu as du mal à croire. Quel est le moyen le plus simple de découvrir la vérité ?

Intriguée, elle a sorti un paquet de Camel de sa poche.

– Demander à A, je suppose.

— Sans doute. Mais admettons que C préfère tourner sept fois sa cuillère autour du pot…

Encore une expression de ma mère.

— … en interrogeant d'autres gens qui connaissent peut-être la vérité, ou pas. Qu'est-ce que cette attitude révèle sur C ?

Maud a allumé une cigarette et soufflé la fumée avant de répondre :

— Peut-être C craint-elle de blesser A en la questionnant directement ?

— Quoi d'autre ?

Tandis que Maud réfléchissait, je me suis fait la réflexion que cette histoire avec A, B et C trahissait surtout mon goût pour les faux-fuyants, et que n'importe qui d'autre m'aurait déjà étranglée. Alors je lui ai rapporté la fin de ma conversation avec Miss Flyte.

— Donc, a-t-elle dit, si C n'interroge pas A, c'est parce qu'elle n'a pas vraiment envie de savoir la vérité, même si elle est persuadée du contraire ?

J'ai acquiescé.

— Bien vu, a repris Maud, tirant sur sa cigarette. Je pense que Miss Flyte a raison.

— On appelle ça le déni, a fait la voix du shérif.

On aurait dit qu'il venait de se matérialiser près du box.

— D'où sors-tu ? lui a demandé Maud. On ne t'a pas entendu approcher.

Il s'est assis à côté d'elle sur la banquette.

— C'est quoi, le « déni » ? ai-je dit.

— C'est quand on se cache la vérité à soi-même. Les alcooliques sont des spécialistes du déni. Ils ne veulent pas voir qu'ils ont un problème.

— Tu sors d'une réunion des Alcooliques Anonymes ? a plaisanté Maud. Ça t'a fait du bien ?

– Très drôle.

Il s'est tourné vers moi, comme si j'étais la plus adulte des deux et la seule capable de le comprendre :

– Le déni est un phénomène complexe. Pour simplifier, disons qu'il se manifeste quand une personne refuse de savoir, d'admettre ou de découvrir quelque chose sur elle-même.

– Et quand je perds mon temps à interroger le premier venu, au lieu de m'adresser à la personne la plus à même de me renseigner ?

– Tu veux dire que tu fais semblant de vouloir connaître la vérité ?

– C'est ça, ai-je répondu après un temps de réflexion.

Le shérif a ôté sa casquette et desserré le nœud de sa cravate avant de poursuivre :

– Dans ta prétendue quête de la vérité, est-ce qu'il t'arrive d'égarer volontairement tes interlocuteurs ? Les alcooliques le font souvent.

– Je ne cherche pas à les égarer, ce sont eux qui ne comprennent pas ce que je raconte... Le problème, c'est moi et moi seule.

Maud a soufflé un mince filet de fumée avant de déclarer :

– Il y a un exemplaire du Gros Livre des Alcooliques Anonymes sous le comptoir. Si l'un de vous souhaite y jeter un coup d'œil...

Le shérif m'a souri.

– Tu as parfaitement compris ce qu'était le déni. Maintenant, dis-moi, que refuses-tu d'admettre ?

– Moi ?

J'ai joué avec ma paille tandis qu'il me fixait de ses yeux bleu glacier. Contrairement à moi, le shérif n'aime pas les faux-fuyants.

– Je suis allé à Cold Flat Junction, a-t-il repris. J'ai parlé à Gloria Calhoun et Prunella Rice. Tu avais raison, leur coup de fil était arrangé. Il s'agissait de fournir à Gloria un prétexte pour quitter la chambre. Ça a été difficile de lui faire avouer que le père d'Imogene lui avait offert cent dollars pour s'absenter vingt minutes. Elle a appelé Prunella Rice à neuf heures trente précises, pendant que le bal battait son plein. Les deux amies ont cru à une farce, ou que Lucien Woodruff désirait faire une surprise aux jeunes parents. Mais quand ceux-ci ont alerté la police, le vieil homme a dit à Gloria de se taire si elle ne voulait pas d'ennuis. Ça ressemblait à une menace.

– Donc...

Le shérif a tendu la main pour arrêter le flot de paroles sur le point de jaillir de ma bouche.

– Tu imagines la surprise de Gloria quand elle a regagné la chambre et appris de Morris Slade que le bébé avait disparu. Puis Mr Woodruff lui a dit de se taire. Elle était terrifiée, et son amie aussi. Lucien Woodruff était un homme impressionnant.

– Donc, les trois étaient dans le coup.

Le shérif a secoué la tête.

– Pas les deux filles.

– Et Morris Slade ?

Pour une raison que j'ignorais, celui-ci me décevait, alors même que je ne l'avais jamais rencontré.

J'ai ajouté :

– Tout le monde le considérait comme un bon à rien.

– Morris n'y était pour rien. Imogene, en revanche...

Pour une fois, je suis restée sans voix. Pourtant, j'avais assez côtoyé les Grecs et Médée pour ne plus m'étonner de rien.

– Imogene ? La mère du bébé ?

Le shérif a acquiescé.

– Son père et elle ont tout organisé.

– C'est Gloria Calhoun qui vous l'a dit ?

– Elle n'avait pas vraiment le choix, a-t-il répondu avec un sourire amer. Mais ça, je le tiens de Carl Mooma, l'oncle de Donny. C'était lui le shérif à l'époque.

Carl Mooma... Et moi qui le croyais mort !

– Raconte, a dit Maud.

– Le shérif Mooma ne s'est pas montré très loquace...

Bizarrement, cette précision m'a rassurée.

– Mais il y a autre chose, a ajouté le shérif en me regardant.

J'ai tressailli aussi violemment que le mixeur quand Maud préparait un milk-shake. J'ai eu la tentation de me boucher les oreilles. Il s'apprêtait à nous révéler ce qui s'était passé cette nuit-là ; il allait nous dévoiler la fin de l'histoire, faire éclater la vérité jusqu'au vertige.

Mais non. Le vertige a surgi de là où je ne l'attendais pas.

– Morris Slade est de retour.

26

Morris Slade.

Le shérif avait dit ignorer les raisons de son retour, et qu'il logeait dans la maison des Woodruff, à Spirit Lake.

Il me restait une heure avant d'aller retrouver mes salades à l'hôtel. J'aurais encore préféré m'asseoir sur les genoux de Miss Bertha plutôt que de les préparer. Quel ennui ! J'ai fait une halte devant la boutique du fleuriste, Marigold Flower, me demandant si j'avais le temps de me rendre à la maison des Woodruff avant le dîner.

Je m'interrogeais toujours sur les raisons qui pouvaient pousser quelqu'un à simuler un kidnapping. Peut-être Will et Mill auraient-ils pu m'éclairer : ça faisait des semaines qu'ils retenaient Paul sur une poutre, et mon frère avait proprement enlevé la petite Bessie sur le terrain de croquet.

Bobbi, la patronne de Prime Cut, était en train de poser des bigoudis à la femme du maire. Coincée derrière la vitrine, celle-ci était entièrement à la merci de la coiffeuse et ne pouvait ni se lever ni s'enfuir. Je l'ai regardée avec une grimace horrifiée, secouant la tête d'un air peiné pour m'assurer qu'elle avait bien saisi le message.

Ensuite, fatiguée de ces enfantillages, je me suis remise en marche, plongée dans mes réflexions. Pourquoi Imogene et Mr Woodruff avaient-ils agi ainsi ? Pour se venger de Morris Slade ? Pour quelle raison ? Toutes mes questions demeuraient sans réponse.

En passant devant les taxis Axel, j'ai fait un signe de la main à Wilma, la standardiste. Elle m'a fait signe en retour, et Delbert aussi. Pourtant, mon salut ne lui était pas adressé. Pressentant que j'aurais besoin d'un taxi pour regagner l'hôtel, je suis entrée et ai annoncé à Wilma que j'allais revenir à cinq heures. J'avais soigneusement ignoré Delbert. Toutefois, il a posé la bande dessinée qu'il lisait pour regarder son énorme montre, puis la pendule murale, puis de nouveau sa montre. Il a alors remonté celle-ci, comme si le général Eisenhower lui avait demandé de le réveiller à cinq heures précises pour diriger le Débarquement sur les plages de Normandie.

– Cinq heures, a-t-il répété. Sauf erreur de ma part, c'est dans un quart d'heure.

J'ai soupiré.

– C'est ça, Delbert.

– Un quart d'heure, tu te rends compte ? Si ma montre dit vrai...

Je suis sortie, le laissant en grande conversation avec sa montre.

Admettons que Mr Woodruff et Imogene aient cherché à se venger de Morris Slade. Mais d'après le portrait qu'on m'avait peint de la jeune femme, ce plan paraissait trop compliqué pour elle. Si elle avait voulu punir son mari, il est plus probable qu'elle l'aurait assommé avec un tisonnier, par exemple. Son père semblait beaucoup plus intelligent, mais je ne l'imaginais pas se donner autant de mal pour se débarrasser de son gendre. Il lui aurait été plus simple de le payer pour qu'il se retire.

Je suppose qu'on peut acheter n'importe qui, en y mettant le prix. Moi, en tout cas, je me laisserais acheter.

Je me trouvais à présent au niveau du magasin de chaussures Forbish. POUR LE CONFORT DES PIEDS ACTIFS, peut-on lire au-dessus de la vitrine. Mr Forbish faisait essayer une paire d'escarpins à Helene Baum, qui avait posé une boîte à gâteau sur la chaise près d'elle. L'intérieur de la boutique était aussi sombre que si elle appartenait à un autre système solaire, toutefois je pouvais prétendre avoir vu les pieds d'Helene Baum. Quand elle a dirigé son regard vers moi, j'ai ouvert grand la bouche, feignant la stupeur. Elle se trouvait trop loin pour que je puisse affirmer qu'elle avait vu ma mimique, mais je pouvais toujours espérer, la prochaine fois qu'elle me croiserait dans la rue, qu'elle me glisse une poignée de billets en me suppliant de garder le secret sur sa pointure.

J'ai trouvé au fond de ma poche une tablette de chewing-gum Doublemint que j'ai fourrée dans ma bouche en m'éloignant. Je sais probablement des tas de choses sur des gens qui n'hésiteraient pas à me payer pour éviter que je les ébruite. J'ai ensuite traversé la rue, me disant qu'il était temps de retourner chez Axel et de souffrir la compagnie de Delbert.

– Cinq heures pile ! a annoncé celui-ci, à croire que quelqu'un l'avait chargé de veiller à ma ponctualité.

Tandis que nous quittions la ville et dépassions le Motel Braeburn puis le restaurant d'Arturo, je me suis demandé, si Delbert me kidnappait, à combien ma famille estimerait ma valeur et combien elle accepterait de débourser pour me récupérer.

Je veille toujours à m'asseoir juste derrière Delbert pour qu'il ne puisse pas me voir dans le rétroviseur, à moins de se démancher le cou. Ses efforts pour m'apercevoir m'évoquent ceux d'un cochon flairant une truffe. Il n'aurait pas tenu cinq minutes face à Emily Dickinson et à son écran.

– T'as fait des trucs intéressants aujourd'hui ?

– Non.

Je déteste les questions ouvertes. Ce qui importe au questionneur, c'est moins la réponse que le fait de se décharger de la conversation sur son interlocuteur pour mieux vanter ensuite sa propre capacité d'écoute : « Comme ça, tu pratiques l'escalade ? Raconte ! » « Tu joues du hautbois ? Raconte ! » « T'as tué tes enfants ? Raconte ! » Ici, j'imagine Médée plongeant un couteau dans la poitrine du questionneur et répondant : « Eh bien, ça donnait à peu près ça. »

Delbert est revenu aussitôt à la charge :

– Ton frère, il prépare une nouvelle pièce ? La dernière était d'enfer !

– Vous l'avez vue ?

– Naaan, mais on m'en a parlé. Moi, j'ai pas de temps pour ces trucs-là.

J'ai regardé un moment le paysage défiler avant de déclarer :

– Dommage. Vous étiez un des personnages.

La voiture a fait une embardée qui a failli l'envoyer dans le décor. J'imagine que la tragédie occupe peu de place dans l'existence de Delbert.

– Quoi ?

– Vous étiez Créon.

– « Crayon » ? C'est qui, ça ?

– Un chauffeur de taxi.

Je craignais que dans son excitation, il n'arrête la voiture. Mais il s'est contenté de s'agiter, cherchant mon reflet dans le rétroviseur.

– Dans l'Antiquité grecque, ai-je précisé.

– Les Grecs avaient des taxis ?

– Oui, des chars.

– Et ce… Crayon conduisait un char ? Avec des chevaux ?

– Non, un taxi, ou plutôt, l'avant d'un taxi reconstitué sur scène à partir de ferrailles. Il portait le numéro 82. C'est lui qui emmenait Médée aux jeux Olympiques.

En passant devant l'épicerie Britten, j'ai adressé un signe de la main à Mr Root, mais il était trop occupé à faire travailler sa diction à Enepébé pour le remarquer.

– Comment les gens savaient-ils que c'était moi, puisque je ne me trouvais pas sur scène ?

J'apercevais déjà l'entrée de l'allée de l'hôtel. J'ai réfléchi avant de répondre :

– Parce que le personnage parlait comme vous. Et qu'il travaillait pour un Grec appelé Axel. Ne vous arrêtez pas à l'hôtel, ai-je ajouté sur une inspiration soudaine. Tournez à droite et roulez jusqu'à E Street.

Un changement de programme… C'en était trop pour Delbert. Il a donné un coup de frein si brutal que j'ai failli me retrouver dans le coffre.

– Bon sang, qu'est-ce qui te prend de vouloir aller là-bas ?

– Contentez-vous de m'y conduire.

Il a accéléré avec un grognement désapprobateur.

– Tu devras payer un supplément, m'a-t-il avertie. Pour le détour.

On a dépassé la maison des Custis et celle de Mrs Louderback. La propriété des Woodruff se trouvait à l'angle de la rue suivante. La maison n'avait pas été occupée depuis des années – pas depuis l'affaire du Belle Ruine, en réalité – mais elle était toujours parfaitement entretenue. Mr Woodruff payait des gens pour l'aérer et tondre la pelouse. Ça, je l'avais deviné à force de voir le vieux Mr Bernhardt pousser lentement une tondeuse dans le parc et sa femme aller et venir avec des ustensiles de ménage. C'était une belle maison, avec de hautes fenêtres et une terrasse qui en faisait le tour. Elle était peinte en blanc, bien sûr, et les volets en vert.

Il y avait de la lumière à l'intérieur, et plusieurs voitures garées devant, le long de la rue. L'une d'elles m'était inconnue : un cabriolet rouge avec une capote noire, qui ressemblait beaucoup aux petits bolides étrangers que je vois parfois au garage Slaw. A force de traîner là-bas, j'aurais dû pouvoir nommer celui-ci, mais non.

– C'est bon. A l'hôtel, maintenant.

Cependant, Delbert pérorait toujours à propos du détour que je lui avais imposé. Pendant quelques minutes, le sujet a même éclipsé Créon.

Je lui ai tendu le prix de la course, plus le supplément et un pourboire de vingt-cinq cents.

– Merci. Mais t'aurais dû me prévenir, pour la pièce. Je serais venu la voir.

– Dommage. Ne vous désolez pas, vous serez probablement aussi dans la prochaine.

Ignorant les questions dont Delbert me bombardait, j'ai gravi les marches de l'hôtel. Mon mensonge et mon détour risquaient d'alimenter sa curiosité pendant plusieurs années, mais certains mensonges sont irrésistibles. Certains détours aussi.

J'ai trouvé Mrs Davidow dans la cuisine, un martini dans une main, la louche dans l'autre, en train de remuer la sauce pour la salade. La cendre de sa cigarette pendait dangereusement au-dessus du pot en terre.

Apercevant neuf quartiers de laitue iceberg disposés sur neuf assiettes, j'en ai déduit qu'il y avait des réservations.

J'ai demandé qui on attendait.

– Les Brown, mais ils viennent juste d'annuler. J'ai dit à Bruce Brown qu'il appelait trop tard, que ta mère avait passé des heures à cuisiner et que les frais d'annulation s'élevaient à trente pour cent du total de l'addition.

– Les frais d'annulation ? On n'a jamais pratiqué ça ici !

Elle a tapé le bord du pot avec la louche comme pour invoquer les esprits. Elle avait le visage rouge, en partie à cause des martinis, en partie parce qu'elle était en colère.

– Eh bien, c'est le cas maintenant.

– Qu'est-ce qu'ils avaient commandé ?

– Steak et homard grillé. Ce dernier était à moitié décongelé quand ils ont appelé.

– Qui va manger les salades, alors ?

– Nous avons une table de quatre réservée pour sept heures. Ils apportent leur vin. Vera s'en occupe.

Sept heures... Ça voulait dire qu'ils allaient traîner à table jusqu'à huit heures et demie, même neuf heures s'ils buvaient beaucoup. L'hôtel n'a pas le droit de vendre de l'alcool, mais les clients sont libres d'en apporter s'ils le souhaitent. Faute de pouvoir leur facturer leurs consommations, Mrs Davidow s'arrange alors pour leur faire payer les glaçons, l'eau gazeuse, le ginger-ale, etc. Tandis qu'elle me parlait, je devinais qu'elle cherchait comment faire payer leur propre vin aux clients de ce soir-là.

– Qui d'autre y a-t-il ?

– Juste un couple qui a loué pour une nuit. Ils dîneront vers sept heures et demie. Vera s'occupera d'eux aussi.

Apparemment, elle ne me faisait pas confiance pour servir la clientèle de passage, mais je n'en étais pas fâchée. Tout ce que j'aurais à faire, c'était m'occuper de Miss Bertha, Mrs Fulbright et Mr Muggs, qui passait la nuit à l'hôtel.

Mrs Davidow a annoncé ensuite qu'elle se rendait dans son bureau, ce qui signifiait que je n'aurais pas accès à sa réserve d'alcools.

J'allais donc devoir utiliser mon cocktail de secours. J'ai pris l'habitude de dissimuler dans le freezer, derrière les glaçons, un mélange de Jack Daniel's, de cognac et de jus d'orange. Sachant qu'il n'aurait pas le temps de dégeler complètement, je lui avais donné le nom de Jack Frost. Après m'être assurée que personne ne me regardait, j'ai sorti mon ami Jack Frost du freezer et l'ai caché derrière le robot mixeur.

Bien sûr, on ne pouvait écarter le risque que ma mère le découvre si la glace créait une flaque en fondant, mais dans ce cas, Walter et moi avions convenu de faire porter le chapeau à Lola Davidow. Celle-ci prétendrait que c'était faux, à quoi nous rétorquerions qu'elle ne se rappelait pas avoir placé un verre à cet endroit. Ce serait un mensonge, mais néanmoins plausible.

Le plat du jour était un gigot d'agneau arrosé de sauce brune ou à la menthe. Miss Bertha exige toujours qu'on lui serve son agneau saignant, ce que ma mère refuse catégoriquement. Ce soir-là, elle a renouvelé sa requête et s'est heurtée au même refus.

– Si elle veut, Walter peut aller tuer un lapin pour elle. Je le lui servirai avec un délicieux confit de tularémie.

Walter s'est mis à braire comme un âne. Miss Bertha n'a pas voulu manger. Parfait.

Indifférente au vacarme, j'ai apporté son dessert à Mr Muggs. Lui et moi sommes restés un moment à couver l'assiette d'un regard respectueux. C'était une tarte napolitaine, un des chefs-d'œuvre de ma mère : moitié crème glacée au caramel, moitié pâte feuilletée, le tout servi sur un lit d'amandes pilées et nappé de caramel chaud.

J'ai ensuite récupéré le Jack Frost dans la cuisine afin de monter chez Aurora.

27

– Elle est peut-être morte ce jour-là ? a lancé Aurora, les yeux étincelants.

– Vous voulez dire, de mort naturelle ou assassinée ?

– L'un ou l'autre. Non, les deux. Ah ! je ne sais plus ce que je raconte. J'aurais besoin d'un remontant, a-t-elle conclu en me tendant son verre vide.

Malheureusement, je n'avais pas de Jack Frost de rechange.

– Impossible d'accéder au whisky tant que Mrs Davidow sera dans son bureau.

La main d'Aurora n'a pas tremblé.

– Tu trouveras un moyen.

Je n'ai pas bougé.

– Plus tard. Vous dites que la petite Fay est morte, ou a été assassinée, et que Mr Woodruff et Imogene ont alors simulé son enlèvement pour expliquer sa disparition. Mais organiser un kidnapping, ça n'est pas simple…

– C'est quand même moins compliqué que d'expliquer la mort d'une gamine, non ?

– Elle n'est pas morte !

Aurora ferait la sourde oreille tant que je n'aurais pas rempli son verre. Elle s'est mise à chantonner – faux – en jouant avec le bouton nacré de sa mitaine crochetée.

– Je vous ai parlé de la Fille que je vois partout, et qui est le portrait craché de Morris Slade. Elle a forcément un lien de parenté avec lui.

Aurora a cessé de fredonner et m'a regardée.

– Tu as vu quelqu'un qui lui ressemblait et tu en as aussitôt conclu que c'était le bébé enlevé ? Ne sois pas stupide ! Qui te dit qu'il n'avait pas d'autres enfants ?

Je me suis brusquement sentie vide.

Aurora a profité de mon silence pour me tendre de nouveau son verre. Dans mon état de vacuité, je l'ai pris.

Lola Davidow était toujours dans le bureau. Le cliquetis des glaçons dans un verre m'a appris qu'elle avait apporté son seau à glace. J'ai alors regagné la cuisine.

J'y ai trouvé Walter seul. Rencogné dans l'ombre, il essuyait un grand plat.

J'ai soupiré :

– Mrs Davidow est dans le bureau, donc pas moyen de préparer un autre cocktail pour Aurora.

A vrai dire, j'étais tellement fatiguée que je m'en fichais.

Walter a posé son torchon.

– Je reviens tout de suite, a-t-il annoncé.

Ayant décroché le sécateur à volaille de son clou, il est sorti par la porte latérale et a descendu les marches menant à l'allée de gravier qui faisait le tour de l'hôtel.

Je suis sortie à sa suite, laissant la porte ouverte. Il faisait nuit à présent et je ne distinguais que la chemise claire de Walter se déplaçant sur l'herbe sombre. Il coupait quelque chose à l'aide du sécateur, mais au balancement de ses bras, on aurait presque cru qu'il fauchait. Ce spectacle m'a évoqué un tableau que j'ai vu à la bibliothèque, montrant des moissonneurs dans un champ de blé, leurs faux levées ou baissées. L'auteur est très connu, il a peint beaucoup de bateaux et de paysages de mer, mais je préfère celui-ci. Je ne me rappelle jamais le nom du peintre, et ça me désole de constater à quel point la gloire est éphémère. Mais si les artistes n'avaient que des gens comme moi pour assurer leur postérité, ils auraient du souci à se faire.

Tandis que je regardais Walter se pencher, se déplacer, puis se pencher de nouveau, accompagné par les claquements du sécateur, j'ai songé que cette scène était plus réelle que tout ce que j'avais vécu ce jour-là. Le reste avait aussi peu de substance que des aigrettes de pissenlit, un bouquet de paroles et d'événements dispersés par un souffle d'air, des couleurs aussi fugaces que les jeux de lumière à la surface de l'eau.

Je pourrais écrire, comme beaucoup le feraient à ma place, « Mes yeux se sont alors brusquement ouverts », ou, en citant le père Freeman, « J'ai vu "dans un miroir, d'une manière obscure" », même s'il a cessé d'employer cette expression depuis que je lui ai conseillé de nettoyer son miroir avec un chiffon. Il existe un mot pour désigner ce genre de révélation, mais je l'ai oublié. Comme lorsque les fragments de verre colorés à l'intérieur d'un kaléidoscope s'assemblent pour former un motif.

Mais quel motif ?

Walter s'est approché d'un pas lourd, un gros bouquet de menthe à la main.

– Tu en as mis du temps, ai-je remarqué. Assez de temps pour moissonner un champ de blé.

Il a éclaté d'un rire lent.

– J'ai choisi les plus belles feuilles. T'inquiète pas, je m'occupe de tout.

Sur cette promesse, il est rentré. Je l'ai vu traverser la cuisine et en ressortir par la porte opposée.

J'ai emprunté l'allée de gravier menant à l'Eléphant rose. J'avais besoin d'un lieu propice à la réflexion. Le chat de l'hôtel a surgi de la nuit et est entré sur mes talons. Il avait le poil humide d'avoir sillonné la pelouse dans laquelle Walter venait de cueillir de la menthe, sauf que lui recherchait des mulots. Dans un sens, Walter et le chat se ressemblaient : ils poursuivaient un but, un objectif précis, pas une chimère.

Le chat aime se coucher sur la table près de la lampe-tempête. Ses yeux pâles étincelaient à la lueur de la bougie que je venais d'allumer. Il s'est installé confortablement, les pattes repliées sur la poitrine, et m'a regardée en clignant lentement des paupières, comme s'il tentait de me faire passer un message : « Tes pensées sont aussi troubles qu'une flaque de boue. »

Mon accablement résultait de mon incapacité à intégrer la dernière suggestion d'Aurora. Morris Slade aurait eu d'autres enfants ? Comment ? Cela avait-il quelque chose à voir avec son statut de « play-boy » ? Je l'avoue, j'ai des lacunes concernant le sexe, mais force m'est de constater qu'il vient des bébés au monde.

Puis je me suis dit qu'Aurora avait lancé cette idée pour la même raison qui la poussait à affirmer qu'on ne pouvait accorder aucun crédit à Miss Isabel Barnett : le plaisir de parler.

J'avais déjà échafaudé quatre théories, et il semblait bien qu'aucune n'était juste. D'abord, j'avais supposé que la Fille était l'enfant de Fern Queen – ce qui faisait de Ben Queen son grand-père –, puis la petite Fay Slade, pour supposer ensuite que cette dernière n'avait jamais été au Belle Ruine, et enfin qu'elle avait bien séjourné à l'hôtel mais n'avait pas été enlevée.

Et j'entrevoyais à présent une cinquième possibilité : la Fille n'était pas Fay Slade.

Ce qui suscitait une nouvelle interrogation, tout aussi angoissante : cette mystérieuse Fille existait-elle, ou était-elle le fruit de mon imagination ?

Je ne savais vers qui me tourner, ne fréquentant pas de malades mentaux – à part Ree-Jane, et encore, je doute qu'elle soit vraiment folle. D'un autre côté, comment interpréter son habitude de parler toute seule ? Elle se comporte alors comme si elle discutait avec un interlocuteur invisible auquel elle adresse des sourires. Parfois même, elle éclate de rire. Folle ou pas, il n'était pas question de me confier à elle. Ça lui aurait trop fait plaisir que je me croie victime d'hallucinations, et elle se serait bien gardée de me détromper.

Mieux valait tenter de me persuader que la Fille n'était qu'une visiteuse ordinaire qui allait et venait, apparaissait et disparaissait tour à tour. Une beauté en robe bleu pâle, ou en manteau de velours rouge, qui glissait une enveloppe dans une boîte aux lettres, ou en uniforme noir de femme de chambre, penchée devant un trou de serrure. Une fille évanescente, qui se fondait dans le décor.

28

La main qui tenait le chapeau était fine, avec des ongles lisses et manucurés. Le chapeau, aussi élégant que la main, était en paille. Je crois que c'était la première fois que je voyais un homme en porter un.

Le costume blanc convenait parfaitement à la saison. Son propriétaire lui-même m'évoquait l'été et le bord de mer.

Appuyé à l'un des box en bois sombre du Rainbow, il me tournait le dos, de sorte que ça faisait plusieurs minutes que je l'observais sans avoir encore vu son visage. Il parlait à je ne sais qui. Je me suis fait la réflexion qu'il aurait pu s'asseoir, mais à vrai dire, il n'avait pas l'allure d'un client du Rainbow.

Il était grand, autant que le shérif, et probablement beau. Je me suis demandé si j'étais destinée à ne côtoyer que des hommes séduisants, puis j'ai vu les habitués assis au comptoir – le maire, Bubby Dubois – et ma question m'a semblé inepte.

Je dégustais un soda au chocolat en m'efforçant de me concentrer sur mon article, mais je ne pouvais m'empêcher de jeter des coups d'œil à l'homme au chapeau. Son bras reposait sur le dossier d'une banquette. De l'autre main, il agitait légèrement son canotier entouré d'un ruban bleu marine. Il avait des oreilles bien collées, et ses cheveux étaient de différentes nuances de blond. Ses vêtements, son attitude, tout chez lui respirait le chic.

Je n'avais pas écrit une ligne, et ma paille n'aspirait plus que de l'air, quand Maud s'est glissée dans le box que j'occupais.

– Tu sais qui c'est ? a-t-elle chuchoté.

J'ai cessé de souffler dans ma paille pour lui répondre.

– Non, mais je devine qu'il s'agit de Morris Slade.

Elle a acquiescé.

– Le maire, Sims, me l'a dit, a-t-elle précisé avec un mouvement de tête en direction du comptoir.

– A qui parle-t-il ?

– A Isabel Barnett.

Maud s'est penchée vers l'extrémité de la table pour mieux voir l'homme au chapeau, ou plutôt son dos. Comme moi, elle semblait avoir du mal à réaliser que c'était bien Morris Slade, de retour à La Porte.

Ça faisait au moins dix minutes qu'il était là. Miss Isabel et lui ne parlaient donc pas uniquement de la pluie et du beau temps. Qu'avait-elle à dire qui puisse intéresser autant Morris Slade ?

– A ton avis, pourquoi est-il revenu ? a demandé Maud. Il n'avait pas remis les pieds dans la région depuis l'enlèvement de son bébé.

– Ou bien, il est déjà revenu mais personne ne l'a su.

– Là, tu compliques.

Et pourquoi pas ? ai-je pensé, la regardant sortir une cigarette de son paquet de Camel.

– Bon sang, quel bel homme !

– Il faut que j'aille au palais de justice. Excuse-moi...

Je me suis glissée hors du box. Comme je dépassais Morris Slade – en prenant bien soin de le frôler – j'ai laissé tomber mon porte-monnaie et me suis penchée pour le ramasser. En me relevant, j'ai salué Miss Isabel et me suis excusée auprès de lui sans toutefois le regarder, consciente que mon attitude devait lui paraître bien peu naturelle.

Tandis que je me dirigeais vers la porte d'un pas pressé, j'ai remarqué que Wanda et la plupart des hommes assis au comptoir jetaient des coups d'œil furtifs dans sa direction. Même Shirl a oublié d'accompagner ma sortie d'un regard morne, comme elle ne manque jamais de le faire.

– Le shérif est pas là, a annoncé Donny Mooma en ôtant les pieds de son bureau.

Il s'est levé pour le seul plaisir de glisser les pouces dans sa large ceinture et de bomber la poitrine – plutôt, il essayait de la bomber.

Maureen m'a adressé un petit salut de la main auquel j'ai répondu. On aurait pu croire que nous nous trouvions à des années-lumière l'une de l'autre, et non dans la même pièce. Mais celle-ci était grande. Puis elle a recommencé à frapper les touches de sa machine à écrire avec un bruit de mitraillette.

– Y a un nouveau venu en ville qui nous intéresse particulièrement, a ajouté Donny d'un air entendu.

Sachant qu'il attendait que je le presse de questions, j'ai gardé le silence.

Il a insisté :

– Quelqu'un qu'on n'avait pas vu depuis une bonne vingtaine d'années. A l'époque, c'était mon oncle le shérif. Dans la famille, on a ça dans le sang, a-t-il précisé avec un sourire satisfait. On peut dire qu'il a fait sensation, ce type...

– Il s'appelle Morris Slade, a chantonné Maureen avant de ramener le chariot de sa machine en début de ligne.

Donny a fait volte-face.

– Maureen, t'as pas le droit !

– Pardon… Je pensais que tu avais oublié son nom.

– J'ai rien oublié du tout. Simplement, je passe pas mon temps à révéler des informations con-fi-den-tielles à Pierre, Paul ou Jacques.

Je suis intervenue :

– Qu'est-ce que Morris Slade est venu faire en ville ?

De nouveau ce sourire satisfait…

– T'aimerais bien le savoir, hein ?

En effet. Et toi aussi.

Il était inutile de demander à Donny où se trouvait le shérif et quand il comptait revenir, alors je suis partie. A peine avais-je quitté Donny que j'ai pensé au Dr McComb.

Le Dr McComb, un médecin à la retraite, vit sur Valley Road. C'est un homme charmant, qui fait les meilleurs brownies au monde après ceux de ma mère. Il exerçait encore quand la petite Fay avait été enlevée et avait sans doute connu les Slade et les Woodruff. Peut-être même la direction de l'hôtel avait-elle appelé un médecin ce soir-là, au cas où un des deux parents aurait fait une crise de nerfs.

– Valley Road, a répété Delbert d'un air perplexe en pianotant sur son volant.

– Delbert, vous m'avez déjà emmenée là-bas deux fois. Vous savez très bien où se trouve la maison du Dr McComb.

– Ouais, mais je me demandais quel était le meilleur itinéraire.

Il s'est enfin décidé à démarrer.

– Il n'y en a qu'un. Il faut prendre Red Bird Road, puis Valley Road.

Le taxi a descendu Second Street en roulant au pas, comme si la rue était jalonnée de feux tricolores.

– C'est faux, il y a d'autres itinéraires. Par exemple, en passant par le Country Club…

J'aurais dû y aller à pied. Ça représentait un peu plus d'une heure de marche, mais bon…

– Prenez le même chemin que la dernière fois.

– Mais la dernière fois…

Je me suis tassée sur la banquette et n'ai plus bougé jusqu'à ce que nous ayons dépassé le Country Club. Qu'est-ce que La Porte et la région peuvent bien faire d'un country club ?

29

Ce n'est pas le Dr McComb qui m'a ouvert, mais la femme étrange que j'avais déjà vue chez lui. Elle était encore plus étrange que l'amie de Mrs Louderback, ou du moins, sa compagnie l'était. Elle s'est enquise de ce que je voulais d'une voix râpeuse, comme si elle n'avait pas l'habitude de parler. En effet, lors de ma première visite, nous étions restées un moment assises face à face et elle n'avait pas prononcé un mot.

Je lui ai demandé où était le docteur. Elle n'a pas répondu mais m'a fait signe d'entrer. Ayant pris place dans un fauteuil, elle m'a indiqué le canapé en face d'elle.

D'abord décontenancée par son insistance, j'ai pensé que je tenais peut-être là une bonne occasion de me renseigner sur la folie. Après quelques secondes d'un silence réfléchi, j'ai dit :

– Vous avez déjà rencontré quelqu'un qui voyait des choses qui n'existaient pas ?

Elle a esquissé un sourire, comme pour me prouver qu'elle savait comment faire mais s'en abstenait délibérément. C'était pire que pas de sourire du tout.

– Des choses qui n'existaient pas, a-t-elle répété sur le même ton qu'un enfant récitant une leçon.

De plus en plus bizarre et inquiétant.

Soudain j'ai eu la sensation désagréable que les choses en question étaient là, dans la pièce, et je n'ai pu me retenir de jeter un coup d'œil derrière moi. Me retournant vers la femme, j'ai repris :

– J'ai une amie qui voit des gens, mais moi, je crois qu'ils ne sont pas vraiment là.

Elle a acquiescé sans se départir de son soupçon de sourire, comme si elle voyait les mêmes gens que mon « amie ». Si c'était le cas, ça n'annonçait rien de bon pour moi. J'ai tortillé une mèche de cheveux châtains autour de mon doigt et l'ai étirée en travers de ma bouche. Ce n'était pas mon habitude, mais ça me donnait l'impression de maintenir une distance de sécurité entre nous.

On est restées là si longtemps que j'ai sursauté quand une voix a retenti derrière moi :

– Emma Graham !

Le Dr McComb est entré dans la pièce, son filet à papillons à la main. Lui avait un sourire franc, sans ambiguïté.

– J'ignorais que vous alliez venir...

A l'entendre, on aurait pu croire qu'il se sentait fautif.

Je me suis levée d'un bond.

– Bonjour, docteur, ai-je dit, respirant déjà plus librement.

– Vous bavardiez avec Betsy ?

Il a ajouté, se tournant vers cette dernière :

– Betsy, vous voulez bien mettre la bouilloire à chauffer ?

Betsy s'est levée et m'a adressé une autre réminiscence de sourire avant de sortir. Je ne l'avais jamais vue dans la cuisine pendant que le Dr McComb et moi dégustions ses brownies avec du café.

– Venez, m'a dit le docteur. J'ai repéré un Coliade intérieur dans le jardin.

– Je vous suis !

J'aurais voulu paraître enthousiaste, mais je ne l'étais pas. Ce n'est pas que je n'aime pas les papillons, bien sûr, mais j'estime qu'il y a de meilleures façons d'employer son temps que de rester des heures accroupie dans les herbes hautes.

Mais les papillons sont la passion du Dr McComb. Il leur a même consacré un livre, que j'ai pris la peine de lire à la bibliothèque. J'ai également feuilleté plusieurs autres ouvrages sur le sujet, heureusement illustrés de nombreux dessins. Se documenter sur les hobbies d'une personne est le plus sûr moyen de l'amener à collaborer avec vous. Il importe de lui donner l'impression que vous auriez suivi la même voie qu'elle si la vie vous en avait laissé le loisir.

Nous allions tourner le coin de la maison quand le vieil homme s'est brusquement arrêté.

– Attendez ! Je m'apprêtais à enfourner un brownie. C'est une chance que vous soyez passée.

Une chance, en effet. Il a disparu quelques secondes à l'intérieur de la cuisine puis nous nous sommes enfoncés dans la jungle qui s'étendait derrière la maison. Je mettais mes pas dans ceux du Dr McComb, empruntant le sentier qu'il avait tracé au fil des ans.

– Je me posais une question, ai-je dit soudain. Qui est Betsy ?

Les lunettes du vieil homme ont glissé sur son nez tandis qu'il se penchait pour inspecter quelque chose.

– Ma belle-sœur. Elle s'est installée chez moi à la mort de mon frère Joe, il y a dix ans. Elle ne représente pas une grosse gêne.

– C'est vrai, elle paraît très discrète.

– Beaucoup de gens devraient s'inspirer d'elle.

Ah bon ?

– On voit qu'elle a connu un grand malheur, ai-je repris. J'ai une amie dans la même situation. Elle s'invente des compagnons imaginaires. Comme les enfants, vous savez ?

– Betsy a fait une grave dépression après son veuvage. Elle a passé un an en institut psychiatrique. Comment l'avez-vous deviné ? Vous devez être très observatrice...

– Oh ! Quand quelqu'un a du chagrin, ça se voit.

C'est peut-être vrai, mais pas dans le cas de Betsy.

Nous avons continué à cheminer. J'ai chassé de la main quelques papillons. Il y en avait tout un essaim qui virevoltait autour de la tête du Dr McComb, lui dessinant une auréole jaune pâle.

J'ai demandé :

– Quand Betsy était hospitalisée, savez-vous si elle a côtoyé des patients qui... qui prétendaient voir des gens ?

Le Dr McComb a abattu son filet sur les papillons qui se sont dispersés.

– Vous voulez dire, qui avaient des hallucinations ? Bon sang, ça ressemble bien à un coliade. A votre avis ?

Avec un soupir, je me suis penchée vers un papillon que rien ne distinguait de ses voisins.

– Hum... Je ne pense pas, non.

Le vieux médecin m'a regardée avec un étonnement presque comique.

J'ai développé :

– Le jaune du coliade n'est pas aussi vif.

Il existe une règle d'or que je m'efforce de suivre en toutes circonstances : quand on prétend s'y connaître dans un domaine, il importe de paraître sûr de soi. Comme ça, si vous vous trompez, nul ne vous reprochera d'avoir défendu vos convictions et chacun supposera que vous en savez plus long sur le sujet que vous ne l'avez montré.

– Celui-ci, en revanche… ai-je poursuivi, regardant dans le vide. Dommage, vous l'avez manqué ! Je crois bien que c'était votre coliade. Ou alors, j'ai des hallucinations, ai-je ajouté avec un haussement d'épaules.

Il a repoussé sa casquette pour se gratter la tête et m'a souri.

– Vous êtes la dernière personne au monde que je soupçonnerais d'avoir des hallucinations, a-t-il affirmé.

– Ah oui ?

– Vous avez trop de bon sens pour ça. Les pieds fermement ancrés dans le sol, comme un arbre.

J'hésitais à prendre la dernière partie de sa réponse comme un compliment, mais j'étais infiniment soulagée qu'il me croie saine d'esprit.

Toutefois, j'ai insisté :

– Mais supposez que j'aie vu à plusieurs reprises une personne qui n'existe peut-être pas ?

– Qu'est-ce qui vous fait penser qu'elle n'est pas réelle ? Venez, le brownie doit être cuit.

Nous avons rebroussé chemin d'un pas vif, poursuivis par des vagues mouvantes de coliades, ou d'autres papillons du même genre.

Rien de tel qu'un brownie pour rattraper une journée qui n'avait pas très bien commencé. Je m'imaginais volontiers commencer la journée en question en entrant par la mauvaise porte pour en ressortir par la bonne, une part de brownie à la main. Le Dr McComb a l'habitude de saupoudrer les siens de sucre glace qui forme comme une mince couche de neige à la surface. Ma mère en fait autant sur ses gâteaux, en utilisant des napperons en papier comme pochoirs. Le gâteau – un savant assemblage d'épaisseurs de génoise liées par une crème à la vanille ou au cacao – est alors décoré de motifs en cristaux de givre.

Assis à la table de la cuisine, le vieux médecin et moi dégustions son brownie en buvant du café. Le mien était noyé de lait, ce qui n'enlevait rien au caractère exceptionnel de l'expérience. Betsy semblait avoir disparu. Je me suis demandé s'il lui arrivait de goûter aux brownies.

Comme lors de mes précédentes visites, mon hôte et moi surveillions le plat tout en mangeant, choisissant notre prochaine part. Immanquablement, nous couvions la même du regard mais étions trop polis l'un et l'autre pour nous l'attribuer ensuite. Ou plutôt, le Dr McComb était trop poli pour ne pas me laisser me resservir la première. Quant à moi, je lui laissais toujours le choix de la troisième part.

Pour l'heure, nous n'en étions qu'à la première. Je n'avais pas quitté le sujet de la Fille et de mes supposées hallucinations.

– Ce qui me trouble, c'est qu'elle ne change pas d'une fois sur l'autre. Elle a toujours les mêmes vêtements...

– Ça ne prouve rien, m'a-t-il objecté. Je porte bien le même costume depuis plus de dix ans.

Avec tout ça, j'avais failli oublier Morris Slade. Je n'étais pas venue pour parler de la Fille. A vrai dire, j'étais la première étonnée d'avoir osé aborder la question.

– Vous vous rappelez les Slade ? ai-je demandé. Plus particulièrement Morris ?

– Le garçon qui avait épousé la fille de Lucien Woodruff ? Sa femme et lui étaient les parents du bébé enlevé au Belle Ruine. Comment aurais-je pu les oublier ? Après cette triste histoire, ils sont repartis pour New York, et on ne les a jamais revus. Je comprends qu'ils aient souhaité tourner définitivement la page. Quant à ce qui a pu arriver à ce pauvre enfant, ça reste un mystère aujourd'hui encore.

– Morris Slade est de retour. Je l'ai vu au Rainbow Café.

Le Dr McComb a reposé sa tasse sur sa soucoupe.

– Eh bien, en voilà une nouvelle ! Ça fait au moins vingt ans que je n'ai pas vu Morris.

– Est-ce que vous le fréquentiez quand il vivait encore ici ? J'ai l'impression que les gens ne pensaient pas grand bien de lui. Apparemment, il était du genre « play-boy ».

Il a ri comme seuls les enfants savent le faire, d'un rire qui venait du plus profond de son être.

– On peut dire ça, en effet. Petit garçon, Morris était déjà très beau. Quand il était adolescent, toutes les filles de la ville lui couraient après. Jeune homme, il collectionnait les conquêtes, et pas seulement à La Porte. Il travaillait pour une banque... A Philadelphie, je crois.

Sa main a fondu sur la part de brownie au centre du plat, celle que j'avais également repérée. Plongée dans mes réflexions, j'avais oublié de me resservir. Je me suis rabattue sur la part la plus grosse après celle-ci.

– Je croyais que les play-boys ne travaillaient pas, ai-je remarqué.

– La plupart, non. D'ailleurs, Morris n'a pas gardé longtemps son emploi. Il me semble qu'il était comptable et qu'on a relevé des irrégularités dans les livres.

– Vous voulez dire qu'il volait la banque ?

– C'est ce qu'on a raconté à l'époque. Imaginez, par exemple, que Jane Davidow tienne la comptabilité de votre hôtel...

Ce serait la faillite assurée, oui.

– … et mettons que chaque fois qu'un client paie cent dollars pour une chambre, elle en inscrive quatre-vingts dans le registre et garde le reste pour elle…

J'imaginais parfaitement Ree-Jane dans ce rôle.

– Est-ce que Morris est allé en prison ? ai-je demandé.

– Oh non ! On n'a rien pu prouver.

– Vous le connaissiez personnellement ? Assez bien pour pouvoir porter une appréciation sur lui ?

– Oui. Morris était un grand séducteur. L'homme le plus charmant que j'aie jamais rencontré.

– Un play-boy, quoi.

Le vieux médecin a souri avant de liquider sa troisième part de brownie.

30

Installée dans mon box habituel, au fond de la salle du Rainbow Café, je me suis mise à écrire :

L'histoire des Devereau ne s'achève pas ici ; elle ne commence même pas ici.

Il me semblait avoir déjà lu ou entendu ça quelque part. Les seuls auteurs que je fréquente étant le scénariste de *Perry Mason* et William Faulkner, je penchais plutôt pour William, ou « Billy », comme l'appelait Dwayne. J'aurais mis ma tête à couper que Perry Mason n'avait jamais prononcé cette phrase. Il faudrait que je pose la question à Dwayne.

J'ai relu mon introduction, l'ai jugée excellente et ai renoncé à la retoucher. A mon avis, il est beaucoup plus difficile d'écrire comme quelqu'un d'autre que d'inventer – pour moi, en tout cas.

Puis j'ai contemplé la banquette face à moi, l'espace, le plafond, les murs. Des sons parvenaient à mes oreilles, des bruits de couverts, la voix de Jo Stafford vidant un pichet d'une boisson au goût sucré... Partout, le vide.

« Les sœurs Devereau menaient une existence placée sous le signe du vide... » Non. « Une existence vide. » Ou « des existences » ? En réalité, je n'en savais rien.

On ne pouvait pas dire que l'existence de Rose ait été vide, ni celle d'Iris. Peut-être aurais-je dû me concentrer sur Isabel. Après tout, c'était elle la meurtrière. Et, oui, une meurtrière pouvait mener une existence vide. C'était précisément le problème d'Isabel. Enfin, à mon avis. « Isabel Devereau menait une existence vide. » J'ai failli ajouter « Et elle entendait me le faire payer », mais ça m'a paru... Je tapotais la table avec mon crayon, les sourcils froncés. Trop larmoyant. Ce n'était pas le but recherché. Même s'il est vrai qu'elle avait tenté de me faire payer l'échec de sa vie. J'ai finalement écrit : « Et elle entendait le faire payer à quelqu'un. » Le lecteur comprendrait de qui je parlais, surtout si je soulignais « *quelqu'un* ». Ça revenait au même, mais au moins, je ne donnais pas l'impression de m'apitoyer sur mon sort.

Comment rattacher cela au point précédent, à propos du commencement et de la fin ? Le menton appuyé sur une main, j'ai écouté Shirl hurler contre quelqu'un, sans doute Wanda, tandis que le juke-box attaquait *You Belong to Me*.

Tout ce que je voulais, c'était passer au chapitre suivant. « L'histoire ne s'achève pas ici, comme je l'ai écrit. » J'ai barré « comme je l'ai écrit » : Suzie Whitelaw n'arrêtait pas de se plaindre des journalistes paresseux qui faisaient du « remplissage ».

« En effet, les sœurs Devereau avaient un frère... » Une seconde : Morris était quoi pour Iris et Isabel ? Leur beau-frère ? Demi-demi-frère ? Le père de Morris était un Slade ; celui de Rose, un Souder. N'arrivant pas à éclaircir ce mystère, j'ai écrit : « Toutes les familles sont compliquées ; celle-ci l'était à sa manière. » Cette phrase aussi m'évoquait quelque chose. Encore William Faulkner ? Non. Un épisode de Perry Mason ? J'aurais tout loisir d'y réfléchir plus tard. Morris, en tout cas, était bien le demi-frère de Rose. Ils étaient nés de la même mère mais de pères différents. Et les autres sœurs Devereau, qu'étaient-elles pour lui ?

J'ai pris ma tête dans mes mains. Il existe des gens dont c'est le métier de débrouiller les liens de parenté, et je n'en fais pas partie. Je suis donc passée à la suite.

« Le beau et séduisant Morris Slade » – cela au cas où il aurait lu mon article – « avait épousé l'héritière d'une riche… » Non. « … d'une famille new-yorkaise aisée, les Woodruff. Morris… » Non. « … Mr Slade et Imogene, la fille de Lucien Woodruff, étaient les parents d'une petite fille, Fay, qu'ils avaient amenée à La Porte, encore bébé, un été. C'est ici que commence la tragédie du Belle Ruine. »

Et voilà ! Il ne me restait plus qu'à raconter la tragédie en question. Puis je ferais lire ceci à Mr Gumbrel, pour lui prouver que j'avais travaillé, et terminerais l'article plus tard. Peut-être – j'ai bien dit, peut-être – pourrait-il en publier le début tel quel, accompagné de la mention « A suivre dans le prochain numéro »…

Maud est venue s'asseoir en face de moi avec une tasse de café. Contente de moi, je lui ai demandé quelle heure il était.

Elle a jeté un coup d'œil à sa montre avant de répondre :

– Onze heures vingt-trois.

Comment ? J'avais écrit à peine vingt minutes ? Comment les auteurs professionnels supportent-ils d'y consacrer leurs journées ?

– Qu'est-ce que tu écris ? a demandé Maud.

– Un article, ai-je marmonné, dépitée. La suite du précédent.

– Tant mieux ! Tout le monde a hâte de le lire, tu sais.

Le compliment n'a pas suffi à me dérider.

– Tu crois que la valeur d'un texte dépend du temps qu'a nécessité sa rédaction ?

– Non.

Ah !

– Non ? Ça veut dire qu'on peut écrire un chef-d'œuvre en, mettons, vingt minutes ?

– Bien sûr. Tu sais comment travaillait Trollope ?

N'ayant jamais entendu parler de Trollope, j'ignorais tout de ses habitudes.

– Non.

– Eh bien, il posait sa montre sur son bureau et s'obligeait à écrire plus ou moins deux cent cinquante mots en un quart d'heure.

– Et combien de quarts d'heure passait-il à écrire chaque jour ?

C'était tout ce que je voulais savoir.

Maud a réfléchi, fixant du regard la feuille que je m'efforçais de lui cacher.

– Je dirais quatre, a-t-elle dit enfin. Ça faisait une heure, soit mille mots. Mais c'était Trollope. Pense plutôt à Flannery O'Connor…

– Il écrivait beaucoup ?

– Elle. Chaque jour, elle s'asseyait à son bureau et y restait quatre heures, même si elle n'écrivait pas une ligne.

J'en suis restée bouche bée. Il s'en fallait de peu que ma mâchoire inférieure ne touche le sol.

– Tu plaisantes !

Maud a bu une gorgée de café avant de répondre.

– Non. Mais elle racontait peut-être des bobards.

On a ri, puis on s'est interrogées sur le mobile des kidnappeurs.

– Et l'arrière-grand-père du bébé ? ai-je dit. Le père de Mr Woodruff ? Je crois qu'il s'appelait Raphael, qu'il était très, très riche et qu'il voulait léguer sa fortune à Fay, son arrière-petite-fille…

– Pourquoi pas plutôt à sa petite-fille, Imogene ?

– Il est probable qu'il n'en pensait pas grand bien. Tout le monde la décrit comme une enfant gâtée.

Maud jouait avec une cigarette sans se décider à l'allumer.

J'ai poursuivi :

– Une autre explication, ce serait qu'Imogene détestait le bébé.

– Pourquoi l'aurait-elle détesté ?

J'ai repensé à mes différents scénarios autour de l'hôpital. Il me semblait que la vérité était là, juste sous mes yeux. J'ai levé vers Maud un visage si sombre qu'elle s'en est émue :

– Qu'est-ce qui t'arrive ? C'est à cause de ce que j'ai dit ?

– Non, de ce que j'ai dit, moi. Mais j'ignore quoi.

– Tu as dit qu'Imogene détestait peut-être le bébé.

J'ai acquiescé, mais l'idée tapie dans un recoin de mon esprit s'était enfuie. J'ai alors repensé à la remarque de Miss Isabel Barnett à propos de la trisomie, même si elle s'était trompée de bébé.

– Imagine que Fay n'ait pas été normale. Qu'elle soit née avec une malformation, ou que les médecins aient annoncé aux parents qu'elle ne dépasserait jamais cinq ans d'âge mental…

– Quelle horreur ! On ne se débarrasse pas d'un enfant au seul prétexte qu'il n'est pas parfait.

Si la conversation virait au sermon, ça allait vite devenir lassant.

— Il ne s'agit pas de juger, ai-je rappelé à Maud, mais de comprendre ce qui a pu se passer.

Elle a enfin allumé sa cigarette et secoué l'allumette d'un air préoccupé.

— Une autre possibilité, ai-je ajouté, c'est que le bébé ait eu un accident…

Maud a soufflé un mince filet de fumée, l'air toujours préoccupé.

— S'il s'agissait d'un accident, a-t-elle remarqué, pourquoi se donner autant de mal pour dissimuler la mort du bébé ? Mettre en scène un enlèvement exige une organisation complexe. Et dès lors qu'on achète le silence des témoins, il est encore plus difficile de garder le contrôle de la situation. On court le risque que l'un d'eux se décide un jour à parler, comme l'a fait Gloria Spiker.

— Sauf si l'accident en question engage la responsabilité des parents, et que ceux-ci craignent d'être accusés de négligence. Par exemple, si la mère a laissé son enfant seul à la maison, ou dans sa voiture pendant qu'elle faisait des courses.

Maud m'a regardée, le front barré d'un pli profond.

— N'importe quel accident aurait supposé la participation de Morris Slade, a-t-elle objecté. Or, le shérif Mooma ne le croyait pas impliqué.

Shirl a alors crié son nom.

— Je dois filer, m'a-t-elle dit. A plus tard.

Elle a écrasé sa cigarette avant de se glisser hors du box.

Au bout de quelques minutes, j'ai ramassé ma feuille de papier, mon crayon, puis j'ai filé à mon tour.

31

J'ai trouvé Mr Gumbrel assis à son bureau, au fond de la salle de rédaction du *Conservative.*

– Je vous ai téléphoné deux fois, mais vous n'avez pas répondu, ai-je prétendu.

Je mentais, bien sûr. Mais c'était une manière de le rendre en partie responsable de mon retard.

J'ai poursuivi :

– Je voulais avoir votre avis sur le début de mon article.

– Vas-y !

J'ai regardé le peu que j'avais écrit et me suis sentie malhonnête.

– Je suis tout ouïe, a ajouté Mr Gumbrel, une main en coupe derrière l'oreille, comme pour prouver sa bonne foi.

Je me suis éclairci la voix avant de lire :

– « L'histoire des Devereau ne s'achève pas ici ; elle ne commence même pas ici… »

Mr Gumbrel a frappé du poing sur son bureau.

– Excellent ! Même si ça me rappelle quelque chose… Mais continue.

J'ai enchaîné avec mon diagnostic sur les Devereau, lequel se limitait d'ailleurs à un constat sur le « vide » de leur existence – constat que je répétais à trois reprises, dans des termes à peine différents.

Mr Gumbrel a acquiescé d'un air grave.

– Tu as raison. Ce qui manquait à Isabel Devereau – à n'importe laquelle de ses sœurs – c'était la capacité d'affronter la vie. Ça explique le vide dont tu parles.

J'étais ravie qu'il m'interrompe. Ainsi, mon texte paraissait deux fois plus long.

– La suite est encore plus intéressante, ai-je annoncé. J'y parle des relations entre les sœurs Devereau et Morris Slade...

Sa réaction m'a fait encore plus plaisir. Apparemment, il ignorait tout des relations en question.

– Morris Slade ? Qu'est-ce qu'il a à voir avec ces femmes ? A l'époque, il n'était encore qu'un gamin.

Je lui ai rapporté ce que m'avait dit Miss Flyte.

– Sapristi ! Donc, il était leur demi-frère...

– Seulement celui de Rose Devereau.

J'étais sur le point d'ajouter qu'il ressemblait à cette dernière comme un jumeau, puis j'ai pensé à Fay, à la Fille, et me suis demandé si je retrouverais l'une ou l'autre un jour.

Une vague de tristesse m'a alors submergée.

– Ce que je crois, ai-je repris, c'est qu'ils se sont débarrassés du bébé. Je ne prétends pas qu'ils étaient tous dans le coup, peut-être seulement la mère ou le grand-père, Lucien Woodruff...

Les mises en garde du shérif me sont brusquement revenues à l'esprit.

– Tu veux dire qu'ils l'ont tué ? s'est exclamé Mr Gumbrel, visiblement choqué.

Il s'est donné une claque sur le front avec un rire vite avorté.

– Ma parole, Emma, tu as la tête farcie de meurtres !

– Je vous signale que ce n'est pas moi qui les commets.

– Tu ne songes pas sérieusement à écrire ce que tu viens de me dire, si ?

– Bien sûr que non. Pas sans preuves.

Des preuves que je n'avais aucune chance de réunir, comme me l'avait fait remarquer le shérif.

Mr Gumbrel a ajouté :

– En plus, je ne crois pas que Morris Slade apprécierait beaucoup ta théorie, maintenant qu'il est revenu...

L'interview ! J'avais failli l'oublier. Peut-être me fournirait-elle la fin de mon article, ou du moins, la transition entre « les meurtres de Spirit Lake » et « la tragédie du Belle Ruine ».

– Monsieur Gumbrel, je pense que le texte que je viens de vous lire pourrait introduire trois interviews, celles des témoins oculaires du supposé enlèvement.

Je me suis adossée à ma chaise, m'efforçant de résister à l'envie puérile de donner des coups de talon dans les barreaux. J'ai quand même balancé un peu les jambes, parce que je commençais à avoir l'impression de flotter dans les airs, et non d'être assise sur une chaise elle-même fermement ancrée au sol. Ça arrive quand on réfléchit trop, je suppose.

Je me suis levée d'un bond, déclarant :

– Si ça ne vous ennuie pas, j'aimerais jeter un coup d'œil aux archives.

Mr Gumbrel m'a dit de faire à ma guise, ajoutant que s'il avait deviné plus tôt quelle travailleuse acharnée j'étais, il aurait viré tous les employés du journal – « Moi compris », a-t-il précisé, ce qui nous a bien fait rire – pour m'en confier la direction.

Je l'ai remercié. Pour avoir observé Suzie Whitelaw en pleine inactivité, je savais qu'il exagérait à peine.

Si je souhaitais consulter les archives, ce n'était pas pour y dégoter des articles anciens, mais des filles évanescentes dessinées par Coles Phillips. En fouillant parmi les magazines empilés sur une table près de la porte, j'en ai trouvé cinq.

Je les ai étalées devant moi et me suis assise pour les contempler, en commençant par la fille en rouge. La fourrure blanche qui bordait son manteau empêchait que celui-ci se fonde entièrement dans le décor.

Parfois, l'illusion naissait de la couleur. D'autres fois, elle surgissait d'un motif, d'une texture. Des troncs de bouleaux blancs se détachant des feuillages dorés, une fille vêtue de blanc et d'orangé marchant à grands pas à travers l'automne, un colley à la robe fauve et blanc courant à ses côtés.

J'appréciais particulièrement la femme de chambre qui regardait par le trou d'une serrure, un genou plié. Si son costume m'évoquait Vera, elle était beaucoup plus jeune et jolie que notre serveuse en chef. Les poignets de sa robe, son tablier blanc noué dans le dos révélaient les contours de sa robe noire, lui évitant de se confondre avec l'arrière-plan. Sa curiosité me plaisait car elle me rappelait la mienne. Les portes de l'hôtel Paradise ne possèdent pas de trous de serrure assez larges pour qu'on puisse regarder à travers, sinon je passerais probablement le plus clair de mon temps agenouillée devant.

Le menton calé sur mes poings, les coudes sur la table, je m'efforçais de distinguer la limite entre la robe et l'arbre enneigé, le pelage du colley et les feuillages, mais elle était indétectable. C'était le but recherché, bien sûr. Si la robe, le manteau, le chien avaient été d'un blanc uniforme, il n'aurait rien subsisté des filles évanescentes, à part peut-être leurs visages et leurs mains.

Tandis que là, on aurait dit qu'elles se noyaient dans la couleur.

32

Afin d'éviter Delbert, j'ai regagné l'hôtel à pied. J'ai fait une halte au grand garage, pour savoir comment s'était passé le déjeuner et si ma mère m'en voulait beaucoup de l'avoir manqué.

Will jouait avec des foulards de toutes les couleurs qu'il semblait faire surgir du néant, comme dans un manuel de prestidigitation.

J'ai demandé :

– Qui t'a appris à faire ça ?

– Ralph. C'est pas très compliqué.

Au moins, il ne l'avait pas appelé « Rayf ».

– Salut, m'dame ! m'a lancé Paul d'une voix essoufflée.

Pour une fois, il n'était pas perché sur une poutre mais faisait des bonds sur un trampoline, ce qui ne changeait pas grand-chose à ses habitudes.

Mon frère l'a tiré par le bras, le ramenant brutalement au sol.

– Il vient d'où, ce trampoline ? Et qu'est-ce que tu fabriques avec tous ces foulards ?

Avec eux, on allait de surprise en surprise.

– On a décidé qu'il y aurait un magicien dans la pièce, a expliqué Will.

Il fallait qu'il soit vraiment content de lui pour enfreindre la loi du silence qui entourait chacune de leurs futures productions.

– Qui va interpréter le rôle ?

– Moi.

– Tu joues déjà le pilote. Explique-moi comment un pilote d'avion peut être aussi magicien.

– Le copilote, alors.

J'ai poussé un soupir. Parfois, je me demande si je n'emploierais pas mieux mon temps à manger le gravier de l'allée qu'à discuter avec Will.

– Et qui va jouer le copilote ?

– Moi. Je cumule les rôles.

Il a fait apparaître un foulard bleu saphir à proximité de l'oreille de Paul et l'a enroulé autour du cou du gamin.

– Toi ? Tu ne peux pas jouer à la fois le pilote et le copilote !

A son tour, Will a soupiré.

– Je voulais dire, le copilote et le magicien. A ton avis, qui a écrit cette pièce ?

Il a tiré sur les extrémités du foulard, et Paul a fait entendre un gargouillis inquiétant.

– Walter ? ai-je répondu avec un haussement d'épaules.

– Ha, ha ! C'est moi… enfin, Mill et moi, a-t-il rectifié, magnanime. L'imagination, tu sais ce que c'est ?

Mill, qui venait de s'asseoir au piano, a entonné :

L'imagination
Est stupide
Chacun doit vivre, bon gré mal gré…

Suivait une interminable cascade de notes.

Will a renoncé à étrangler Paul pour joindre sa voix à celle de Mill, comme si l'existence n'était qu'un long duo.

Moi, par exemple, je m'entête à t'aimeeeeer...

J'ai tenté de les ramener à la plate réalité :

– Pourquoi ne pas avoir proposé à Ralph de jouer le magicien ?

Mill a cessé de jouer, et tous deux se sont tournés vers moi comme s'ils découvraient brusquement ma présence. Il faut dire que les apparitions soudaines semblaient très à la mode depuis quelque temps.

Puis la porte du garage s'est ouverte à la volée – moi, je devais montrer patte blanche à chacune de mes visites –, livrant passage à Joanne et Peggy Tree. Elles étaient arrivées à l'hôtel le matin même avec leur mère, Priscilla. Leur père ne les accompagne jamais, et je ne peux l'en blâmer. Mais depuis l'entrée en scène des sœurs Evans, la veille, je me demandais combien d'autres duos féminins rôdaient autour du grand garage.

Les sœurs Tree sont les pires pimbêches que je connaisse. Elles ont respectivement onze et treize ans, ce qui, selon la règle édictée tacitement par ma mère et Mrs Davidow, me condamne à leur servir de compagne de jeux. Si toutes les filles de treize ans ressemblent à Peggy, je préférerais encore dormir jusqu'à mon quatorzième anniversaire.

Les deux sont insupportables, mais Peggy encore plus. Forte de son statut d'aînée, elle me regarde de haut et tente de se lier avec Ree-Jane, qui va pourtant sur ses dix-sept ans. Chaque fois qu'elle voit approcher Peggy, Ree-Jane file dans la direction opposée, et je dois avouer que j'envie sa grossièreté.

Joanne est moins odieuse que sa sœur, uniquement parce qu'elle sévit depuis moins longtemps.

Elles prennent des cours de tout et n'importe quoi : équitation, tennis, patinage sur glace, piano – ce qui fait beaucoup rire Mill –, danse classique... Elles se sont avancées vers la scène, balançant à la main des chaussons de satin rose. Leurs robes à volants évoquaient un peu des tutus. Leur mère, Priscilla, se prétend créatrice de mode enfantine. Si c'est vrai, alors je suis Jim Beam, ai-je déclaré un jour, suscitant l'hilarité de Mrs Davidow.

Priscilla est de toutes les réceptions organisées par l'hôtel, mais sa présence plombe l'ambiance. Experte autoproclamée en cocktails, elle s'est attiré un jour les foudres de Lola Davidow en la déclarant incapable de préparer un « dry martini digne de ce nom ». Autant soutenir à Dillinger qu'il ne connaît pas Chicago.

Même Miss Bertha raille ces « crâneuses de Tree », comme elle les appelle. Elle se plaît à les imiter, pointant le menton vers le ciel en se dressant de toute sa taille, ce qui, compte tenu de sa bosse, représente un exploit.

Ayant enfilé leurs chaussons de danse, Peggy et Joanne se sont mises à virevolter autour du garage en agitant les bras.

– Qu'est-ce qu'elles sont censées faire ? ai-je demandé à Will, qui avait pris place dans le cockpit de l'avion aux côtés de Chuck, le chef éclairagiste.

– On ne sait pas encore.

– Vous invitez deux filles à faire des pointes autour d'un cadavre à bord d'un avion sans savoir ce qu'elles fichent là ?

Chuck a eu un rire qui évoquait une série de reniflements.

– On est au moins sûrs d'un truc, a-t-il dit.

– Exact, a approuvé Will.

Mill a égrené les premières notes de *It's Only a Paper Moon* au piano.

Peggy et Joanne ont continué à décrire des cercles, les yeux fermés, sautillant au rythme d'une mélodie sans rapport avec celle que jouait Mill.

Une lune en papier… Un trampoline… Deux ballerines…

J'imaginais le pire.

ADIEU, BEL OISEAU, ADIEU…

33

Après réflexion, j'ai jugé que le meilleur moment pour aborder Morris Slade était celui de l'apéritif du soir, quand les gens baissaient leur garde – les buveurs, du moins. En tant qu'ancien play-boy, Morris appréciait certainement les cocktails.

Je prétendrais travailler pour le *Conservative* et vouloir écrire l'histoire du Belle Ruine. Ce prétexte présentait l'inconvénient d'être vrai. Bien sûr, il aurait été plus amusant de sonner à sa porte en affirmant vendre des cookies au profit de ma troupe de scouts, même si je préférerais mourir plutôt que d'être scout, mais les circonstances m'obligeaient à coller le plus possible à la vérité.

La plupart situent l'heure de l'apéritif entre cinq et six heures, même si Lola Davidow et Aurora Paradise ne connaissent pas de telles limites. Mon problème, c'était que je devais me trouver en cuisine à cinq heures et demie.

Heureusement, mon activité de journaliste amateur m'autorise quelques entorses au règlement. J'ai donc prié Walter, qui ne quitte jamais la cuisine, d'avertir ma mère que je serais un peu en retard car je devais réaliser une interview pour mon article. Il devait également monter son cocktail à Aurora à cinq heures tapantes. Je l'avais préparé à l'avance et placé dans le freezer, derrière les glaçons.

– C'est quelle recette, aujourd'hui ? a demandé Walter avec un intérêt sincère.

Il essuyait un grand plat. Laver la vaisselle sale, la ranger était un travail sans fin, de sorte que Walter n'était jamais en repos.

– Un mélange de fonds de bouteilles, ai-je répondu. Jim Beam, gin, jus d'orange et d'ananas.

Walter a longuement réfléchi avant de suggérer :

– Tu pourrais l'appeler Gin Beam.

J'ai applaudi.

– Excellent, Walter ! Ça va plaire à Aurora.

Aurora aimait tout ce qui pouvait se boire, du moment que le verre montait tout seul jusqu'à ses appartements.

La veille au soir, j'avais minutieusement préparé mes questions de manière à ne pas déstabiliser Morris Slade. Je ne voulais pas qu'il ait l'impression d'être soumis à un interrogatoire policier : « Que faisiez-vous entre neuf et onze heures, le soir où le meurtre a été commis ? » Comme si quelqu'un avait jamais répondu : « Je me trouvais dans sa chambre avec la victime... »

Désirant être prise au sérieux, j'ai fouillé dans ma penderie, cherchant des vêtements repassés, et ai fixé mon choix sur une robe à carreaux bleus et blancs.

La plupart du temps, j'ai un aspect « chiffonné » – même mes cheveux, même mon visage quand il reste trop longtemps appuyé contre un coussin, comme souvent quand je regarde *Perry Mason*.

Assise devant ma « coiffeuse » – une planche peinte posée sur deux commodes jumelles – j'ai longuement brossé mes cheveux. Raides et longs jusqu'aux épaules, ils convenaient parfaitement à l'image de sérieux que j'entendais me donner. J'ai tenté d'ôter mes barrettes fleuries, mais alors mes cheveux sont tombés devant mes yeux sans pour autant me faire ressembler à Veronica Lake. Ils refusaient de rester sagement derrière mes oreilles, comme ceux des mannequins ou des actrices qu'on voit dans les magazines – à croire que leurs oreilles ont été spécialement modelées pour cet usage. J'ai remis mes barrettes et répété plusieurs expressions devant le miroir avant d'opter pour un sourire cordial, sans excès.

J'ai quitté ma chambre à quatre heures et demie et pris mon temps pour traverser la route qui séparait l'hôtel du reste de Spirit Lake. La maison des Woodruff se trouve à une centaine de mètres de celle de Mrs Louderback, du côté opposé de la rue.

Une seule voiture était garée le long du trottoir, la décapotable rouge que j'avais repérée depuis le taxi de Delbert. Je suis passée deux fois devant la maison, cherchant des signes d'activité. Comme il faisait encore jour, on ne voyait aucune lumière à l'intérieur, et les fenêtres découpaient des rectangles d'ombre dans la façade.

Des gens prenaient le frais sur le pas de leur porte, tassés sur des balancelles ou engoncés dans des rocking-chairs. Tous m'observaient avec une attention extrême, car j'étais le seul objet en mouvement dans la rue.

J'ai fini par m'approcher et actionner la sonnette. Un carillon a retenti dans les profondeurs de la maison, comme si j'avais perçu l'écho des cloches d'une église située dans une autre ville.

Questions, vêtements, coiffure, sourire, j'avais tout prévu, tout calculé.

La seule chose à laquelle je n'étais pas préparée, c'était Morris Slade.

34

Il a ouvert la porte, dit « Bonjour », et je suis restée plantée là tel un épouvantail, mais repassé. Des oiseaux auraient pu faire leur nid dans mes cheveux impeccablement brossés ou se percher sur mes barrettes que je n'aurais pas bougé.

Il a répété « Bonjour » et a souri de plus belle, à croire que mon silence l'amusait, même s'il ne donnait pas l'impression de se moquer de moi.

Je me suis éclairci la voix, lui prouvant au moins que j'étais capable d'émettre un son, ai mis une main devant ma bouche comme si je m'apprêtais à tousser, et me suis répété le mot « Bonjour » pour vérifier qu'il existait vraiment avant de dire :

– Je m'appelle Emma Graham.

Ma bouche s'est refermée aussi brutalement que le poudrier en argent de Ree-Jane. Aussi incroyable que ça puisse paraître, j'ai presque regretté que celle-ci ne m'ait pas accompagnée, ne serait-ce que pour prendre le relais.

Morris Slade a lui-même rompu le silence :

– Emma Graham. J'ignore pourquoi, ce nom m'évoque quelque chose. Entrez, je vous prie.

J'ai pénétré dans une pièce pleine d'ombres et de plantes. Il y régnait une agréable fraîcheur, ça sentait la verdure et la terre détrempée. Le tapis soyeux lui-même paraissait liquide. J'ai cru qu'il s'était mis à pleuvoir dehors avant de réaliser que le murmure qui m'avait accueillie provenait d'un ventilateur.

J'aurais pu être à Key Largo, au milieu d'un ouragan, avec Humphrey Bogart, au lieu de quoi je me trouvais à Spirit Lake, sous le souffle d'un ventilateur, en compagnie de Morris Slade. Une situation très cinématographique, dans un cas comme dans l'autre.

Morris a levé son verre à martini en cristal taillé – j'avais identifié le cocktail au premier coup d'œil – et demandé :

– Je vous sers quelque chose ?

J'ai failli répondre « La même chose que vous », mais je me suis reprise :

– Oui, s'il vous plaît.

Il s'est tourné vers une table en châtaignier, ou peut-être en cerisier, à la surface polie, que les pales du ventilateur voilaient d'ombres mouvantes. On apercevait dessus quantité de bouteilles ainsi qu'un seau à glace – encore un objet familier.

– Coca-Cola ? Limonade ? Scotch ?

Ici, il a eu un sourire que je lui ai retourné.

– Coca, je vous prie.

Il a pris un verre – pas un verre trapu ordinaire, mais en cristal, comme le sien –, a laissé tomber un cube de glace dedans et l'a rempli de Coca avant de le poser sur une table basse, près d'un fauteuil en rotin assorti au canapé qui lui faisait face.

– Asseyez-vous, vous voulez bien ?

Si je le voulais ? Et comment !

Lui-même a pris place sur le canapé.

– Vous êtes écrivain ? a-t-il repris avec un mouvement de tête en direction de mon carnet à spirale.

Sa question m'a d'autant plus étonnée qu'il n'y avait pas la moindre trace de sarcasme ou de moquerie dans sa voix. La surprise m'a brusquement tirée de ma transe. Cet homme avait dû s'entraîner de longues années pour parvenir à un tel degré de perfection.

– Hum, oui. C'est-à-dire, j'écris une série d'articles pour le *Conservative.*

– Le journal local. Je connais.

– Je réalise des interviews...

Je me suis tue, ne sachant comment en venir au Belle Ruine et au kidnapping. Jusque-là, j'avais consacré trop d'efforts à être moi-même pour me demander si ce rappel du passé n'allait pas le bouleverser. Si le bébé avait bien été enlevé, s'il n'était pas impliqué dans sa disparition... Comment avais-je pu négliger à ce point ses sentiments ? J'ai baissé les yeux vers mon carnet. Mes préparatifs n'avaient servi à rien.

Morris Slade a sorti une cigarette de l'étui en argent qu'il venait de tirer de sa poche.

– Et vous me jugez assez digne d'intérêt pour vouloir m'interroger ?

J'ai acquiescé.

– Voyez-vous, mon histoire commence il y a quarante ans, avec les sœurs Devereau...

J'avais l'impression de marcher sur des œufs. J'ai marqué une pause avant d'ajouter :

– La première, c'était Mary-Evelyn...

– La première... ?

– Victime. On a dit qu'elle s'était noyée, mais en réalité, elle a été tuée par ses sœurs.

Morris s'est immobilisé alors qu'il approchait son briquet de sa cigarette.

– Seigneur ! Vous êtes sûre de ce que vous avancez ? Il ne s'agit pas d'une rumeur ?

J'ai secoué la tête.

– Rose Devereau était ma demi-sœur, mais je l'ai à peine... J'étais beaucoup plus jeune qu'elle.

Il a allumé sa cigarette, aspiré une bouffée et recraché la fumée avant de poursuivre :

– J'étais marié depuis peu de temps quand Rose a été assassinée par son mari. Enfin, c'est ce qu'on a prétendu.

– Ce n'est pas Ben qui l'a tuée, mais sa fille, Fern.

La cigarette s'est arrêtée à mi-chemin du cendrier.

– Quoi ? Je n'étais pas au courant !

– Personne ne l'est. On ne l'a appris que récemment.

Je me suis retenue de préciser : « Grâce à moi. »

– Seul Ben Queen, le père de Fern, savait. Il s'est laissé accuser à sa place.

– Grand Dieu ! Comment savez-vous autant de choses, Emma ?

– C'est le sujet de ma série d'articles... Enfin, en partie.

J'ai pris le magnifique verre qui contenait mon Coca. Celui-ci m'a paru meilleur que d'habitude. Le glaçon avait fondu ; cette touche de fraîcheur m'a revigorée et donné le courage d'aborder les questions que j'avais soigneusement préparées :

– Vous êtes originaire de La Porte, je crois ?

Il a tiré sur sa cigarette. Il semblait m'observer, les yeux mi-clos.

J'ai douze ans. Qu'est-ce qu'il avait à me regarder comme ça ?

– En effet. C'est là que je suis né.

– Mais vous n'y étiez pas retourné depuis vingt ans. Enfin, c'est ce qu'on m'a dit.

Son sourire s'est légèrement crispé.

– Ah oui ?

– Précisément, quelqu'un s'est étonné devant moi de votre retour, ajoutant qu'on ne vous avait pas vu depuis… l'affaire du Belle Ruine.

Il a de nouveau tiré sur sa cigarette avant de demander :

– Qu'est-ce qui relie cette affaire à l'histoire des sœurs Devereau ?

Le fait que j'aie décidé de l'y relier, ai-je pensé.

– Il arrive trop de malheurs par ici, ai-je expliqué. Trois meurtres, une tentative de meurtre, un enlèvement… Celui de votre bébé, ai-je achevé, le cœur serré par la tristesse.

Soudain j'ai su pourquoi ces drames formaient un tout dans mon esprit.

– Mon article s'intitule « La Ville des tragédies », ai-je affirmé.

35

« La Ville des tragédies. »

Le titre avait surgi de lui-même, et je l'ai aussitôt regretté.

A peine l'avais-je dit tout haut que les choses ont commencé à changer. Pas au sens où le temps change, où la chance tourne, où les fortunes se font et se défont. Non, c'est plutôt mon regard sur le monde qui a changé.

Je me suis attardée un moment sur le trottoir devant la maison Woodruff après le départ de Morris Slade au volant de sa décapotable rouge. Mon cerveau semblait grippé, comme l'avait été un jour le moteur de la camionnette de Dwayne. Je me sentais incapable d'aligner deux idées. C'est peut-être ce qu'on appelle le blocage de l'écrivain, même si je n'écrivais pas quand il m'avait frappée.

Je me tenais immobile dans la lumière grise. La pluie avait lavé la rue sans l'égayer ni raviver ses couleurs. Au contraire, elle paraissait plus triste. Soudain j'ai repensé aux serveuses. Vraiment, c'est étrange que je n'arrive pas à me rappeler leur nombre. Quand je pense à elles, j'en vois habituellement trois, mais elles auraient aussi bien pu être quatre ou cinq. De même, j'imagine qu'elles ne se déplaçaient pas toujours en groupe, pourtant je me les représente comme une nuée d'oiseaux exotiques qui ont envahi ma vie étriquée avant de s'envoler à jamais.

Il devenait urgent que je me ressaisisse et rentre à l'hôtel. Mais quand j'ai enfin réussi à me mettre en marche, je traînais les pieds comme une vieille femme. Je n'avais envie d'aller nulle part. Je désirais juste m'étendre dans l'herbe ou m'adosser à la barrière et réfléchir à ce que m'avait dit Morris Slade. Ou plutôt, à ce qu'il ne m'avait pas dit.

« Que de drames épouvantables, Emma ! Quand tout cela est-il arrivé ? Vous disiez qu'on avait noyé Mary-Evelyn Devereau. Puis il y a eu la fille de Ben Queen. Et Rose… »

Il avait détourné le regard et secoué sa cigarette au-dessus du cendrier monté sur un pied en laiton.

« Et la tentative de meurtre dont vous parliez ? Qui visait-elle ?

– Moi. »

Je lui avais raconté ma mésaventure dans les moindres détails. Je devais être terrifiée, m'avait-il dit alors. En réalité, j'étais d'un calme presque inconcevable.

Toutefois, j'avais acquiescé.

« Et c'est Ben Queen qui vous a sauvée ? »

Oui.

Il avait réfléchi un moment avant d'ajouter :

« Ben est un brave homme. Je n'ai jamais cru qu'il avait tué Rose. Il l'aimait trop pour ça. »

Puis il était retombé dans le silence. Car il s'agissait bien d'une chute, comme s'il s'était élevé dans le demi-jour pour se jeter ensuite dans des eaux opaques, infiniment plus déroutantes.

« C'est aussi mon avis », avais-je affirmé, plongeant dans les mêmes eaux troubles.

Devinant sa douleur, je n'avais pu me résoudre à mentionner de nouveau le Belle Ruine.

Il l'avait fait à ma place :

« Le Belle Ruine... Vous en parlez dans votre histoire ? »

Mes pensées s'étaient accélérées, et j'avais répondu par l'affirmative avant qu'il ne se renferme dans son mutisme.

« Le récit de l'enlèvement constitue même le cœur de l'article. C'est l'événement le plus mystérieux jamais survenu dans la région. »

Il m'avait longuement observée en fumant, puis :

« Vous avez une théorie, j'imagine ?

– Eh bien... »

Mon regard s'était posé sur une toile d'araignée dans l'angle d'une des hautes fenêtres. Pour une fois, mon art du faux-fuyant ne m'était d'aucun secours. Une minuscule araignée se balançait à l'extrémité d'un fil d'argent. Ma vue ne m'avait jamais paru aussi perçante.

Morris Slade avait repris :

« On a avancé quantité de théories. L'une prétendait qu'il n'y avait jamais eu d'enlèvement. »

Pour la première fois depuis le début de notre entretien, il avait porté son verre à ses lèvres et bu une gorgée. Je m'étais alors fait la réflexion idiote que Lola Davidow n'aurait jamais laissé intact un martini à portée de main.

« Je sais, je l'ai entendue. On a dit aussi que Mr Woodruff avait payé la police pour clore l'enquête. »

Il m'avait regardée en silence, puis il avait déclaré :

« Pourtant, l'enlèvement a bien eu lieu.

– Et y a-t-il eu une demande de rançon ?

– Non. »

Nous étions encore restés un moment assis en silence, puis il avait jeté un coup d'œil à sa montre et s'était excusé, disant qu'il avait un rendez-vous.

Une fois la voiture partie, j'avais réalisé que je venais de manquer une occasion en or. Pourquoi ne l'avais-je pas interrogé sur les raisons de son retour ? Certes, il avait proposé que nous nous revoyions, mentionné brièvement le fait que sa femme et lui n'avaient jamais su ce qui était arrivé à leur enfant, et confié qu'il avait vécu là les pires heures de toute sa vie.

J'avançais d'un pas lent, furieuse contre moi, quand il m'est apparu que Morris Slade n'avait jamais eu l'intention de me parler de l'enlèvement et de la petite Fay.

Nul ne peut demeurer longtemps dans la ville des tragédies, au risque de ne pouvoir en repartir.

36

J'ai testé ensuite le concept de « ville des tragédies » sur Miss Flyte et Miss Flagler.

Miss Bertha et Mrs Fulbright étaient les seules clientes à dîner à l'hôtel ce soir-là, et elles ont quitté leur table à six heures et demie. Il n'était pas encore sept heures quand je suis montée à bord du taxi que j'avais pris la précaution de réserver.

J'avais dit à ma mère que je me rendais à l'Orion. Elle m'avait alors demandé ce que j'allais voir, voulant faire croire qu'elle se souciait de mon éducation cinématographique.

« *L'Ennemi public,* avais-je répondu. Avec James Cagney.

– C'est un vieux film, non ? Beaucoup trop violent. »

On aurait dit qu'elle n'avait jamais mis les pieds à l'hôtel Paradise. Il suffisait de passer dix minutes à l'intérieur du grand garage pour trouver James Cagney aussi doux qu'un agneau.

« Sans doute », lui avais-je concédé avant de me mettre en route.

J'ai dit à Delbert de me conduire à l'Orion. Fidèle à son habitude, il a voulu savoir ce qui m'amenait en ville à cette heure tardive.

— A votre avis, pourquoi vous ai-je demandé de me déposer devant le cinéma ?

— Tu vas voir le film avec James Cagney ? J'voudrais bien y aller aussi. Les histoires de gangsters, j'aime ça.

— Moi, ce qui me plaît, c'est de voir des hommes avec des revolvers.

Je ne sais pas ce qui m'avait prise ; je m'étais pourtant juré de ne jamais donner de grain à moudre à Delbert. Mais depuis les changements qui avaient affecté mon univers, les mots jaillissaient d'eux-mêmes. J'allais devoir me surveiller.

En tout cas, ma sortie a beaucoup fait rire Delbert. Il s'est mis à braire en frappant le volant du plat de la main, comme s'il n'avait jamais rien entendu d'aussi drôle.

J'ignore pourquoi j'avais dit ça. Peut-être les hommes avec des revolvers symbolisaient-ils le regard désenchanté que je portais à présent sur le monde.

Pendant que je descendais de voiture devant l'Orion, Delbert m'a demandé ce que je comptais faire en attendant le début de la séance, une demi-heure plus tard.

— Tirer sur le public, ai-je répondu avant de claquer la portière.

En plus de leur pause-café quotidienne, Miss Flyte et Miss Flagler prenaient souvent leur dîner en commun dans la cuisine de cette dernière. Si la pénombre régnait dans leurs magasins respectifs, l'appartement de Miss Flagler, situé à l'arrière du sien, était alors éclairé.

En réalité, la vitrine du Candlewick, la boutique de Miss Flyte, n'est jamais complètement obscure. Quelques bougies y brûlent toute la nuit. Des bougies électriques, bien sûr, mais leurs minuscules ampoules imitent parfaitement la clarté vacillante des flammes.

Les deux vieilles demoiselles me font toujours bon accueil. J'imagine qu'elles trouvent ma compagnie distrayante. Je les tiens informées de l'avancement du prochain spectacle de Will et Mill, des meurtres et tentatives de meurtre survenus dans la région, des arrivées en ville. Tel était précisément le sujet de la conversation tandis que je soufflais sur mon chocolat et elles sur leurs tasses de café.

– Morris Slade ! s'est exclamée Miss Flagler. Je n'en reviens pas.

Miss Flyte a demandé :

– A ton avis, qu'est-il venu faire ? Et dans la maison des Woodruff, encore ?

Les deux vieilles demoiselles se sont tournées vers moi, supposant que je détenais la réponse à toutes leurs interrogations.

– Il a déjà vécu dans cette maison, leur ai-je rappelé. Vous le connaissiez bien ?

– Oui. Je le connais depuis qu'il était tout petit. Plus tard, à l'adolescence, il a fait les quatre cents coups.

– Les quatre cents coups ? Ici ? Ça paraît à peine croyable !

Miss Flyte a ri.

– Tu sais, il ne manquait pas de jeunes filles dans cette ville à l'époque. Et il en est parti à plusieurs reprises. Il a travaillé à Philadelphie, il me semble ?

Tout ça, je le savais déjà.

– Oui, dans une banque, a acquiescé Miss Flagler. Il s'est passé quelque chose là-bas. Quoi donc ? On ne l'a jamais vraiment su. Une histoire d'argent...

– On a parlé de détournement de fonds, a précisé Miss Flyte.

— Mais on n'a rien pu prouver, ai-je dit. J'ai fait des recherches pour mon article, ai-je expliqué devant leurs airs ébahis. Je suis tombée sur un article dans un vieux journal.

J'ai bu une gorgée de chocolat parfumé aux marshmallows.

— Et puis, a repris Miss Flagler, il y a eu le fameux scandale...

J'ai cessé de mastiquer mon marshmallow.

— Quel scandale ?

— Morris était fiancé à Imogene quand on a découvert qu'il fréquentait une autre jeune fille.

Elles ont échangé un regard furtif. J'en ai déduit qu'il était question de sexe. Cette allusion aurait excité ma curiosité si j'avais été moins préoccupée.

— Ne vous en faites pas, ai-je lancé d'un ton désinvolte. Je suis au courant de ces choses-là. C'était qui, la jeune fille ?

Miss Flagler était allée chercher la cafetière sur la cuisinière afin de remplir leurs tasses. Puis elle a pris la casserole en émail pleine de chocolat et m'a resservie.

— Tout ce qu'on sait, a-t-elle repris avec un regard entendu à l'intention de son amie, c'est que le père d'Imogene a payé pour mettre fin à cette liaison.

Soudain j'étais tout ouïe.

— Payé qui ? Morris ?

— Ou la jeune fille.

A force d'acheter des gens, Mr Woodruff aurait dû finir par se retrouver sur la paille. Comment se faisait-il que je n'avais jamais entendu parler de cette histoire ? J'ai posé la question à mes hôtesses.

— Ce n'était pas une fille d'ici, mais de Philadelphie, je crois. Si on l'a appris, c'est grâce à Betty Sue Crouch... tu sais, elle vit sur Red Bird Road.

Je ne connais aucune Betty Sue Crouch, toutefois j'ai acquiescé pour éviter une digression.

– Un jour, comme Betty Sue avait l'intention de se rendre à Philadelphie pour faire des courses, Imogene lui a demandé de déposer quelques cadeaux de mariage chez Morris. Mais quand elle est arrivée à l'appartement, elle y a trouvé Morris avec la fille en question.

– Chez lui ?

– Absolument.

Elles ont de nouveau échangé un regard entendu. Mais je me moquais des détails ; tout ce qui m'intéressait, c'était que Morris ait eu une liaison.

– Après ça, Morris a rompu ? ai-je demandé.

Miss Flagler a opiné de la tête.

– Et Imogene a passé l'éponge ?

– Je crois que tout ce qui lui importait, c'était de garder son fiancé. Une belle prise, ce Morris : un physique de jeune premier, un charme fou, et un bagout… Avec de tels atouts, il se serait sorti de n'importe quel mauvais pas. Mais la fidélité n'a jamais été son point fort.

Miss Flyte avait prononcé ces derniers mots d'un ton mélancolique, comme si elle avait elle-même souffert de l'inconstance de Morris Slade.

– Personne ne lui résistait. Je crois savoir d'où provenait son pouvoir : il avait l'art de vous faire croire qu'il vous accordait toute son attention. Une qualité rare.

Je voyais très bien ce qu'elle voulait dire, même s'il me déplaisait d'imaginer que Morris ait pu feindre l'intérêt qu'il m'avait témoigné.

J'allais me gratter la tête mais Albertine, étendue de tout son long sur l'étagère derrière moi, m'a devancée.

– Je pense que son retour a un rapport avec l'enlèvement de son bébé, ai-je déclaré.

J'ai alors exposé aux deux vieilles demoiselles ma théorie sur le rôle joué par Imogene et son père dans cette affaire.

– Comment une femme pourrait-elle faire une chose pareille à son enfant ? s'est récriée Miss Flagler. Quelle perversité ! Vraiment, je n'en crois pas un mot !

Miss Flyte, pourtant mieux disposée à affronter la vérité dans ses aspects les plus désagréables, a eu la même réaction indignée. J'ai ensuite soumis à leur appréciation le titre que j'entendais donner à mon article.

– « La Ville des tragédies ? »

Miss Flagler a versé une cuillerée de sucre dans son café et l'a remué nerveusement.

Miss Flyte m'a souri par-dessus le bord de sa tasse.

– Plutôt déplaisant, comme sobriquet, a-t-elle remarqué.

Quoi qu'elle ait voulu dire par là, le sourire ne cadrait pas avec ses intentions.

– Je ne cherche à plaire à personne, ai-je répliqué.

Je les ai regardées tour à tour, m'interrogeant sur les causes de leur contrariété. La seule explication était qu'en remuant ainsi la boue je jetais le trouble sur une réalité qu'elles avaient toujours considérée comme parfaitement limpide.

– Ce titre ne s'applique pas uniquement à La Porte, ai-je ajouté. Il englobe Spirit Lake, Cold Flat Junction, Lake Noir et même le Belle Ruine.

Enthousiasmée par cette idée, j'ai puisé à la cuillère au fond de ma tasse un marshmallow presque fondu.

– Comme si tous ces endroits n'en formaient qu'un. Ou plutôt, comme si on les avait... Comment dit-on, quand on fabrique de l'eau-de-vie ?

– Avec un alambic ? Oh ! Tu veux parler de la distillation.

– C'est ça ! Comme si on en avait extrait l'essence pour créer un seul lieu, une seule ville.

– Ça n'en reste pas moins déplaisant, a observé Miss Flagler avec un léger frisson.

Plus déplaisant que ce qui était arrivé à Mary-Evelyn Devereau ?

J'ai tenté de me défendre :

– C'est juste une théorie...

– Le problème, Emma, c'est que lorsqu'on cherche à façonner les événements comme de la cire, qu'on laisse libre cours à son imagination pour transformer la réalité, eh bien, on a beau gratter, on garde toujours de la cire sous les ongles.

Miss Flyte ne se contente pas de vendre des bougies, elle en fabrique elle-même. Mais que signifiait cette mise en garde ? Les deux vieilles demoiselles se comportaient presque comme si j'avais représenté un danger pour elles.

Moi, Emma Graham, douze ans, danger public...

Il était sept heures quarante-cinq quand j'ai pris congé de Miss Flagler et Miss Flyte. La séance de cinéma était déjà commencée, mais je m'en moquais. On peut manquer les quinze premières minutes de n'importe quel film et comprendre néanmoins ce qui se passe.

Malgré mon retard, je suis restée un moment à contempler l'affiche montrant James Cagney, les yeux plissés, l'expression sinistre, comme toujours quand il posait avec une mitraillette. Entre ses mains, celle-ci avait l'air d'un animal sauvage qu'il contrôlait à grand-peine. Le film allait-il ou non aggraver ma situation ? Le rictus féroce de l'acteur risquait-il de déteindre sur moi ? Je voyais en quoi Dillinger constituait un danger, mais moi ?

Je devais faire la même tête que James Cagney quand je suis entrée dans le hall, car Mr McComas, le propriétaire de la salle, qui tenait la caisse ce soir-là, m'a lancé un regard soucieux.

– Tout va bien, Emma ? m'a-t-il demandé en détachant un ticket du rouleau.

Je me suis forcée à desserrer les dents.

– Oui, merci. C'est juste que j'ai envie de pop-corn…

Il m'a souri, apparemment rassuré, et a refusé le dollar que je lui tendais.

– Je t'en prie, c'est pour moi. Tu as manqué plus d'un quart d'heure du film.

Quel homme charmant ! Mr Gumbrel et lui sont d'excellents amis, ce qui ne m'étonne pas.

Le pop-corn débordait de la cuve en métal. Cora Rooney en a rempli une boîte en carton rouge et blanc. J'ai insisté pour la payer, et elle m'a rendu la monnaie. Le *tacatac* d'une mitraillette est parvenu à mes oreilles, mêlé à des tirs de pistolet. Puis il y a eu des cris, suivis d'autres échanges de tirs. Depuis le hall, on aurait dit une symphonie.

J'ai franchi les portes battantes avec mon carton et me suis arrêtée au seuil de l'obscurité qui semblait me repousser, telle une main pressée contre ma poitrine. Les canons des armes à feu, les robes des actrices, leurs bijoux et même leurs chevelures, tout était gris argent sur l'écran.

Mastiquant quelques grains de pop-corn, j'ai attendu que mes yeux se soient habitués à la pénombre pour me diriger vers un fauteuil vide. Je suis restée debout plus longtemps que nécessaire. Parfois, je me demande si je viens là pour les films ou pour le plaisir que j'éprouve à me trouver au milieu d'une foule de spectateurs aussi immobiles que des statues. Une fois assise, j'ai jeté un coup d'œil de l'autre côté de l'allée. Les visages levés vers l'écran exprimaient un émerveillement presque enfantin. Tous ces gens avaient trouvé refuge dans leur jardin secret, lequel, dans ce cas précis, se confondait avec la ville de Chicago.

Je ne me souciais pas vraiment de l'histoire. Je préférais observer James Cagney, ses gestes saccadés, aussi vifs et meurtriers que ses balles. Les hommes s'entretuaient, tombant les uns après les autres, mais les rafales de leurs mitraillettes ne pouvaient m'atteindre.

Je trouvais leur compagnie réconfortante, dans un sens. Cagney et moi, on avait quelque chose en commun, lui sur l'écran, criblant l'air de balles, moi dans la salle, désarmée et inoffensive.

37

Le lendemain matin, comme chaque jour, j'ai monté son petit déjeuner à Aurora : œuf au plat, bacon, toast et jus de tomate.

– Pas trop tôt, a-t-elle ronchonné, s'échauffant en vue d'une longue journée de récriminations. Je meurs de faim !

Je me suis placée devant une photo décolorée de l'hôtel avant d'annoncer :

– Morris Slade est de retour.

Elle a cessé de couper le blanc de son œuf pour me regarder.

– Quoi, ce jeune vaurien ? Qu'est-ce qu'il vient faire ici ?

– Je n'en sais rien.

Je ne lui ai pas dit que je m'étais entretenue avec Morris, sinon elle m'aurait submergée de questions.

Elle a crevé le jaune de l'œuf avec le coin du toast et déclaré :

– A mon avis, il est là pour faire disparaître les preuves. Ce jus de tomate coulerait mieux avec une goutte de gin dedans.

Ce n'était pas une demande en bonne et due forme, aussi l'ai-je ignorée. Je dois dire à son crédit que ma grand-tante ne recule devant aucune hypothèse, même les plus incongrues.

– Quelles preuves pourrait-il subsister après plus de vingt ans ? Sans compter que le théâtre des événements a brûlé…

– Il y a des preuves qui restent à jamais inscrites, même dans les ruines, même dans les cendres. Tu devrais engager un détective privé pour découvrir ce qu'il a en tête.

Avait-elle seulement conscience de l'absurdité de sa suggestion ? Sans doute que non. Elle a toujours feint de me croire plus riche que je ne le suis pour mieux me reprocher ma supposée inaction.

– Je ne connais aucun détective privé. Et quand bien même, je le paierais comment ?

Elle s'est mise à grignoter son bacon pour éviter de me répondre.

– Vous avez bien connu Morris Slade ?

Question stupide : Aurora a bien connu tout le monde, ou du moins le prétend-elle.

Elle s'est tamponné les lèvres avec la serviette en lin qui accompagne les plateaux du service de chambre – devinez qui monte les commandes ?

– Evidemment que je l'ai bien connu. Quel chenapan !

Il ne me serait jamais venu à l'idée de traiter Morris Slade de « chenapan ». Bien sûr, il avait passé l'âge d'en être un. Peut-être les épreuves de la vie l'avaient-elles transformé. En tout cas, il était à présent beaucoup trop digne pour un chenapan.

– Il est toujours marié à cette cruche ?

– Imogene Woodruff ? Je suppose que oui.

A vrai dire, je n'avais pas abordé la question avec Morris.

– Ils n'ont jamais divorcé ?

Aurora a marqué une pause avant d'ajouter :

– La scène du crime.

— Pardon ?

— C'est pour ça qu'il est revenu, pour revoir la scène du crime.

— Le Belle Ruine ? Ça n'aurait rien d'étonnant, si c'est là qu'il a vu sa fille pour la dernière fois.

Mon cœur se serrait à imaginer Morris Slade au milieu des ruines de l'hôtel, cherchant peut-être les vestiges de la chambre à laquelle on avait arraché le bébé.

— Tu crois qu'il est venu faire un pèlerinage sentimental ? a ricané Aurora.

— Je ne vois toujours pas ce qu'il pourrait retrouver au bout de vingt ans…

— Pas forcément une trace de sang ou une empreinte de doigt. Il pourrait s'agir d'une personne, ou d'un renseignement…

Elle a examiné le reste de son toast avec une grimace de dégoût :

— Brûlé…

C'était faux.

— Vous avez déjà vu ma mère servir quelque chose de brûlé ?

Sans répondre, elle a reposé le toast doré à point sur son assiette et croisé ses mains gainées de dentelle bleu lavande sur son ventre.

— J'en connaissais un. Oates, il s'appelait.

Je n'avais pas la moindre idée de ce dont elle parlait.

— Un quoi ?

— Détective privé. Tu m'as écoutée, au moins ? Larry, Barry… Non, Harry Oates. Une nuit, il m'a emmenée danser à la clarté des étoiles.

Je me suis écartée du mur et suis sortie avant qu'elle ne se lève de son fauteuil, emportée par la musique des souvenirs.

38

Aller trouver les Wood et Mr Root n'était sans doute pas la meilleure chose à faire, même s'ils m'ont réservé un accueil des plus chaleureux.

Enepébé ne donnait pas l'impression de s'être assis depuis la dernière fois que je l'avais vu. Tenant le même livre à la main, il déclamait le même poème, pour autant que je pouvais en juger. La méthode n'avait pas varié : Enepébé lisait un vers – « Ayeu, hé heu meuh au hoi » – et la main de Mr Root dessinait des arabesques dans le vide tandis qu'Enegébé marquait la mesure avec le pied, tel un métronome.

– Enepébé a besoin de faire une pause, monsieur Root, ai-je dit. Entrons et achetons des rafraîchissements. Ensuite, je vous parlerai de quelque chose.

Ma proposition a paru les réjouir. A l'intérieur de l'épicerie, Enepébé s'est dirigé vers le bac des boissons fraîches, nous laissant devant le présentoir à bonbons et les distributeurs de biscuits. Le propriétaire, Mr Britten, s'était renfrogné encore plus que d'habitude en nous voyant.

« Vous autres, je vous ai à l'œil ! nous avait-il lancé à l'instant où nous franchissions le seuil de la boutique.

– On est juste venus acheter à boire ! lui avait rétorqué Mr Root. Pas de quoi faire tout un foin… »

Mr Britten avait marmonné quelque chose. A voir sa réaction, on aurait pu croire que nous étions John Dillinger, Al Capone et Pretty Boy Floyd réunis et son épicerie, le dernier night-club encore en activité à Chicago. J'ai regretté que ce ne soit pas vrai. J'ai toujours rêvé de faire irruption dans une boîte de nuit enfumée et mal éclairée.

Enepébé nous a énuméré les boissons disponibles :

– Hi-ha an-euh mouf, Hi-ha ho-onj, Hoha Hola, Hi-ha hi-ron...

Je me suis demandé pourquoi il se donnait la peine de répéter la marque – Nehi – au lieu d'indiquer simplement les parfums disponibles. Peut-être les gens affligés d'un handicap ressentent-ils le besoin inconscient d'attirer l'attention sur celui-ci. Enegébé et Mr Root ont commandé un Nehi pamplemousse et moi un Coca.

Mr Britten ne nous quittait pas des yeux, les mains glissées sous son tablier comme s'il cachait un pistolet dessous. Quand j'ai voulu payer, Mr Root et Enegébé ont protesté, disant que c'était eux qui régalaient. Comme nous nous trouvions juste devant Mr Britten, j'ai insisté, pour lui donner une leçon de courtoisie et d'altruisme, mais il s'est contenté d'encaisser l'argent de Mr Root, les lèvres pincées. J'ai alors acheté deux paquets de Sno Balls puis nous sommes retournés sur notre banc.

Chacun de nous a reçu une boisson et un Sno Ball. J'ai ensuite exposé mon plan, qui n'en était pas vraiment un, aux trois hommes. J'ai également mentionné la suggestion d'Aurora, sachant qu'ils la balaieraient d'un revers de main, comme n'a pas manqué de le faire Mr Root :

– Pourquoi payer un détective, alors qu'on est là ?

Les frères Wood paraissaient plus circonspects, mais après un échange de regards, ils ont exprimé leur accord d'un signe de tête. Une des qualités que j'admire chez ces trois hommes, c'est leur faculté à adhérer à un projet, aussi absurde soit-il, au seul nom de notre amitié. Je nous aurais bien vus lever nos épées et scander la célèbre devise : « Un pour tous, tous pour un. »

– Vous deux, a dit Mr Root aux frères Wood, vous avez vos pick-up, et moi ma vieille Ford. Tout ce qui importe, c'est qu'on soit sur la même longueur d'onde.

Justement, je ne savais plus très bien quelle était la mienne. J'avais juste espéré qu'on trouverait une solution pour engager un détective. Ne sachant pas ce que cherchait Morris Slade, je n'avais pas la moindre idée de la manière dont il comptait opérer.

Pour me laisser le temps de la réflexion, j'ai attaqué mon Sno Ball. J'adore ces gâteaux, leur cœur en chocolat enrobé de noix de coco, leur saveur à la fois sucrée et pâteuse.

Ne pouvant toujours pas me résoudre à prendre Morris Slade en filature, j'ai résolu d'aller trouver le shérif à La Porte et de tenter de découvrir ce qu'il savait de ses intentions. Toutefois, je n'espérais pas grand-chose de cette démarche.

C'est alors qu'un taxi a surgi sur la route, roulant dans notre direction. Une main au-dessus de mes yeux pour les abriter du soleil, j'ai reconnu la Chevrolet marron d'Axel. C'était lui-même qui conduisait, et il n'avait pas de passager. Je me suis levée d'un bond, lui faisant signe de s'arrêter.

Axel a agité la main et donné un coup d'avertisseur avant de me dépasser. Sans doute avait-il cru que je lui adressais un salut amical. Je suis restée clouée sur place. Je n'avais jamais été aussi près de monter à bord du taxi d'Axel, et une occasion pareille ne se représenterait pas de sitôt.

J'ai pris congé de mes amis, résignée à parcourir à pied les trois kilomètres qui me séparaient de la ville.

Trop de responsabilités pesaient sur mes épaules, me semblait-il. Mais ce n'était qu'une illusion, bien sûr. La seule chose qui pesait sur mes épaules, c'était ma tête et les pensées qui l'emplissaient. Et ces pensées étaient tout entières tournées vers Morris Slade.

39

En chemin, j'ai dépassé l'enseigne du restaurant d'Arturo. Elle n'est pas allumée durant la journée, de sorte qu'on ne remarque pas les lettres grillées. Celles qui restent épellent le message ART – CUISINE, pour mon plus grand plaisir. J'espère de tout cœur qu'Arturo ne la fera jamais réparer.

Il m'a fallu marcher encore un quart d'heure pour atteindre le palais de justice. Il était plus de midi quand j'ai gravi l'escalier de celui-ci. Le shérif se trouvait peut-être au Rainbow, même si je croyais me rappeler qu'il ne déjeunait jamais. Il n'aimait pas ça, disait-il. Comment peut-on ne pas aimer un repas ?

J'ai tenté d'apercevoir l'intérieur du bureau à travers les galets de verre de la porte. Si le shérif était absent, ça ne changeait rien à mon programme : pour une fois, c'était Donny que je voulais voir.

Je souhaitais savoir où habitait son oncle. Le shérif ne me l'avait pas dit, et je ne le lui avais pas demandé. Sinon, il aurait deviné la raison de ma curiosité et aurait tenté de me détourner de mon projet.

Il y avait quantité de Mooma dans l'annuaire du téléphone, mais aucun Carl parmi eux. Il y avait bien deux « C. Mooma », que j'avais appelés, prétendant vendre des abonnements à un magazine. Le premier

– « Charles » – m'avait soûlée de paroles, l'autre m'avait raccroché au nez. L'opératrice n'avait pas pu m'aider, car il n'existait aucun abonné du nom de Carl Mooma.

Bien sûr, Donny refuserait de me renseigner, par principe.

J'ai réfléchi un moment avant de pousser la porte.

– Bonjour !

Maureen m'a retourné mon bonjour tandis que Donny se renfrognait.

– Sam est pas là, a-t-il annoncé.

J'ai bâillé avant d'annoncer que je m'apprêtais à faire un saut au Rainbow. L'un d'eux voulait-il un beignet ?

– C'est toi qui régales ? a ricané Donny, comme si c'était parfaitement impensable.

J'ai haussé les épaules.

– Si vous voulez.

– C'est très généreux de ta part, a dit Maureen, fouillant dans son porte-monnaie, mais il n'en est pas question…

– Pourquoi ? a demandé Donny. Elle nous le doit bien, non ?

– J'en ai pour une minute.

La voix de Donny m'a rattrapée sur le palier :

– … des vermicelles !

Bien entendu, le Rainbow était bondé à l'heure du déjeuner. Tous les tabourets étaient occupés, les box aussi, hormis celui qui est réservé au personnel.

Ça m'était égal car je n'avais pas l'intention de m'asseoir. Wanda Wayans m'a souri par-dessus le présentoir à gâteaux.

– Bonjour, Emma. Tu es venue acheter un beignet ? Si tu veux, on a d'excellents roulés à la cannelle.

Je l'ai remerciée de sa suggestion avant de commander les beignets : deux avec des vermicelles au chocolat, deux glacés au chocolat, un glacé à la fraise avec des vermicelles multicolores. Un vrai régal pour les yeux. Par chance, mon porte-monnaie était bien garni ce jour-là. J'ai tendu un billet d'un dollar à Shirl, qui l'a examiné d'un œil soupçonneux avant de me rendre la monnaie. Prise d'une inspiration soudaine, j'ai demandé à Wanda de me préparer deux gobelets de café à emporter, avec le sucre et la crème à part. Pendant que je payais, elle a placé les gobelets sur un plateau à quatre alvéoles qui ressemblait un peu à une boîte à œufs.

Ainsi encombrée, j'ai fait de mon mieux pour regagner le palais de justice sans renverser ni le café ni les beignets.

Donny faisait les cent pas dans le bureau, dictant une lettre à Maureen, qui attendait patiemment qu'il en accouche pour la taper.

– « Monsieur le conseiller »... ou faut-il l'appeler « Votre Honneur » ?

– Pourquoi pas simplement « Monsieur » ? a suggéré Maureen, les bras croisés sur la poitrine.

Donny a fait le geste d'abaisser un drapeau imaginaire, comme s'il donnait le départ d'une course.

Leurs visages se sont subitement éclairés à la vue du café et des beignets – celui de Maureen du moins, car Donny s'est contenté de me fixer d'un regard bovin.

– Quelle gentille attention ! s'est-elle exclamée. Merci beaucoup, mon chou.

– T'inquiète pas, lui a dit Donny avec une grimace moqueuse, elle a sûrement une idée derrière la tête. Qu'est-ce que tu veux ? m'a-t-il demandé.

Maureen a soupiré et pris son gobelet.

Pour ma part, j'étais stupéfaite : c'était bien la première fois que j'entendais Donny prononcer une parole sensée.

Maureen a savouré un des beignets au chocolat en regardant par la fenêtre. Donny louchait sur celui avec les vermicelles multicolores tout en le dévorant.

Je cherchais comment amener Carl Mooma sur le tapis quand j'ai repensé à Miss Flyte et à Agatha Christie.

J'ai profité de ce que Donny buvait bruyamment son café pour l'interroger :

– Vous avez lu quelque chose d'Agatha Christie ?

– Comme tout le monde, non ? J'ai dû lire *Mort dans le Nil*, a-t-il ajouté, content de lui.

Maureen, que je n'avais jamais vue avec un livre à la main, m'a alors étonnée en le corrigeant :

– Pas « dans », « sur ». Le titre exact est *Mort sur le Nil*, Donny.

Il n'écoutait déjà plus, trop occupé à couver les beignets restants du regard.

J'ai repris :

– Vous saviez qu'elle avait disparu ? Agatha Christie… Personne n'a jamais su où elle était allée.

– Ah oui ? a fait Maureen.

J'ai acquiescé tandis que Donny s'adjugeait un second beignet.

– On l'a retrouvée ? a-t-il demandé, visiblement peu concerné par le sort de la romancière.

– Elle a réapparu d'elle-même, dans un hôtel. Ou un établissement de bains, je ne me rappelle plus. En parlant de disparition, ai-je ajouté d'un air faussement songeur, ce ne serait pas votre oncle qui a mené l'enquête sur le bébé enlevé au Belle Ruine, il y a une vingtaine d'années ?

J'avais la bouche sèche. N'ayant pas besoin de me soudoyer, je n'avais pas pensé à m'acheter de quoi boire. Un simple verre d'eau aurait été le bienvenu.

J'ai poursuivi :

– Il me semble que ma grand-tante Aurora le connaissait. Oui, je me rappelle l'avoir entendue citer son nom : Carl Mooma. « Un fin limier », selon elle.

Donny a paru se rengorger.

– Pour sûr ! L'oncle Carl, c'est pas le premier crétin venu. Je t'ai dit qu'il écrivait ses mémoires ? Il a même trouvé un éditeur !

Ses mémoires ? Je n'en espérais pas tant !

– Un éditeur new-yorkais ? ai-je demandé.

– Naaan, de Cleveland...

J'ai feint l'étonnement :

– Ah bon ? Il y a des éditeurs à Cleveland ?

– Ça t'en bouche un coin, hein, mademoiselle je-sais-tout ? L'auteur – dans le cas présent, Carl – paie les frais d'impression et de distribution à l'éditeur, qui lui reverse les bénéfices. Honnête, non ?

A voir son expression satisfaite, on aurait pu croire qu'il était l'inventeur du système.

– Fascinant, ai-je déclaré avant de claquer des doigts, comme prise d'une inspiration subite. Dites, vous savez que l'article que m'a commandé le *Conservative* revient sur cette affaire d'enlèvement ? Croyez-vous que le *shérif* Mooma...

J'avais appuyé sur le titre pour bien montrer le respect que m'inspirait la fonction.

– ... m'accorderait une interview ? J'ignorais qu'il habitait toujours la région. Ça explique que je n'aie pas pensé plus tôt à le rencontrer.

Manifestement, Donny considérait que n'importe quel Mooma était digne d'attention, comme je l'avais escompté.

Il a recommencé à faire les cent pas, les pouces glissés dans sa ceinture en cuir.

– Je peux pas répondre à la place de Carl, a-t-il enfin lâché, mais rien n'empêche Gumbrel de tâter le terrain...

Comme si les services des dépêches à travers le pays n'attendaient qu'un mot de la part de Carl Mooma !

Maureen, qui venait de se rasseoir, a levé les yeux au ciel.

– Où vit-il ? ai-je demandé.

– A Rawlins.

Rawlins, située juste avant Hebrides, n'est pas une ville à proprement parler. Elle comporte en tout et pour tout une dizaine de maisons, une station-service et un bar, celui-ci faisant partie de celle-là. Même Cold Flat Junction est plus développée.

– Son ranch se trouve sur Blackbird Road, a précisé Donny. Au numéro 14.

Blackbird Road, la route du merle... J'ignore pourquoi, j'y ai vu un signe. Pourtant, les « signes » ne s'adressent pas aux gens comme moi, mais à Roméo et Juliette, Moïse, ou Ree-Jane. A l'écouter, cette dernière reçoit sans cesse des « signes » quant à sa carrière et sa vie amoureuse – même si elle n'a ni l'une ni l'autre – comme si elle avançait sur un chemin semé d'étoiles par ordre divin.

Pourquoi n'avais-je pas pensé plus tôt à interroger Carl Mooma ? Sans doute parce que je le croyais mort. Et puis, l'avalanche d'événements et de révélations de ces dernières semaines avait détourné mon esprit de lui.

– Votre oncle a déjà beaucoup écrit ? ai-je demandé à Donny. Il prenait des notes quand il était shérif ?

Je voulais m'assurer que Carl Mooma avait bien réfléchi à l'affaire qui m'intéressait.

Donny a poussé un grognement dubitatif, comme si ma bêtise dépassait l'entendement.

– On voit bien que tu ne connais rien au travail de la police. Evidemment qu'il prenait des notes !

J'ai laissé tomber ce point et insisté sur le premier :

– Vous savez où il en est de la rédaction de ses mémoires ?

Donny a cligné de l'œil en pointant un index vers sa tempe.

– Tout est là, dans sa caboche. On ne fait pas un bouquin comme ça, en balançant des faits et des détails sur le papier...

Il me semblait pourtant que tous les livres avaient été écrits ainsi, à commencer par la Bible.

– Non, il faut mettre ses idées en ordre et les faire défiler comme à la parade. Un, deux, un, deux, garde-à-vous !

Il avait joint le geste à la parole.

– Oh ! la ferme, Donny, a soupiré Maureen. Tu n'en sais pas plus sur la façon d'écrire un livre que sur la manière d'attraper un rayon de lune.

Elle avait allumé une Lucky Strike pour accompagner son café et le regardait à travers la fumée de sa cigarette.

Donny a virevolté tel un derviche.

– Parce que toi, t'y connais quelque chose ?

– Ce que je sais, c'est que ça demande des efforts. Lui pourrait t'en parler...

A ma grande surprise, elle a pris un livre sur son bureau et l'a levé vers nous. C'était *Gatsby le Magnifique.*

Donny a plissé les yeux.

– Qui ça ? Gatsby ?

– Non. Francis Scott Fitzgerald.

Donny a agité la main comme pour chasser un pigeon.

— Bon sang, Maureen... Ce type fait partie des grands, comme... euh, Shakespeare. Ils ont leurs propres méthodes.

— Emma écrit pour le journal local, elle. Pourquoi tu ne lui poses pas la question ?

Non, non, non... J'ai secoué énergiquement la tête pendant que Donny avait les yeux fixés sur Maureen. Je lui étais reconnaissante d'avoir pris mon parti, mais elle n'aurait pu choisir plus mal son moment.

— Donny n'a pas tort, ai-je prétendu. C'est plus facile d'écrire quand on a mis ses idées au pas, comme un général avec ses troupes.

J'aurais volontiers battu des cils en direction de l'adjoint du shérif, s'ils avaient été assez longs.

Donny a tiré sur sa ceinture pour relever son pantalon et fait de nouveau le geste de chasser un pigeon.

Devinant que je l'avais amadoué, j'ai repris :

— Pour l'interview, je verrai ça avec Mr Gumbrel. Merci, Donny. Pourriez-vous avertir le shérif Mooma que le *Conservative* va certainement le contacter ?

— Ouais, a répondu Donny en se grattant le cou. Seulement, faudra le prévenir assez tôt. Carl est un homme occupé...

— Je vais en parler immédiatement à Mr Gumbrel.

M'étant levée, j'ai jeté ma serviette en papier froissée dans la corbeille tandis que Donny déclarait :

— Une fois qu'on aura donné l'impulsion, ça m'étonnerait pas que les grands journaux reprennent l'histoire.

Déjà, il s'attribuait tout le mérite de l'affaire.

J'ai dit au revoir, le laissant à ses rêves de gloire.

En quittant le palais de justice, au cas où Donny téléphonerait à Mr Gumbrel pour lui vanter le livre de son oncle, comme il avait certainement l'intention de le faire, je me suis dirigée vers les bureaux du journal.

J'y ai trouvé une partie de l'équipe, dont Suzie Whitelaw et le photographe free-lance, mais pas Mr Gumbrel. J'ai confié un message pour lui à la secrétaire chargée des petites annonces, sachant qu'elle était la plus digne de confiance du lot.

Puis j'ai pris mes dispositions pour me rendre à Rawlins.

40

Rawlins étant trop insignifiante pour que le train s'y arrête, j'ai dû prendre un taxi à Hebrides pour m'y rendre.

Pourquoi donc m'étais-je imaginé que Cold Flat Junction était plus animée, le propre de cette ville étant justement son isolement ? Dépeuplée, silencieuse, elle ne figure sur aucun axe important, malgré sa fameuse gare. J'ai parfois l'impression qu'elle flotte dans mon esprit, libre de toute attache. Pourtant, elle n'inspire pas le même sentiment d'étrangeté que Rawlins. Celle-ci évoque davantage le bout du monde, en partie parce que la route d'Hebrides y cède la place à un simple chemin.

Blackbird Road était bordée non pas d'arbres mais de haies chétives délimitant des jardins piqués de petites maisons sombres. Le numéro 14 se trouvait à l'extrémité de la rue.

Une allée étroite conduisait à un bungalow en bois brun, avec une véranda longée par des piliers blancs. Des géraniums rouges et orange, régulièrement espacés, en fleurissaient les abords.

Un homme fumait un cigare dans un rocking-chair, dissimulé dans l'ombre dense de la véranda.

— 'Jour, a-t-il lancé d'un ton amical.

– Vous êtes le shérif Mooma ?

Un rire métallique a jailli de sa poitrine, qui a paru se creuser sous l'effort.

– Ça faisait une paye qu'on m'avait pas appelé comme ça.

Le fauteuil a craqué quand il s'est penché en avant pour mieux me voir.

– T'es pas un peu jeune pour avoir besoin d'un shérif ?

J'ai gravi trois marches vernies couleur caramel pour le rejoindre.

– Mon nom est Emma Graham, et j'habite Spirit Lake. Je voulais vous appeler, mais je n'ai pas trouvé votre numéro.

– J'ai pas le téléphone. De toute manière, y a presque personne qui m'appelle. Le type d'à côté prend les messages pour moi, a-t-il ajouté avec un mouvement de tête vers la droite.

– Oh ! Alors, votre neveu, Donny, ne vous a pas prévenu, pour l'interview ?

– Non, m'dame. Donny m'a prévenu de rien du tout, mais on peut pas vraiment compter sur lui.

J'ai été tentée de prendre la défense de Donny – après tout, je venais à peine de le quitter – mais j'ai résisté. Carl Mooma se révélait très différent de ce que j'avais imaginé. Il est vrai que je le connaissais surtout à travers les dires d'Aurora Paradise, laquelle s'était toujours montrée avare de compliments.

J'ai pris place dans le second fauteuil et nous nous sommes balancés de concert. La paix qui régnait autour de nous avait quelque chose de mélancolique. Tandis que je contemplais Blackbird Road, un fort sentiment d'échec m'a envahie. C'était là qu'on finissait par s'échouer si l'on n'y prenait garde. Nul doute que je m'y échouerais un jour aussi, connaissant mon imprévoyance.

J'ai levé les yeux, espérant apercevoir un mouvement, mais rien, aucun nuage, ne troublait l'immensité gris ardoise du ciel.

– C'est quoi, cette interview dont tu parlais ?

Je lui ai alors parlé de mon article, des meurtres, de l'enlèvement, de la manière dont j'avais échappé de peu à la mort.

– Jésus H. W. Christ ! Au risque de me répéter, t'as l'air bien jeune pour chercher un shérif et travailler pour un journal. Pourtant, on dirait que t'en connais un rayon sur la vie.

– En effet, ai-je modestement acquiescé.

Il a continué à secouer la tête en affublant le Christ des mêmes initiales.

– Comme ça, Donny t'a raconté que j'écrivais mes... Comment dit-on, déjà ? Mes « mémoires » ?

Il s'est esclaffé avant de poursuivre :

– Fichu gamin, il faut toujours qu'il exagère ! Un jour où on parlait de ce pauvre bébé enlevé, il m'a dit que je devrais écrire un livre sur cette histoire, et qu'il se chargerait de le faire publier à compte d'auteur. Je lui ai dit : « Où veux-tu que je trouve l'argent ? » Et lui : « T'en fais pas, je marchanderai. » « Tu marchanderas avec qui ? » « Eh bien, avec l'éditeur. Tu sais, celui qui fera imprimer le bouquin et le vendra... » Et il a continué à me bassiner avec ça, comme si c'était une affaire entendue.

J'ai ri. Carl Mooma avait une façon de s'exprimer qui me réjouissait.

– Vous parlez bien, monsieur Mooma, ai-je remarqué. Je suis sûre que vous pourriez écrire un livre. Vous devriez essayer.

Il a souri. Il avait une tête carrée, le cheveu rare et gris, et des épaules larges. Ses yeux d'un bleu intense avaient dû lui venir plus d'une fois en aide lors d'un interrogatoire. Personne n'aurait voulu rester trop longtemps sous le regard de ces yeux-là.

– C'est vrai, a-t-il dit, cette affaire mériterait d'être racontée, mais j'ai pas le talent pour ça. Qui sait, tu pourrais peut-être le faire pour moi ?

J'ai réfléchi un moment avant de reprendre :

– Il ne semble pas que la police ait beaucoup enquêté sur le kidnapping, ou la disparition, du bébé Slade. Sans vouloir vous offenser, certains prétendent que Mr Woodruff aurait acheté votre discrétion.

Il a eu un rire bref.

– Je sais, ces rumeurs datent pas d'hier. Crois-moi si tu veux, mais j'ai touché aucun pot-de-vin, a-t-il affirmé en frottant ses mains sur ses cuisses, comme pour mieux souligner leur propreté. Si j'ai levé le pied, c'est uniquement par amitié pour Lucien.

– Pourquoi vous l'avait-il demandé ?

– Parce qu'il était persuadé que son gendre avait fait le coup et voulait lui tirer lui-même les vers du nez. J'aurais jamais dû accepter, je sais, mais Lucien était bouleversé... Et il connaissait le gouverneur, a-t-il ajouté avec un sourire entendu. Ce qui est sûr, c'est qu'il a jamais pu réunir de preuves contre Morris Slade.

– Et entre-temps, la piste s'était refroidie...

– Tu vas trop au cinéma, mon petit. Il y a jamais eu la moindre piste dans cette affaire. J'avançais en terrain miné, et je le savais.

A l'entendre, Carl Mooma avait compris dès le départ que son enquête n'aboutirait pas.

Il a enchaîné :

– Avec le temps, j'ai réalisé que cette histoire était louche.

– Comment ça ? ai-je demandé, curieuse de savoir s'il était parvenu aux mêmes conclusions que moi.

– La baby-sitter, par exemple… Comment s'appelait-elle, déjà ?

– Gloria Spiker. Calhoun, maintenant.

– C'est ça. Elle a fini par m'avouer – au bout de la centième fois, parce que j'avais bien senti qu'elle me cachait…

Il s'est mis à tousser.

– Mes poumons, a-t-il expliqué en chassant la fumée de son cigare avec sa main.

Craignant qu'il ne tombe mort à mes pieds avant d'avoir achevé son histoire, je lui ai donné de grandes tapes dans le dos. Etonnamment, je me sentais libre d'agir ainsi avec lui, comme si je l'avais toujours connu. Enfin, la toux s'est calmée.

– Faudrait que j'arrête, a-t-il soupiré en montrant son cigare.

– Vous parliez de Gloria Spiker, lui ai-je rappelé sans même feindre de compatir. Qu'est-ce qu'elle vous cachait ?

Je le savais déjà, mais j'espérais en apprendre davantage.

– Elle m'a confié que la mère du bébé, Imogene, semblait pas aimer beaucoup son enfant. Elle en parlait comme d'un chien malade. Elle lui avait recommandé de pas le réveiller, ni le sortir de son lit. A en croire Gloria, elle avait jamais vu une mère montrer une telle indifférence à l'égard de son enfant.

Ah ! ai-je pensé.

– Et le père, Morris Slade ?

– Gloria m'en a pas dit grand-chose, sinon qu'elle l'avait trouvé beau garçon. Mais il avait pas dû échanger plus de deux mots avec elle à son arrivée. Si ma mémoire est bonne, il était même pas dans la chambre pendant que sa femme donnait ses instructions à la jeune fille.

Il s'était mis à pleuvoir, une fine bruine que le vent soufflait dans notre direction. Sous notre abri, nous semblions à des années-lumière de là. Des trombes d'eau auraient pu se déverser sur moi que je n'aurais pas bougé.

– Et son amie, Prunella Rice ? Je suppose que vous l'avez également interrogée ?

– Bien sûr. Elle m'a confirmé qu'elles étaient restées une vingtaine de minutes à bavarder au téléphone.

– Moi aussi, je lui ai parlé. Gloria et elle m'ont raconté la même histoire, mot pour mot.

Il a fait le geste de chasser la pluie comme la fumée.

– Elles étaient de mèche, forcément.

– Il n'y a jamais eu d'enlèvement, pas vrai ? C'était une mise en scène...

Il m'a regardée de bas en haut ainsi que le font les adultes quand ils cherchent à vous jauger.

– Tu dois être drôlement futée pour avoir trouvé ça toute seule.

– Pas toute seule. Quelqu'un y avait pensé avant moi.

Qui ? Je n'en avais pas la moindre idée, et je m'en moquais. Tout ce qui m'importait, c'était qu'il poursuive.

Il a recommencé à se balancer.

– C'est là qu'un certain Robby Stone entre en scène, a-t-il annoncé. Il travaillait à l'hôtel comme serveur et groom. Si tu veux mon avis, Lucien Woodruff et sa fille l'ont payé pour qu'il emmène le bébé. On a découvert sa voiture, salement amochée, en Pennsylvanie, pas loin de la frontière. Le pauvre gars avait été tué sur le coup. Quant au bébé… On saura jamais s'il a été éjecté de l'habitacle ou s'il était déjà plus là au moment de l'accident.

Il a marqué une pause avant d'ajouter :

– Pourquoi est-ce que je te raconte tout ça ? A cause de ton petit air innocent, sans doute… Surtout, y vois aucun mal.

C'était agréable de passer pour une innocente, et non pour l'ennemi public numéro un.

– Ne vous inquiétez pas, ai-je dit, cet entretien est strictement confidentiel. Je ne publierai rien sans votre autorisation. Pensez-vous que ce Robby Stone a pu déposer le bébé à un endroit convenu à l'avance ?

– C'est possible.

– Et on n'a retrouvé aucune trace de la pauvre petite. Mais rien ne dit qu'elle n'a pas survécu.

Carl Mooma a tourné vers moi un regard interdit.

– « Elle » ? C'était pas une fille, mais un garçon !

– Quoi ?

La pluie criblait ma peau de minuscules aiguilles de glace.

– Mais… Le bébé se prénommait « Fay ». C'est écrit dans le rapport de police. Je l'ai lu quand…

Je me suis tue, ne voulant pas avouer que j'avais dérobé le dossier dans le bureau du shérif.

Carl Mooma a souri avec indulgence.

– Beaucoup de gens s'y sont trompés. En réalité, ça s'épelait F-e-y, et c'était juste un diminutif. Le bébé portait le prénom de son arrière-grand-père : Raphael.

Je suis restée sans voix.

Raphael…

41

Carl Mooma m'a ramenée à l'hôtel, car il avait rendez-vous à La Porte à six heures. Il avait promis à Donny de dîner et boire quelques bières avec lui.

Durant le trajet, j'étais trop abasourdie pour prononcer un mot. J'ai demandé au shérif Mooma de me déposer à l'entrée de l'allée, pour ne pas le retarder.

– Si t'as l'occasion de revenir un jour dans mon secteur, hésite pas à passer me voir.

Il a relevé la visière de sa casquette portant le logo d'une marque de tabac à priser avant de redémarrer.

J'ai attendu au milieu d'un nuage de poussière et de gravillons que sa camionnette ait disparu au-delà d'un virage pour courir vers l'hôtel.

Pour une fois j'ai regretté de ne pas trouver Ree-Jane en train de crâner sur la véranda, car Ralph Diggs lui aurait certainement tenu compagnie. J'avais décidé de continuer à l'appeler ainsi, du moins provisoirement. Ralph Diggs. Rafe Diggs. Raphael Slade. « Fey » Slade.

Les journaux ayant nommé le bébé disparu « Fay », la plupart des gens en avaient naturellement déduit qu'il s'agissait d'une fille. Même Gloria Spiker m'avait parlé de « la petite Fay ». Imogene Slade, m'avait-elle rapporté, lui avait dit de « la » laisser dormir... A moins que son mari et elle n'aient désigné le bébé par son surnom, « Fey » ?

Je me suis mise à la recherche de Ralph, même si j'ignorais ce que je ferais une fois que je l'aurais retrouvé. Il n'était pas dans sa chambre. Résistant à la tentation de fouiller celle-ci, je suis descendue à la cuisine et ai demandé à Walter s'il avait vu Ralph.

— Oui. Il se dirigeait vers le grand garage.

La porte du garage était ouverte. Pas en grand, pas même à moitié, mais quand même... Consciente du caractère exceptionnel de l'événement, je suis entrée. Les sœurs Tree virevoltaient sur scène, chaussées de satin. L'une d'elles portait un tutu du même rose que ses chaussons. L'autre, vêtue d'une jupe et d'un pull ordinaires, jetait des regards envieux à sa sœur. J'ai été tentée de lui dire que celle-ci avait l'air d'une idiote ainsi accoutrée, histoire de la réconforter.

En grande conversation avec Will et Mill, Ralph Diggs semblait aussi à l'aise que s'il avait été chez lui. Je l'ai observé à la dérobée à présent que je connaissais, ou que je soupçonnais, la vérité. Des cheveux blond-roux, comme ceux de Morris Slade, le teint aussi pâle que le blanc-manger de ma mère... Une peau pareille chez un homme, c'était du gâchis. Il avait un visage de fille, aux traits délicats.

« Elle était pourrie gâtée et avait toujours l'air de bouder », avait dit un jour Miss Flagler, parlant d'Imogene Woodruff.

La beauté de Morris Slade, mais dénaturée par la vanité d'Imogene.

Will, occupé à tailler quelque chose avec un couteau, m'a à peine accordé un regard.

— Ralph nous donne un coup de main pour la mise en scène, a-t-il expliqué.

J'avais envie de lui rétorquer : « Tu veux dire, Raphael ? », mais j'ai tenu ma langue.

Quand les yeux de Ralph Diggs se sont posés sur moi, on aurait dit deux éclats de glace. Sans doute était-ce un effet de lumière, mais j'ai eu la sensation désagréable qu'il lisait dans mon esprit.

Il a eu un sourire qu'on pourrait qualifier d'enjôleur.

– Salut, Emma.

Je lui ai retourné un sourire probablement moins enjôleur que crispé.

– Qu'est-ce que vous faites ? ai-je demandé.

– De la magie, a répondu Will. Je t'en ai parlé.

– C'est toi, le magicien ?

La question, formulée d'un ton aussi neutre que possible, s'adressait à Ralph.

Il a acquiescé.

– Et tu pratiques quel genre de magie ?

– Rien d'extraordinaire. Je ne suis qu'un amateur.

Il a éclaté d'un rire abrupt.

– Dans ce cas, tu es bien tombé, ai-je dit avec un rire tout aussi abrupt. Tu saurais te faire disparaître ?

Il m'a lancé un regard hésitant, puis il a fait un pas dans ma direction et a prestement glissé une main derrière mon oreille avant de brandir une pièce de vingt-cinq cents.

– Tiens ! s'est-il exclamé, feignant l'étonnement. Qu'est-ce que c'est que ça ?

Il s'attendait à une réaction à la fois surprise et ravie. J'avoue que j'étais surprise, mais j'ai mis un point d'honneur à le cacher.

– Comment as-tu fait ? ai-je dit, très calme.

Il a secoué la tête avec un sourire entendu.

– Un magicien ne révèle jamais ses trucs.

– Je suis certaine qu'il n'y avait pas de pièce derrière mon oreille. Donc, si tu en as trouvé une, c'est forcément toi qui l'y as placée.

– Quand ça ? a demandé Will, qui me regardait à présent avec intérêt.

– Quand il a fait semblant de la trouver.

– Ma main était vide, a objecté Ralph.

– Ça ne peut être que ça. Tu dois avoir des doigts aussi agiles que ceux de Mill.

Celui-ci s'était mis au piano et jouait une mélodie pour accompagner les virevoltes des sœurs Tree.

– La pièce devait être cachée dans le creux de ta main, ai-je insisté.

– Elle ne sait pas de quoi elle parle, a dit Will, qui avait recommencé à tailler je ne sais quoi.

– Il faut que j'y aille, ai-je annoncé.

J'atteignais la porte quand Ralph a lancé :

– Au revoir, Emma.

Là encore, je n'ai pas répondu.

J'étais presque impatiente de monter son thé à Aurora. J'avais des tas de choses à lui raconter.

Rafe Slade…

Qu'est-ce qu'il fabriquait encore à l'hôtel ? Pourquoi n'était-il pas à la maison des Woodruff ? Ou alors, il attendait un moment précis pour rencontrer Morris Slade. Ça n'expliquait pas ce qu'il faisait au grand garage, à perdre son temps avec deux gamins.

Morris Slade et Ralph Diggs ; Morris et son fils. Si les deux étaient apparus simultanément à Spirit Lake, il ne pouvait s'agir d'une coïncidence.

Ou était-ce encore mon imagination qui s'emballait ?

J'ai marqué une pause devant la porte de la cuisine. Pour une fois, j'étais d'accord avec Will sur un point : je ne savais pas de quoi je parlais.

42

Il était un peu plus de cinq heures. Lola Davidow se trouvait soit dans la cuisine, en train de concocter un plein pichet de martini, soit dans son bureau, en train de boire ledit pichet. J'ai d'abord jeté un coup d'œil dans le bureau. Vide. Ayant raflé une bouteille de whisky, j'ai emprunté le couloir conduisant à la porte arrière, puis la promenade en planches qui permet de rejoindre la cuisine. Là, j'ai examiné mon butin : un whisky Apple Hollow à 50 % d'alcool par volume, dont l'étiquette précisait qu'il avait « vieilli en fût ». Parfait !

Après avoir salué Walter, je suis allée chercher des glaçons dans le réfrigérateur. J'ai versé dessus une bonne mesure de whisky, ajouté du jus de pomme jusqu'au bord du verre, saupoudré le tout de cannelle et piqué un bâtonnet en plastique dedans. Après quelques secondes de réflexion, j'ai baptisé ma nouvelle création Sleepy Hollow.

– Excellent, a affirmé Aurora. Un Sleepy Hollow… Tu t'es encore surpassée.

Elle a prélevé une gorgée dans son verre et l'a gardée un moment en bouche, comme si elle goûtait un grand cru.

– Ce n'est que du jus de pomme…

Elle a pointé un doigt décharné vers moi.

– N'oublie pas la cannelle. C'est ce qui donne du mordant à l'ensemble.

– A mon avis, le « mordant » vient plutôt des 50 % d'alcool…

– Lola Davidow devrait ouvrir un bar et t'engager comme barmaid.

– Vous l'avez déjà dit. Je suis sûre que ça intéresserait beaucoup la brigade des mœurs.

J'ignore si celle-ci existe réellement (pas à La Porte, en tout cas) mais il me semble avoir entendu Perry Mason la mentionner.

J'ai repris, retardant le moment de dévoiler le secret de Ralph Diggs à Aurora :

– Vous vous rappelez que la police s'est rendue au Belle Ruine la nuit où le bébé Slade a été enlevé ?

– Je ne vois pas comment je l'oublierais, étant donné que tu ramènes cette affaire sur le tapis environ toutes les quinze secondes.

– Le shérif de l'époque était Carl Mooma. Pourquoi l'avez-vous traité d'idiot ?

– Ah bon, j'ai dit ça ?

Elle se moquait pas mal du shérif Mooma à cet instant. Elle scrutait le fond de son verre comme si le trésor du *Titanic* reposait sous les glaçons.

– Il m'a accordé un long entretien aujourd'hui et je peux vous assurer qu'il n'a rien d'un idiot.

Elle m'a tendu son verre. Il était encore à moitié plein, mais elle préférait prendre ses précautions.

– Un autre !

– Pas tout de suite. Le bébé se prénommait Fey. Comment l'épelez-vous ?

Elle a plissé les yeux.

– Comment j'épelle « Fay » ? En voilà une question stupide ! Même le chat de l'hôtel pourrait te répondre.

Elle a bu une gorgée, faisant tinter les glaçons.

– En réalité, ça s'écrit F-E-Y, et non F-A-Y. C'est le diminutif de Raphael. Le bébé Slade était un garçon.

Cette révélation a paru l'estomaquer autant que moi. Elle a même reposé son verre sur la table.

– On peut dire que la police a bien fait son travail, a-t-elle finalement déclaré. Ils n'ont même pas vérifié le sexe de l'enfant !

– Il n'y a pas vraiment eu d'enquête, rappelez-vous.

– Qu'est-ce que je te disais ? Ce Carl Mooma n'était qu'un imbécile.

– C'est faux. Mr Woodruff l'a prié de suspendre l'enquête quelques heures, pour lui laisser le temps de découvrir si son gendre, Morris Slade, était impliqué.

– Un shérif n'est pas censé accorder ce genre de faveur, si ?

– Sauf si le gouverneur le lui demande.

– Lucien Woodruff était ami avec le gouverneur ? Décidément, il y a quelque chose de pourri dans cette ville !

Pour m'agacer et m'inciter à aller lui chercher un autre cocktail, elle a sorti un jeu de cartes écorné et deux petites boîtes d'allumettes noires du coffret où elle range ses babioles et les a posés brutalement sur la table.

J'ai pris une des boîtes. Un mot français – *L'ennui* – était imprimé sur son couvercle d'un noir brillant.

– C'est quoi ?

– Des allumettes, a-t-elle répondu en battant les cartes. Comme tu n'as pas d'argent, elles nous serviront de mises.

– Mais ce mot, là… Qu'est-ce qu'il veut dire ?

– L'*ennui* ? Quoi, tu ne connais pas la chanson ? « Je fais la bringue nuit après nuit, luttant en vain contre l'ennuiiiii... » L'ennui, la lassitude, le dégoût de la vie. Stud à sept cartes ou Texas Hold'em ?

Elle tâchait de se donner des airs de joueuse professionnelle, mais ça ne prenait pas avec moi.

– Raphael, ai-je répété. Ça ne vous rappelle personne ?

– Non.

Son absence de curiosité, passé la surprise initiale, commençait à m'agacer.

– Raphael était le prénom du père de Mr Woodruff.

Enfin, elle a daigné me regarder.

– Et alors ?

– Alors, il existe d'autres diminutifs de Raphael, plus courants que Fey. Rafe, par exemple.

– Attends. Tu veux dire que cette bonne à rien de Lola Davidow aurait embauché... ?

Elle a secoué la tête et recommencé à battre les cartes.

– Exactement. Ralph Diggs est le fils de Morris Slade. Il a été enlevé tout bébé, sans qu'on sache où on l'a emmené ni à qui on l'a confié. Mais il est revenu, et son retour explique peut-être celui de Morris.

Aurora a de nouveau secoué la tête.

– Ma pauvre fille, tu as une imagination encore plus délirante que celle de ton frère.

C'était exaspérant, à la fin. Il me semblait entendre le shérif ou Dwayne.

J'ai pris son verre sur la table et me suis dirigée vers l'escalier, cachant la boîte d'allumettes dans le creux de ma main. J'avais parcouru la moitié du couloir quand sa voix râpeuse est parvenue à mes oreilles, braillant cette chanson où il est question de faire la bringue pour combattre l'ennui. Pour Aurora, chaque nouveau jour est prétexte à poursuivre la bringue.

J'ai jeté un coup d'œil à la boîte que je lui avais dérobée. *L'ennui.*

Un mot qui semblait inventé pour moi.

43

Hormis le shérif, dont la disponibilité dépend étroitement des allées et venues des malfaiteurs, la personne la plus susceptible de passer cette histoire au crible de la raison était Dwayne. Malheureusement, sa lucidité s'accompagne d'une bonne dose de sarcasme.

Le lendemain matin, l'estomac lesté de crêpes aux pêches, j'ai donc retrouvé ma place habituelle, sur une pile de pneus. Les bras noués autour de mon corsaire bleu délavé, le menton sur les genoux, j'attendais que Dwayne remonte à la surface pour respirer.

– Je ne te dirai rien tant que tu taperas comme un sourd sur ce moteur, ou ce pot d'échappement.

La réponse de Dwayne m'est parvenue de sous la vieille Chevrolet bleue qu'il réparait :

– OK.

Pas « OK, j'arrive », mais « OK, ne dis rien ». Il adore me prendre au mot, rien que pour m'agacer.

En réalité, je lui avais déjà presque tout dit. La tentation de raconter était trop forte, même si lui résistait à la tentation d'écouter. Pourtant, je savais qu'il tendait l'oreille, mine de rien. Parfois, j'avais même l'impression qu'il se faisait du souci pour moi.

Enfin, il est sorti de sous la voiture.

– Je me demande si tu ne fais pas exprès de filer sous une voiture quand tu m'aperçois, ai-je dit.

Il a sorti son chiffon graisseux de sa poche pour s'essuyer les mains.

– Je me le demande aussi.

– Ha, ha !

Je déteste en être réduite à faire « ha, ha ». Je me sens alors aussi bête que Ree-Jane.

– C'est bon, je t'écoute.

Je l'ai dévisagé, cherchant le moindre signe de raillerie sur ses traits. J'ai fini par déceler un frémissement au coin de sa lèvre, comme s'il réprimait un sourire.

J'ai décidé de réutiliser le procédé qui avait si bien fonctionné avec Aurora.

– Le bébé se prénommait Fey. Tu l'épellerais comment, si on te le demandait ?

– F-A-Y, même si on ne me demandait rien. Mais j'imagine que tu l'écrirais autrement ?

– Ne te moque pas, c'est sérieux.

– J'espère bien.

Adossé à la Chevrolet, les bras croisés, il ne me quittait pas des yeux.

– En fait, ça s'écrit F-E-Y et c'est un diminutif. Selon le shérif Mooma, le prénom complet du bébé était Raphael.

– Donc, le gosse était un garçon ?

J'ai acquiescé énergiquement.

Dwayne a réfléchi avant de remarquer :

– Il y a quelque temps, tu prétendais qu'« elle » était revenue. Maintenant, c'est « il ».

Il m'a regardée, mastiquant un chewing-gum. Jusque-là, je n'avais même pas remarqué qu'il en avait un dans la bouche. C'est dire jusqu'où il poussait le raffinement.

– Bon Dieu, Emma, avec tous ces spectres surgis du passé, tu pourrais monter une représentation d'*Hamlet* !

– Quoi ? Ce n'est pas moi qui les invente !

– Mouais… Et tout le monde croyait que le bébé enlevé était une fille ?

– « Tout le monde » n'avait pas forcément d'opinion sur la question, ai-je répliqué, cherchant où il voulait en venir. Le bébé n'a passé qu'une seule journée au Belle Ruine. Jusqu'à son enlèvement, il n'existait pour ainsi dire pas aux yeux du plus grand nombre.

Dwayne est resté un moment silencieux, puis il a repris :

– J'ai loupé un truc ou quoi ? Ce prénom, Raphael… Il est censé m'évoquer quelque chose ?

Sans doute que non, puisqu'il ignorait l'existence du père de Mr Woodruff. J'ai comblé cette lacune, ajoutant, comme je l'avais fait pour Aurora :

– Ses parents appelaient le bébé Fey. Pourtant, il existe d'autres diminutifs de Raphael, plus courants.

– Comme Ralph ?

– Ou Rafe.

Il mastiquait si lentement que c'est à peine si je voyais sa mâchoire bouger.

– Tu ne crois quand même pas que ce nouveau type, celui qui travaille à votre hôtel, est le gosse disparu ?

Le gosse disparu. Le bébé enlevé. Comme s'ils n'existaient qu'à travers leur absence. « Ils » ? Les deux n'étaient pourtant qu'une seule et même personne.

– Si. Je pense que Ralph Diggs n'est autre que Fey Slade.

Dwayne semblait pétrifié, ce qui me rendait nerveuse. Juste comme il allait dire quelque chose, Abel Slaw est entré avec Toi-mon-gars. J'ai sauté de la pile de pneus comme Abel venait dans ma direction pour me faire un sermon sur les dangers qui guettent les enfants dans un garage.

Je me suis esquivée avant de lui faire moi-même un sermon sur le danger.

44

Je n'avais pas envie de marcher jusqu'à la ville ou même de retourner à l'hôtel pour appeler les taxis Axel. Comme il était hors de question que je demande à Mr Slaw l'autorisation d'utiliser son téléphone, je suis allée à la cabine publique puis je me suis assise sur le banc devant la scierie pour attendre Delbert.

Evidemment, il a voulu savoir ce que j'étais venue faire chez Hanna's Building Supply. Je lui ai répondu qu'on avait entrepris de construire une arche derrière l'hôtel et qu'il en coûterait cinquante cents aux propriétaires désireux de faire bénir leurs animaux.

N'importe qui d'autre aurait mis en doute l'existence d'un projet aussi absurde, mais pas Delbert. Il a simplement épilogué sur le rôle de Noé : « Ça m'étonnerait qu'il ait pris la peine de bénir toutes ces bêtes. Si tu veux mon avis, il se contentait de leur faire monter la passerelle et de les descendre à la cale. »

Je me suis tassée sur la banquette, évitant de le contredire pour ne pas alimenter la conversation. Dans un sens, c'était moi qui avais commencé, avec mon histoire d'arche. Et j'avais oublié que le silence encourage le bavardage autant que la contradiction.

— Qui est-ce qui va procéder aux bénédictions ? a-t-il demandé. Il faut pas une licence pour ça ?

Ce n'était pas la première fois que j'entendais Delbert employer ce terme de « licence ». Je m'interrogeais sur l'origine de cette obsession, mais je n'allais pas m'abaisser à le lui demander.

– C'est Walter, ai-je affirmé.

Un jour, Delbert va attraper un torticolis à force de tourner la tête comme une girouette.

– Walter Knepp ? Le type qui travaille à l'hôtel ?

– Si vous voulez parler de l'hôtel Paradise, oui.

Je m'en voulais d'avoir oublié que le nom de famille de Walter était Knepp.

On a dépassé le restaurant d'Arturo et son enseigne cassée.

– Tu me fais marcher, là. Walter a pas les qualifications pour pratiquer des bénédictions.

– Vous voulez dire, la licence ?

– Quoi ?

– Rien.

Au moment où le taxi tournait le coin de la rue du Rainbow Café, il m'est venu une inspiration.

– Delbert, vous n'auriez pas conduit récemment quelqu'un que vous n'aviez encore jamais vu en ville ?

– Qui ça ?

– Si je le savais, je ne vous poserais pas la question...

– Ça dépend. Il pourrait s'agir de quelqu'un que tu connais et que tu as à l'œil.

Il s'est rangé le long du trottoir et a tripoté le levier de vitesse d'un air satisfait.

Je me suis engouffrée à l'intérieur du Rainbow avant de l'étrangler.

Ce n'était pas encore l'heure du déjeuner, pourtant les habitués, assis autour du comptoir, étudiaient en silence la carte qui n'avait pas changé d'un iota depuis bien avant ma naissance.

Maud suspendait des verres au râtelier, Wanda Wayans alignait méthodiquement des beignets frais derrière une des vitrines. J'ai demandé à Maud si le shérif avait déjà bu son café.

— Pas encore, mais le voici justement, a-t-elle répondu en regardant la porte.

En me retournant, j'ai vu le shérif discuter avec Dodge Haines. Aucun des hommes assis au comptoir ne l'aimait beaucoup. Le maire craint de perdre son boulot s'il prend l'envie à Sam de se présenter ; Bubby Dubois s'est fait surprendre en compagnie de la femme du shérif ; Dodge Haines redoute qu'il ne résilie sa concession ; Melvin Creek est un escroc qui a fait l'objet de plusieurs plaintes. Mais à voir leurs sourires hypocrites, on aurait pu croire que le shérif venait de les choisir comme adjoints et leur tendait les clés du palais de justice.

Il s'est ensuite dirigé vers notre box.

— Emma, tu peux me dire ce qui t'a pris d'aller trouver Carl Mooma ? m'a-t-il demandé d'un ton aussi grave que son visage.

Je m'apprêtais à lui dire bonjour, mais c'est une question qui a finalement jailli de ma bouche :

— Comment vous le savez ?

— Carl a dit à Donny qu'il avait reçu la visite d'une jeune journaliste. Un peu plus tôt dans la journée, tu lui avais soutiré l'adresse de son oncle.

— Ce n'est quand même pas un secret d'Etat !

— Non, mais je n'aime pas beaucoup te savoir en train de courir la campagne et de parler à des inconnus.

J'ai levé les bras au ciel dans un geste censé exprimer l'incrédulité.

— Le shérif Mooma s'est rendu au Belle Ruine le soir où le bébé a disparu.

— Je sais.

– J'écris un article sur cette histoire, je vous rappelle.

– Tu peux te renseigner sans te mettre en danger. A ton âge, tu as dû frapper à davantage de portes qu'un représentant en aspirateurs.

– Ah oui ? Donc vous considérez Gloria Spiker comme un danger ?

J'avais préféré éviter de mentionner Jude Stemple, Reuben Stuck et Morris Slade.

– En plus, ai-je ajouté, vous ne connaissez rien au travail de reporter. Mr Mooma est un témoin oculaire... Oculaire, vous saisissez ? En d'autres termes, ce qu'il a à dire sur cette affaire n'entre pas dans la catégorie des « ouï-dire », contrairement aux aveux d'Isabel Devereau.

Maud est alors apparue comme par enchantement. Elle a déposé une tasse de café devant le shérif et un Coca devant moi.

– Vous parlez de quoi ?

La question s'adressait au shérif. Elle s'est assise et a sorti une Camel de son paquet.

– Le shérif veut m'interdire de « parler à des inconnus », ai-je expliqué.

Dans ma bouche, l'objet de la mise en garde sonnait comme le titre d'un film dont j'aurais tenu le premier rôle.

– Parce qu'il y a des inconnus dans cette ville ? a demandé Maud. Moi-même, je leur dirais bien un mot, a-t-elle ajouté avec un regard appuyé au shérif, dont le visage s'est encore assombri.

– Ça ne t'inquiète pas qu'Emma entre chez des gens dont elle ne sait rien pour leur tirer les vers du nez ?

– Je ne leur tire pas les vers du nez, ai-je protesté. Je suis très douée pour déguiser mes intentions.

– Ça, je n'en doute pas. Arrête de jouer la comédie, Emma. La vie, ce n'est ni le théâtre ni le cinéma.

J'étais un peu gênée pour répondre à ça alors que je venais précisément de faire un film de « parler à des inconnus ».

– C'est Will, pas moi, qui joue la comédie. Il confond la vie et…

Le shérif a secoué la tête et piqué une cigarette à Maud.

– Ton frère monte des spectacles, comme Ziegfeld. Il ne s'imagine pas être le sujet de la pièce. Il sait faire la différence entre la fiction et la réalité.

– Quoi ?

Je m'appuyais si fort contre la table que j'en avais presque le souffle coupé.

– La différence entre la fiction et la réalité ? Will est incapable de faire la différence entre ses deux pieds ! Tandis que moi, pour être une bonne journaliste, je dois considérer les choses sous leur vrai jour.

Je trouvais ma réponse très percutante. Pourtant, le shérif ne semblait pas convaincu. Il s'est également appuyé contre la table.

– Il y a des gens dangereux, Emma…

– Ben Queen, par exemple ? ai-je dit d'un ton que j'espérais lourd de sarcasme.

– Tu ignorais que Ben Queen n'était pas dangereux.

Je dois avouer que lorsqu'il avait surgi devant moi, un revolver à la main, je m'étais crue dans de sales draps. Ne sachant quoi dire, j'ai lâché la première chose qui me passait par la tête :

– Le danger est une création de l'esprit.

– Oh ! Dans ce cas, je n'ai plus qu'à rendre mon badge et mon arme.

Maud a poussé un soupir agacé.

– Ça suffit, vous deux. Vous n'arrêtez pas de vous chamailler.

Son intervention m'a causé un choc, parce que c'était faux. Je veux dire, autrefois, le shérif et moi, on ne se disputait jamais. Il avait raison, je le savais. Je n'aurais jamais dû frapper à la porte de parfaits inconnus. Le journalisme n'était qu'un prétexte. Je n'écrivais pas encore pour le *Conservative* les premières fois que j'avais mis les pieds chez les Devereau. D'ailleurs, j'avais failli le payer cher. Même si le shérif m'énervait à vouloir me dicter ma conduite, je suppose qu'il craignait sincèrement qu'il ne m'arrive quelque chose.

– Je mangerais bien un chili, ai-je dit.

– Moi aussi, a ajouté le shérif.

Je ne l'avais jamais vu commander de chili – je n'étais même pas certaine qu'il aimait ça –, aussi ai-je interprété son geste comme une invitation à conclure une trêve.

Maud nous a apporté deux bols de chili que nous avons mangés en bavardant de manière détendue.

Avec tout ça, j'ai complètement oublié de lui dire que le bébé Slade était un garçon. Je ne lui ai pas parlé non plus de Ralph Diggs et de Morris Slade, comme je l'aurais sans doute fait dans d'autres circonstances.

Voilà ce qui arrive quand on parle à des inconnus...

J'avais manqué le service du déjeuner. Quand, ayant terminé mon chili, j'ai réalisé qu'il était midi, j'ai couru jusqu'au bureau des taxis Axel. Delbert lisait une bande dessinée et Wilma, la standardiste, appliquait du vernis rose corail sur ses ongles.

Delbert a attrapé ses clés et nous nous sommes dirigés vers sa voiture.

Il n'avait pas plus tôt démarré qu'il a attaqué :

– Les animaux... C'est obligé qu'ils viennent par deux ? Sinon, pourquoi construire une arche ? Il suffirait d'une tente, en cas de mauvais temps...

Le chili m'incitait à la somnolence. J'ai fermé les yeux, à défaut de pouvoir me boucher les oreilles. Si quelqu'un se fichait bien de la réalité, c'était Delbert, cramponné à son volant.

Ce qui m'avait le plus vexée, c'était d'entendre le shérif prétendre que mon frère était plus ancré que moi dans le monde « réel ». On voyait qu'il n'avait jamais mis les pieds au grand garage ! Jour après jour, de l'aube au coucher du soleil, Will et Mill s'y emploient à tordre le cou à la réalité.

Une cigarette dans une main, un verre rempli d'un liquide pâle dans l'autre, Mrs Davidow attendait dans la cuisine qu'on lui serve son déjeuner, une énième variante de son régime à base de bœuf et de pamplemousse. Bizarrement, ma mère ne s'est pas laissé attendrir par l'excuse que j'avais inventée pour justifier mon retard.

– Tu mens : on n'attend jamais avec les taxis Axel. Miss Bertha et Mrs Fulbright ont déjà mangé.

Mrs Davidow s'en est mêlée :

– Heureusement que Ralph était là.

– Comment ça, heureusement ? On le paie pour être là !

Je venais de me rappeler que ce n'était pas la stricte vérité quand un rire grave a retenti derrière moi. Je ne l'avais pas vu, caché dans l'ombre près de la porte, assis à la table ronde où je prenais mes repas, parfois en compagnie de Walter. Ça ne m'a pas plu qu'il mange à notre table.

– Lui, au moins, ne vole pas sa nourriture, a rétorqué Mrs Davidow avec un sourire affecté.

Ma mère a déposé deux hamburgers appétissants sur deux assiettes que Lola Davidow a portées elle-même jusqu'à la table. Moi qui la croyais seulement capable de tenir un verre… Elle avait vraiment l'intention de partager son déjeuner avec Ralph Diggs.

— J'ai toujours dit que Walter Knepp était le plus qualifié pour me remplacer quand je dois m'absenter, ai-je prétendu, adressant un sourire à celui-ci. Je lui abandonne volontiers mes pourboires.

— Miss Bertha ne laisse jamais de pourboire, a remarqué Walter de sa voix traînante.

— Je voulais dire, à la fin de la saison…

Je n'avais rien voulu dire du tout. Ce n'étaient que des paroles en l'air.

— Puisque tu es enfin là, a repris ma mère, me tendant le plateau qu'elle venait de prendre sur l'étagère au-dessus de la cuisinière, monte donc son thé à ta grand-tante.

C'était bien ma veine.

45

Aurora a soulevé le couvercle de la théière et regardé à l'intérieur comme si elle espérait y trouver autre chose que du thé, avant de faire subir le même examen au pichet de lait et au sucrier. On aurait dit un écureuil cherchant un gland caché.

Puis elle a pris sur l'assiette une des tuiles dentelle de ma mère et a longuement étudié les trous et les minuscules fentes créés par l'étirement de la pâte.

Adossée au mur, j'ai posé une question volontairement inutile :

– Qu'est-ce que vous fabriquez ?

– A ton avis ? Je vérifie mon thé.

– Et d'abord, pourquoi avez-vous commandé du thé ? Vous n'en buvez jamais.

Au lieu de répondre, elle a mordu dans la tuile et jeté quatre cubes de sucre dans sa tasse.

– Le lait est froid, a-t-elle remarqué. Je parie qu'il sort du réfrigérateur.

– Pardon, la prochaine fois, j'irai moi-même traire une vache. Mais revenons-en à Raphael Slade...

Comme je l'avais supposé, son regard vitreux n'était qu'une feinte. Elle s'est même soulevée de son fauteuil avant de se laisser retomber. Epuisée par l'effort qu'elle venait de fournir, elle a de nouveau mordu dans la tuile et demandé, les lèvres saupoudrées de miettes :

– Pourquoi ?

– C'est précisément ce que je me demandais.

– Admettons que le bébé Slade ait été enlevé pendant le bal… Au fait, je me trouvais au Belle Ruine ce soir-là.

– Je sais, vous me l'avez dit au moins une dizaine de fois.

– La reine du bal, c'était moi.

Aurora avait dans les soixante-dix ans à l'époque. Si vous êtes toujours en vie à cet âge, j'imagine que ça fait de vous la reine du bal. Je l'ai recadrée avant qu'elle ne parte dans des digressions :

– Vous m'avez même raconté que vous aviez assisté à l'arrivée du shérif Mooma.

– C'est vrai.

– Donc, Gloria Spiker a dit au shérif qu'elle s'était absentée de la chambre une vingtaine de minutes, le temps de téléphoner…

Aurora a acquiescé, examinant le reste de sa tuile.

– Mais elle mentait, et Prunella Rice aussi. Elles avaient été payées par Mr Woodruff pour passer ce coup de fil. Par conséquent, celui-ci mentait aussi en disant au shérif Mooma qu'il avait besoin de temps pour découvrir si Morris Slade était impliqué dans l'enlèvement. Il savait très bien qui étaient les responsables.

Aurora se balançait dans son fauteuil, les mains plaquées sur les accoudoirs. Son regard avait un éclat métallique.

– Le vieux Lucien Woodruff a payé quelqu'un pour emmener le bébé, a-t-elle dit.

– Robby Stone, le groom tué dans l'accident de voiture.

– Tu as dit qu'on avait retrouvé son corps, mais pas celui du gosse.

– En effet. Ça signifie qu'il l'avait déjà remis à quelqu'un.

– Il aurait pu l'avoir tué et enterré.

Je ne voulais surtout pas m'appesantir sur cette idée.

– Impossible, ai-je rétorqué. Sinon, il ne serait pas devenu Ralph Diggs.

Elle a cessé de se balancer.

– Donc, il l'avait confié à quelqu'un. Qui ? C'est là toute la question…

Avec un claquement de langue, elle a sorti son paquet de cartes de la poche de sa robe en coton bleu marine semée de minuscules bouquets de fleurs et a commencé à les étaler devant elle, moins dans l'intention de faire une réussite que de faciliter sa réflexion, ai-je supposé.

– Pourquoi tu ne lui poses pas directement la question ?

– A qui, à lui ? Comme s'il allait me répondre ! Et puis, je ne veux pas qu'il sache que je sais. Je crois que Morris Slade était un coupable tout désigné dans cette histoire d'enlèvement.

– Tu veux dire qu'il aurait été victime d'un coup monté ? Tu ne vas pas un peu vite en besogne ? Tu n'as pas l'ombre d'une preuve ! Est-ce qu'au moins tu as mis la main sur le type dont je t'ai parlé, Oates ?

Je me suis brusquement demandé si ma grand-tante n'avait pas complètement perdu la tête.

– Si je lui ai mis la main dessus ? Comment ? Je vous l'ai dit, je n'ai pas de quoi payer un détective privé.

Je n'ai pas jugé utile d'ajouter que Mr Root et les frères Wood étaient déjà sur l'affaire.

J'avais quelques heures devant moi avant de monter son cocktail à Aurora. J'ai décidé de faire un saut à l'épicerie Britten, pour voir si Mr Root et les frères Wood étaient de retour.

Ils l'étaient. Je les ai trouvés debout en train de fumer – du moins, Mr Root et Enegébé. Les deux frères avaient remonté le col de leurs vestes, et le vieil homme celui de sa chemise écossaise. Sans doute se croyaient-ils sur la piste du Faucon maltais. Au moins, cette mission avait permis au pauvre Enepébé d'échapper quelques heures à Emily Dickinson. A les voir ainsi, épaule contre épaule, on aurait pu croire qu'ils cachaient un cadavre, ou un tas de billets.

Quand ils m'ont vue, ils m'ont adressé des signes frénétiques, m'invitant à me joindre à leur conciliabule.

– Bonjour. Vous avez trouvé…

Ils se sont mis à tous parler en même temps, mais je ne comprenais que Mr Root.

– Ce type, Slade ? Pour sûr ! Il…

– Hé tahé ha hod at kchun.

– Une seconde, Enegébé. C'est moi qui raconte.

Enegébé a pris un air de chien battu. Avec ses immenses yeux bruns, il était naturellement doué pour ça.

Mr Root a mis un peu d'eau dans son vin :

– Au moins le début, le temps de planter le décor.

– Heu chè hanter an ého…

On y aurait certainement passé la nuit si je n'étais pas intervenue :

– Mr Root va m'exposer les faits, et vous deux, vous les interpréterez.

Je n'ai pas la moindre idée de ce que j'avais voulu dire, mais les trois hommes se sont aussitôt calmés. J'étais la première – et sans doute la seule – à m'émerveiller de mes talents de diplomate.

— Pour en revenir à notre lascar, a repris Mr Root, sais-tu où il est allé ? A Cold Flat Junction !

Cette révélation m'a étonnée. Je ne saurais dire quelles intentions j'avais prêtées à Morris Slade, mais certainement pas celle-ci.

— Où ça, à Cold Flat ?

Mr Root paraissait aussi excité que s'il avait inventé toute l'histoire.

— Chez les Queen !

Evidemment : Rose Devereau Queen.

— On l'a vu frapper à la porte depuis le camion. Rassure-toi, on était garés à bonne distance. Il risquait pas de nous repérer. Quelqu'un lui a ouvert, et ils sont restés là une bonne minute à parler. Puis il est entré et n'est ressorti qu'une heure plus tard.

— Ho hoir issafé ogou heu joz achir, a bredouillé Enegébé.

— En effet, a acquiescé Mr Root. Il faut croire qu'ils avaient beaucoup de choses à se dire.

Apparemment satisfait de sa traduction, Enegébé a ajouté :

— Han hi è hodi, hi adé richhh…

— Il était riche ?

Les trois hommes ont secoué la tête.

— Triste, a dit Mr Root. Très triste.

Sans doute avaient-ils évoqué la mort de Rose.

— Où est-il allé ensuite ?

C'était au tour d'Enepébé de parler. Heureusement, il fut un peu plus compréhensible que son frère :

— Ho hestwan.

— Vous avez bien dit, au restaurant ?

— Pour sûr, a approuvé Mr Root. On y est entrés juste après lui. Un endroit plaisant, ma foi. On s'y sent comme chez soi. Pas vrai, les gars ?

Je m'attendais à ce qu'il tire sur ses bretelles comme l'acteur Walter Brennan. Morris Slade au Windy Run... J'aurais bien voulu voir ça !

– Il a bu un café et fumé un cigare. L'odeur de ce cigare... Un délice ! Il a sectionné le bout avec un truc doré, là, avant de l'allumer. T'aurais vu la tête des autres clients... Ils devaient le prendre pour un dignitaire étranger ou une altesse royale. Nous autres, on a commandé des cafés et des parts de tarte à la noix de coco.

– Hé chuss anché an arte, a indiqué Enepébé dans un souci d'exactitude.

– Très bonne, d'ailleurs, a précisé Mr Root.

Nous nous serrions à quatre sur le banc prévu pour trois. Les frères Wood étaient tout ouïe, comme s'ils n'avaient pas vécu cette histoire et la découvraient en même temps que moi.

– La femme derrière le comptoir, la serveuse, ça l'émoustillait de voir un type comme ça chez elle. Il faut avouer que ton Morris Slade, il est plutôt beau gosse.

Il fallait l'avouer, « mon » Morris Slade était plutôt beau gosse.

Morris Slade et les Queen.

Le mystère de sa visite chez George et Sheba s'ajoutait à celui de sa présence à Cold Flat Junction.

« Fey » Slade... Un curieux diminutif pour Raphael. Pourquoi pas « Ralph », ou mieux encore « Rafe », comme il se faisait d'ailleurs appeler ?

A en croire le shérif Mooma, et je n'avais aucune raison de mettre sa parole en doute, Fey Slade n'avait que quatre mois au moment de sa disparition.

Je venais de monter son cocktail du soir à Aurora et me faisais ces réflexions tandis qu'elle répétait à l'envi que le Sleepy Hollow était mon chef-d'œuvre. Mais j'imagine que même Lola Davidow m'aurait chaudement félicitée si je lui avais servi trois quarts de whisky additionnés d'un quart de jus de pomme et, dans ce cas précis, d'un morceau de piment rouge broyé qui donnait au mélange un supplément de « mordant ».

Mon regard s'est posé sur les affiches qui décoraient la pièce. Aurora a beaucoup voyagé dans sa jeunesse. Elle a navigué à bord du *Queen Mary* et failli embarquer sur le *Titanic.* « Mais je me suis désistée au dernier moment, raconte-t-elle volontiers. J'ai eu le pressentiment d'un grand malheur. » Comme le capitaine quand il a aperçu l'iceberg, voudrais-je lui rétorquer. La seule personne à laquelle je reconnais le don de double vue est Mrs Louderback.

Les affiches ne sont pas encadrées mais fixées aux murs par de la gomme aux quatre coins. Elles montrent des hommes et des femmes élancés en villégiature dans des endroits tels que la Bretagne, la Côte d'Azur, Deauville ou Capri. Au-dessus de la plage de Deauville, semée d'ombrelles aux couleurs vives qui tremblent dans la brise tiède, une jeune femme en maillot de bain fait des signes à ses amis. Des gens riches et joyeux saluent de loin d'autres gens tout aussi riches et joyeux. Les femmes minces et plates, vêtues de robes aériennes, ressemblent aux vagues de la mer. Des hommes en costumes rayés, coiffés de canotiers, les mènent par le bras vers des terrasses ombragées. Debout près d'une voiture avec chauffeur, une élégante enveloppée dans un manteau de fourrure blanc agite le bras en direction d'une silhouette qui danse sous les étoiles.

Tous paraissent tellement heureux que je me suis souvent demandé s'ils existent dans la même réalité que moi, ou s'ils m'adressent des signaux depuis une dimension que je n'aurai sans doute jamais la chance de visiter.

J'ai été tirée de ma contemplation par le bruit des glaçons au fond du verre que me tendait fermement Aurora, réclamant un second Sleepy Hollow. Pour une fois, je n'ai pas protesté. Rien ne peut me contrarier quand j'échafaude des plans pour le lendemain.

46

Je me suis réjouie d'avoir mis un pull car le vent soufflait fort dans la bien nommée Windy Run Road. Il m'a presque arraché des mains la porte au cadre métallique du restaurant, ce qui n'a pas manqué d'inspirer les habitués.

— Tiens, regardez un peu ce que le vent a rapporté !

L'exclamation avait fusé de la bouche d'Evren, assis à sa place attitrée, au comptoir, entre Don Joe et Billy.

Pendant plusieurs minutes interminables, tandis que j'étudiais les gâteaux derrière leur vitrine, la conversation a roulé sur le temps qu'il faisait. Puis Mervin est entré – sans sa femme, par bonheur –, a salué la compagnie et s'est glissé dans son box.

Louise Snell lui a souri.

— Tu déjeunes, a-t-elle demandé, ou tu veux juste un café ?

— Un café, je te prie. Il est trop tôt pour déjeuner. A la réflexion, a-t-il ajouté, je prendrais bien une gaufre, pour tenir jusqu'au repas.

Il a eu une sorte de hoquet qui pouvait passer pour un rire et m'a fait un signe de tête.

— Comment ça va, Emma ?

Evren a répondu à ma place :

– Une bourrasque a failli l'emporter jusqu'en Alaska.

– Un des cinquante Etats, a précisé Don Joe en me regardant. Le dernier, c'est « Ha-ouaille », si je me rappelle bien.

Apparemment, il n'avait toujours pas digéré que je lui aie rabattu son caquet lors d'une précédente conversation sur les Etats américains. La langue me démangeait de le reprendre sur sa prononciation, mais je me suis abstenue. Quand Louise Snell m'a proposé une part de tarte, j'ai préféré un beignet, me rangeant à l'avis de Mervin : il était encore un peu tôt pour déjeuner. Ça valait mieux, parce que je devais retourner à l'hôtel pour faire le service.

Je me creusais la cervelle, cherchant comment diriger la discussion sur l'inconnu en costume blanc qui fumait le cigare, quand Don Joe m'a demandé, au grand déplaisir de Billy, qui déteste qu'on le devance :

– Quoi de neuf, mon p'tit ? T'as terminé ton article ?

Le prétexte idéal... S'il ne m'était pas venu spontanément à l'esprit, c'était parce que je ne lui avais guère consacré de temps au cours des deux dernières semaines.

– Non, pas encore. C'est d'ailleurs ce qui m'amène à Cold Flat Junction. Je dois m'entretenir à nouveau avec les Queen. J'aurais également besoin de rencontrer leur cousin. J'espère qu'il est toujours dans le coin.

J'ai senti un frémissement d'intérêt tandis que je mastiquais mon beignet. Pensez donc, un sujet de conversation inédit !

Cette fois, Billy a été le plus rapide :

– Ce serait pas un grand blond filasse, genre type de la ville ?

– C'est bien possible. Il habite New York.

– Je dirais pas qu'il est blond « filasse », a objecté Mervin. Plutôt vénitien, a-t-il précisé en se tournant vers moi. De toutes les nuances de blond, avec une touche de brun.

Billy a pivoté sur son tabouret.

– Mervin, faudrait songer à nettoyer tes lunettes. Je sais reconnaître un blond filasse quand j'en vois un !

– Pour le coup, Mervin a pas tort, a osé insinuer Evren, s'attirant un regard furieux de Billy.

Evren a bu une gorgée de Coca avant d'ajouter :

– Tout à l'heure, tu vas nous soutenir mordicus qu'il conduisait une vieille Ford.

Don Joe a failli s'étrangler de rire avec son café.

– Il conduisait une « Poche », a-t-il spécifié à mon intention.

Là encore, je me suis retenue de le corriger.

– Tu les aurais vus quand il est parti, m'a confié Louise Snell, la plus sensée du groupe avec Mervin. Le nez collé à la vitre, comme une bande de gosses !

– Faut avouer, Louise, qu'on a pas l'habitude de voir ce genre de bagnole dans le coin.

– Encore heureux, vu l'effet que ça vous fait. Et d'abord, on dit « Porsche », Don Joe.

– Quoi ?

– La voiture. T'as dit « Poche ».

– Moi ? Jamais de la...

– De toute manière, c'était pas une Porsche, a tranché Mervin.

– Qu'est-ce que t'en sais, toi ? a fulminé Billy.

Mervin a haussé les épaules.

– Elle était pas assez grosse. Ça devait être une de ces voitures italiennes.

J'ai placé une question avant que Billy ne le contredise :

– Il vous a dit s'il comptait rendre visite aux Queen ?

– Non, a répondu Don Joe. On lui a demandé – enfin, Billy – s'il était du coin.

Il s'est interrompu pour souffler sur le café que Louise Snell venait de verser dans sa tasse.

Billy a enchaîné :

– Il a dit que non, qu'il était né et avait grandi à La Porte, qu'il habitait maintenant New York – Manhattan, même – et qu'il était revenu pour voir quelqu'un.

J'ai été étonnée d'apprendre que Morris Slade leur avait confié autant de choses. Mais j'imagine qu'ils l'avaient questionné d'un ton anodin, sans donner l'impression de vouloir le sonder.

– Il a dit aussi qu'il avait connu les Queen quand il vivait ici, a poursuivi Billy. Enfin, à La Porte.

– Il a un lien de parenté avec eux.

Cette information, proférée d'un ton égal, provenait de Mervin, occupé à manger la gaufre que Louise Snell lui avait servie.

– Quoi ?

Une nouvelle fois, Billy a pivoté sur son tabouret.

– Enfin, Mervin, il a rien dit de tel !

– Emma vient de dire qu'il était leur cousin. D'ailleurs, il leur ressemble.

Il a arrêté sa fourchette à quelques centimètres de sa bouche et ajouté, l'air pensif :

– Plutôt, il ressemble à Rose Queen.

Les piliers de comptoir ont paru interloqués. Moi-même, j'étais étonnée que Mervin ait remarqué une chose pareille.

Puis Billy s'est emporté, comme chaque fois que Mervin évoquait Rose Queen. A l'en croire, Billy est en quelque sorte le biographe officiel de Rose.

– On a déjà eu cette discussion, Mervin. T'es pas né ici, t'es un nouveau venu à Cold Flat…

Comme s'il en existait !

– … et t'as même pas connu Rose Queen.

– J'ai vu une photo d'elle dans le journal. Ce gars lui ressemble comme un jumeau.

Billy est resté un moment à se balancer sur son tabouret, visiblement tourneboulé – un des mots préférés de ma mère.

– Rose Queen a été tuée il y a plus de vingt ans, a-t-il fini par déclarer. T'étais pas là à l'époque. Tout ce que t'as vu d'elle, c'était une photo dans un vieux journal. Faudrait que t'aies une mémoire exceptionnelle pour te rappeler son visage au point de pouvoir le comparer à celui de ce type.

– C'est pas ma mémoire qui est exceptionnelle, c'est elle. On n'oublie pas un visage comme le sien.

Billy est devenu écarlate et a serré les poings. Comment Mervin osait-il insinuer qu'il avait oublié le visage de Rose, lui ?

– Bon sang, Billy ! a soupiré Louise Snell en essuyant le comptoir. Mervin a le coup d'œil, c'est tout.

– Parce que moi je l'ai pas, peut-être ? Moi aussi, j'ai remarqué qu'il ressemblait à Rose, qu'est-ce que tu crois ?

La suite de ses protestations s'est noyée dans sa tasse de café.

Ils commençaient à m'agacer, tous autant qu'ils étaient.

– Pourquoi ne lui en avez-vous pas parlé ? ai-je demandé. Vous auriez pu lui dire : « Vous ne seriez pas parent avec Rose Queen ? » Ou plutôt, avec Rose Devereau Queen ?

Ils avaient tous l'air tourneboulé à présent, même Mervin, un peu. Alors je leur ai tendu une perche :

– Mais bien sûr, vous ne vouliez pas lui paraître indiscrets…

Ce n'était pas l'explication. Il n'y a pas plus indiscrets que ces gens, mais ils emploient des moyens détournés, comme moi. Telle une bande de geais, nous préférons briser l'enveloppe d'une graine de tournesol à coups de bec plutôt que de picorer la graine déjà décortiquée qu'on nous présente. Ça explique peut-être pourquoi je recherche leur compagnie.

Toujours contrarié, Billy a haussé les épaules et marmonné quelques mots inaudibles.

J'avais pensé à emporter un vieux crayon mais j'avais oublié mon carnet, alors j'ai pris quelques serviettes en papier sur le présentoir. Puis j'ai posé l'argent correspondant au prix de mon beignet sur le comptoir, suis descendue de mon tabouret et ai salué tout le monde.

– Comment ça va, Emma ?

J'ai apprécié que ce soit George Queen qui vienne m'ouvrir et non sa femme, Sheba. Cette dernière ne m'aimait pas beaucoup, même si elle m'avait offert des biscuits lors de ma précédente visite. Je m'en étais discrètement débarrassée. Les biscuits de ma mère m'ont dégoûtée de tous les autres. Je crois me rappeler que j'avais réduit ceux de Sheba en miettes que j'avais semées depuis la véranda.

– Bonjour, monsieur Queen. Désolée de vous déranger à nouveau.

– Tu ne nous déranges pas du tout. Je t'en prie, entre.

Je ne me suis pas fait prier, même si j'aurais préféré que nous restions sur la véranda, comme la dernière fois. Les murs des pièces laissent moins d'espace aux personnes et aux paroles qui s'y prononcent. Les unes et les autres s'y sentent à l'étroit.

L'intérieur de la maison était plongé dans la pénombre. Nous sommes entrés dans un salon meublé de fauteuils et d'un canapé d'un jaune verdâtre – caca d'oie, me semble-t-il. Un nom qui évoquait la laideur, en tout cas. Avec leurs larges accoudoirs et leurs coussins ventrus, ils semblaient n'avoir jamais servi et défier le visiteur de s'y asseoir.

Mr Queen a pris place dans un des fauteuils et m'a indiqué l'autre. Je me suis posée tout au bord. Le tissu en était rêche.

– Tu fais toujours la journaliste ? m'a-t-il demandé avec un sourire.

Comme si l'état de journaliste était un costume qu'on enfilait et ôtait à volonté... Mais j'avais déjà eu l'occasion de vérifier que la plupart des gens ignoraient tout de l'activité littéraire. Toutefois, sa question me rappelait que je n'avais pas terminé – ni même commencé, à vrai dire – mon prochain article.

– Oui. C'est d'ailleurs la raison de ma visite. Vous vous souvenez du bébé enlevé au Belle Ruine ?

Il a acquiescé.

– Le bébé Slade. Oui, je m'en souviens.

– Je recherche toujours des détails, pour préciser le contexte...

– Le... contexte ?

– Vous savez, le genre de vie que menaient Imogene et Morris Slade. Ils habitaient New York, je crois.

Il m'est alors venu à l'esprit que je n'avais aucune raison d'interroger George Queen au sujet de Morris Slade. Je n'étais pas censée savoir que celui-ci était venu dans cette maison, ni même qu'il était apparenté aux Queen, au moins par alliance. Mais à présent que je m'étais aventurée sur ce terrain, je ne pouvais plus reculer.

– Mais ils avaient tous les deux des attaches ici, à La Porte. Morris y a grandi, m'a-t-on dit, et la famille de sa femme possédait une maison à Spirit Lake. Tout ça, ça forme le contexte.

– Quand même, c'est une sacrée coïncidence !

Non, ce n'en était pas une. Il m'a semblé qu'on m'ôtait un poids de la poitrine.

– Morris Slade est venu nous voir, pas plus tard qu'hier.

J'ai feint la surprise :

– Ah oui ?

J'ai sorti de ma poche les serviettes en papier et mon morceau de crayon. Ça ne faisait pas très « pro ».

George Queen a repris :

– Il m'a fait l'effet d'un gentil garçon. Je comprends pas pourquoi tant de gens l'aiment pas. Sheba, par exemple...

Il a incliné la tête dans la direction où devait se trouver sa femme, et où j'espérais qu'elle resterait.

– Elle l'a pris en grippe à l'époque où il était élève et elle professeur au lycée Colonel Henry E. Mott, sur la route 219. T'as déjà dû passer devant.

Je m'efforçais de prendre des notes sur une serviette, ce qui n'était pas facile.

– D'après Sheba, il crânait et courait après toutes les filles.

Cette idée semblait lui plaire, car il a souri.

– Plus tard, a-t-il ajouté, c'est devenu un vrai play-boy.

Encore ce mot !

– C'est-à-dire ?

George Queen s'est gratté le crâne, hérissé de cheveux gris et clairsemés.

– Oh ! Il serrait les filles de près, buvait, fréquentait les boîtes de nuit…

Il a baissé la voix avant de me confier :

– Le pire, c'est que Fern était folle de lui.

Continue, ai-je pensé. Comme il n'en faisait rien, je lui ai tendu une perche :

– Et sa mère ? C'était une Souder, je crois ?

– En effet. Après la mort de Ralph Slade, elle a épousé le vieux Devereau, avec qui elle a eu Rose. Avant, Devereau était marié à… Mince, je me rappelle plus son nom. La mère de ses autres filles, quoi. Il me semble qu'elle est morte aussi. En tout cas, Rose et Morris étaient demi-frère et sœur.

– C'est comme ça que vous avez connu Morris ?

George a secoué la tête.

– Je le connaissais pas tant que ça. Ben, si. Et Rose encore mieux, bien sûr.

Mon cœur a bondi dans ma poitrine.

– Vous voulez dire qu'ils étaient amis ?

George Queen a fouillé ses poches, cherchant son paquet de cigarettes, sans doute.

– Pas exactement, non…

Il a froncé les sourcils.

– Est-ce que votre frère, Ben, est dans le coin, monsieur Queen ?

Ça ne coûtait rien de demander, pas vrai ?

Il a secoué la tête.

– Je sais pas où est Ben. Toutes ces années de prison, ça lui a mis la tête à l'envers.

Autant d'années de prison, ça me mettrait également la tête à l'envers, j'imagine.

– Au moins, a repris George, on l'a blanchi du meurtre de Rose, Dieu merci. Et je suis sûr qu'on finira par le blanchir aussi de celui de Fern.

Il a soupiré. Hormis ce soupir, il n'avait pas manifesté beaucoup d'émotion en évoquant Fern Queen. Celle-ci paraissait aussi détraquée qu'Isabel Devereau, aussi, je ne pouvais blâmer les Queen de n'avoir pas pleuré sa disparition, surtout sachant le mal qu'elle avait causé. Je me rappelais avoir entendu le shérif évoquer un gène déficient que lui aurait transmis sa mère, Rose.

Je brûlais d'interroger George sur les raisons qui avaient poussé Fern à « s'absenter » durant plusieurs mois, mais je ne savais pas comment aborder la question.

Je partageais d'autant mieux sa conviction quant à l'innocence de Ben que je savais qui avait tué Fern : Isabel Devereau. Mais la police refusait de prendre mon témoignage en compte, au prétexte qu'il s'agissait de « ouï-dire ». Cette folle m'avait tiré dessus alors que je dérivais à la surface du lac, et le shérif n'avait qu'un mot à la bouche : « ouï-dire ».

Malheureusement, Sheba Queen a choisi ce moment pour faire son entrée, les poings sur les hanches. A voir son expression résolue, on aurait pu croire qu'elle s'apprêtait à réaménager entièrement la pièce.

– Tu te souviens d'Emma, Sheba ? Elle écrit un article pour le journal de La Porte.

Elle a vaguement acquiescé et redressé une des têtières qui protégeaient le dossier du divan avant de s'y asseoir.

– Je ne crois pas que Morris Slade soit un sujet de conversation pour une enfant, George, a-t-elle alors déclaré.

Pourtant, George n'avait pas mentionné Morris Slade.

Elle a vrillé son regard sur moi, comme si elle me soupçonnait d'être autre chose qu'une enfant. Un elfe, peut-être ? Sheba Queen ne m'aime décidément pas.

– Pourquoi ? ai-je demandé d'un air innocent, proprement elfique. Qu'est-ce qu'il a fait ?

– Rien qui te concerne, jeune fille.

S'il y a une chose que je déteste encore plus que de m'entendre appeler « jeune fille », c'est qu'on me cache des ragots.

– Il faudrait que j'en parle dans mon article, si ça a un rapport avec...

– Le sujet est clos, a décrété Sheba, pointant vers moi un index menaçant.

Ce n'était pas mon avis.

– Mr Queen m'a dit que vous aviez été le professeur de Morris Slade, au lycée Colonel Henry E. Mott ?

Elle a arrangé les plis de sa jupe avec des gestes aussi raides que le tissu de celle-ci.

– J'ai fait mon possible.

Elle avait prononcé ces mots d'un ton qui transpirait la suffisance. On aurait dit Aurora Paradise quand elle évoquait un de ses nombreux soupirants. C'est à se demander si les préoccupations des adultes se résument à l'amour – je devrais dire, « au sexe », mais je n'en sais pas assez sur le sujet pour me prononcer – et à l'argent.

Sheba a enchaîné :

– Le problème de Morris, c'est qu'il s'éparpillait. Oh ! Il était charmant et tout ce qu'on veut...

Elle avait succombé à son charme, ça crevait les yeux, même si elle avait quinze ou vingt ans de plus que lui. Bon sang, d'où Morris tenait-il son pouvoir de séduction ? Pour ma part, je n'avais jamais décelé le moindre charme chez les Souder, du moins ceux de la pharmacie, hormis le flacon de *Soir de Paris* dans leur vitrine.

– Il croyait être sorti de la cuisse de Jupiter, a ajouté Sheba.

« De la cuisse de Jupiter »... Dans ma hâte à noter cela, j'ai déchiré la serviette en papier. Il fallait à tout prix que je case cette expression dans mon article !

Cependant, Sheba continuait à distiller son venin :

– On aurait pu espérer des enseignantes qu'elles montrent plus de jugeote que leurs élèves. Mais non, il parvenait à en embobiner certaines en leur offrant de l'eau de toilette, ou d'autres babioles, à Noël...

Babioles achetées avec une ristourne chez Souder, ou plus sûrement dérobées dans la vitrine... Toutefois, Sheba avait beau dire, j'aurais mis ma main à couper que c'étaient les filles qui couraient après Morris, les professeurs qui le courtisaient, et non le contraire. Son image a flotté devant mes yeux durant quelques secondes avant de se dissoudre.

– ... Mais aucune ne voyait clair dans son jeu. Moi si !

A cet instant, j'ai compris que Sheba Queen n'avait jamais reçu de flacon de *Soir de Paris* ni aucune autre « babiole » de la part de Morris Slade. Ça expliquait son hostilité. Pour un peu, je l'aurais plainte.

Elle a poursuivi :

– Je l'ai menacé de l'exclure de mon cours s'il s'absentait une fois de plus, ou s'il me présentait encore une excuse qui ne tenait pas debout...

Mr Queen a ouvert la bouche pour dire quelque chose, avant de se raviser. J'ai fait une tentative pour endiguer le flot des griefs de sa femme :

– A votre avis, madame Queen, qu'est-il arrivé au bébé de Morris Slade, cette fameuse nuit, au Belle Ruine ? En fait, c'est le sujet principal de mon article.

Elle a secoué la tête.

– Comme la plupart, je pense qu'il a été enlevé afin de réclamer une rançon. Le beau-père de Morris Slade était tellement riche... C'est pour ça que Morris a épousé sa fille, pour l'argent.

George Queen a gloussé.

– Pourtant, hier, t'avais l'air de lui trouver toutes les qualités.

Sheba a protesté, mais une rougeur avait envahi son visage :

– Je t'en prie, George ! Je me suis montrée polie, c'est tout.

Tapotant l'accoudoir de mon fauteuil avec mon crayon, j'ai esquissé un sourire peu convaincant.

– S'il voulait vous voir, c'était sans doute en souvenir du bon vieux temps...

Sheba a fait le geste de chasser le bon vieux temps.

– Lui ? Morris est incapable de sentiments.

Je doutais que ce soit vrai. J'ai tenté d'introduire Ralph Diggs dans la conversation :

– Il croit peut-être que le bébé est toujours en vie, et il le cherche ?

– Hum, a marmonné George.

– Ridicule, a affirmé Sheba. Pourquoi ferait-il une chose pareille ?

– Il voulait parler à Ben...

George s'est penché en avant, les mains jointes devant lui, comme si cette idée réclamait réflexion. Il avait laissé sa phrase en suspens, mais avant qu'il ait pu la rattraper, sa femme s'est levée et m'a proposé du lait et des biscuits. Sheba Queen est sujette à de brusques accès d'hospitalité.

J'ai poliment refusé, disant que je ne voulais pas la déranger.

– Oh ! mais ça ne me dérange pas.

Elle est sortie, aussi raide qu'un manche à balai.

Je me suis tournée vers George :

– Vous alliez dire quelque chose ?

Il a secoué la tête et m'a regardée comme s'il était étonné de me voir encore là.

– T'as besoin de savoir tout ça pour... Comment tu dis, déjà ?

– Le contexte ?

– Ouais, c'est ça.

Non, mais ces renseignements me seraient certainement utiles pour créer le sous-texte.

Il était temps de prendre congé. Avant l'arrivée des biscuits.

Peut-être Morris Slade était-il revenu à cause du meurtre de Rose et souhaitait-il voir Ben Queen pour cette raison.

Et Ralph Diggs, dans tout ça ?

D'une manière ou d'une autre, il avait eu connaissance des événements survenus au Belle Ruine. Mais n'allais-je pas un peu vite en besogne en supposant qu'il avait percé le secret de son propre enlèvement, vingt ans plus tôt ?

Pour ça, il aurait dû découvrir d'abord que les gens qu'il appelait papa et maman n'étaient pas ses parents. Comment ? Peut-être avait-il simplement surpris une conversation ?

« Est-ce qu'on ne devrait pas lui dire la vérité ?

– Pourquoi ?

– Il a le droit de savoir que nous ne sommes pas ses vrais parents... »

Tout ce que je savais, c'est qu'il n'était pas ce qu'il prétendait être et qu'il avait accepté ce travail pour pouvoir traîner dans le secteur – pas forcément à l'hôtel

Paradise, mais à Spirit Lake ou peut-être à La Porte – et y demeurer le temps nécessaire.

Et il avait certainement des raisons étonnantes d'agir ainsi.

47

Carl Mooma était probablement une source plus fiable que Gloria Spiker Calhoun. Toutefois, je désirais éclaircir un point, et je pouvais bien consacrer quinze ou vingt minutes à Gloria avant de reprendre le train.

Les Calhoun habitent la plus jolie maison bleue que j'aie jamais vue. Peut-être cette impression vient-elle de ce que les couleurs des maisons de Cold Flat Junction me changent agréablement de celles de Spirit Lake, toutes en bardeaux blancs avec des volets verts. Et pourtant, les habitants de Spirit Lake ont davantage d'argent que ceux de Cold Flat.

Tandis que je remontais l'allée bordée de zinnias menant à la maison bleue, j'ai pensé une fois de plus au mari de Gloria, Cary Grant Calhoun. Je donnerais cher pour savoir s'il ressemble à Cary Grant, l'acteur préféré de ma mère, ou s'il est aussi laid que le prétendent les habitués du Windy Run. Sans doute est-il juste ordinaire.

Gloria m'a ouvert.

– Emma ? Entrez. Je m'apprêtais à sortir du four une tournée de cookies au citron.

Vous parlez d'une nouvelle ! La journée des ménagères de Cold Flat Junction semble tourner tout entière autour de la confection de biscuits. J'allais devoir manger un de ceux de Gloria, par politesse.

– Chouette ! ai-je dit, l'accompagnant jusqu'à la cuisine.

Celle-ci embaumait le citron et était tellement propre qu'on aurait pu croire qu'elle n'avait jamais servi. Pas la moindre trace sur les comptoirs, un évier récuré, des poignées et des robinets étincelants : rien à redire.

Gloria a sorti du four une plaque couverte de cookies jaune pâle parfaitement circulaires. Je n'aime pas le citron, sauf dans la tarte au citron meringuée de ma mère. D'ailleurs, celle-ci n'en met jamais dans ses cookies.

Gloria a fait glisser la moitié des biscuits sur un plat transparent du même bleu que la maison. Le monde de Gloria était aussi bleu que celui de Prunella Rice était marron. Les deux femmes savaient-elles qu'elles se livraient à une sorte de compétition ?

Elle m'a tendu le plat.

– J'aimerais pouvoir y goûter, mais voyez-vous, je souffre de diabète. Je n'ai pas droit aux biscuits, ni à aucune pâtisserie.

Réalisant qu'elle venait de m'offrir la mort sur un plateau, la pauvre Gloria a plaqué une main sur sa bouche avec une expression horrifiée. Il me semblait que les personnes dans mon état supposé risquaient de mourir si elles mangeaient trop de sucre, mais mes connaissances dans ce domaine étaient assez vagues. Ce dont j'étais sûre, c'est qu'elles devaient régulièrement s'injecter quelque chose.

– Mon Dieu ! me suis-je exclamée. Il est onze heures passées. C'est bientôt l'heure de ma piqûre.

Comme Gloria semblait sur le point d'appeler une assistance médicale, j'ai préféré la rassurer :

– Ne vous inquiétez pas, ça peut attendre midi.

Je me suis assise, comme si la seule odeur des biscuits me donnait le vertige.

– C'est de l'insuline qu'on vous injecte ? a demandé Gloria.

– Oui, mais je me fais mes piqûres moi-même. Dites, je voulais vous poser une question...

Elle a également pris place sur une chaise en pin qui avait été frottée et nettoyée à fond.

– Vous écrivez toujours votre article sur l'affaire du Belle Ruine ?

– Oui. Vous vous souvenez de votre première entrevue avec les Slade, dans leur chambre ? Quand ils vous ont dit de ne pas déranger le bébé ?

– Oui. C'est elle qui me l'a dit. Le bébé était malade, je crois, et il fallait le laisser dormir.

– Vous vous rappelez ses paroles exactes ? Réfléchissez bien.

Gloria a pris son temps pour répondre, comme si elle redoutait un piège. Elle n'avait pas tort, mais le danger ne venait pas de moi.

– Eh bien, comme je vous l'ai dit, le bébé était malade et...

– Ce que je voudrais savoir, c'est si elle vous a dit : « Laissez-*la* dormir », « Laissez dormir Fey », ou simplement « le bébé » ?

Gloria a paru se détendre – la question devait lui paraître anodine – puis elle a esquissé une moue pensive.

– Il me semble qu'elle a dit « le bébé ». Non : « L'enfant. » Ça me revient à présent. Elle l'appelait comme ça, « l'enfant ». Curieux, de la part d'une mère, vous ne trouvez pas ?

Sa réponse m'arrangeait, aussi ai-je abondé dans son sens. J'aurais parié que les moindres détails de la scène étaient gravés dans sa mémoire, compte tenu du rôle qu'elle avait joué dans cette affaire criminelle.

Je l'ai remerciée avant de filer : vous savez ce que c'est, ma piqûre d'insuline...

48

Pourquoi Ree-Jane a-t-elle choisi ce moment précis pour devenir folle ?

Si le sort des fous ordinaires échappe à leur contrôle, dans le cas de Ree-Jane, on ne peut exclure une part de calcul conscient.

Si vous voulez mon avis, elle cherchait juste à attirer l'attention sur elle quand elle s'est mise à tournoyer sur la véranda dans sa robe fuchsia de chez Heather Gay Struther, en chantant *Bye Bye Blackbird.*

Je l'avais entendue depuis l'intérieur. Elle chantait et riait à la fois, déployant la jupe plissée soleil de sa robe.

– Qu'est-ce que tu fabriques ?

J'avais dû hausser la voix pour couvrir ses braillements.

Elle n'a pas répondu. Je savais qu'elle m'avait entendue car elle avait coulé un regard dans ma direction et son sourire de démente s'était agrandi. Je l'ai observée un moment. Quand elle a entonné le couplet où elle se plaignait de ce que personne ne l'aimait ni ne la comprenait – comme c'était vrai ! – j'ai regagné la cuisine afin de préparer les salades.

Avec son col et ses poignets amidonnés, Vera m'évoquait ces anciens tombeaux anglais où le seigneur et sa dame sont représentés étendus sur leurs cercueils en pierre, avec des visages émaciés et anguleux.

Sa présence signifiait que nous avions des réservations.

– Qui vient ce soir ?

– Les Baum, a répondu Vera sans sourire.

– Ils sont combien ?

– Huit. Je m'en débrouillerai.

Elle pourrait servir huit cents convives, tant elle est efficace. Cet arrangement me convenait parfaitement. J'ai aligné les assiettes des salades. Il y en avait dix, dont deux pour Miss Bertha et Mrs Fulbright.

Ma mère était occupée avec le mixeur électrique. La voyant verser l'huile goutte à goutte dans le bol, j'en ai déduit qu'elle préparait une sauce au roquefort. Dans ces moments-là, il serait aussi malvenu de la déranger que d'interrompre Agatha Christie dans l'écriture d'un de ces romans que l'amie défunte de Miss Flyte ne lisait jamais jusqu'au bout. J'ai attendu qu'elle ait terminé pour lui poser la question qui me brûlait les lèvres :

– Qu'est-ce qui arrive à Ree-Jane ?

– On n'en sait rien, a-t-elle avoué avec un haussement d'épaules.

Elle a ensuite dégagé le bol du mixeur et versé son contenu dans deux grands bocaux.

Le « on » signifiait que le sujet avait été débattu. Donc, même les adultes considéraient le comportement actuel de la fille de Lola comme excessivement « reejanien ». Je m'apprêtais à signaler qu'elle était en train de jouer les derviches tourneurs sur la véranda – j'espérais secrètement qu'elle y resterait jusqu'à l'arrivée des Baum et de leurs invités – quand Mrs Davidow a fait irruption dans la cuisine. Pour une fois, son teint haut en couleur ne devait rien à la boisson. Elle a attiré ma mère dans un coin, loin des oreilles indiscrètes, et je l'ai vue remuer frénétiquement les lèvres. Je me suis mise à trier les olives, le cœur léger, en cherchant une petite à glisser sous les feuilles de la laitue de Miss Bertha.

A mon grand étonnement, Lola Davidow s'est alors approchée de moi, semblable à un tanker sur le point d'aborder un voilier de plaisance. Elle n'allait quand même pas m'accuser d'avoir rendu sa fille folle !

– Emma, j'aimerais que tu ailles trouver Jane et essaies de la faire taire.

J'en ai laissé tomber ma feuille de laitue. Elle me demandait mon aide pour « désendervicher » Ree-Jane ?

Si celle-ci cherchait juste à se rendre intéressante, ai-je réfléchi tout en me dirigeant vers la véranda, mon intervention risquait de la conforter dans son attitude. D'un autre côté, si elle avait vraiment perdu la tête, rien ni personne ne pourrait la faire taire. Dans un cas comme dans l'autre, ma mission semblait vouée à l'échec.

Au même moment, Miss Bertha est apparue dans l'escalier, se cramponnant à la rampe comme si les marches étaient taillées dans la glace.

– C'est quoi, ce chahut ? a-t-elle pesté.

– Jane Davidow, ai-je répondu, tout sourire.

Avec un grognement, elle a achevé de descendre la pente verglacée et demandé où se trouvait la mère de Ree-Jane. Je le lui ai dit, et elle a filé en direction de la cuisine à une allure beaucoup trop rapide pour elle, comme si elle était propulsée par un moteur à vapeur.

Ralph Diggs a alors surgi du néant, fidèle à son habitude. Bien sûr, ce n'était qu'une impression. Plus probablement, occupée avec Miss Bertha, je ne l'avais pas vu déboucher du couloir à ma gauche.

Il s'est également enquis de la situation :

– Qu'est-ce qui se passe ?

– Rien.

Je me suis laissée tomber dans un fauteuil et ai pris un magazine sur la table. Ma réponse était un peu difficile à avaler, sachant qu'on voyait Ree-Jane danser et chanter à travers la porte moustiquaire.

Il s'est approché de la porte, a regardé et écouté. Il portait sa veste de groom en lin, sans doute pour accueillir les Baum et leurs amis. Il a cueilli une cigarette derrière son oreille et l'a allumée avec son Zippo avant de ranger celui-ci dans sa poche. Il ne montrait aucune intention de sortir.

Quelques minutes plus tard, Lola Davidow a déboulé de la salle à manger, le visage rouge, la démarche résolue. Apercevant Ralph, elle lui a fait signe de la rejoindre. Je m'en suis aussitôt voulu de m'être laissé détourner de ma mission. D'un autre côté, quelles chances avais-je de mettre fin aux extravagances de Ree-Jane, surtout à présent que sa mère et Ralph comptaient s'en mêler ?

Ce qui me dépassait, c'était que quiconque puisse se confier à ce dernier, ou l'associer à un plan visant à faire taire Ree-Jane, laquelle braillait plus fort que jamais.

Bien sûr, ni Lola ni lui ne savaient que j'avais percé le secret de ses origines – du moins en avais-je la conviction – mais comment pouvait-elle se laisser abuser par les sourires et les flatteries qu'il lui prodiguait ? Si Mrs Davidow n'est pas ce qu'on appelle « un bon juge des caractères », elle n'est pas non plus complètement stupide. Pour avoir épié nombre de ses conversations avec ma mère, je la sais capable d'ouvrir quelqu'un comme un melon pour compter les graines à l'intérieur. Mais par moments, elle semble avide de compliments au point de les accepter de n'importe qui. Moi-même, à votre avis, combien de temps pourrais-je supporter Dwayne si je n'avais pas le cuir aussi épais qu'un buffle ?

Will obtient d'elle tout ce qu'il veut, mais mon frère est incroyablement doué pour arrondir les angles, avec des manières moins onctueuses, si j'ose dire, que celles d'un Ralph Diggs. Si son talent s'est épanoui au contact des clients de l'hôtel, il est en grande partie naturel. A sa naissance, l'infirmière a dû le frotter pour le rendre aussi lisse qu'un galet poli.

Rafe Diggs, lui, était plein d'aspérités.

Mrs Davidow a glissé des clés dans sa main et lui a demandé d'approcher la voiture. Quelle voiture, et pourquoi était-ce à lui de la conduire ? Elle a ensuite mentionné l'hôpital de Cloverly. Située à une quarantaine de kilomètres de La Porte, Cloverly est deux fois plus étendue. J'ignorais que la ville possédait un hôpital.

C'est alors que Ree-Jane est entrée. Ou, devrais-je dire, qu'elle a fait son entrée, comme au théâtre, les joues rouges, le regard étincelant de toute l'énergie qu'elle avait puisée Dieu sait où. Elle a traversé le hall en coup de vent et s'est élancée vers l'escalier.

Ralph l'a suivie des yeux avec un sourire en coin. Pas vraiment narquois, mais presque.

Mrs Davidow s'est détachée du téléphone pour se diriger vers son bureau. Je lui ai emboîté le pas. Je ne me faisais guère d'illusions sur l'importance qu'elle accordait à mon avis, mais c'était plus fort que moi :

– Pourquoi avoir demandé à Ralph Diggs de conduire Ree... Euh, Jane ? On ne peut pas lui faire confiance.

Son regard s'est posé sur moi.

– Elle refuse que je l'emmène, et comme nous avons des réservations, ta mère ne peut pas s'absenter. Qui d'autre pourrait s'en charger ?

Elle s'était versé une mesure de Jim Beam qu'elle a avalée cul sec.

Je l'admirais, dans un sens. De tenir le coup, de ne pas hurler ni faire une scène. Mais quelle scène aurait pu rivaliser avec la comédie de Ree-Jane ? Parce qu'il s'agissait d'une comédie, sans doute ?

Je lui ai dit qu'au moins quelqu'un aurait dû les accompagner – je pensais à Will – mais elle m'a rétorqué que c'était impossible : Jane s'imaginait que tout le monde lui en voulait.

J'ai quitté le bureau juste comme Ree-Jane redescendait l'escalier en valsant, une petite valise à la main. Elle avait enroulé autour de son cou une écharpe en soie bleu roi qui donnait de la profondeur au rose fuchsia de sa robe.

Ralph a assuré qu'il serait revenu à temps pour accueillir les Baum et leurs amis. Pas difficile : il était à peine plus de cinq heures.

La valise, l'expression enjouée de Ree-Jane et son attitude insouciante auraient pu faire croire à un couple de jeunes mariés partant en lune de miel, et non pour l'asile de fous.

Mrs Davidow et moi avons regardé la décapotable blanche s'éloigner depuis la véranda. Son écharpe bleue flottant au vent, Ree-Jane agitait la main, comme ces femmes riches et heureuses en vacances à Deauville, sur les affiches d'Aurora. Un geste d'adieu adressé aux dernières parcelles de raison qui subsistaient encore dans son monde.

Ralph Diggs était de retour moins de deux heures plus tard, comme il l'avait annoncé, ce qui lui a permis de prendre la pose au bas des marches juste avant l'arrivée des Baum. Plus tard, dans la cuisine, je n'ai pu entendre ce qu'il racontait à Mrs Davidow et à ma mère.

Pourtant, mon plateau et moi, nous nous sommes approchés le plus possible de leur petit groupe, à côté de la table où l'on préparait les salades, et je me suis longuement attardée près du grand pot en terre contenant la vinaigrette. J'avais un peu l'impression d'être la femme de chambre agenouillée devant un trou de serrure, sur la couverture de ce vieux magazine. Pourtant, ce n'était pas moi, mais Vera, qui portais un uniforme noir avec des poignets blancs.

Après dîner, je suis allée traîner près de la chambre de Ralph. Entendant du bruit dans l'escalier qui menait de la salle à manger au premier, je me suis engouffrée dans la salle de bains de l'étage. Quand les pas se sont approchés, je suis sortie dans le couloir, éteignant négligemment la lumière derrière moi.

– Oh ! salut, ai-je dit.

Ralph Diggs n'a pas répondu. Toutefois, il s'est arrêté, m'encourageant implicitement à engager la conversation.

Je ne me suis pas fait prier.

– Ça n'a pas dû être facile d'aller à Cloverly et d'en revenir à temps pour le dîner…

Il s'est appuyé au mur avec cette nonchalance qui lui était propre et a cueilli une cigarette derrière son oreille, de la même manière qu'il avait fait apparaître une pièce derrière la mienne, soi-disant par magie. Cette manie de coincer une cigarette derrière son oreille me rappelait Dwayne et son chiffon graisseux. Jusque-là il ne m'était jamais venu à l'esprit que cette loque qu'il avait toujours sur lui, à portée de main, pouvait lui apporter une forme de réconfort. Peut-être son éternelle cigarette procurait-elle le même réconfort à Ralph. Pouvait-on en dire autant de mon habitude de tourner autour du pot ?

– Je conduis vite, a-t-il fini par répondre.

– Pourtant, tu devais amener Ree-Jane – je veux dire, Jane – à l'hôpital. Pas question de la déposer et de repartir, genre « Salut, et à plus tard ».

– En effet. Je l'ai accompagnée au bureau des admissions.

Pour une fois, j'ai été directe :

– Comment ça s'est passé, là-bas ?

– Une femme est venue et l'a emmenée.

Il a marqué un silence avant d'ajouter :

– Elle est partie sans se retourner... Jane.

A son expression, on aurait dit que c'était un détail important, auquel il avait longuement repensé. Depuis le temps que je fréquentais Ree-Jane, je n'avais jamais accordé la moindre importance à quoi qu'elle ait fait.

Il a poursuivi :

– Tu as de la peine pour elle, je suppose.

Il supposait mal, et d'autre part, je n'aimais pas beaucoup qu'il me dise ce que je devais ressentir. Je me débrouillais très bien avec mes sentiments avant qu'il ne débarque.

– Tu crois qu'elle est vraiment « atteinte de démence », comme on dit ? ai-je rétorqué.

Ma voix exprimait une colère que je n'éprouvais pas, du moins pas aussi intensément.

J'ai enchaîné :

– Moi, je pense qu'elle joue la comédie. La danse, la chanson, tout ça, c'est pour se rendre intéressante en faisant croire qu'elle est cinglée.

Le silence de Ralph s'est prolongé jusqu'au malaise. En réalité, ses silences étaient lourds de paroles qui échappaient à mon entendement. Comme s'il venait d'un endroit qui m'était inaccessible, où l'on parlait une langue que je ne maîtriserais jamais.

– Si c'est vrai, a-t-il fini par dire, elle est d'autant plus à plaindre.

J'ai éprouvé alors une telle tristesse que j'aurais reculé si le mur ne m'en avait empêchée. J'ai tenté de me défaire de ce sentiment en recourant au sarcasme :

– En entrant ici, tu ne t'attendais certainement pas à devoir conduire quelqu'un à l'asile de fous...

C'était une manière détournée d'aborder la question des raisons de sa présence, mais il m'a regardée comme si nous n'appartenions décidément pas au même monde.

J'ai insisté :

– Tu as dit que tu étais juste de passage. Qu'est-ce qui t'a incité à t'arrêter ici et à demander du travail ?

– J'avais besoin de me poser quelque part et mes finances sont au plus bas. Je me suis dit qu'un hôtel embaucherait peut-être.

Ça avait l'accent de la vérité, ou presque.

– On ne te verse pas de salaire.

– Non, mais je suis logé et nourri. Très bien nourri, même.

Enfin un sujet sur lequel nous pouvions nous accorder !

– T'as raison !

Sa cigarette était presque entièrement consumée. Comment la cendre n'était-elle pas encore tombée ? Ça tenait du miracle, ou de la magie.

Comprenant que je n'arriverais à rien avec Ralph Diggs, je lui ai souhaité une bonne nuit avant de m'éloigner du mur et de lui.

Plus tard, dans mon lit, j'ai repensé aux semaines qui venaient de s'écouler, cherchant des signes avant-coureurs du brusque effondrement mental de Ree-Jane. Mais je n'ai décelé aucun symptôme nouveau depuis que je la connaissais : son habitude de parler seule, ou pire, à un interlocuteur invisible ; son horrible rire silencieux qui me suggérait que j'étais une idiote ; son comportement ordinaire, digne d'une gamine de six ans... Jusque-là, j'avais cru à une comédie, mais j'en étais moins sûre à présent. Et depuis ma conversation avec Ralph Diggs, je me demandais si le simple fait de concevoir une telle mise en scène n'était pas lui-même un signe d'aliénation mentale. Puis l'image de la femme de chambre en noir, agenouillée devant une porte, s'est de nouveau imposée à mon esprit. Moi-même, n'étais-je pas en train d'épier Ralph Diggs à travers un trou de serrure ? Je me suis tournée sur le côté. La lumière du couloir, filtrée par le vasistas de la porte, projetait une ombre sur le mur. Tandis que j'observais celle-ci, j'ai eu la révélation que mon existence entière n'était qu'un trou de serrure.

49

– Elle souffre de troubles mentaux, a annoncé ma mère le lendemain matin, en détachant mes œufs parfaitement frits de la poêle au moyen d'une spatule.

– Comme nous tous, non ? ai-je dit.

– Ce n'est pas le moment de faire de l'humour.

Elle a reposé la poêle en fonte sur la cuisinière d'un geste inutilement brutal avant de faire glisser sur mon assiette les trois crêpes aux noix de pécan qu'elle avait mises à réchauffer dans la poêle voisine.

– Cette histoire, ça a fichu ma matinée en l'air.

J'ai supposé qu'elle faisait allusion aux coups de fil que Lola Davidow avait passés en rafales, principalement à l'hôpital de Cloverly, ne s'interrompant que pour engloutir son petit déjeuner. Apparemment, l'état de santé mentale de sa fille ne lui coupait pas l'appétit. Il faut dire que la cuisine de ma mère est tellement délicieuse que même un condamné à mort lui ferait honneur avant de monter à la potence.

J'ai mangé mes œufs et mes crêpes en compagnie de Walter, qui a noyé les siennes sous le sirop d'érable. Walter avait l'air beaucoup moins fou depuis la veille.

J'ai ensuite appelé les taxis Axel, précisant que je souhaitais être conduite par ce dernier, et ai attendu sur la véranda, en me balançant dans un fauteuil, que Delbert vienne me chercher.

– « Comment penser à la folie, au meurtre, au kidnapping lorsqu'on parcourt en voiture la rue principale de La Porte, qu'on se promène dans les environs de Spirit Lake ou qu'on attend sur le quai de la vieille gare de Cold Flat Junction ? Et pourtant, tous ces endroits ont été le théâtre de semblables tragédies… »

Mr Gumbrel lisait à haute voix mon nouvel article à paraître dans le *Conservative.*

– « Nous avons déjà relaté ici la noyade de Mary-Evelyn Devereau dans Spirit Lake, il y a quarante ans. On a toujours évoqué un “accident” à ce propos. En réalité, il s'agissait d'un meurtre de sang-froid. Mary-Evelyn a été noyée par ses propres sœurs, qui étaient folles… »

Ici, Mr Gumbrel a interrompu sa lecture et a demandé :

– Les trois étaient folles ? Et tu prétends qu'elles ont agi de concert pour tuer cette pauvre enfant ?

– Je voulais éviter d'attirer l'attention sur l'une ou l'autre en particulier.

Je voulais surtout m'éviter la peine de développer.

– Pendant qu'Isabel pointait son arme vers moi, elle a accusé Elizabeth d'avoir noyé Mary-Evelyn. La seule pour laquelle j'ai des doutes, c'est Iris. Il se peut qu'elle ait été saine d'esprit.

– Tu sais ce qu'il y a de bien dans ton article, Emma ? Il prend son temps.

Je n'étais pas sûre qu'il s'agisse d'un compliment.

– Vraiment, vous trouvez ça bien ? Quand même, il est question de trois meurtres et d'un enlèvement... Et aussi d'une tentative d'assassinat.

J'avais tendance à oublier que j'avais moi-même échappé d'un cheveu à la mort.

– Bien sûr. Quand on met autant de choses dans un article, il ne faut pas brusquer le lecteur. Autrement, il a l'impression d'être à bord d'un train fonçant à toute allure vers l'abîme.

« Un train fonçant à toute allure vers l'abîme... » Quel dommage que notre région n'ait pas connu de catastrophe ferroviaire ! Sinon, j'en aurais parlé dans mon article.

– Dans ce cas, ça va. Je ne voudrais pas donner l'impression de tirer à la ligne...

– Aucun risque ! Tu crées le contexte, c'est tout. Et aussi une atmosphère. Ecoute ça : « La police se trompe de suspect. » Voilà un titre accrocheur ! Et que dire de cette révélation ? Le bébé était un garçon, non une fille... Bien choisir ses sources, c'est le b.a.-ba du métier.

C'était une magnifique nuit d'été à l'hôtel Belle Rouen, communément appelé le Belle Ruine.

Il y avait le clair de lune. Il y avait de la musique, et des danseurs. Il y avait aussi une échelle, appuyée au mur sous une fenêtre.

Mr Gumbrel avait cessé de lire à voix haute, mais je regardais la page par-dessus son épaule. Au risque de paraître prétentieuse, j'étais assez satisfaite de la progression clair de lune-bal-échelle, qui créait un climat à la fois onirique et sinistre. Qu'est-ce que cette échelle faisait là ? Je connais la réponse à présent : rien.

Je n'avais pas nommé Gloria Spiker, pensant qu'elle n'avait pas besoin de cette mauvaise publicité. De toute manière, les lecteurs du *Conservative* savaient qui était la baby-sitter dans cette affaire.

Je n'avais pas cité non plus Carl Mooma comme ma source principale, pour la même raison.

50

Elle était revenue.

Moins de vingt-quatre heures s'étaient écoulées depuis son départ, et déjà on l'avait renvoyée.

A mon retour, vers une heure, j'ai trouvé Ree-Jane en train de se balancer sur la véranda, avec un sourire absent qui ne s'adressait à personne en particulier.

Quand elle m'a vue descendre du taxi, son sourire s'est teinté d'un sentiment de triomphe sur tout ce qui se dressait sur son chemin. Etalez du rouge à lèvres sur un rouleau compresseur, et vous aurez une idée du sourire qui s'est brusquement rivé sur moi, manquant de m'écraser.

J'ai claqué la portière sur le monologue de Delbert et monté les marches.

– Tu t'es levée tôt, dis donc, ai-je remarqué en me laissant tomber dans le fauteuil voisin du sien.

Ça l'a désarçonnée.

– Hein ?

J'ai bâillé tandis qu'elle tripotait ses bracelets en argent.

– C'était juste temporaire, a-t-elle dit.

Si son existence pouvait l'être également…

– Quoi donc ? ai-je demandé, l'agaçant encore un peu plus.

– Ma… fugue dissociative.

J'ignorais le sens de cette expression, mais je doutais qu'elle décrive l'état de Ree-Jane.

Elle a rejeté la tête en arrière et souri au plafonnier, ou peut-être à la collection d'insectes, morts ou en pleine fugue dissociative, collés à celui-ci.

Elle a repris :

– Rafe est merveilleux, tu ne trouves pas ?

– Non.

– Comment ça, « non » ?

– Non, je ne le trouve pas merveilleux.

Elle s'est penchée vers moi par-dessus l'accoudoir de son fauteuil, comme si elle s'apprêtait à me faire une confidence, et m'a soufflé :

– Tu ne serais pas un peu jalouse, par hasard ?

Egale à elle-même.

– Moi ? Pourquoi serais-je jalouse de Ralph ?

– Pas Ralph, *Rafe*. Rafe, bon sang !

– Pourquoi ? ai-je répété.

Emily Dickinson aurait certainement qualifié son regard d'« exalté ».

– Pas de lui, de *nous* !

J'ai feint l'étonnement :

– Pourquoi serais-je jalouse de nous ?

J'aurais pu continuer ainsi tout l'après-midi si je n'avais pas dû me trouver en cuisine depuis déjà dix minutes.

Ree-Jane a abattu le poing sur le bras de son fauteuil.

– Pas de nous deux ! De Ralph et moi...

– Rafe.

Elle s'est levée d'un bond.

– Tu te crois maligne, hein ?

Egale à elle-même, je vous dis.

Tandis qu'elle claquait la porte derrière elle, j'ai posé une main apaisante sur le bras du fauteuil vide qui se balançait furieusement.

Bien sûr, je brûlais d'apprendre ce qui s'était réellement passé. C'est donc dévorée par la curiosité que j'ai mis le cap sur la cuisine, où ma mère a fait en sorte de me culpabiliser :

– Je pensais que tu aurais à cœur de rentrer à temps pour servir Mr Muggs...

Mr Muggs, le Pauvre Diable, que j'avais aperçu par la fenêtre de la salle à manger depuis la promenade en planches qui courait sur le côté de l'hôtel et rejoignait la cuisine.

– Ça fait presque un quart d'heure qu'il attend son déjeuner, tout comme Miss Bertha et Mrs Fulbright.

– J'ai été retardée sur la véranda, ai-je expliqué, appuyée au comptoir. Ree-Jane est revenue.

Ma mère a tapé sa cuillère en bois contre une casserole à double fond d'où s'échappait un délicieux fumet de poulet à la crème.

– Je sais. Une infirmière de l'hôpital a appelé sa mère ce matin. Ralph est allé la chercher.

J'ai attendu qu'elle poursuive, mais évidemment, la préparation du déjeuner passait avant tout le reste. Elle avait disposé sur des assiettes des petits pains au lait caillé coupés en deux. Elle a recouvert l'un d'eux de poulet à la crème et l'a décoré d'une lamelle de poivron et d'un brin de persil avant d'ajouter des petits pois d'un vert éclatant et une tomate grillée. Pour finir, elle a essuyé avec soin un peu de sauce qui avait débordé de l'assiette. Une véritable œuvre d'art. Elle saupoudre parfois le tout d'un mélange de cacahouètes moulues finement, de paprika et d'une épice mystère, mais pas ce jour-là.

Quand j'ai fait irruption dans la salle à manger, portant le plateau, Miss Bertha a vociféré mon prénom. On aurait dit le rugissement d'un fauve affamé : « Reummma... »

Je suis passée sans détourner la tête et ai posé le plateau sur une table de service près de Mr Muggs.

– Ça a l'air délicieux, Emma.

Il a coincé sa serviette dans son col et s'est frotté les mains pendant que je remplissais son verre d'eau. Je lui ai demandé s'il désirait son café maintenant ou plus tard. Il a répondu plus tard, et je me suis écartée de sa table.

– Reuuummmmma !

– J'arrive tout de suite, miss Bertha, ai-je assuré d'une voix flûtée.

Mon plateau vide en équilibre sur une main, j'ai disparu dans la cuisine sans attendre qu'elle m'assaille de questions.

Son assiette et celle de Mrs Fulbright étaient prêtes. Je les ai chargées sur le plateau puis, comme ma mère me tournait le dos, j'ai remplacé le poivron qui décorait celle de Miss Bertha par une lamelle de piment habanero – le plus fort de la famille, m'avaient appris mes recherches.

– C'est quoi, le dessert ? ai-je demandé avant de regagner la salle à manger.

– Des îles flottantes.

– Oh !

C'est le cœur gonflé d'allégresse que j'ai déposé leurs assiettes devant les deux vieilles dames. Mrs Fulbright m'a gratifiée d'un murmure approbateur tandis que Miss Bertha inspectait le contenu de la sienne avec sa fourchette.

Je me suis approchée de la table de Mr Muggs, qui avait presque terminé son poulet.

– Il y a des îles flottantes au dessert, lui ai-je murmuré.

– Oh ! a-t-il fait sur le même ton que moi un peu plus tôt.

– Je reviens dans une seconde.

Au même moment, Miss Bertha a poussé une sorte de jappement et bondi de sa chaise en hurlant :

– De l'eau ! De l'eau !

On aurait dit le cri de Gunga Din.

J'ai étouffé un soupir. Depuis le temps que je glisse dans sa nourriture toutes les espèces connues de piments, elle devrait savoir que l'eau ne fait qu'aggraver la sensation de brûlure.

J'ai rempli son verre et le lui ai tendu.

J'ai ensuite servi leurs îles flottantes – un dessert aussi magique que son nom – à Mr Muggs et à Mrs Fulbright. Miss Bertha, elle, n'a rien pu avaler. Elle est restée un bon quart d'heure à pousser des grognements et agiter une main en éventail devant sa bouche ouverte.

J'ai débarrassé les tables après leur départ. L'assiette de Mr Muggs était impeccable, comme toujours. On aurait dit qu'elle n'avait pas servi.

Après avoir englouti une double portion d'îles flottantes, je me suis mise en route pour l'épicerie Britten.

– Na ah, a dit Enepébé.

– Ac ouah, l'a corrigé son frère.

Je leur avais demandé où était allé Morris Slade la veille au soir, et s'ils avaient continué à le suivre. Si j'avais compris la première partie de la réponse d'Enegébé – « Lake Noir » –, la suite m'avait plutôt déconcertée : « Hilfa air. »

Ne souhaitant pas passer le reste de l'après-midi à tenter d'interpréter les propos des frères Wood, je me suis enquise de Mr Root.

Enepébé a indiqué l'épicerie d'un mouvement de tête :

– Heu han.

J'ai monté les quelques marches en bois et salué les deux vieillards occupés à chiquer, assis sur des caisses. Depuis quand Mr Britten permettait-il à ses clients de prendre leurs aises sur ses caisses ?

Comme d'habitude, le propriétaire s'était renfrogné à mon entrée. Mr Root, en revanche, paraissait heureux de me voir. Il avait acheté du tabac et un paquet de Twinkies. Je lui ai rapporté la réponse d'Enegébé, qu'il a aussitôt décryptée pour moi :

– Hier soir, ton Morris Slade est allé au Silver Pear.

– Seul ?

– Oui, seul.

– A quelle heure ?

– Oh ! Il est sorti de chez lui entre sept heures et la demie, pour arriver au restaurant vers huit heures.

– Il a retrouvé quelqu'un là-bas ?

Mr Root a réfléchi.

– Ça se peut que quelqu'un l'ait attendu à l'intérieur, ou soit arrivé après lui.

Une réponse plutôt vague.

– Où est-il allé après manger ?

– J'en sais rien, moi ! s'est exclamé Mr Root, brusquement sur ses gardes. On n'allait pas l'attendre toute la nuit. Ça faisait une heure, une heure et demie qu'il était entré quand on a levé le camp. Il faut combien de temps pour dîner ?

J'ai failli lui rétorquer qu'un détective digne de ce nom aurait attendu toute la nuit. Mais bien sûr, un détective digne de ce nom aurait réclamé un salaire pour sa peine.

– Ce n'est pas grave, monsieur Root. Vous avez fait de l'excellent travail tous les trois.

Il m'a tendu le paquet de gâteaux ouvert :

– Tu veux un Twinkie ?

– Je vous remercie, mais j'ai fait un déjeuner copieux.

Ça ne m'avait jamais dissuadée d'accepter un Twinkie jusque-là.

Je suis sortie de la boutique, ai salué Enepébé et Enegébé de la main et me suis dépêchée de rentrer à l'hôtel pour appeler les taxis Axel.

51

Mr Root ou les frères Wood auraient certainement proposé de me conduire, mais je souhaitais réfléchir. Delbert, bien sûr, avait envie de bavarder, mais lui, je pouvais me permettre de l'ignorer.

– Au Silver Pear ? T'as les moyens de manger là-bas ?

Les tarifs élevés du restaurant l'intéressaient davantage que le fait que je m'y rende seule, à douze ans à peine.

– J'ai vendu mon vélo, ai-je prétendu tandis que nous quittions La Porte pour rouler à travers la campagne.

Delbert a rétorqué qu'il ne m'avait jamais vue sur un vélo, et que même si j'en avais un, il m'imaginait mal le revendre. Quand il s'est lancé dans une longue tirade sur la meilleure façon d'employer son argent, j'ai cessé d'écouter pour regarder des chevaux dans une prairie par ailleurs déserte. Un flot ininterrompu de paroles s'écoulait de la bouche de Delbert, formant peu à peu un lac de mots dans lequel il barbotait avec complaisance.

Le succès de cette nouvelle expédition allait dépendre du sens de l'observation des propriétaires du Silver Pear. Après tout, le spectacle d'un Morris Slade débarquant au volant de sa voiture de sport avait de quoi éveiller la curiosité de personnes moins indiscrètes que des restaurateurs. Sans doute s'étaient-ils interrogés, l'avaient-ils étudié, questionné...

Le long de la route, deux vaches pie ruminaient et rêvassaient, la tête appuyée sur une barrière en bois. J'ai moi-même continué à rêvasser jusqu'à ce que je distingue Lake Noir à travers un million de pins.

La voiture a tourné dans White's Bridge Road, « la route du lac », comme l'avaient surnommée les propriétaires snobs des luxueuses villas des environs. Le Silver Pear ne se trouvait pas sur la rive de Lake Noir, mais il en était assez proche pour qu'on l'aperçoive derrière les arbres, aussi brillant qu'un plat en argent.

Delbert avait cessé de parler. Je n'en ai pris conscience que lorsque le taxi s'est engagé sur une portion de route cahoteuse. Son silence donnait l'impression qu'il s'était noyé dans le lac, et je me suis fait la réflexion que je n'aurais pas aimé avoir un noyé pour chauffeur.

Gaby et Ron possèdent une grande maison de style victorien qu'ils ont transformée en restaurant chic. Lors de ma première visite, j'avais prétendu attendre l'arrivée d'un adulte avec qui je devais déjeuner. En étudiant le menu, j'avais constaté avec horreur que des plats tels que le homard thermidor et le *filet mignon à la carte*[1] coûtaient quatre fois le prix d'un repas complet à l'hôtel Paradise.

J'y étais retournée deux fois depuis. J'espérais que Gaby et Ron ne se souviendraient pas de moi et ne trouveraient pas étrange qu'une fille de mon âge rôde ainsi autour de leur établissement, les mains vides et apparemment sans le sou.

1. En français dans le texte original. (*N.d.T.*)

En réalité, je n'étais pas aussi démunie que je le pensais. J'avais tendance à oublier que j'étais en passe de devenir célèbre, et que ma notoriété grandissait à chaque nouvel article publié.

– Vraiment ! s'est exclamé Gaby, ou Ron.

Il était difficile de les différencier. L'un et l'autre montaient la garde devant la porte de la salle à manger, les menus coincés sous le bras.

Celui qui s'était adressé à moi a repris d'une voix aiguë et légèrement voilée :

– Vraiment, vous avez montré un courage incroyable.

Il faisait allusion au moment où Isabel Devereau m'avait forcée à monter dans une barque sous la menace d'une arme.

– Pas tant que ça, ai-je répondu.

Il n'y avait aucun courage, ai-je affirmé, à obéir à un revolver. Bien sûr, je n'en pensais pas un mot, mais j'avais décidé d'affecter – encore un mot que j'affectionne – une certaine désinvolture à l'égard du danger. Dans ces circonstances, ai-je ajouté, le courage aurait consisté à empoigner le canon de l'arme et à faire tomber Miss Devereau dans le lac.

Naturellement, ils ont mis mes protestations sur le compte de la modestie, ce qui me convenait très bien.

J'ai repris :

– Si vous êtes abonnés au *Conservative*...

Ils ont vigoureusement acquiescé. Oui, oui...

– Vous avez peut-être lu mon article...

Oui, oui.

Je m'attendais presque à les voir entamer un numéro de claquettes, avec leurs souliers vernis et leurs costumes à rayures.

– Vous rappelez-vous avoir vu hier soir un homme qui conduisait une voiture de sport rouge ?

– Certainement. Une Alfa Romeo décapotable deux places. Un bijou !

Alfa Romeo... Un mot nouveau à savourer, comme « poinciana », « bougainvillée » et « Tamiami ». J'ai secoué imperceptiblement la tête pour en chasser tous ces termes exotiques.

– Il a dîné ici ?

– Bien sûr, a répondu Ron, ou Gaby. Il a commandé le homard thermidor.

Evidemment.

Son compagnon a murmuré :

– Nous avons entendu dire qu'il avait été mêlé à un scandale il y a des années, dans les environs de Spirit Lake ? Vous savez, le grand hôtel qui a brûlé ?

J'ai acquiescé, résolue à ne pas entrer dans les détails du scandale en question.

– Est-ce que quelqu'un l'attendait à l'intérieur ?

– Non.

– Non.

– Il ne vous a pas dit ce qu'il venait faire à Lake Noir ?

– Non, a répondu Gaby.

J'ai su que c'était Gaby parce qu'il a demandé :

– Ron ?

Celui-ci a secoué la tête.

Evidemment. Pourquoi Morris Slade leur aurait-il confié ses projets ? D'un autre côté, pourquoi Morris Slade était-il venu dîner seul au Silver Pear ?

J'ai réfléchi un moment, sans trouver d'explication satisfaisante.

– Après dîner, il a regagné sa voiture et est reparti d'où il était venu ?

Je croyais avoir énoncé une évidence, mais la réponse de Gaby m'a prise de court :

– Non. Il est parti en direction de White's Bridge.

Le pont en question se trouve à une faible distance du restaurant, à l'écart de la route.

Mes yeux se sont agrandis.

Apparemment, je n'étais pas la seule à trouver ça étonnant :

– Nous nous sommes demandé ce qu'il allait faire par là. Personne n'habite dans ces parages, hormis un vieil homme, à l'endroit où la route de Mirror Pond cède la place à un chemin de terre. Nous-mêmes, nous ne sommes jamais allés plus loin.

Ce chemin se poursuit sur plusieurs kilomètres au-delà des Décombres, s'élargissant et se rétrécissant tour à tour, jusqu'à ce qu'il ne reste qu'un mince sentier menant à Spirit Lake.

– Sans doute avez-vous entendu parler du meurtre qui a eu lieu là-bas, après le pont, a dit Ron. Quelle histoire !

Il a frissonné, de plaisir, m'a-t-il semblé.

– Dans les jours qui ont suivi, m'a confié Gaby à mi-voix, notre chiffre d'affaires a grimpé en flèche. L'attrait du morbide, sans doute... Merci de ne pas me citer dans votre article.

– Ne vous inquiétez pas, ai-je dit. Mais au retour, il a bien dû repasser devant le restaurant, non ?

– Nous ne l'avons pas revu, et nous nous sommes couchés vers une heure, une heure et demie.

Ron s'est mordu la lèvre.

– Il y a bien le vieux au bord de la route... C'est peut-être un ami, ou une connaissance, de l'homme à la voiture rouge ?

Il a fait passer les menus sous son autre bras avant de reprendre :

– Je n'y avais pas réfléchi, mais le fait est qu'on ne l'a pas vu revenir.

– Sans doute étiez-vous trop occupés au restaurant…

– Pas hier soir. Nous n'avons servi que sept ou huit clients. Je me rappelle qu'on a manqué de faisan, a-t-il ajouté d'un air pensif.

Ma mère aussi compte sur ce genre d'incident pour raviver sa mémoire.

– Je dois vous laisser, ai-je subitement déclaré.

– Comment êtes-vous venue ?

– En taxi.

– Je vais vous en appeler un, a proposé Gaby.

– Pas tout de suite, je vous prie. Je vais marcher jusqu'à la maison de Mr Butternut.

Ils m'ont lancé des regards interrogateurs. Ils se ressemblent tellement qu'on dirait des jumeaux.

– Le vieil homme, ai-je expliqué.

Depuis le temps qu'ils vivaient là, ils ne le savaient pas ? C'est comme ça, quand on travaille dans la restauration.

Ils ont secoué la tête puis Ron a dit :

– Quelle témérité !

J'ignorais ce que ça signifiait au juste, toutefois j'ai souri et suis sortie, laissant derrière moi un fumet de faisan et de homard thermidor.

J'ai traversé White's Bridge, contourné Mirror Pond, où Fern Queen a été tuée, et longé la route de terre jusqu'à la petite maison de Mr Butternut – plutôt une cabane à dire vrai, composée d'une vaste pièce commune, d'une cuisine et d'une chambre.

L'extérieur en était brillamment éclairé, alors même qu'il faisait encore grand jour. Le globe de la suspension au-dessus de l'entrée était aussi constellé d'insectes que ceux de l'hôtel. J'ai frappé à la porte. Comme personne ne venait, j'ai appelé :

– Monsieur Butternut ? C'est moi, Emma Graham !

Une réponse m'est parvenue du fond de la maison. Des pas traînants se sont approchés de la porte et celle-ci s'est ouverte.

– Bon sang de bois, qu'est-ce qui t'amène ?

Le vieil homme avait l'air content de me voir. J'imagine qu'il reçoit rarement des visites. Je ne crois pas qu'il ait encore de la famille et sa solitude doit lui peser parfois.

– Bonjour, monsieur Butternut. Je peux entrer ?

– Je t'en prie. Tu veux un chocolat ?

Nous en avions bu un ensemble lors de ma première visite, juste après le meurtre de Fern Queen.

– Avec plaisir. Je vois que vous avez allumé la cuisinière.

C'était un antique modèle en fonte, qui dégageait une chaleur quasi suffocante.

– Mets-toi à l'aise, m'a dit le vieil homme, me désignant les deux fauteuils.

Je me suis assise tout au bord de l'un d'eux, avant de m'y enfoncer pour m'éloigner le plus possible de la cuisinière. Les vieilles personnes ont toujours froid, à ce qu'on dit.

– Vous n'auriez pas vu une voiture de sport rouge, hier soir ?

– Pour sûr que oui ! a-t-il répondu, remuant des casseroles.

Je me suis brusquement redressée. J'avais mis dans le mille, une fois de plus.

J'ai attendu qu'il poursuive, en vain. Ayant choisi une petite casserole, il s'est dirigé vers la glacière pour y prendre le lait.

Je l'ai relancé :

– Elle est passée devant votre maison ?

– Affirmatif. Je me suis même demandé ce qu'un bijou pareil fabriquait sur une route pleine de nids-de-poule. J'ai plus de marshmallows.

Il tenait à la main un sachet ouvert au fond duquel j'ai aperçu deux cubes de guimauve. La vérité, c'est qu'il ne voulait pas les partager avec moi.

Il a versé dans la casserole un peu de lait, du cacao et du sucre, et remué jusqu'à obtenir une pâte lisse avant de rajouter du lait. Mr Butternut fait un excellent chocolat.

– Qu'est-il arrivé ensuite ?

– Rien. C'est pas comme en ville, ici.

Il me tournait le dos. Il y a eu un bruit de plastique froissé, et j'ai deviné au mouvement de son bras qu'il glissait furtivement les deux marshmallows dans sa tasse.

– Elle allait où, à votre avis ?

– Cette route mène aux Décombres, et il habite plus personne là-bas... à part les fantômes.

Un rire silencieux a secoué ses épaules.

– Les fantômes des Calhoun, a-t-il précisé. Autrefois, les Randall vivaient le long de cette route – Bud Randall et toute la smala – et aussi...

Il a de nouveau entrepris de recenser toutes les familles qui avaient vécu dans le voisinage. Il faut croire que les vieilles personnes éprouvent régulièrement le besoin de ressasser le passé pour s'assurer qu'il a bien existé.

– Si cette voiture était repassée, vous l'auriez entendue ?

– Ouais.

– Alors ? ai-je insisté après quelques secondes de silence. Vous l'avez entendue ?

— Elle est pas repassée.

— Vous n'avez pas trouvé ça curieux ?

— Si.

Il a réparti le chocolat chaud entre les deux tasses et m'a tendu la mienne avant de poser la sienne sur une petite table en partie cachée par le bras de son fauteuil, afin que je ne voie pas les volutes blanchâtres des marshmallows en train de fondre.

J'ai soupiré.

— Et… ?

— Rien. C'est pas en se triturant la cervelle qu'on attrape les ratons laveurs.

— La voiture a dû aller aux Décombres, et si ça se trouve, elle y est encore.

L'idée qu'un homme comme Morris Slade ait pu se rendre dans cette maison, et à plus forte raison y passer la nuit, avait quelque chose de risible. Pourtant, je n'avais pas envie de rire.

Mr Butternut a discrètement aspiré la guimauve à la surface de son chocolat.

— P'têt ben que oui…

— En route !

J'espérais qu'il offrirait spontanément de m'accompagner. Il n'était pas question que j'aille seule au palais des fantômes !

Il a protesté :

— J'ai pas fini mon chocolat !

Il ne s'est pas levé de son fauteuil avant d'avoir vidé sa tasse jusqu'à la dernière goutte. J'ai dû me faire violence pour ne pas le tirer par l'oreille.

— Je vois pas pourquoi tu tiens tant à retourner là-bas, a-t-il ronchonné. Si je me rappelle bien, la dernière fois, tu t'es perdue.

— Pardon, c'est vous qui vous êtes perdu !

On s'est chamaillés pendant quelques minutes, le temps qu'il repose sa tasse, s'extraie de son fauteuil et aille chercher son bâton.

– N'oubliez pas les lampes de poche, lui ai-je recommandé.

– Pourquoi ? Il fait grand jour !

Sinon, je n'aurais jamais proposé de nous rendre aux Décombres.

– Les bois sont épais ; il y fait aussi sombre qu'en pleine nuit, ai-je prétendu.

Là encore, je n'aurais jamais proposé d'y aller si ç'avait été vrai.

Alors que je franchissais le seuil, j'ai entendu le vieil homme se plaindre que certaines personnes ne pouvaient pas laisser les morts dormir en paix.

52

Nous nous sommes figés au même instant. L'un comme l'autre savions que la présence de la voiture à cet endroit n'annonçait rien de bon. Je n'aime pas me représenter les Décombres comme une tombe, même si la maison a servi de sépulture à l'idylle entre Iris Devereau et Jamie Makepiece.

Je me suis interrogée : existait-il une route à l'arrière du bâtiment ? Oui, me suis-je rappelé. L'ancienne, qui menait au lac.

– C'est le prolongement de celle-ci, a répondu Mr Butternut quand je lui en ai demandé confirmation. Mais à deux kilomètres d'ici, on la distingue presque plus.

J'ignore pourquoi je tenais tant à ce qu'il y ait une route, puisque de toute évidence, la décapotable rouge ne l'avait pas empruntée.

– Allons jeter un coup d'œil.

Pour une fois, l'initiative venait du vieil homme. Moi, je redoutais ce que nous risquions de trouver. Mais je l'avais tellement baratiné et cajolé pour qu'il m'accompagne que je ne pouvais plus reculer.

Mr Butternut avait presque atteint la voiture quand je l'ai rattrapé. Elle était vide, mais il y avait une flaque sous le tableau de bord, sans doute la conséquence d'une averse matinale, et quelques feuilles mortes éparpillées sur les sièges en cuir fauve. La capote baissée exposait l'intérieur à d'éventuelles intrusions. Cette pensée m'a fait frissonner.

Apparemment, son propriétaire n'avait pas prévu de la laisser là aussi longtemps.

Je me suis ressaisie et tournée vers la maison. J'y étais déjà entrée à plusieurs reprises. Il manquait une partie du toit. Voiture, maison, paysage, tout semblait avoir été vaincu par les éléments, ou la pesanteur, et s'enfoncer lentement sous terre. Les derniers mots du poème de Robert Frost me sont revenus en mémoire, prononcés par Enepébé.

J'avais l'intention d'entrer mais ne parvenais pas à me décider. J'ai alors fait le tour de la maison, me frayant un passage à travers les herbes hautes. Les arbres anciens, aux branches lourdes, donnaient l'impression de s'enlacer.

Quelque chose a détalé. Des glands, des brindilles, des feuilles pleuvaient autour moi. Partout ailleurs, c'était l'été. Mais ici, l'automne durait éternellement.

Me connaissant, vous pensez probablement que j'étais excitée par ces nouvelles péripéties. En réalité, tout cela me fatiguait. J'ai entendu un bruit suivi d'un cri. C'était Mr Butternut. J'aurais dû retourner sur mes pas, entrer dans la maison, mais je n'en avais pas envie. Je savais que j'allais y trouver quelque chose d'horrible et j'avais peur de savoir quoi.

Les broussailles, les plaques d'écorce craquaient sous mes pas. Les graminées, les jacinthes musquées, ai-je pensé, avaient survécu à toutes les mauvaises nouvelles, elles.

Mr Butternut m'attendait derrière la maison, appuyé au chambranle de la porte.

Tandis que je m'approchais, il m'a crié :

– Y a quelqu'un dedans.

Je me suis arrêtée net.

– Il est mort, ai-je dit.

– Aussi mort que possible. Faut pas que je reste trop longtemps debout, ça fatigue mon cœur, a-t-il expliqué, une main sur la poitrine.

Cette allusion au cœur de Mr Butternut a raffermi mon courage et je suis entrée. Le vieil homme m'a suivie.

J'ai d'abord cru que mes yeux me jouaient un tour – ça n'aurait pas été la première fois.

Il était étendu sur le dos dans le salon, les bras écartés, comme s'il voulait tracer la silhouette d'un ange dans la neige. Un rapprochement d'autant plus incongru que le sol n'était pas blanc autour de lui, mais rouge. Son corps baignait dans le sang, ce sang qui avait jailli de sa poitrine éclatée.

Ça peut paraître idiot, mais je me suis cramponnée à l'image d'un ange dans la neige. J'aurais tant voulu qu'il fût en train de jouer, comme un enfant... L'enfant qu'on ne l'avait jamais laissé être, je le craignais.

– C'est lui ? a soufflé Mr Butternut d'une voix enrouée. C'est Slade ?

Il cherchait sa respiration, comme si la pièce ne contenait plus assez d'air pour les survivants que nous étions.

J'ai secoué la tête.

– Non. Lui, c'est Ralph Diggs.

53

– Dès qu'y a du grabuge quelque part, il faut que tu rappliques !

Donny se pavanait devant les Décombres, plein de morgue, les pouces glissés dans sa ceinture.

– Remue-toi et va jeter un coup d'œil à cette voiture, lui a lancé le shérif, accroupi près du corps avec le Dr McComb.

Donny a remonté son pantalon. Il m'a adressé un regard qui insinuait que tout était de ma faute et s'est éloigné en marmonnant quelque chose au sujet d'un « flingue de grand-mère ».

Je ne lui ai même pas retourné son regard. Je me moquais de ce que pouvait dire ou penser Donny. Tout ce qui m'importait, c'était Ralph Diggs et Morris Slade. J'aurais bien voulu m'en aller mais mes pieds semblaient cloués au sol.

Mr Butternut, lui, n'avait eu aucune difficulté à courir jusqu'à chez lui pour téléphoner au shérif tandis que je restais sur place.

Etonnamment, je n'avais pas craint de rester. Aussi ridicule que ça puisse paraître, il m'avait semblé que quelqu'un devait tenir compagnie à Ralph. Je crois que la surprise de découvrir qu'on pouvait perdre autant de sang, ou plutôt, qu'il y avait autant de sang dans un corps humain, avait inhibé ma peur. Pendant que je contemplais tout ce sang, j'ai subitement décidé d'avoir peur et suis sortie de la pièce en courant.

Sur le chemin, j'ai rencontré Mr Butternut qui sortait de chez lui et retournait vers la maison aussi vite que le lui permettaient ses jambes.

Puis la police d'Etat avait débarqué, trois voitures avaient pilé derrière la décapotable rouge, huit ou neuf policiers s'étaient déployés à l'intérieur et autour de la maison. Comment avaient-ils pu arriver aussi vite ?

Le shérif semblait avoir oublié que moi, Emma Graham, j'étais en train de contempler le corps de Ralph Diggs baignant dans son sang. Il y en avait jusque dans les interstices du plancher.

Enfin, il m'a lancé un regard par-dessus son épaule :

– Emma ?

J'ai secoué la tête, incapable de parler.

Le Dr McComb, qui était arrivé une dizaine de minutes après le shérif, s'est relevé avec difficulté.

– C'est tout ce qu'on peut dire pour le moment, a-t-il déclaré. L'autopsie nous en apprendra plus. Pas beaucoup plus, je le crains. Quel massacre ! Une chose est sûre, ce n'est pas ce 7,65 qui a pu faire ça.

Il a désigné de la tête un des hommes occupé à ramasser un pistolet de petite taille près du corps. Ni Mr Butternut ni moi ne l'avions remarqué.

J'ai quitté la pièce et me suis assise dehors sur un banc, à côté du vieil homme qui regardait droit devant lui. J'ai vu Donny examiner la voiture et prendre des notes dans un petit carnet à spirale.

Le shérif est sorti à son tour. Il a jeté un coup d'œil en direction de Donny, puis vers nous.

– Qu'est-ce qui est arrivé à Ralph Diggs ? a-t-il demandé.

– On vous a dit tout ce qu'on savait, lui a rétorqué Mr Butternut.

J'ai bien aimé son ton acerbe. Apparemment, j'avais mal jugé le vieil homme. Il avait davantage de cran que beaucoup.

– Pardon. En fait, je voulais connaître votre avis.

Le shérif s'est tourné vers moi avant de poursuivre :

– Ralph Diggs travaillait à l'hôtel. Qu'est-ce que tu sais de lui ?

Je n'avais pas envie de répondre.

– Il se faisait appeler Rafe... Le diminutif de Raphael, je crois.

– Je sais, tu me l'as déjà dit.

– Mais vous ne m'avez pas écoutée. *Raphael*... En raccourci, Fey.

J'ai planté mon regard dans les yeux bleu glacier du shérif.

– Le bébé kidnappé... C'était un garçon, pas une fille.

Le shérif s'est levé et m'a considérée comme s'il était à court de lumière et que je lui avais tendu un éclat du ciel qui s'assombrissait.

– Comment sais-tu ça ?

– Raphael... Le prénom du vieux Mr Woodruff, son arrière-grand-père.

– C'est lui – Ralph, ou Rafe – qui te l'a dit ?

– Bien sûr que non ! Je l'ai découvert par déduction. L'arrière-grand-père du bébé se prénommait Raphael, vous vous rappelez ? C'est pourquoi ses parents l'ont surnommé Fey. Les Diggs devaient être les gens, en Pennsylvanie, auxquels le groom a confié l'enfant.

C'est sans doute eux qui ont abrégé Raphael en Ralph.

J'ai lancé un regard noir au shérif, comme s'il était le seul fautif dans cette affaire, avant de poursuivre :

– Vous avez vu son visage ? Il était le portrait craché de Morris Slade…

Je me suis interrompue, en colère non contre le shérif, pour une fois, mais contre moi-même. J'avais la sensation de passer à côté d'une évidence.

Le shérif s'est interrogé :

– Mais pourquoi Slade a-t-il laissé sa voiture ? Où est-il allé ? Est-ce qu'ils sont venus ici ensemble ?

Je savais que la question ne s'adressait ni à Mr Butternut ni à moi, pourtant j'ai répondu :

– Non. Vous n'avez qu'à demander à Gaby et Ron, au Silver Pear.

Après un moment de réflexion, j'ai enchaîné :

– Morris Slade a pu regagner la route à pied, en retraversant le pont…

Le shérif a secoué la tête :

– Ça n'a pas de sens. Il devait se douter que la police trouverait sa voiture.

Mr Butternut, qui avait gardé le silence jusque-là, a répété :

– Ça a pas de sens.

Puis il s'est donné une claque sur la cuisse avant de se lever.

– Si vous avez plus besoin de moi, je peux m'en aller ?

Le shérif a acquiescé.

– Merci de votre aide. J'imagine que la découverte du corps vous a pas mal secoué, mais vous avez eu le bon réflexe en nous appelant sans tarder. Je vous en suis reconnaissant.

Après un salut de la tête, Mr Butternut s'est éloigné en direction de la route.

Le Dr McComb est sorti de la maison, sa sacoche noire à la main.

– Je ne peux rien faire de plus, Sam, a-t-il dit au shérif. Un de vos hommes, à l'intérieur, m'a dit que vous n'aviez trouvé aucune trace de l'arme du crime. Le meurtrier a dû l'emporter.

– Puisque vous partez, a dit le shérif, vous voulez bien reconduire Emma chez elle ?

Mon ancien moi aurait protesté et invoqué un tas de bonnes raisons pour rester. Mais je me sentais terriblement loin de tout. C'est peut-être ce qu'on appelle un traumatisme.

– Est-ce qu'on ne se conduit pas bizarrement après un choc violent ? ai-je demandé au Dr McComb.

– En effet. Mais chacun réagit à sa manière.

Je me suis levée, prête à le suivre.

– Si ça se trouve, Morris Slade est en train d'errer dans les bois, en état de choc. Vous ne l'avez pas cherché assez loin.

Ce dernier reproche s'adressait au shérif.

Le Dr McComb m'a ouvert la portière de sa vieille guimbarde. Celle-ci a un peu renâclé quand il a voulu la faire démarrer, mais bientôt, elle bringuebalait sur la route.

On a dépassé Mr Butternut, qui a levé la main. Je l'ai salué en retour. Je dois dire au crédit du vieil homme qu'il se montrait très efficace en situation de crise.

Le Dr McComb a ralenti afin de contourner Mirror Pond, puis de nouveau avant de s'engager sur White's Bridge.

– Sam élucidera cette affaire, a-t-il assuré, changeant de vitesse pour la vingtième fois au moins.

J'ai jeté un regard maussade au Silver Pear avant de marmonner :

– C'est sûr... Il se trompera de suspect, comme d'habitude.

54

J'allais devenir encore plus célèbre, sans doute, mais bizarrement, la célébrité m'attirait beaucoup moins qu'une semaine auparavant.

Je me faisais cette réflexion en montant d'un pas lourd l'escalier qui mène à ma chambre. J'avais demandé au Dr McComb de me déposer dans l'allée derrière l'hôtel, pour me permettre de rentrer sans avoir à parler à quiconque. Mais quand j'ai marqué une halte sur le palier, j'ai réalisé que de toute manière, il n'y avait personne à qui parler ce soir-là.

La salle à manger était restée vide à l'heure du dîner, une relation de Mrs Fulbright étant passée la prendre en voiture ainsi que Miss Bertha. Ma mère et Mrs Davidow en avaient profité pour se rendre à une fête chez les Custis, de l'autre côté de la route.

Le lendemain matin, la nouvelle du meurtre était parvenue à l'hôtel Paradise. Mrs Davidow, Ree-Jane et ma mère m'attendaient dans la cuisine quand je suis apparue, l'esprit encore embrumé de sommeil. Le fait que Ree-Jane se soit levée avant huit heures multipliait par cent les chances de voir la scène virer au mélodrame.

Comme elle se prétendait « anéantie » par la mort du « pauvre, pauvre Rafe », je lui ai suggéré de retourner se coucher. Si elle avait vraiment été anéantie, elle n'aurait pas déambulé à travers la cuisine, un bras replié sur le front.

Mrs Davidow avait tellement hâte de connaître les détails qu'elle était à deux doigts de me proposer un Bloody Mary.

– Qui l'a tué ? Morris Slade ?

– Mon Dieu, mon Dieu ! a gémi Ree-Jane.

Ma mère, occupée à nouer son tablier, m'a proposé de me faire remplacer par Walter si je ne me sentais pas le courage de servir le petit déjeuner.

– Il s'est peut-être suicidé, a-t-elle dit d'un air indécis.

J'ai aussitôt réagi :

– Je peux t'assurer que non.

Avec un haussement d'épaules, elle a signalé à Mrs Davidow qu'elle était à court d'épices pour faire une tarte à la citrouille.

Je venais de découvrir un corps, celui d'un jeune homme qu'elles avaient connu, mais devant leur réaction, on aurait pu croire qu'il s'agissait d'un cafard écrasé. Chacune n'était que la caricature d'elle-même.

Ma mère s'affairait au-dessus de sa cuisinière. Lola Davidow fumait et jacassait sans discontinuer – sans doute répétait-elle pour les journalistes qui n'allaient pas manquer de rappliquer. Ree-Jane marchait de long en large et se lamentait.

J'ai demandé à Mrs Davidow si elle voulait bien préparer un Bloody Mary pour Aurora. Elle a accepté avec empressement. Elle était toujours ravie de confectionner un cocktail, peu importait pour qui.

A onze heures, nous nous trouvions sur la véranda en compagnie de deux reporters. En réalité, ceux-ci étaient venus pour moi, mais Mrs Davidow, Ree-Jane et même ma mère avaient toujours du mal à admettre ma célébrité.

Quand Ree-Jane avait appris qu'il allait venir des journalistes de Cloverly et même de Pittsburgh, elle avait couru jusqu'à sa chambre pour se changer. Elle portait à présent une robe jaune serin qui n'aurait pas convenu à un deuil familial mais qui ne pouvait manquer d'attirer le regard des photographes.

La voyant arranger un foulard rose pêche autour de son cou, je lui avais fait remarquer que si les journaux devaient illustrer le reportage avec des photos, celles-ci seraient forcément en noir et blanc. Elle m'avait répliqué, imperturbable, qu'avec tous les événements survenus dans la région cette histoire finirait certainement dans *Vogue.*

Assise sur la rambarde de la véranda, sa jupe déployée autour d'elle, elle s'est tamponné les yeux avec un mouchoir et a demandé aux reporters quand le photographe allait arriver. Elle avait connu « Rafe » mieux que quiconque, a-t-elle ajouté, insistant sur la prononciation anglaise du prénom du défunt.

Mais les deux journalistes me connaissaient mieux que quiconque : c'est eux qui m'avaient interviewée après qu'Isabel Devereau m'eut obligée à monter dans une barque sans rames et tiré dessus. L'attrait des Bloody Mary de Lola Davidow, du café et des pâtisseries de ma mère expliquait en partie leur diligence. Un reportage à l'hôtel Paradise, c'était un peu la fête pour eux, même dans ces circonstances.

Ils ont appris de ma bouche la disposition de la scène du crime. J'ai appris de la leur que la police avait arrêté Morris Slade.

— On a arrêté Morris Slade, ai-je annoncé à Aurora en lui tendant son Bloody Mary.

— Ça ne me surprend pas. Après tout, on l'a trouvé à côté d'un cadavre.

— Faux. Il n'était pas là.

Elle était trop occupée à échafauder des théories pour m'écouter. Ayant trempé les lèvres dans son cocktail, elle a déclamé :

Au picotement de mes pouces
Je sens qu'un maudit vient par ici.

Elle a posé son verre et levé les pouces.

— Si vous faites allusion à Ralph Diggs, il n'avait rien d'un maudit... Enfin, je ne crois pas.

Je ne sais pas pourquoi j'éprouvais le besoin de le défendre. Ou plutôt, si : parce qu'il avait été assassiné.

— C'était un petit sournois, a-t-elle couiné. Et prétentieux, avec ça. Je ne crois pas avoir jamais rencontré quelqu'un d'aussi imbu de lui-même.

— Comment le savez-vous ? ai-je demandé, sincèrement étonnée. Vous ne l'avez même pas vu !

— Bien sûr que si ! Un jour où tu étais trop occupée à fourrer ton nez dans les affaires des autres, c'est lui qui m'a monté mon déjeuner et mon dîner. Et crois-moi, je me suis dépêchée de planquer mes bons au porteur et mes diamants en prévision de son retour.

— Vous n'avez ni bons au porteur ni diamants.

– Qu'est-ce que tu en sais ? En tout cas, il y a des signes qui ne trompent pas. Il laissait traîner ses yeux sur tout ce que contient cette pièce, préméditant son prochain larcin, ou son prochain meurtre. Tu te rappelles *La Force des ténèbres* ?

Avec un frisson, elle a vidé son verre jusqu'à la dernière goutte.

De nous deux, c'était sans doute moi qui gardais le souvenir le plus vif du film. Je n'ai fait aucun commentaire, me contentant de lui signaler que je n'avais que douze ans.

– Comment sais-tu que le film remonte à plus de douze ans ? a-t-elle demandé d'un air rusé.

Elle aurait pu travailler pour Perry Mason. Mais ce qui m'étonnait le plus, c'était qu'elle ait également relevé la similitude entre Ralph Diggs et le personnage du groom criminel. Elle-même aurait pu interpréter la vieille dame qui manquait de devenir sa victime.

– Les apparences accusent Morris Slade, ai-je dit, même si je répugnais à l'admettre.

Aurora m'a tendu son verre, faisant tinter les éclats de glaçons.

– Quand ils auront retrouvé le propriétaire du pistolet, ils sauront qui est le meurtrier, a-t-elle déclaré. Comme au cinéma.

J'ai soupiré et pris le verre.

Mais à mi-escalier, le souvenir de la scène de crime a resurgi dans mon esprit : le shérif, un genou au sol, le Dr McComb penché au-dessus du corps, et Donny Mooma marmonnant quelque chose à propos d'un « flingue de grand-mère… »

J'ai dévalé les dernières marches et me suis engouffrée dans le bureau, où se trouvait le téléphone. J'ai pointé la flèche du répertoire en métal sur la lettre *M*. Il s'est ouvert avec un déclic, révélant le numéro du Dr McComb.

– Décrochez, décrochez, ai-je murmuré en sautillant d'un pied sur l'autre comme si j'avais une envie pressante. Docteur McComb ? C'est Emma.

Il a paru surpris.

– Emma ? Vous ne devriez pas...

– L'adjoint du shérif a parlé d'un « flingue de grand-mère ». Vous savez ce qu'il voulait dire ?

Cette fois, je n'avais pas le temps d'emprunter des voies détournées.

– Un « flingue de grand-mère » ?

J'ai fermé les yeux.

– Il parlait de l'arme qu'on a retrouvée à côté du corps, je crois.

– Ah oui ! Ça me revient. Un petit pistolet. Maintenant, écoutez-moi...

– Qu'est-ce qu'il avait de spécial, ce pistolet ? ai-je grondé d'un ton qui signifiait que je ne rigolais pas.

Il a compris. Il m'a dit.

J'ai remonté l'escalier en courant. Aurora avait sorti ses cartes et faisait une réussite à sa façon.

– Eh bien, tu en as mis, du temps ! Où est mon verre ?

– Où est votre pistolet ?

– Ton cinglé de frère en avait besoin pour sa prochaine folie théâtrale.

– Vous avez confié une arme à Will ?

– Pas de quoi en faire un drame...

Elle a abattu un valet de trèfle sur une dame de pique avant d'ajouter :

– Vous autres, les Graham, vous réagissez toujours comme si vous passiez une audition pour un théâtre de Broadway. Alors que nous, les Paradise, nous avons la tête sur les épaules. Ce n'est pas nous qui irions raconter des histoires de meurtre sans queue ni tête, ou qui nous enfermerions dans un garage pour créer des spectacles à la noix…

Le valet de cœur a recouvert la dame de carreau. Même en jouant seule, elle trouvait le moyen de tricher.

– Donc vous avez prêté votre pistolet à Will. C'est ce qui s'appelle avoir la tête sur les épaules, en effet !

Elle a levé une main aussi décharnée que celle d'une des sorcières de *Macbeth* – dont je connaissais l'existence uniquement parce que Will et Mill avaient parlé de monter la pièce.

– Tu ferais bien de montrer un peu de respect à tes aînés, jeune fille. Le chargeur était vide. Je n'allais pas filer un pistolet chargé à un gamin.

– Même vide, vous n'auriez jamais dû… Une seconde ! Pourquoi vous avez fait ça ?

Aurora n'agit jamais par générosité.

– C'était un échange, a-t-elle répondu d'un air pincé.

– Un échange ?

Elle a reposé les cartes et fait rouler son fauteuil jusqu'à sa malle de cabine, que j'avais toujours vue ouverte. Elle a farfouillé dans un des tiroirs du bas parmi ses robes et en a extrait une bouteille de rhum Myers.

Je n'en croyais pas mes yeux.

– J'ignore d'où il la tenait, a-t-elle vertueusement assuré.

– Will ? Il a monté une distillerie clandestine.

Il m'a fallu moins de deux minutes pour gagner le grand garage. On aurait dit que j'avais des ailes aux talons. J'ai été tentée de donner un coup de pied dans la porte, mais si Will avait toujours le pistolet, il m'aurait certainement tiré dessus.

J'ai frappé.

– Ouais ?

– Ouvre immédiatement cette porte, Will !

Bien sûr, personne n'a accouru. J'ai attendu trente secondes, bouillant de rage, puis j'ai crié :

– Je ne m'en irai pas !

La porte s'est entrebâillée.

– Quoi ?

Will est apparu, coiffé d'un de ces chapeaux en forme de vase retourné, décorés d'un gland, qu'on porte au Maroc.

– Qu'est-ce que c'est que ça ?

– Un fez.

Malgré tout ce que j'avais pu voir et entendre, la dinguerie de Will me fascinait toujours autant.

– L'avion fait une escale technique au Maroc ou au Caire ?

– C'est pour ça que tu es venue ? Pour me poser des questions sur mon fez ?

– Non. Laisse-moi entrer.

Will a ouvert la porte en grand, et j'ai pénétré dans un monde de jeux d'ombre et de lumière. Des dégradés de vert, de bleu et de rose balayaient le sol, rehaussés par quelques projecteurs. Le plafond avait été transformé en voûte céleste, à l'aide d'étoiles découpées dans une matière scintillante et d'un croissant de lune qui brillait comme une enseigne au néon. Dissimulée dans l'angle le plus obscur du garage, on devinait la silhouette de Chuck, le génie des éclairages.

Je dois avouer que l'effet était stupéfiant.

– Alors, qu'est-ce que tu veux ? On est occupés, là.

– Le pistolet. Celui qu'Aurora t'a échangé contre une bouteille de rhum.

– Oh ! ça... Justement, on le cherchait. On se demandait si ce n'était pas Paul qui l'avait pris.

– Salut, m'dame !

La voix de Paul tombait des cintres.

– Paul ? Dans ce cas, pourquoi ne pas l'avoir des...

– On l'a descendu. Il nous a juré qu'il n'y était pour rien.

Will a ôté son fez et regardé à l'intérieur comme s'il soupçonnait le pistolet de s'y cacher.

– De toute manière, il n'était pas chargé.

– Ah oui ? Eh bien, il l'est maintenant. Ralph Diggs est entré ici hier, pas vrai ?

Will et Mill ont échangé un regard.

– Ouais. Pourquoi ?

Ils n'étaient pas au courant, bien sûr. Comment auraient-ils pu l'être, enfermés dans un garage avec une lune et des étoiles factices ?

– Parce qu'il semblerait qu'on l'ait retrouvé près du corps.

– Le corps ? a répété Will.

– Quel corps ? a fait Mill en écho.

Ils m'ont regardée, puis ils se sont regardés.

Pour une fois, leurs visages reflétaient la stupeur, et leur teint a légèrement viré au vert. Mais ce n'était peut-être qu'une illusion, créée par les jeux de lumière de Chuck.

55

J'ai téléphoné au bureau du shérif. Maureen m'a appris qu'il était retourné sur les lieux du crime. Quant à Donny, il était descendu chercher des beignets au Rainbow. Elle m'a promis de prévenir immédiatement le shérif par radio. Bien sûr, il voudrait identifier le pistolet… « Ab-si-tive-ment ! »

Vingt minutes plus tard, une voiture de police remontait l'allée dans un rugissement de moteur et freinait brutalement devant l'hôtel, soulevant une gerbe de gravillons. Comme c'était Donny qui conduisait, j'ai trouvé étonnant qu'il n'ait pas fait hurler la sirène et dégainé son propre pistolet.

Il a claqué la portière de toutes ses forces et monté les quelques marches menant au hall. Il portait une petite sacoche noire et affichait une expression menaçante qu'il avait dû travailler devant son miroir.

– Où est la dénommée Aurora Paradise ? On a besoin d'elle pour identifier l'arme contenue dans cette mallette de scène de crime, a-t-il expliqué doctement.

Apparemment, je n'étais pas la seule à regarder *Perry Mason*.

Je l'ai guidé vers l'escalier. Au troisième palier, je me suis arrêtée et lui ai indiqué l'étage supérieur. Si je ne voulais rien perdre des cris, je ne tenais pas forcément à entendre les paroles. Je n'avais pas besoin de distinguer celles-ci pour deviner leur contenu. Pour ce qui est des cris, je n'ai pas été déçue.

Donny Mooma n'a pas fait le poids face à Aurora Paradise.

J'ai regagné le hall en hâte quand j'ai entendu la porte de la chambre s'ouvrir. Puis j'ai vu Donny dévaler l'escalier, ne ralentissant qu'au moment d'aborder la dernière volée de marches pour donner l'illusion d'une descente maîtrisée.

Ma mère et Mrs Davidow, qui avaient accouru après avoir aperçu la voiture, l'attendaient au pied de l'escalier.

– Qu'est-ce qui se passe ? Rien de grave, au moins ?

Donny a porté respectueusement la main à sa casquette – un bon point pour lui – avant de répondre :

– J'suis là pour une affaire policière, m'dame. M'est avis que vous en entendrez causer.

Je l'ai suivi dehors.

– Ça ne s'est pas passé comme vous pensiez, hein ? C'est Ralph Diggs qui a essayé de tuer Morris Slade, non l'inverse, et il est arrivé une sorte...

– Et si tu t'occupais plutôt de tes oignons ? m'a-t-il lancé avant de s'engouffrer dans sa voiture.

A moi, il n'avait pas besoin de montrer du respect.

J'ai souri. M'occuper de mes oignons ? Je ne faisais que ça !

Je me suis dirigée vers le bureau afin d'appeler les taxis Axel.

– Quand on m'a dit que c'était toi qui avais trouvé le corps, j'en croyais pas mes oreilles !

Delbert a jeté un coup d'œil par-dessus son épaule.

– Et moi, je n'en ai pas cru mes yeux, ai-je répliqué. Mais c'est Mr Butternut, pas moi, qui l'a découvert.

Debout devant l'épicerie, son livre à la main, Enepébé faisait de grands gestes du bras. Mr Root l'écoutait, assis sur le banc. J'ai ouvert mon porte-monnaie pour m'assurer que le petit morceau de poésie que j'avais recopié s'y trouvait toujours. Comment aurait-il pu s'en échapper ? Je l'ignore, mais on ne sait pas toujours comment les choses disparaissent. J'en ai profité pour vérifier que j'avais de quoi m'offrir un soda et laisser un pourboire à Delbert.

Celui-ci a repris :

– Ce type, celui qui est mort, il travaillait à l'hôtel. Et on l'a tué près du Silver Pear... Dis donc, c'est là que je t'ai déposée l'autre fois ?

Comme si je risquais de l'avoir oublié... Craignant que Delbert n'arrache le volant si je ne lui répondais pas et que la voiture ne fonce dans la maison de Walter, que nous nous apprêtions à dépasser, j'ai laissé tomber du bout des lèvres :

– C'est bien triste.

– Triste ? a répété Delbert. Bon Dieu, ce pauvre gars s'est fait descendre !

A l'entendre, on aurait pu croire qu'il m'annonçait une nouvelle que j'étais censée ignorer.

– Je pensais que ça te toucherait plus que ça, a-t-il ajouté. Quand même, tu le connaissais...

– Pas vraiment. Ça ne faisait que quelques jours qu'il travaillait pour nous.

– Mais quand même...

Il s'est mis à frapper le volant du plat de la main, me cherchant une bonne raison de pleurer la mort de Ralph Diggs.

On avait presque atteint le palais de justice quand l'autre protagoniste de l'histoire lui est brusquement revenu à l'esprit. Ainsi, il n'a pas eu le temps de me soûler avec. J'ai claqué la portière, interrompant une description de Morris Slade. C'est vous dire si j'en avais assez d'écouter Delbert m'expliquer ce que j'aurais dû ressentir.

– Le fait qu'il ait apporté le pistolet n'implique pas qu'il s'en soit servi.

Le shérif parlait de Ralph Diggs, et je n'en croyais pas mes oreilles.

– Le pistolet appartient à Aurora Paradise, lui ai-je rappelé. Il devait figurer dans le nouveau spectacle de Will. Ralph Diggs l'a volé au garage.

– Tu ignores ce qui s'est réellement passé, Emma.

Le shérif s'est carré dans son fauteuil pivotant, comme écrasé par le poids des circonstances.

– Le fait est, a glissé Donny, s'il était venu à La Porte dans l'intention de tuer Morris Slade, comment ça se fait qu'il ait pas eu un pistolet à lui ?

C'était la première parole sensée que je l'entendais prononcer.

– Et oublie pas, a-t-il poursuivi, c'est lui qui est mort. Oublie pas non plus, il a été enlevé tout môme. C'est lui, et pas l'autre rupin, Morris Slade, qu'on a retrouvé baignant dans son sang…

– La ferme, Donny.

– Tout ce que je voulais dire…

– J'ai entendu.

Mon regard allait de l'un à l'autre. L'issue de la partie ne faisait aucun doute. Le shérif ne se retrancherait peut-être pas derrière des « ouï-dire », cette fois, mais son opinion était faite. S'il refusait de voir l'évidence maintenant, rien ne le ferait changer d'avis plus tard. Cette vérité-là n'était pas de celles qui surgissent dans un éclair aveuglant et qu'on risque de manquer si l'on cligne des paupières au mauvais moment.

Ralph Diggs avait emporté un pistolet aux Décombres dans l'intention de tuer Morris parce qu'il le haïssait. Il le haïssait parce que Morris et sa mère l'avaient abandonné... Non, pire que ça : Ralph soupçonnait son père d'avoir organisé son « enlèvement » et de l'avoir fait conduire dans un endroit où nul ne le retrouverait. A moins que l'infortuné groom du Belle Ruine n'ait eu pour instruction d'abandonner le bébé, tel Moïse dérivant au fil du Nil dans son berceau.

Sans doute Ralph Diggs avait-il eu tout le temps d'inventer des scènes, des actes, une pièce entière pour justifier sa haine de Morris Slade. Pour une raison que j'ignorais, sa mère, Imogene Slade, ne jouait aucun rôle dedans.

J'ai dit :

– Le fait que Ralph Diggs ait eu un pistolet sur lui ne prouve pas qu'il s'en soit servi, d'accord. Mais on peut supposer qu'il ne l'avait pas emporté pour tirer sur les lapins.

Donny a ouvert la bouche et l'a aussitôt refermée devant le regard que lui lançait le shérif.

– Emma, je crois que cette histoire te dépasse, a déclaré le shérif.

Il m'a semblé sentir les eaux glacées de Spirit Lake se refermer sur moi.

– Erreur. J'ai de l'eau jusque-là, lui ai-je rétorqué en appuyant le menton sur ma main. Et vous, jusque-là, ai-je ajouté, plaçant ma main au-dessus de ma tête.

C'est vous qui êtes dépassé. Si vous voulez bien m'excuser...

Je lui ai tourné le dos et suis sortie.

Juchée sur son tabouret, les poings sur les hanches, Shirl m'a fusillée du regard.

– Euh... Je crois que je vais prendre un beignet glacé au chocolat avec des vermicelles.

Souriant à Shirl, j'ai déposé mon beignet sur la serviette en papier que m'avait tendue Wanda et me suis dirigée ver le box du fond afin d'y laisser libre cours à ma fureur.

Je considérais mon beignet, me demandant si j'allais le manger, quand Maud a posé un verre de Coca devant moi.

– Tu en fais une tête ! a-t-elle déclaré en prenant place sur la banquette.

– Le shérif refuse de me croire.

Elle a allumé une cigarette.

– A quel sujet ?

– Morris Slade.

Je faisais face à la salle, mais le dossier de la banquette était si haut que je n'avais pas vu approcher le shérif. Il a ôté ses lunettes de soleil et glissé une des branches dans la poche de poitrine de sa chemise. Puis il s'est penché au-dessus de la table et nous a souri.

– Bonjour, bonjour.

J'ai gardé le silence pendant quelques secondes.

– Ça y est, vous l'avez mis en prison ? Car j'imagine que vous l'avez arrêté, même s'il n'a rien fait.

– C'est vrai, je passe mon temps à arrêter des innocents.

– Tu as l'air bien sûr de toi, a remarqué Maud.

Le shérif s'est tourné vers elle :

– Je pourrais avoir un café ? A moins qu'on ne serve plus les représentants de la loi dans cet établissement ?

– « Les représentants de la loi », voyez-vous ça… Moi, il me semble que tu négliges une évidence : qu'est-ce qu'un homme comme Morris Slade ferait d'un fusil de chasse ? Je le vois mal se balader avec une arme de ce genre.

Le shérif a remis ses lunettes comme un autre aurait remis son chapeau, pour signifier son intention de partir.

– Tu n'en sais rien, Maud, a-t-il dit. Fichtre rien.

Sur ces paroles, il nous a plantées là et s'est dirigé vers la porte, sans même retourner leurs saluts à Wanda et aux habitués du comptoir. Je le sais parce que je m'étais inclinée vers l'allée pour le suivre du regard.

Après son départ, l'atmosphère est restée pesante.

– Je parle trop, je sais, ai-je fini par déclarer.

Maud s'est tournée vers moi.

– Ce n'est pas toi qui l'as mis en colère. Parfois, c'est plus fort que moi, il faut que j'ouvre ma grande bouche.

– La police d'Etat ne peut rien faire ? Je les ai vus sur place.

– Sans doute, mais…

– Maud ! a alors hurlé Shirl.

Dans un sens, elle tombait à pic. Elle offrait une porte de sortie à Maud.

Moi aussi, j'aurais bien voulu qu'on m'offre une porte de sortie.

56

Mes réflexions au sujet du troisième homme ont un peu apaisé la colère qui m'avait saisie à l'annonce de l'arrestation de Morris Slade. Car il y avait un troisième homme, j'en étais persuadée.

Absorbée dans mes pensées, j'ai manqué l'entrée de la pharmacie Souder. Toutefois, une partie de mon esprit avait enregistré la présence des longs gants, de l'eau de toilette et du poudrier dans la vitrine, et je suis retournée sur mes pas.

En été, la pharmacie est l'endroit le plus frais de La Porte. C'est là qu'on trouve les ombres les plus denses, le marbre le plus froid, les ventilateurs les plus puissants et les meilleurs sodas glacés de toute la ville. Pour une fois, je n'étais pas venue pour ces derniers.

Je m'apprêtais à secouer la clochette sur le comptoir quand Mrs Souder a surgi de l'arrière-boutique, faisant tinter les perles du rideau qui enveloppait sa haute et maigre silhouette.

A ma grande surprise, elle semblait presque heureuse de me voir.

– Oh ! Emma. Comment vas-tu ? Je suppose que tu veux un soda ?

Apparemment, ce regain d'amabilité avait quelque chose à voir avec mes articles, car elle m'a complimentée à ce propos. Tandis qu'elle versait le chocolat dans un verre cannelé, sa tête était agitée de soubresauts, comme celle d'une marionnette quand on tire d'un coup brusque sur ses fils. Mrs Souder est affectée d'un mal mystérieux, du moins pour moi.

Elle a qualifié mes écrits de « panorama captivant » avant de jeter deux cuillères de crème glacée dans le verre et de noyer le tout de limonade. J'imagine que cette étape constituait pour elle une sorte de défoulement. Une volute de crème fouettée est venue compléter la préparation.

C'est seulement alors qu'elle m'a livré le fond de sa pensée :

– Je peux bien te confier que la nouvelle de ce nouveau meurtre nous a causé un choc, à Mr Souder et moi. Quant à toi, ma pauvre... Tu devais être morte de peur !

– En effet. Mais ce n'est pas vraiment moi qui ai trouvé le corps. C'est Mr Butternut. Il habite une petite maison le long de la route qui mène aux Décombres...

Pourquoi mettre un point d'honneur à souligner le rôle secondaire que j'avais joué dans cette affaire ? Parce que je ne voulais pas être la première personne à avoir vu Ralph Diggs mort, peut-être. Ou parce qu'ainsi je me sentais moins coupable.

Mrs Souder m'a ensuite parlé des Slade, des Souder et des Devereau en fumant une cigarette, adossée au grand miroir qui couvre entièrement le mur derrière le comptoir. C'était la première fois que je la voyais fumer.

– Tu savais que Rose était une Souder ? m'a-t-elle demandé.

– Ma grand-tante Aurora me l'a dit.

Elle a arqué ses minces sourcils tracés au crayon.

– Aurora Paradise ? Elle est encore en vie ?

– Elle l'était ce matin, en tout cas, ai-je répondu, léchant le manche de ma longue cuillère. Rose Queen et Morris Slade... C'est fou comme ils se ressemblaient.

Elle a écrasé le mégot de sa cigarette et s'est appliquée à nettoyer la machine à sodas, pourtant étincelante de propreté.

– On aurait cru des jumeaux, oui. Mais Morris était beaucoup plus jeune.

– Quel âge peut-il avoir ? La quarantaine ?

– Il était à peu près du même âge que notre fille aînée et elle a quarante-trois ans, en effet.

J'ignorais même que les Souder avaient une fille aînée. En réalité, je n'ai jamais vu aucun de leurs enfants. Je me suis livrée à un rapide calcul de tête : si Mrs Souder disait vrai, quand Rose avait été assassinée, Morris devait avoir vingt-deux ou vingt-trois ans.

– Il avait quoi, seize ou dix-sept ans de moins que Rose ?

– A peu près, oui. La mère de celle-ci, Alice Souder, s'est mariée trois fois : d'abord à un Souder, puis à un Slade. C'est lui qui a eu la garde de Morris, ce qui a étonné tout le monde parce qu'il buvait, sans parler du reste. Ensuite, elle a épousé le vieux Mr Devereau. Le père de Rose, Albert Souder, était un cousin de mon mari.

Elle a poursuivi tandis que je m'efforçais d'intégrer ces nouvelles complications :

– Rose considérait Morris comme son petit frère. Quant à lui, c'est simple, il l'idolâtrait.

C'était étrange, mais tandis qu'elle déroulait le fil de ses souvenirs, ses tressaillements avaient complètement cessé. Sans doute le fait de remonter le temps avait-il un effet apaisant sur elle.

– Oui, a-t-elle ajouté. Morris adorait Rose.

Elle a secoué la tête, mais cette fois, ce n'était pas dû à sa maladie.

– C'était il y a longtemps, tout ça, a-t-elle soupiré. Il s'est passé beaucoup de choses depuis. De mauvaises choses, le plus souvent.

La voix grêle de Mr Souder s'est élevée derrière le rideau de perles, appelant sa femme. Celle-ci s'est dirigée vers l'arrière-boutique et l'ombre l'a engloutie. Il faisait grand jour dehors, mais à l'intérieur de la boutique, on se serait cru en pleine nuit.

Mrs Souder avait oublié de me faire payer le soda, aussi ai-je ouvert mon porte-monnaie pour y prendre une pièce de vingt-cinq cents et une autre de dix. Le morceau de papier où j'avais recopié le poème est alors tombé sur le comptoir et je l'ai déplié :

Cet adieu au bord de la nuit...

Vite, j'ai rangé le papier dans mon porte-monnaie, comme si les mots inscrits dessus, au contact du marbre glacé, risquaient d'attraper la mort.

Le temps de monter l'escalier du *Conservative*, l'effet apaisant du soda au chocolat s'était dissipé, laissant ma colère intacte.

J'ai annoncé à Mr Gumbrel que la police avait arrêté Morris Slade, ce qu'il savait déjà.

– Tu dois admettre que les circonstances l'accusent, Emma, a-t-il dit, secouant la tête.

Il m'avait laissée parler, puis il avait réfléchi en se massant les tempes, comme si cette histoire était trop complexe pour un journal local.

– Mais si Morris Slade a agi en état de légitime défense, ai-je plaidé, ou s'il s'agissait d'un accident ? Vos lecteurs ont le droit de savoir la vérité !

Il a poussé un profond soupir.

– Nos lecteurs vont déjà devoir digérer le fait que le bébé enlevé était un garçon, et non une fille. C'est assez de révélations pour un seul numéro. Et puis, il y a le dernier épisode de ton feuilleton. Tu l'as terminé ? Je tiens à ce qu'il paraisse la semaine prochaine.

– Je suis en train de le polir.

Pour couper court à de nouvelles questions, je me suis levée et suis sortie afin de poursuivre ailleurs mon polissage.

J'ai quitté les bureaux du *Conservative* à quatre heures, je souhaitais ensuite parler à Dwayne. Je m'attendais à ce qu'il fasse preuve d'ironie, mais j'aime tester mes théories sur lui, même quand il se trouve sous une voiture.

Delbert bayait aux corneilles dans sa voiture, garée devant les taxis Axel.

Je me suis approchée de sa vitre baissée.

– Vous êtes libre ?

– Hein ? Naan, je réfléchis.

Je suis montée et lui ai demandé de me conduire au garage Slaw, sur la route 219.

– Je sais où est le garage Slaw, figure-toi. C'est pas la première fois que je t'emmène là-bas. Même que je me demande bien ce que tu peux fabriquer dans un garage...

Je me suis tassée sur la banquette et ai regardé défiler le paysage.

— Merci pour ton aide, ai-je lancé à Dwayne d'un ton railleur.

Je lui avais relaté les derniers événements, mais il avait continué à taper sur je ne sais quoi avec sa clé anglaise.

Enfin sa voix m'est parvenue, déformée par le fond de la camionnette sous laquelle il disparaissait.

— Comme si tu avais besoin d'aide ! Avec ton imagination débridée…

— Ma *quoi* ?

Comme il ne réagissait pas, je suis revenue à la charge :

— A ton avis, qu'est-ce qui s'est passé ?

Bang bang bang… On aurait dit que la camionnette répondait à ma question. Dans un sens, j'aurais mieux fait de m'adresser directement à elle.

— Deux hommes, deux armes, a lâché Dwayne. Ils dégainent, l'un des deux meurt.

— Dans ce cas, qu'est devenue l'autre arme ?

— Le meurtrier a dû l'emporter.

— A t'entendre, il s'agit de Morris Slade.

— Tout l'accuse, non ?

Les coups se sont interrompus.

— Pourtant, il y a un truc qui m'intrigue : pourquoi ce type, Ralph Diggs, ne s'en est-il pas pris à sa mère ? Il croyait que son père avait imaginé tout seul ce plan complètement dingue, et que… Comment s'appelait-elle, déjà ?

— Imogene.

— Et qu'Imogene n'était pour rien dans son enlèvement ?

Cette voix désincarnée avait quelque chose de sinistre, comme si Dwayne s'en était allé, ne laissant que ses mots derrière lui pour faire croire à sa présence. Je trouvais épuisant de lui parler dans ces conditions. J'ai donc sauté de la pile de pneus sur laquelle j'étais assise, ai pris la planche à roulettes que j'avais vu Toi-mon-gars utiliser et me suis couchée dessus, le long du flanc de la camionnette.

Dwayne a tourné la tête vers moi. Une lampe accrochée au châssis projetait de longues ombres sur son visage.

– Qu'est-ce que tu fabriques ?

– J'en avais assez de parler à une camionnette, alors je suis venue m'étendre ici.

En marmonnant, il s'est extrait de sous la carrosserie et relevé. J'en ai fait autant. Puis il a tiré de sa poche arrière son chiffon graisseux et s'est essuyé les mains.

– Qu'est-ce qui cloche dans ma théorie ? ai-je demandé.

Il essuyait chaque doigt avec soin.

– Ce qui cloche, c'est que tu veuilles absolument faire intervenir un troisième type. Ça complique tout et ça n'explique rien.

Il a rangé le chiffon et sorti un paquet de chewing-gums Juicy Fruit d'une autre poche.

J'ai secoué la tête quand il m'en a tendu une tablette, m'en proposant un morceau.

Puis j'ai repris, à court d'arguments :

– Quel pouvait être le mobile de Morris Slade ? Pourquoi un père tuerait-il son propre fils ? ai-je ajouté d'un air d'indignation vertueuse.

– C'est toi qui demandes ça, toi qui as triomphé dans *Médée* ? Même si, dans le cas présent, j'aurais trouvé plus logique que le fils descende son père.

Il a glissé une tablette de chewing-gum dans sa bouche, adossé à la camionnette.

Au moins, sa réponse laissait la place au doute.

J'ai enfoncé le clou :

— Rappelle-toi, Ralph était venu armé...

— Son père aussi... S'il est bien son père.

Je n'ai pas relevé le « si ».

— Ce que je pense, moi, c'est que Morris Slade protège la personne qui lui a sauvé la vie en abattant Ralph avant qu'il ne lui tire dessus.

Dwayne a croisé les bras et m'a regardée en mastiquant son chewing-gum.

— Tu crois vraiment ton Morris capable de se sacrifier pour quelqu'un ?

— Oui. C'est ce qu'a fait Ben Queen en se laissant accuser du meurtre de Fern. Je suis sûre que Morris en ferait autant, et toi aussi.

Il a ri.

— Pour te sauver, par exemple ?

— Je ne parlais pas de moi.

Evidemment, je mentais.

Je suis sortie.

J'étais censée servir une « salade composée », alors je me suis attelée à ma composition, jetant des feuilles de laitue sur des assiettes, les bombardant de tomates cerises et de rondelles d'oignon.

— Qu'est-ce que tu fabriques ?

Vera venait d'apparaître à mes côtés, telle Vénus sortant d'un coquillage, dans ce tableau dont j'ai oublié l'auteur. Toute son attitude affirmait que mon existence lui causait un déplaisir permanent.

— Rien, ai-je répondu d'un ton revêche.

— Fais attention à bien tracer une croix avec la sauce au roquefort.

Plusieurs répliques cinglantes ont surgi dans mon esprit, mais le temps que j'en choisisse une, Vera s'était éloignée. J'ai tracé des croix sur les salades avec la sauce au roquefort, sauf sur celle de Miss Bertha. Sachant qu'elle détestait le roquefort, j'en ai glissé une cuillère au milieu des feuilles de laitue avant de noyer celles-ci de vinaigrette.

Tandis que je m'activais, Ree-Jane s'est insinuée dans la cuisine telle une traînée de vapeur – sa variante personnelle d'une « démarche de mannequin » –, le visage figé dans une sorte de rictus. Son bref séjour à l'hôpital n'avait pas réussi à effacer son éternel sourire narquois, pas plus que la mort de Ralph Diggs. A la voir, on aurait pu croire qu'elle n'avait même jamais entendu son nom.

– Devine où je vais ce soir ?

– En enfer ? Habillée comme ça, on dirait que tu brûles.

Elle a décrit un tour sur elle-même pour me faire admirer sa nouvelle robe de chez Heather Gay Struther.

– Elle est neuve. Et rouge.

Sans blague ?

L'enfer n'avait pas suffi à la décourager, car elle a réitéré sa question :

– Devine où je vais ce soir ?

J'ai gardé le silence.

– Pat m'emmène chez Perry, m'a-t-elle confié dans un murmure. Au Double Down.

– Le bar ?

Ça l'a agacée.

– Ce n'est pas un bar, mais un club !

J'ai parsemé mes salades de lamelles de poivron et les ai regardées glisser sur les feuilles de laitue.

– Il faut avoir vingt et un ans pour y entrer.

– Pas si on est intime avec Perry, m'a-t-elle rétorqué avec un sourire mielleux.

– En effet. Dans ce cas, il faut en avoir quarante et un.

– Pauvre idiote !

Après cette réponse inepte, elle a réfléchi et ajouté d'un air affecté :

– J'ai toujours préféré les hommes plus âgés.

J'ai fait volte-face, vraiment en colère.

– Ah oui ? C'est pour ça que tu soupirais après Rafe et que tu te prétendais « anéantie » ce matin ? Rafe Diggs… Tu te rappelles ? Il est mort. Assassiné.

Elle a ouvert la bouche mais il n'en est sorti aucun son. Elle pâlissait à vue d'œil. Son sang, lui, avait au moins la décence de se retirer.

Elle a fini par en faire autant.

57

Je suis retournée à La Porte le lendemain, à pied. En chemin, j'ai envisagé d'aller trouver le shérif, mais pas pour m'excuser. Je restais persuadée que Maud et moi n'avions rien fait de mal la veille, à part nous montrer sarcastiques… A la réflexion, c'était peut-être une raison suffisante de m'excuser.

Quand il avait dit à Maud qu'elle ne savait « fichtre rien », il n'avait pas tort. Elle et moi, on avait un peu trop tendance à faire comme si on connaissait la loi mieux que lui.

– Tiens, tiens ! Je crois que je connais une morveuse qui va recevoir la leçon qu'elle mérite…

Les pouces glissés dans sa ceinture, Donny avait le sourire d'un requin qui vient de repérer un banc de petits poissons.

– C'est-à-dire ?

Je n'avais aucune idée de ce dont il parlait, mais sa mine réjouie n'annonçait rien de bon.

Le shérif, bien sûr, était absent.

– C'est pas toi qui en faisais des tonnes sur…

Maureen a brusquement arraché une feuille de sa machine à écrire.

– La ferme, Donny. Sam n'aimerait pas que tu parles de ça.

Donny s'est lentement tourné vers elle.

– J'te demande pardon, Maureen. Je savais pas que t'étais la nouvelle adjointe du shérif.

Au lieu de le calmer, l'intervention de Maureen avait agi sur lui comme un aiguillon.

Il a repris, s'adressant à moi :

– C'est bien toi qui défendais bec et ongles le grand Ben Queen, pas vrai ?

J'ai eu la sensation de tomber dans un trou sans fond. La voix d'Aurora a retenti dans mon esprit : « *Au picotement de mes pouces...* » Et en effet, mes pouces me picotaient.

– Le grand Ben Queen, a répété Donny avec un sourire jusqu'aux oreilles. Le héros qui t'a sauvé la vie.

– Je me doute que vous le regrettez.

Mes pouces me picotaient toujours.

– C'est peut-être pas le héros que tu croyais, en définitive. Lui et sa sainte femme...

– Donny ! J'appelle Sam.

– Te fatigue pas. A cette heure, il doit être arrivé à Cold Flat Junction. Et puis, je fais rien de mal. Je taquine juste un peu la gamine.

Maureen a quand même décroché le téléphone et je l'ai entendue dire à l'opératrice de lui passer la maison des Queen.

Que Donny connaisse la vérité, qu'elle lui soit tombée toute cuite du ciel, pour ainsi dire, me donnait l'impression que mes efforts n'avaient servi à rien. Le shérif savait aussi, mais c'était différent. Lui méritait de savoir.

En sortant du palais de justice, je me suis dirigée vers les taxis Axel. Mes pieds me semblaient peser une tonne. La pharmacie Souder se trouvait juste en face de chez Axel. « Sa sainte femme... » Peut-être Mrs Souder savait-elle quelque chose au sujet de Rose, un secret qui aurait terni sa réputation s'il s'était ébruité. Soudain j'ai eu peur que ce secret n'ait un rapport avec Mary-Evelyn Devereau, que Rose n'ait fait une chose qui...

Non. J'avais fait la lumière sur cette affaire. Rien ne pouvait étouffer cette lumière, je ne l'aurais pas supporté. Rose n'était pas présente quand les sœurs Devereau avaient noyé Mary-Evelyn.

« Le héros... Sa sainte femme... »

En fin de compte, j'avais raison : il y avait bien un troisième homme. Mais quelle raison Ben Queen avait-il de tuer Ralph Diggs ?

Le menu du dîner était un modèle de simplicité : rôti de bœuf *au jus*, pommes de terre au four, haricots verts aux amandes. Pas de mélanges ni de sauces compliquées. En d'autres termes, rien à redire.

Pourtant, Miss Bertha a trouvé à redire : bœuf pas assez cuit, pommes de terre trop dures, haricots...

– Trop amandés ? lui ai-je suggéré.

Elle a sèchement acquiescé.

– Dommage...

Je suis repartie vers la cuisine avec mon plateau. Je n'avais pas de temps à perdre avec ces futilités.

Vera servait un groupe composé de quatre personnes que je ne connaissais pas et d'une cinquième, Mrs Davidow, que je ne connaissais que trop. Fidèle à son habitude, elle s'était invitée à la table des clients, mais Vera semblait être la seule à s'en formaliser. Plus question pour elle de jouer les adjudants. A présent, c'était Lola Davidow qui menait le bal et l'expédiait à la cuisine pour chercher un supplément d'amuse-gueules, de vin, de jus de rôti. Vera semblait sur le point d'exploser, comme une cocotte-minute.

Je me réjouissais que Mrs Davidow soit occupée à la salle à manger, et non dans son bureau. Ma mère ne se trouvait pas dans la cuisine. Ça, en revanche, c'était une surprise. Walter m'a dit qu'elle était montée se changer. Je lui ai confié la tâche d'apporter son pudding au pain à Miss Bertha quand elle aurait fini le plat principal.

J'ai rempli un verre de glaçons et me suis dirigée vers le bureau. J'ai versé sur la glace une mesure de rhum Myers, une autre de Jack Daniel's et juste un trait de gin Gordon's. J'ai ajouté un peu de Crush à l'orange trouvé dans la réserve secrète de Will et une ombrelle en papier piquée dans une cerise au marasquin. Sur une inspiration, j'ai enrichi le cocktail de quelques gouttes du sirop des cerises, lui donnant une ravissante teinte rosée. J'ai baptisé cette nouvelle création Tropical Sunset. Je suis douée pour inventer des noms.

– C'est quoi ? a demandé Aurora.

Elle m'a pris le verre des mains sans attendre ma réponse.

– Un Tropical Sunset.

– Joli nom.

Elle a descendu un tiers du cocktail d'une seule gorgée.

– Ralph était le fils de Morris Slade.

Pour une fois, Aurora a eu l'air estomaquée.

– Alors là, ma fille, tu m'en bouches un coin !

Pas autant que la gorgée de Tropical Sunset qu'elle s'est enfilée derechef.

– Tu veux dire que le gamin qui travaillait ici avant de se faire tuer n'était autre que le bébé enlevé ? Bon Dieu ! On dirait une des pièces de ton cinglé de frère.

– Si vous faites allusion à *Médée,* ce n'était pas Will l'auteur. Pour en revenir à Ralph, la police pense qu'il y avait deux armes sur le lieu du crime. Votre pistolet, si vous vous rappelez, et un fusil. Je ne pense pas que celui-ci appartenait à Morris Slade, ni que ce dernier ait tué son fils. On soupçonne l'intervention d'une troisième personne.

Elle a cessé d'agiter les glaçons dans son verre.

– Qui ça ?

Je lui ai rapporté les paroles de Donny, railleries comprises.

– Ben Queen ?

Elle semblait sincèrement intriguée.

– Qu'est-ce que Donny a voulu dire ?

J'avais dû me montrer trop implorante car elle a paru se refermer.

– Tu es trop jeune pour comprendre ces choses-là, a-t-elle affirmé, faisant le geste de me chasser.

– Ça, ça veut dire qu'il est question de sexe.

– « Il est question de sexe », a-t-elle répété, imitant mes intonations.

Je me suis mordu la lèvre, vexée.

Elle a souri, dévoilant des dents inégales.

– Et si tu nous mettais Patience et Prudence avant de partir ?

Je me suis dirigée vers le phonographe et ai pris *Tonight You Belong to Me* dans la pile de disques.

Aurora m'a tendu son verre avec une expression rusée.

– Si tu me ressers, je te parlerai peut-être de S-E-X-E.

– Je vais vous resservir, ai-je dit, prenant le verre, à une condition : que vous fermiez votre C-L-A-P-E-T.

Mais elle avait déjà entonné :

Je sais bieeeeen
Qu'à l'aube tu seras partiiiii
Mais ce soir tu m'appartieeeeens…

J'ai dévalé l'escalier, me demandant qui, dans mon histoire, appartenait à qui.

58

Allongée sur mon lit, je m'efforçais d'y voir clair, sachant que mes tentatives étaient probablement vouées à l'échec. Ce qui m'échappait, c'était la raison de tout cela, et je ne parlais pas uniquement de Morris Slade, Ben Queen et Ralph Diggs.

Regardez le grand garage, par exemple : on y trouve Paul dans les cintres, un pistolet à la place du pilote dans une moitié d'avion, et pourtant, personne ne s'écrase au sol ni ne se fait tirer dessus.

Il y a des projecteurs, des spots multicolores, branchés à des rallonges qui, mises bout à bout, courraient au moins jusqu'à Lake Noir. Pourtant il n'y a jamais eu ni court-circuit ni incendie.

Les garçons passent leur temps à manier des couteaux, des scies, des marteaux et des perceuses sans rien connaître au bricolage, pourtant aucun d'eux ne s'est jamais crevé un œil ou coupé un bras.

S'il existe un endroit où l'imagination ne connaît aucune limite, où elle se déchaîne telle la tempête sans faire de victime, c'est assurément le grand garage.

Alors qu'ici, dans le vaste monde extérieur, il suffit que trois hommes se rencontrent pour qu'un coup de fusil parte presque par accident, causant un drame.

Quand quelqu'un se noie, ou se fait tirer dessus et en meurt, il faut croire que le destin s'en est mêlé. Assassins et victimes semblent s'attirer mutuellement, tels des aimants.

Mais un charme paraît protéger le grand garage. Chaque fois que ses occupants se placent sur la trajectoire d'un train lancé à pleine vitesse, celui-ci change de voie, comme par miracle.

A me lire, on pourrait penser que tout cela n'est qu'un jeu, une comédie, comme une soirée au Double Down. En réalité, la chance n'y est pour rien. Je me voyais mal dire à Ben Queen : Votre femme a été victime d'un meurtre sanglant ? Pas de chance. On vous a accusé de sa mort et jeté en prison ? Pas de chance. C'était votre fille qui l'avait tuée ? Pas de chance. Puis quelqu'un l'a assassinée à son tour ? Vraiment pas de chance...

Et on dirait bien que vos ennuis ne sont pas terminés, qu'un nouveau malheur va s'abattre sur vous...

(*Le héros... Sa sainte femme...*)

... s'abattre sur vous à cause de votre « sainte femme », Rose Devereau. Qu'est-ce qu'elle a donc fait ?

J'ai été tentée de retourner voir Aurora. Seulement, Aurora ne détenait pas la réponse à la question qui me taraudait. Elle n'aurait fait qu'émettre des hypothèses.

La seule personne à avoir la réponse, c'était Ben Queen. Ben Queen qui, si ça se trouvait, se cachait toujours dans l'ancienne maison des Devereau.

Ça valait la peine de marcher jusque là-bas, même si je répugnais à revoir la maison Devereau.

Soudain j'ai repensé au poème que je conservais dans mon porte-monnaie. Je l'avais tellement lu et relu que j'aurais pu le réciter de mémoire :

Quand lentement (et que nul ne vient, apportant la lumière)
Son cœur s'enfonce plus profond sous la terre.
Mais il importe de laisser à Dieu sa part.

C'est vrai, il existe une force supérieure à la chance. Mais pas supérieure au point de lui donner le nom de Dieu.

59

Après une double ration de *pasta gruyère* – des macaronis au fromage, sublimés par la touche personnelle de ma mère –, je suis allée m'asseoir dans un fauteuil à l'extrémité de la véranda. Tout en me balançant et en jouant avec un morceau de ficelle sale, je me suis demandé si j'aurais le courage de retourner à Spirit Lake et de passer devant le ponton au bout duquel j'avais failli trouver la mort.

En observant le soleil à travers le feuillage des grands chênes, j'ai calculé qu'il restait environ deux heures avant la tombée de la nuit et que oui, j'avais le courage d'aller là-bas sans rameuter Mr Root, les frères Wood ou quelqu'un qui possédait une arme, comme le shérif ou Dwayne.

Au bas des marches, j'ai pris le chemin qui longe l'Elephant rose et le potager. Il m'arrive encore de m'émerveiller de l'étendue du terrain qui entoure l'hôtel. Dans un sens, le Paradise constitue un monde à part. Eprouverai-je toujours le même émerveillement à trente ou trente-cinq ans, ou celui-ci est-il propre à l'enfance ?

Pendant que je parcourais le kilomètre qui me séparait du lac, je me suis retournée à plusieurs reprises pour vérifier que je n'étais pas suivie. Par qui ou par quoi ? Je préférais ne pas l'imaginer.

J'ai emprunté la promenade en bois qui contourne l'extrémité du lac et s'étire jusqu'au ponton. Quant à poser le pied sur celui-ci, il n'en était pas question. C'était au-dessus de mes forces. Plus j'avançais et plus la végétation devenait touffue. Les buissons de part et d'autre du chemin se rejoignaient presque au-dessus de ma tête, me donnant l'impression de marcher vers le printemps.

Le gobelet se trouvait toujours dans la niche près de la source. Sa présence m'inspirait des sentiments contradictoires. D'un côté, je trouvais romantique l'idée que des inconnus boivent dans le même gobelet. Le père Freeman aurait souligné la dimension « spirituelle » de cette transmission.

D'un autre côté, je ne pouvais m'empêcher de m'interroger sur l'état de santé des personnes qui y avaient trempé les lèvres avant moi. C'est pourquoi, pour étancher ma soif, j'ai préféré recueillir l'eau de la source dans mes mains, même si la rouille qui rongeait le tuyau d'où elle s'écoulait ne me rassurait pas vraiment.

Je me suis assise un moment sur le muret. Si les bois s'assombrissaient à vue d'œil, le lac semblait absorber les dernières lueurs du jour. Sa surface était aussi lisse qu'un miroir. En apercevant le coin de la maison Devereau au loin, j'ai repensé à ma dernière rencontre avec Ben Queen.

Je me suis relevée et enfoncée dans les bois.

Ben Queen est apparu au coin de la maison dans son long manteau, comme on en voit dans les westerns qui passent parfois à l'Orion. Son chapeau à large bord cachait en partie son visage. Il avait à la main un fusil ou une carabine, je n'aurais su dire. En tout cas, il m'a semblé reconnaître l'arme avec laquelle il avait abattu Isabel Devereau quand elle avait tenté de me noyer.

— Salut, Emma.

Il a calé son fusil ouvert sur son avant-bras, comme s'il avait brusquement décidé de m'épargner.

— Le shérif vous cherche, lui ai-je annoncé.

Je n'avais pas de temps à perdre en bavardages futiles.

— Ce n'est pas nouveau, si ? Il sait que je suis ici ?

J'ai secoué la tête.

— Je ne pensais pas vous y trouver encore.

— Cet endroit en vaut un autre. Tu veux entrer un moment ? a-t-il proposé.

Il tenait la porte sur le côté de la maison ouverte.

Je me suis avancée et ai promené mon regard autour du salon tandis que Ben refermait derrière nous. Il y avait toujours le même disque sur le plateau de l'électrophone, la même partition sur le tabouret du piano. J'aurais parié que les grains de poussière qui dansaient dans les derniers rayons du jour étaient les mêmes que lors de mes précédentes visites.

Je me suis laissée tomber dans un fauteuil trop profond. Dedans, j'avais l'air plus jeune et minuscule, alors que j'aurais tant voulu paraître plus âgée.

— La police a arrêté Morris Slade.

Il avait posé son fusil dans un coin et regardait les photos sur le mur.

— C'est logique.

Il a pointé un doigt vers l'une des sœurs Devereau, comme pour la menacer ou redresser le cadre de la photo.

— On n'a retrouvé sur place qu'un petit pistolet. Or, Ralph Diggs a été tué avec une carabine ou un fusil... Comme le vôtre, ai-je achevé, dirigeant mon regard vers l'angle de la pièce.

Ben Queen a eu un rire bref.

– Pas « comme » le mien, a-t-il rectifié. C'était le mien.

Je n'ai pas pris la peine de feindre l'étonnement.

– Pourquoi ?

– Parce que ce fichu gamin allait tuer Morris Slade et que celui-ci n'était pas armé.

J'ai marqué un silence. Les questions se formaient lentement dans mon esprit parce que je n'étais pas certaine de vouloir connaître les réponses. Quand j'aurais obtenu celles-ci, je n'aurais plus qu'à écrire le mot « Fin » au bas de la page.

– Qu'est-ce que vous faisiez là-bas ?

– Je m'attendais à ce que les choses tournent mal. Quand Morris est venu me trouver à Cold Flat et m'a parlé de son rendez-vous, je lui ai déconseillé d'y aller.

– Morris Slade était le père de Ralph Diggs, c'est ça ?

Il s'était approché de la fenêtre et contemplait le lac. Je me suis demandé si cette vision lui évoquait également l'hiver.

– C'est ça.

– Je suppose qu'il a découvert qui étaient ses parents et ce qui lui était arrivé…

Ben Queen s'est retourné. Son visage exprimait la colère – pas contre moi, contre le monde entier.

– Le vieux Woodruff et sa saleté de fille… C'est horrible, ce qu'ils ont fait. Et la faute en est retombée sur Morris, alors qu'il n'y était pour rien. Abandonner un bébé dans les bois pour qu'il meure… C'est ce que le groom du Belle Ruine devait faire. L'abandonner, ou le noyer.

Il a secoué la tête et s'est retourné vers la fenêtre.

– Tu imagines ?

Je n'avais pas besoin d'imaginer. Moïse, Mary-Evelyn, puis moi, ou il s'en était fallu de peu.

– Il a servi de bouc émissaire.

Je voulais parler de Morris Slade, mais on aurait pu en dire autant de Ralph Diggs, ou de Ben Queen, accusé de deux meurtres qu'il n'avait pas commis.

Il a eu un mince sourire.

– Tu te rappelles cette histoire ?

J'ai demandé d'un ton presque accusateur :

– Pourquoi vous n'êtes pas resté aux Décombres ?

– On est partis tous les deux, Morris et moi. Dans mon camion.

– Vous auriez dû...

Faire quoi ? Si seulement je l'avais su...

– Morris voulait que je disparaisse. Il disait qu'il me devait bien ça.

– Parce que vous lui aviez sauvé la vie ?

– Pas seulement.

Tout ça ne me regardait pas, pourtant il fallait que je sache la vérité, ou du moins que je m'en approche le plus possible. J'ai repris d'un ton heurté, le même que j'employais dans la cour de l'école pour échanger des potins avec mes copines :

– Imogene Woodruff n'était pas la mère de Ralph, je parie ?

– En effet.

Il n'a rien lâché de plus.

– Vous comptez faire quelque chose ?

– Pour Morris ? C'est déjà fait.

Il s'est levé sur ces paroles, comme s'il s'apprêtait à passer à l'action. J'aurais bien voulu des précisions, mais s'il n'était pas disposé à m'en donner, je n'avais pas l'intention de le questionner.

– Ça ne t'ennuie pas de retourner chez toi à pied avant qu'il fasse complètement nuit ? Je pourrais te reconduire, mais pour ça il faudrait prendre l'ancienne route, là-derrière, et ça ferait un trop grand détour.

Je n'ai pu m'empêcher de sourire : les détours, c'est ma spécialité.

– Ça ne m'ennuie pas du tout.

Je mentais, pourtant je me suis levée et ai marché avec lui jusqu'à la porte. Là, il a porté deux doigts à son chapeau et m'a dit :

– C'est toujours un plaisir de discuter avec toi, Emma. Maintenant, si tu veux bien, je vais retrouver mon camion.

Il a récupéré son fusil et nous sommes sortis. Nous nous sommes attardés un moment sur le seuil, comme si nous hésitions.

Enfin, Ben Queen a calé son fusil toujours ouvert sur son épaule et dit :

– A une prochaine fois, Emma.

Puis il a tourné le coin de la maison et les bois l'ont englouti de la même manière que le lac avait avalé la lumière.

– Au revoir ! ai-je crié dans sa direction.

L'écho de ma voix m'est revenu, ou alors c'était celle de Ben Queen, lançant un adieu au bord de la nuit.

60

Le lendemain, je me suis échappée dès que possible de la salle à manger. J'ai ensuite supporté le bavardage de Delbert jusqu'à La Porte et sauté de son taxi sans attendre qu'il soit tout à fait arrêté et sans lui laisser de pourboire.

J'aurais pu me rendre directement au palais de justice, mais je n'avais pas envie de parler au shérif en présence de Donny. J'espérais que Maureen lui aurait rapporté que son adjoint avait évoqué une enquête en cours devant moi. Sinon, je comptais bien m'en charger.

Il était à peine dix heures, pourtant Maud m'a proposé un bol de chili. J'ai poliment décliné son offre, brandissant en guise de justification le beignet glacé à la vanille que je dégustais en guise de dessert au petit déjeuner.

– Tu es au courant ? m'a-t-elle demandé en se glissant dans le box.

– Au courant de quoi ?

– Ben Queen est allé trouver Sam ce matin, pour se livrer à la police… C'est ce qu'on dit, je crois ?

En toute franchise, je m'y attendais depuis notre conversation de la veille. Mais à en croire Ben, à ce moment-là, il avait « déjà » fait quelque chose pour Morris Slade. Etait-ce pour ça que Donny en savait aussi long ? A moins qu'il n'ait prétendu savoir…

J'ai reposé mon beignet. Quelle injustice ! Ben Queen, Morris Slade et même Ralph Diggs, tous condamnés à expier des crimes qu'ils n'avaient pas commis.

– Ça n'a pas l'air de t'étonner.

Dans ma tristesse, j'avais oublié de feindre la surprise. J'ai avancé une explication :

– Hier, Donny m'a pratiquement avoué que Ben Queen avait tiré sur Ralph Diggs.

– Ah bon ? Il n'est pas censé dévoiler les détails d'une enquête en cours.

– C'est ce que lui a dit Maureen. Elle voulait même appeler le shérif pour lui en parler. Mais que Ben Queen se soit rendu, ça, c'est une surprise. Tu sais ce qui s'est passé la nuit du crime ?

Elle a allumé une cigarette et secoué la tête.

– Sam ne m'a rien dit de plus.

– Ce que je sais, c'est qu'il y avait deux armes. La police a retrouvé une des deux sur place, un pistolet. Et devine à qui il appartient ?

Maud a froncé les sourcils. Elle déteste les devinettes.

– Aurora Paradise.

Elle a failli laisser tomber sa cigarette.

– Tu te moques de moi ?

– C'est un tout petit calibre, datant de l'époque où elle vivait encore pour de bon.

Maud a éclaté de rire.

– Je trouve cette nouvelle infiniment plus terrifiante que Ben Queen ne le sera jamais. Mais comment…

– Dans un accès de folie, elle l'a prêté à Will pour qu'il l'utilise dans sa pièce policière. Il n'était pas chargé, bien sûr… Jusqu'à ce que Ralph Diggs le trouve.

– Juste ciel !

Elle s'est adossée à la banquette et a regardé la porte avant de jeter un coup d'œil à sa montre.

– Sam devrait déjà être là, a-t-elle remarqué d'un ton inquiet. Ah ! le voilà.

Le shérif a ôté sa casquette et l'a pendue à un crochet métallique au-dessus du box. Il tenait à la main un mug faisant la publicité de la compagnie pétrolière Sinclair.

Je ne lui ai même pas laissé le temps de s'asseoir :

– Vous allez le renvoyer en prison ?

– Qui ça ? Ben Queen ? A t'entendre, on dirait que c'est moi qui écris les lois.

– On l'accuse de quoi, au juste ? a demandé Maud. D'assassinat ?

– Je ne crois pas. Plutôt de violences volontaires sans intention de donner la mort. Le problème, c'est qu'il est allé armé aux Décombres. Le tribunal risque d'y voir un signe de préméditation.

– Il emporte son fusil partout, ai-je objecté. A sa place, j'en ferais autant.

Le shérif a bu une gorgée de café avant de relever :

– « Partout » ? Combien de fois as-tu rencontré Ben Queen, Emma ?

– Vous voulez dire, en plus de celle où il m'a sauvé la vie ? ai-je répliqué d'un ton qui se voulait acerbe. Aucune, ai-je menti. C'est son frère George qui me l'a dit. De toute manière, il cherchait juste à protéger Morris Slade.

Le shérif a brutalement reposé son mug.

– Comment se fait-il que tu aies l'air toujours mieux informée que moi ? D'où tiens-tu ça ?

J'ai été tentée de répondre « de Donny », mais ç'aurait été petit de ma part.

– C'est évident, non ? L'autre arme, le pistolet, avait été apportée par Ralph Diggs. Il avait l'intention de s'en servir et il l'aurait fait si Ben Queen ne l'en avait pas empêché. Et ne me racontez pas que Ben Queen projetait de tuer Morris Slade. S'il avait voulu le tuer, il aurait pu le faire à Cold Flat…

Je me suis mordu la langue. Seul Ben Queen avait pu me confier qu'il s'était entretenu avec Morris Slade à Cold Flat Junction.

Le shérif s'est penché vers moi :

– Cold Flat Junction ? Qu'est-ce que tu… ?

Maud a poussé un soupir exaspéré.

– Ne commence pas, Sam ! Ben Queen s'est rendu, et c'est lui qui a tiré, point final.

– Mais pourquoi aurait-il tué Ralph Diggs, sinon pour protéger Morris Slade ? ai-je protesté, moins véhémente que plaintive. Il n'avait aucune raison de le faire !

Le shérif a marqué un silence avant de déclarer :

– Tu te trompes. Il en avait une.

J'ai déjà entendu des gens dire qu'ils avaient « blêmi » sous le coup d'une émotion. Moi, j'ai blêmi à l'intérieur.

Maud a haussé les sourcils.

– Laquelle ?

Le shérif faisait tourner son mug.

– Rose, a-t-il répondu d'un air pensif.

– Rose Queen ?

– Ben Queen ne mérite pas ça. Où est la justice dans cette affaire ?

J'avais parlé très vite, pour empêcher le shérif d'en dire davantage, j'en étais consciente.

Il m'a longuement regardée, puis il a dit :

– Je ne connais que la loi, Emma.

Il a abattu le mug sur la table, comme s'il était furieux contre celle-ci, son café ou nous deux. Non, pas juste contre nous : contre le monde entier.

– La justice, ça concerne Dieu.

Il s'est levé, a décroché sa casquette.

– Pardon. Je ne suis pas dans les meilleures dispositions. Je dois recevoir les Diggs.

Je me suis dressée tel un ressort.

– Les Diggs ? Les parents adoptifs ?

– Le couple qui a élevé Ralph Diggs, en tout cas.

– Ils vont devoir, tu sais, identifier le corps ? a demandé Maud. Les pauvres gens...

Le shérif a acquiescé.

– J'en ai peur. Ils viennent de Doylestown, en Pennsylvanie.

Il a jeté un coup d'œil à sa montre et secoué le poignet comme s'il espérait arrêter le temps.

– Ils sont probablement déjà arrivés. Maureen s'occupera d'eux en m'attendant. Je dois d'abord passer chez le maire.

« Déjà arrivés » ? Ça me démangeait de l'accompagner, non chez le maire, mais au palais de justice.

Il a dû lire dans mes pensées – il en était capable – car il a ajouté :

– N'y songe même pas, Emma. Il n'est pas question que tu leur parles.

Je me suis composé un visage neutre.

– Qui vous dit que j'en ai envie ?

J'ai ramassé les miettes de mon beignet et me suis léché les doigts, affectant l'indifférence.

– Ces gens ont perdu leur fils, ou tout comme. Ce n'est pas le moment de les noyer de questions.

– Comme si c'était mon genre ! Si quelqu'un les noie de questions, ce sera vous et vous seul.

– Pas plus que nécessaire. A plus tard, a-t-il dit en regardant de nouveau sa montre.

A peine avait-il franchi la porte que je me suis levée d'un bond.

– Pardon, ai-je marmonné à l'intention de Maud avant de me précipiter vers le comptoir.

– Où est-ce que tu... ?

Sa question m'a suivie jusqu'à la vitrine des pâtisseries, mais je n'y ai pas répondu. J'ai dit à Wanda que je voulais une demi-douzaine de beignets saupoudrés de vermicelles – vanille, chocolat, multicolores – ainsi que quatre gobelets de café noir. Elle a disposé le tout sur un plateau à alvéoles, avec la crème et le sucre sur le côté. J'ai traversé la rue, chargée comme une mule, et pénétré dans le palais de justice. Je ne pouvais pas marcher très vite à cause du café.

J'ai fait une halte devant le bureau du shérif et tendu l'oreille. Donny parlait plus fort que tout le monde, comme d'habitude, mais j'ai distingué une voix de femme qui n'était pas celle de Maureen. J'ai redressé mon plateau pour éviter que les beignets n'en tombent et ouvert la porte.

Donny a fait volte-face.

– Qu'est-ce que tu fiches ici ?

Je l'avais surpris en pleine démonstration d'autorité, le torse bombé, les pouces glissés dans sa ceinture. Il était à l'honneur depuis quelques jours et il aimait ça. A mon entrée, il expliquait aux Diggs qu'un policier venait de retrouver la voiture de Ralph, cachée dans les bois à proximité du Silver Pear.

Je suis intervenue :

– Vous voulez dire qu'il l'a laissée là et a continué à pied ?

– T'es encore là, toi ?

J'ai pris un air timide.

– Le shérif m'a dit que Mr et Mrs Diggs venaient de...

J'avais oublié le nom de la ville.

– ... de Pennsylvanie, alors j'ai pensé qu'un café leur ferait plaisir après cette longue route.

Je me suis tournée vers le couple d'âge mûr assis près du bureau de Donny. Ils étaient tous les deux trapus, avec des cheveux bruns et le teint pâle.

– C'est très gentil à toi, mon chou, a dit la femme.

Elle pressait un mouchoir roulé en boule dans sa main. Mr Diggs m'a remerciée d'une voix étranglée sans relever la tête.

– Je vous en ai aussi apporté un, ai-je repris à l'intention de Donny, et de Maureen.

Assise à son bureau, dans le fond de la pièce, Maureen m'a souri.

– Euh, merci.

Donny a pris un gobelet de café ainsi que deux sucres avant de demander :

– C'est quoi, là-dedans ? Des beignets ?

Je lui ai tendu le sac. Il y a pioché un beignet glacé au chocolat qu'il a inspecté, puis il a marmonné un vague remerciement et m'a rendu le sac sans se soucier de ses visiteurs.

J'ai approché mon plateau des Diggs. Chacun a pris un gobelet. Lui a ajouté de la crème à son café tandis qu'elle le buvait noir. Je lui ai proposé un beignet, mais elle a refusé. J'imagine qu'on n'a pas beaucoup d'appétit quand votre fils vient d'être assassiné.

– Je vous présente mes sincères condoléances, ai-je dit.

Ils ont acquiescé en silence. La femme s'est tamponné les paupières avec son mouchoir.

Le shérif risquait d'entrer d'une minute à l'autre. Si je ne devais poser qu'une question aux Diggs, laquelle choisir parmi toutes celles qui se bousculaient dans mon esprit ? Je m'en suis voulu de ne pas avoir mieux préparé cette entrevue, mais, d'un autre côté, j'avais appris l'existence des parents adoptifs de Ralph à peine un quart d'heure plus tôt.

– Ralph était quelqu'un de bien. Tout le monde l'appréciait chez nous. Vous saviez qu'il travaillait à l'hôtel de ma mère ?

– Non, a répondu Mrs Diggs. On ne savait même pas qu'il allait...

Son mari lui a coupé la parole :

– C'est pas le moment de parler de ça, maman.

Sa voix exprimait moins la tristesse que la rancœur.

Au même moment, la porte s'est ouverte, livrant passage au shérif. Quand il m'a vue, il s'est immobilisé et a secoué la tête, puis il s'est dirigé vers les visiteurs.

– Monsieur Diggs, madame Diggs, je suis le shérif DeGheyn. Toutes mes condoléances.

« Mes *sincères* condoléances », ai-je précisé intérieurement, suivant la formule consacrée.

Encore une fois, il avait dû lire dans mes pensées car il s'est retourné vers moi :

– Qu'est-ce que tu fais là, Emma ?

J'ai baissé la tête, à peine : le shérif savait que ça ne me ressemblait pas.

– Pardon. Je me suis dit...

Mrs Diggs a volé à mon secours :

– Cette charmante enfant nous a apporté du café et des beignets, shérif. Quelle attention touchante !

J'ai frotté gauchement ma semelle sur le sol avant de m'interrompre : là encore, le shérif aurait trouvé ça louche. J'ai préféré me gratter l'oreille, sans le regarder.

– J'ai pensé qu'ils avaient fait une longue route, et...

Il a fallu que Donny s'en mêle :

– Je croyais que l'idée venait de toi, Sam. C'est ce qu'elle a dit.

– C'est faux ! ai-je protesté avant de me tourner vers les Diggs. Je vous demande pardon de m'énerver pour des broutilles, surtout dans des circonstances aussi douloureuses pour vous…

Ce disant, j'avais décoché à Donny un regard qu'on pourrait qualifier de « venimeux ».

– C'est très gentil à toi d'y avoir pensé, Emma, a repris le shérif. Maintenant, je crains que nous ne devions nous acquitter de certaines formalités pénibles. Alors, à plus tard.

Son sourire était indéchiffrable. Je ne l'ai pas quitté des yeux avant d'avoir franchi la porte.

61

« La Ville des tragédies. »

Assise à une des tables de la bibliothèque municipale Abigail Butte, j'ai couché le titre par écrit, appuyant de toutes mes forces sur la mine de mon crayon, repassant les lettres jusqu'à déchirer le papier ou presque.

J'ai consacré un long moment à cette activité, comme si j'ignorais ce qui allait suivre. Pourtant, j'avais montré le début de mon article à Mr Gumbrel quelques jours plus tôt. Pourquoi, quand j'écris, ai-je toujours l'impression d'être un nouveau-né qui ignore l'usage du papier et s'imagine pouvoir tracer des signes dans le vide en agitant les doigts, comme le font les vrais bébés ?

J'ai pris ma tête dans mes mains. Ce n'était pas comme si j'avais été à court d'inspiration. Mon esprit fourmillait d'idées. Malgré tout, je n'arrivais pas à poursuivre.

Dehors, une voiture a freiné brutalement, faisant crisser ses pneus sur l'asphalte, comme pour éviter un obstacle. Si seulement Ree-Jane avait pu traverser au même moment…

Appuyée au dossier de ma chaise, j'ai levé les yeux vers le plafond où le ventilateur tournait au ralenti. Posées sur les pales, quelques mouches semblaient faire un tour de manège. Je me suis forcée à me concentrer sur ma page.

LA VILLE DES TRAGÉDIES – Il y avait le clair de lune. Il y avait de la musique, et des danseurs.

« Il y avait de la musique, et des danseurs. » J'ai regretté d'avoir déjà écrit cette phrase, me privant ainsi du plaisir de l'écrire à nouveau. Peut-être pouvais-je enchaîner avec cette formule qu'il me semblait avoir lue ou entendue quelque part ? « Toutes les familles sont malheureuses. » Non. Pourquoi perdre mon temps à énoncer des évidences ? « Toutes les familles sont heureuses ou malheureuses. » Absurde. « Toutes les familles sont malheureuses, chacune à leur façon. » Excellent. L'ennui, c'est que je ne pouvais pas m'attribuer ce qu'un autre avait écrit avant moi, non parce que c'était malhonnête, mais parce qu'un lecteur risquait de le remarquer et de s'en plaindre au directeur du journal.

J'ai ramassé ma feuille et me suis dirigée vers le comptoir où Miss Babbit tamponnait des cartes afin de lui demander son avis.

– Bonjour, Emma.

– Bonjour.

Je lui ai lu la phrase et exposé mon dilemme.

Elle a d'abord paru perplexe, puis elle m'a dit de la suivre vers le rayon des romans. Elle devait connaître chaque livre de sa bibliothèque ; il lui a fallu à peine une minute pour trouver celui qu'elle cherchait. Une telle assurance, ça donne envie de devenir bibliothécaire.

Le livre qu'elle tenait à la main était très épais. Je n'ai pu déchiffrer qu'une partie du titre – *Anna K...* – car ses doigts recouvraient le reste. Elle l'a ouvert et a lu :

– « Toutes les familles heureuses le sont de la même manière, les familles malheureuses le sont chacune à leur façon. » C'est de Tolstoï.

Un Russe, je crois. Tous les écrivains russes étaient fous.

– J'imagine que cette phrase est très connue ?

Elle a acquiescé.

– Tu peux très bien la reprendre, Emma, à condition de la citer entre guillemets.

Il n'y avait pas de place pour Tolstoï dans mon histoire.

– Je vous remercie, miss Babbit.

Elle est retournée à son comptoir et moi à mon destin. Je me suis laissée tomber sur ma chaise comme si tout était de sa faute.

J'ai alors repensé à cet auteur dont m'avait parlé Maud, qui s'obligeait à écrire un certain nombre de mots tous les quarts d'heure.

S'il y arrivait, pourquoi pas moi ? J'ai levé les yeux vers la grande pendule murale et ramassé mon crayon.

Il y avait le clair de lune. Il y avait de la musique, et des danseurs. Il y avait aussi une échelle…

Devais-je garder l'échelle, ou gâchait-elle l'ambiance romantique de ce début ? Soudain j'ai revu Bing Crosby chantant *Moonlight Becomes You* à Dorothy Lamour. Puis l'image de Morris Slade s'est superposée à celle de l'acteur.

Morris Slade est riche. Il est charmant. Mais il est en prison.

Pas mal !

Morris Slade a été arrêté après la découverte d'un jeune homme mort dans la maison dite « Les Décombres », près de White's Bridge Road.

C'est Mr Butternut, un riverain de longue date, qui a trouvé le corps. Voici ce qu'il nous a déclaré :

Ici, je pouvais insérer une citation de Mr Butternut. Il adorerait voir son nom dans le journal. D'ailleurs, il était sur le point de devenir une gloire locale.

J'ai intitulé cet article « La Ville des tragédies » en raison des nombreux drames qui ont émaillé l'histoire de notre région. Certains ont déjà été relatés ici, tels la noyade de Mary-Evelyn Devereau, le meurtre de Rose Queen à Cold Flat Junction et celui, plus récent, de sa fille Fern, à proximité de White's Bridge…

Encore une fois, j'avais failli m'oublier.

… ainsi que la tentative de meurtre dont j'ai moi-même été victime, à Spirit Lake.

Après ça, je pouvais enchaîner :

En revanche, nous n'avions encore jamais évoqué la disparition du bébé de Morris Slade, présumé enlevé dans sa chambre, au Belle Ruine.

Ce sera bientôt chose faite, car à présent nous connaissons la vérité…

J'ai levé les yeux vers la pendule. Dix-huit minutes ! J'ai lancé mon crayon en l'air. Je m'apprêtais à le rattraper quand j'ai aperçu le shérif, en train de parler à Miss Babbit.

Qu'est-ce qu'il fichait à la bibliothèque municipale Abigail Butte ? C'était la première fois que je l'y voyais.

Il m'avait repérée et se dirigeait à présent vers ma table. Il a tiré une chaise vers lui.

– Tu permets ?

– Ça alors, vous savez lire ?

Il a souri, mais d'un sourire sur le fil du rasoir, si j'ose dire.

– Si tu veux bien descendre de ton piédestal, mademoiselle j'ai-toujours-raison, et m'écouter une minute...

Mon quoi ?

– Je n'ai jamais prétendu avoir toujours raison ! ai-je protesté.

Je mentais, évidemment. Il est beaucoup plus difficile d'avoir raison que tort, m'avait dit Maud un jour. Je n'avais toujours pas compris ce qu'elle entendait au juste par là.

– Comment avez-vous su que j'étais ici ?

– Je n'en savais rien. J'étais venu voir Miss Babbit.

– C'est bon, je vous écoute, ai-je dit, mettant une main devant ma bouche pour réprimer un bâillement.

– Morris Slade a demandé à te voir.

Je me suis figée en plein bâillement.

– Quoi ?

– Il ne veut parler qu'à toi. Bien sûr, tu n'es pas obligée d'accepter.

Il voulait rire ? J'ai pris un air sérieux, pour lui faire croire que je réfléchissais. Puis, après avoir joué un moment avec mon crayon, j'ai déclaré d'un ton solennel :

– C'est d'accord. Enfin, si vous pensez que ça peut être utile...

62

Quand Donny a fait entrer Morris Slade dans la pièce, je me suis levée. J'ignore pourquoi, car on aurait dit une marque de respect.

Le shérif m'a tirée par le bras pour me faire asseoir. Morris Slade a esquissé un sourire devant ces démonstrations d'humeur – la mienne était excellente, celle du shérif beaucoup moins. Son costume était froissé et il paraissait manquer de sommeil, mais, à part ça, il n'avait pas changé.

Le shérif, qui avait pris place à mes côtés dans la minuscule pièce destinée aux « interrogatoires », m'avait-il dit, lui a posé une question.

Morris Slade a secoué la tête sans cesser de sourire.

– Shérif DeGheyn, comme je vous l'ai dit, je ne parlerai qu'à Emma.

– Il n'est pas question que je la laisse seule avec vous.

– Eh ! ai-je protesté, me levant d'un bond. C'est à moi d'en…

Le shérif m'a de nouveau tirée par le bras.

– Emma, tu as douze ans. Cette décision ne t'appartient pas.

Morris Slade a haussé les sourcils.

– Vous croyez qu'elle est en danger ? Vous me soupçonnez de vouloir l'étrangler ?

— Je pensais plutôt à une prise d'otage.

Une prise d'otage ? Ç'aurait été la deuxième fois que j'aurais frôlé la mort. Je me suis vue sortir du palais de justice, Morris Slade me poussant devant lui avec un pistolet, et monter dans sa décapotable rouge… A moins que celle-ci ne soit restée aux Décombres ? Soudain j'ai remarqué que les deux hommes ne me quittaient pas des yeux.

— Tu n'as pas à t'inquiéter, Emma, m'a dit le shérif. Ça n'arrivera pas.

— Pourquoi avoir choisi les Décombres comme lieu de rendez-vous ? Personne ne va jamais là-bas.

A part moi et Mr Butternut, aurais-je dû préciser.

— Précisément, a répondu Morris Slade.

— Vous voulez dire, pour que personne ne sache que vous aviez rendez-vous, ou même que vous vous connaissiez ?

Il a acquiescé.

— Egalement, Fey voulait s'assurer qu'on ne me retrouverait pas. Il me l'a dit : « Ton cadavre aura pourri avant que quelqu'un n'entre ici. »

— Quelle horreur !

Je n'avais aucun mal à imaginer ce qu'un père pouvait ressentir à entendre de telles paroles dans la bouche de son fils. Le shérif a posé une main sur mon bras, non pour me réconforter, je suppose, mais pour m'empêcher d'en dire davantage.

— Nous l'avions abandonné. Il avait disparu. Il trouvait juste de me rendre la pareille.

Le shérif est intervenu :

— Et Ben Queen ? Parlez-nous de lui.

Morris Slade n'a pas répondu immédiatement. Puis il s'est penché vers le shérif par-dessus la table.

— Que savez-vous de « La Ville des tragédies » ? lui a-t-il demandé avec un sourire en coin.

Ça m'a étonnée qu'il se rappelle le titre de mon article, et plus encore qu'il le cite.

Le shérif avait l'air aussi surpris que moi.

— J'ignore de quoi vous parlez.

— Je n'en doute pas, a repris Morris. Je vous ai déjà raconté ce qui était arrivé dans cette maison. J'ai tenté de désarmer Fey. Le coup est parti et il est mort. Je n'avais pas l'intention de le tuer, a-t-il ajouté.

Il paraissait incroyablement triste, comme s'il avait le cœur brisé. Puis il a levé les yeux vers le shérif.

— Vous ne me croyez pas, a-t-il remarqué.

Le shérif n'a rien dit. Son expression était indéchiffrable. C'est vraiment un bon policier, je crois.

Morris Slade a demandé la permission de fumer. Le shérif a poussé un paquet de cigarettes vers lui, l'invitant à se servir. Puis il a lui-même allumé sa cigarette avec un vieux Zippo. Sans doute le faisait-il pour éviter que Morris Slade ne plonge la main dans sa poche. Ou alors, il cherchait juste à être gentil.

— Pourquoi Fey a-t-il tenté de vous tuer, monsieur Slade ? Vous voulez bien nous éclairer là-dessus ?

Morris Slade a tiré plusieurs bouffées de sa cigarette, pour se laisser le temps de la réflexion, je suppose. La vraisemblance de son récit dépendait en grande partie de sa réponse. Puis ses yeux se sont posés sur moi et il a dit :

— Parce qu'il n'acceptait pas d'avoir été abandonné. Il était fou de rage. Et je ne peux pas le lui reprocher.

— Vous... vous étiez son père, je crois ?

Morris Slade a acquiescé.

— C'était pire qu'un abandon, il me semble. Vous, ou quelqu'un d'autre, l'avez fait enlever.

– Je n'y étais pour rien. C'est la vérité. Je n'ai rien d'autre à vous dire. Le reste – tout ce qui a précédé le coup de feu –, je le dirai à Emma et à elle seule. Si elle le souhaite, elle peut prendre des notes et l'inclure dans son article.

– Si vous acceptez que votre histoire soit rendue publique, pourquoi ne pas me la confier à moi ?

– Parce que vous ne le méritez pas, shérif.

Il faut croire qu'il me restait un fond de modestie, car j'ai été secouée d'entendre quelqu'un d'autre que Maud parler ainsi au shérif. Plus encore que la manière, c'étaient les paroles de Morris Slade qui me plongeaient dans l'étonnement. « Vous ne le méritez pas » ?

Il y a eu un long silence, durant lequel les deux hommes se sont regardés.

Puis le shérif a repoussé sa chaise et s'est tourné vers moi.

– Emma ?

Pour retarder le moment de sortir, j'ai posé la première question qui me traversait l'esprit :

– Pourquoi l'appeliez-vous Fey et non Ralph ?

Morris Slade a souri.

– Parce que mon père se prénommait Ralph et que je le détestais.

– Emma, a répété le shérif, m'entraînant vers la porte.

Moi, je pensais à toutes les réponses, les informations que je n'obtiendrais jamais : Pourquoi être revenu maintenant ? Pourquoi Ralph n'a-t-il pas recherché sa mère, Imogene ? Pourquoi celle-ci et son père l'ont-ils fait enlever ? Pourquoi êtes-vous allé trouver Ben Queen à Cold Flat Junction ? Et qu'est-ce que Rose a à voir avec tout ça ?

Cette dernière question, je ne crois pas que j'aurais pu la poser.

J'ai jeté un dernier regard à Morris Slade. A cet instant, il avait tout à fait l'expression d'un résident de la ville des tragédies. Tout ce qu'il voulait, c'était qu'on laisse Ben Queen en dehors de cette histoire. A l'évidence, il ignorait que Ben s'était rendu.

Les deux hommes tentaient de se sauver mutuellement.

63

La porte de l'église s'est refermée derrière moi avec un profond soupir. J'ai remonté la nef centrale, me demandant où j'allais. Comme je n'en avais pas la moindre idée, je me suis assise sur un banc et ai regardé autour de moi. Les vitraux étaient jolis, avec leurs images éclatantes formées de fragments rouges et bleus.

L'église Saint Michael se trouve dans la même rue que le palais de justice. Ne voyant pas le père Freeman, j'ai pris un livre de cantiques devant moi et l'ai feuilleté, m'arrêtant parfois sur une page. Rien de ce que j'y ai lu n'arrivait à la cheville de Robert Frost, et je crois savoir pourquoi : dans les cantiques, l'espérance triomphe toujours. Même quand le mot n'apparaît pas dans le texte, il n'est jamais question que de ça – ça et la gloire de Dieu, jusqu'à plus soif.

Le père Freeman a surgi d'une porte sur le côté et s'est dirigé vers la longue table sur laquelle étaient disposés les objets nécessaires à la célébration du rite catholique. A le voir arranger les bougies, le calice et tout le bazar, on aurait pu croire qu'il attendait des invités à dîner. Je l'ai regardé faire des courbettes et se signer à plusieurs reprises, me demandant jusqu'à quel point il y croyait.

Soudain il s'est retourné vers l'église vide. Sans doute son super-sens de prêtre l'avait-il averti de ma présence. M'ayant aperçue, il m'a saluée de la main avant de disparaître par la même porte. Il a réapparu quelques minutes plus tard, sans l'espèce de chemise blanche qu'il portait auparavant sur sa soutane.

– Bonjour, Emma.

Il s'est assis sur le banc devant moi et s'est retourné.

– Tu voulais me voir ?

– Pas vous, Dieu. Mais puisqu'Il n'est pas là, vous ferez l'affaire.

– J'en suis très flatté.

Il s'est tu, m'encourageant à parler, mais j'ai gardé le silence.

Il a repris :

– J'ai appris la nouvelle, pour Ralph Diggs. C'est affreux. Tu le connaissais bien ? Je sais qu'il travaillait à l'hôtel...

J'ai secoué la tête.

– Pas très bien, non. Ce qui me fait le plus mal, c'est qu'on ait mis en prison quelqu'un qui ne le méritait pas.

– Tu veux parler de Morris Slade ?

– Non. De Ben Queen.

– Oh ! Le shérif a arrêté Ben Queen ? Je n'étais pas au courant.

– Il a bien tiré sur Ralph Diggs, mais c'était pour l'empêcher de tuer Morris Slade.

Je n'ai pas jugé utile de lui dévoiler mes réflexions sur le fait que les véritables coupables resteraient impunis. Je feuilletais toujours le livre de cantiques, avec la même dextérité qu'Aurora Paradise quand elle battait son jeu de cartes. Puis j'ai déplié le morceau de papier sur lequel j'avais recopié le poème.

– Qu'est-ce que tu lis ?

– Un poème, et des cantiques. Les deux n'ont pas grand-chose en commun.

J'ai remis le livre à sa place et plié plusieurs fois le morceau de papier, obtenant un carré de plus en plus petit.

– Un poème de qui ?

– Robert Frost.

Il a tendu la main, comme s'il avait tous les droits, mais je ne lui ai pas donné le papier. *Vous ne le méritez pas.* A présent, il me semblait comprendre ce que Morris Slade avait voulu dire.

– Tu veux bien me le lire, au moins ?

Ses bras croisés sur le dossier du banc, son regard fixé sur moi, toute son attitude m'invitait à répondre positivement.

– Non.

– Emma, qu'est-ce qui te met tellement en colère ?

Il a appuyé son menton sur ses mains jointes, comme s'il priait.

Comment pouvait-il poser cette question ?

– Je viens de vous le dire.

– Ben Queen ?

– C'est toujours lui qu'on accuse et qu'on punit. Personne ne l'aide, ni lui ni Morris Slade. Lui non plus n'a rien fait.

Il a reposé son menton, qu'il avait légèrement soulevé, sur ses mains, regagnant le territoire de la prière.

– Et tu aimerais avoir le pouvoir de changer ça ?

Je l'ai regardé. Evidemment que j'aurais voulu pouvoir changer ça ! Lui aussi aurait dû le vouloir, et beaucoup d'autres gens. J'ai déplié le papier et lu :

J'aimerais promettre, étendu dans le noir,
De songer à la détresse ar-bo...

De même qu'Enepébé, j'ai trébuché à cet endroit.

Ar-bo-ré-ale...

J'ai relevé la tête et planté mon regard dans celui du père Freeman avant de poursuivre :

Quand lentement (et que nul ne vient, apportant la lumière)
Son cœur s'enfonce plus profond sous la terre.
Mais il importe de laisser à Dieu sa part.

Mon regard le transperçait jusqu'à l'âme.

– C'est ce que tu penses, Emma ? Qu'il importe de laisser à Dieu sa part ?

Je me suis levée.

– Oui. Mais une part minuscule.

64

Pourquoi ai-je couru ensuite me réfugier dans les archives du *Conservative,* parmi la poussière et les vieux magazines ? Je n'en sais rien, mais le fait est que j'ai trouvé une forme de consolation à contempler d'anciennes publicités pour les bonbons BB Bats, les soupes Campbell, les desserts Jell-O et leurs moules fantaisie. Celle pour le sel Morton représentait une petite fille qui s'abritait sous un parapluie, ignorant qu'elle semait une traînée de sel derrière elle. Les tubes de rouge à lèvres Tangee semblaient attendre que Miss Isabel Barnett les glisse dans son sac. J'ai alors compris que si Miss Isabel s'adonnait au chapardage, c'était pour le réconfort que lui apportaient ses larcins.

Certains de ces journaux dataient des années 1910 et 1920. Pourtant ces marques existent toujours, et elles existeront encore dans quarante ans. Oui, tous ces produits nous survivront, et cette idée m'émerveille autant qu'elle me paraît étrange. Mon regard est tombé sur une cuisinière à bois des années 1930 que seule ma mère apprécierait encore. Il y en a une à l'hôtel. On soulève ses plaques en fonte à l'aide d'une sorte de crochet. On imagine plutôt la mère d'Aurora Paradise utilisant ce genre d'équipement, si toutefois on avait inventé le feu à son époque.

J'ai aligné devant moi toutes les couvertures de magazines représentant des filles évanescentes que j'avais pu trouver – *Good Housekeeping, Life, The Saturday Evening Post* – et les ai étudiées tour à tour, dans l'espoir qu'elles m'aideraient à rédiger cet article qui me donnait tant de fil à retordre. Peut-être me révéleraient-elles une partie du « sous-texte », comme on dit... Car cette histoire ne se limitait pas à la noyade de Mary-Evelyn Devereau, aux meurtres de Rose et Fern Queen, de Ralph Diggs, à la tentative de meurtre sur Morris Slade... et sur moi.

La femme de chambre en noir, agenouillée devant un trou de serrure, sur la couverture de *Life,* m'évoquait Vera, en plus jeune et jolie. Et pour être honnête, je ne crois pas que Vera ferait jamais une chose pareille. Sa robe se confondait avec le mur derrière elle.

Venait ensuite le numéro spécial Noël que j'aimais tant, avec la fille en rouge, représentée devant une grille en fer forgé, qui glissait une carte de vœux dans une boîte aux lettres. Une partie de son manteau se fondait dans l'arrière-plan.

Enfin, la fille aux cheveux acajou, marchant à travers une forêt fauve avec un colley à la robe fauve et blanc. Pour la voir entière, il fallait l'extraire du paysage.

Si on ne peut appréhender la réalité dans son ensemble, c'est peut-être dû à son caractère mouvant. Elle se déplace sans cesse pour échapper au regard. Ici une chaussure, là un bras – non, même pas un bras, car celui-ci disparaissait dans le décor.

Est-ce là le résultat que je m'efforce d'atteindre ? Dépeindre des personnages tellement ancrés dans leur environnement qu'ils finissent par se fondre dedans ?

En définitive, c'est peut-être ça, le sous-texte de mon histoire.

65

Les grands journaux allaient sans doute me voler la première partie de « La Ville des tragédies » : la mort de Ralph Diggs, les arrestations de Morris Slade et de Ben Queen étaient des événements trop importants pour en laisser la primeur au *Conservative*. Il y avait des risques que la presse new-yorkaise s'empare à son tour de cette histoire, Morris Slade et Imogene Woodruff étant impliqués dedans.

Mais personne n'oserait écrire que c'était Imogene Woodruff la cause de tout – elle et son horrible père, Lucien Woodruff. Les seuls à connaître le fond de l'affaire étaient Morris Slade et Ben Queen. A en juger par son attitude lors de notre dernière entrevue, je doutais que le premier se soit confié au shérif. Même si le deuxième s'était montré plus conciliant, je ne croyais pas qu'il aurait dit toute la vérité.

Moi-même, je connaissais une partie de celle-ci, mais il demeurait des zones d'ombre.

« Fern n'a pas d'enfants. »

C'était Jude Stemple, une des premières personnes que j'avais interviewées, qui me l'avait dit quelques semaines plus tôt.

« Fern n'a pas d'enfants. »

Je me suis revue au Windy Run Diner, face aux habitués, Billy et toute la bande.

« Fern est partie plusieurs mois avec sa mère. »

Puis j'ai entendu la voix de Donny : « Sa sainte femme… »

« Une femme décide d'abandonner son enfant nouveau-né… » C'était une de mes théories.

« Il disait qu'il me devait bien ça. » Pour lui avoir sauvé la vie ? « Pas seulement. »

Jude Stemple m'avait fait un portrait détaillé de Rose. On aurait dit qu'il décrivait la Fille. Cette ressemblance m'avait convaincue que celle-ci était l'enfant de Fern.

C'est également elle qui a fini par m'ouvrir les yeux sur une évidence pourtant aveuglante : si Ralph Diggs ressemblait à Morris, il était surtout le portrait craché de Rose.

« Rose… » Le shérif avait juste prononcé son prénom, puis il s'était tu.

« Sa sainte femme », avait dit Donny avec son éternel sourire narquois.

A la place d'Imogene Slade, comment aurais-je réagi en découvrant que le bébé que je croyais adopté était en réalité l'enfant que mon mari avait eu avec une autre ? Si j'avais eu l'esprit aussi tordu que son père, Lucien Woodruff, comment me serais-je vengée de cette humiliation ?

En faisant enlever le bébé.

Quelle plus grande punition sa femme aurait-elle pu infliger à Morris Slade ?

Morris Slade a retrouvé la liberté, bien sûr.

J'ignore ce que va devenir Ben Queen, mais le shérif a évoqué des « circonstances atténuantes ». Si je me rappelle bien, ça veut dire que la personne s'est trouvée au mauvais endroit au mauvais moment, et qu'elle n'avait pas le choix d'agir autrement qu'elle l'a fait.

Je réfléchissais à tout ça dans le train pour Cold Flat Junction.

Au moment où le train entrait en gare, je projetais de demander à Morris Slade si le scénario que j'avais reconstitué était exact.

Une fois sur le quai, je n'ai pas pris le chemin du Windy Run Diner ni d'aucune des maisons où j'ai à présent mes habitudes. Les Queen, Louise Landis, Jude Stemple, Gloria Spiker Calhoun... Etonnamment, je pourrais citer au moins une douzaine de personnes toujours disposées à m'ouvrir leur porte. J'ai pris place sur un des vieux bancs destinés aux voyageurs en attente. C'est là que j'ai vu la Fille pour la première fois, et j'espérais vaguement la revoir. Rien ne justifiait cet espoir, car elle aurait aussi bien pu m'apparaître à Spirit Lake, à proximité de la maison des Devereau ou au Belle Ruine.

Puis le train est reparti. J'apercevais entre les voitures des bribes du paysage désertique qui s'étend au-delà de la voie ferrée. Après le passage du dernier wagon, j'ai distingué la ligne bleue des arbres, pareils à des soldats en ordre de bataille. Tandis que je les contemplais, j'ai eu l'impression de les voir se balancer imperceptiblement. Toutes les choses finissent par bouger quand on les regarde assez longtemps.

Soudain il m'a semblé que ces arbres dressés au bord de la nuit gardaient un vaste mystère.

Mais sans doute était-ce encore mon imagination qui s'emballait.

Composé par Nord Compo Multimédia
7, rue de Fives, 59650 Villeneuve-d'Ascq

Impression réalisée par

CPI
BRODARD & TAUPIN

La Flèche
en décembre 2011

N° d'impression : 66722
Dépôt légal : janvier 2012
Imprimé en France